Le complot

DU MÊME AUTEUR AUX ÉDITIONS MIRA

L'invitation
L'ennemi sans visage

HEATHER GRAHAM

Le complot

Roman

MIRA

Titre original :
HURRICANE BAY
publié par MIRA®

Traduction de l'américain par JOËLLE TOUATI

Mira® est une marque déposée par le groupe Harlequin

Photos de couverture
Vue aérienne : © KIM WESTERSKOV / GETTY IMAGES
Ombre et paysage : © DALY & NEWTON / GETTY IMAGES

83/85 boulevard Vincent Auriol 75646 PARIS CEDEX 13.

ISBN 2-280-85533-X — ISSN 1765-7792

Ce livre est dédié à plusieurs personnes, avec ma plus profonde gratitude.

D'abord, Choly Zequeira. Tu es une sainte.

Sonia Fraser, Kettia Gaspard et Fay C. Watson. Merci pour tout.

L'incroyable famille de l'église épiscopale St Philip, les révérends Eric Kahl et Jennie Lou Reid, David Karcher, Joyce et Glenn Downing, Vida Welborne, Ron Theobald, Sylviane Sacasa, George et Myrtice Hetkner, Patrice Fike, Judy King, Julie McCready, Ellen Sessions, Lee Turner, le bon révérend et Holly Richards, Manny et Laverne Diaz, John Dickason et Kris Charlton.

Le groupe du Sud-Est — surtout Doris McManus, Audrey Fetscher et Rocco.

Mes sincères remerciements, également, au Dr Antonio Ucar, Max Sanchez et Omar Garcia.

Et mon plus grand respect à trois policiers spéciaux — le sergent Greenberg et les officiers Mallon et Szolis de la division Kendall.

Prologue

Web aimait l'archipel des Keys.

C'était là qu'était né son ancien sobriquet. Peu de personnes l'appelaient ainsi. Web. Un surnom spécial, lié à un lieu et à une époque. Unique aussi, comme les îles.

Telles des perles posées sur l'Atlantique, au sud-est de Miami, les Keys formaient un collier d'une étincelante beauté, étalé sur des eaux dont les bleus et les verts variaient selon la profondeur de l'océan.

On pouvait quitter le continent par deux voies, le Carl Sound Bridge ou l'US1. Là commençait la magie. Rien n'était plus féerique que le lever du jour sur les Keys, la voûte céleste s'embrasant d'ors et de pourpres. Une telle beauté était si douce qu'elle en caressait l'âme. Les couchers de soleil étaient encore plus divins, lorsque l'astre solaire entamait sa majestueuse descente, créant un nouveau spectre de couleurs, étendant ses doigts de feu sur l'océan, déroulant des fils roses et mauves teintés d'orange, qui peu à peu se muaient en rais gris et argent, jusqu'à ce que le disque incandescent disparaisse dans un ultime rayonnement pour faire place à la nuit.

Nulle part ailleurs les ténèbres n'étaient aussi profondes.

Bien sûr, l'obscurité n'était jamais complète là où les discothèques, les bars, les hôtels et les motels appelaient la clientèle de leurs néons. Mais à l'écart de l'urbanisation, là où la nature régnait, la nuit était aussi noire que le Styx, impénétrable, aussi effrayante qu'un enfer peuplé de créatures avides de chair et d'âmes humaines.

La nuit recelait tant de secrets et de vices. La pénombre était une précieuse alliée.

Tapi dans le noir, Web attendait en songeant au mystère, à la beauté, au romantisme, au sentiment de solitude exacerbés par la nuit et la nature. Et à la tâche qu'il devait mener à bien.

Sa mission n'était pas dépourvue de danger, mais les risques, aussi minimes fussent-ils, ne faisaient que décupler son exaltation.

Aux yeux de beaucoup, Key West était la plus attrayante des îles. Pour Web, le nord de l'archipel était plus accueillant, plus authentique. A la fois proche de la grisante effervescence de Miami et suffisamment loin de la civilisation pour offrir de merveilleux récifs de corail, des levers et des couchers de soleil fantastiques…

Et, à ce moment précis, les noires profondeurs de la nuit. Une aura de mystère dans laquelle il allait la retrouver. Ce serait une surprise, bien sûr. Elle ne se doutait pas de ce qui l'attendait : l'obscurité, le souffle du vent, le goût doux et salé de la brise marine, la plage…

L'éternité.

Elle était si belle. Resplendissante dans le chatoiement des rayons du soleil. Plus fascinante encore dans l'ombre.

Web avait méticuleusement préparé l'événement. Tout était prêt. Elle pouvait arriver. Tout se déroulerait comme il l'avait prévu.

Sauf que si elle tardait trop, il raterait l'instant magique. Mais de toute façon, ce serait cette nuit qu'il réglerait ses comptes.

Sheila était en retard.

Qu'à cela ne tienne, il n'en avait que plus de temps pour méditer…

Chacun des gestes de Sheila avait toujours été comme un coup de poignard dans son cœur. Sa vengeance serait terrible, mais il n'avait plus le choix.

Dépêche-toi, Sheila…

L'ébène mystique de la nuit se dissipait déjà, l'éclatante extase de l'aurore ne durerait qu'un bref instant.

Un son se fit soudain entendre.

Une voiture approchait.

Web alluma sa torche électrique.

Aveuglée, elle freina brusquement. Il se dirigea calmement vers elle.

Par chance, sa vitre était baissée. A l'approche de la tempête, la nuit était fraîche. La tempête aussi faisait partie de son plan.

— Qui… Qu'est-ce que tu fous là ?

Elle l'avait reconnu, évidemment.

— Tu étais d'accord pour qu'on se voie, lui rappela-t-il posément.

— Une minute, j'avais dit une minute. Et pas ici, au milieu de nulle part.

Elle était irritée. Elle s'énervait vite quand un obstacle se présentait sur son chemin.

— Cet endroit est superbe. Je voulais que tu sois là avec moi, je voulais te montrer comme cet endroit est beau. Je voulais t'offrir la beauté de cette nuit.

Il soupira avant d'ajouter :

— Je parie que tu n'es pas contente de me voir ?

— Ecoute, on s'est déjà vus aujourd'hui. Et je t'ai dit qu'on se reverrait pour parler calmement. Et brièvement.

Sa voix était de plus en plus grave, ce qui signifiait qu'elle commençait à perdre patience.

— Tu es idiot ou quoi ? s'écria-t-elle. Tu m'as éblouie. J'ai failli te renverser !

— Tu ne l'as pas fait.

— J'aurais pu te tuer.

— Intéressant. Mais le jeu en valait la chandelle.

Elle posa enfin son regard sur lui.

— Tu portes des gants ? En plein été ?

— Il ne fait pas très chaud, ce soir. La tempête menace. Ils ne l'ont pas encore baptisée. Ce n'est pas encore un ouragan, ni même une dépression. Mais on sent la tempête. Les éléments ne vont pas tarder à se déchaîner. Un rideau de pluie va bientôt s'abattre sur la terre. Les éclairs fendront les cieux, et les grondements du tonnerre résonneront comme des roulements de tambour.

— Super, commenta-t-elle sur un ton désabusé. Tu fais de la poésie, maintenant ? Ça explique les gants.

— Ce sont des gants de plongée.

— Des gants de plongée ? A l'approche d'une tempête ? Tu vas faire de la plongée *maintenant* ?

Web ignora sa question.

— Je te l'ai dit, je voulais te voir. En tête à tête.

— Génial.

Elle rejeta ses longs cheveux soyeux derrière ses épaules et regarda fixement la route.

— Eh bien, voilà, tu m'as vue. Tu es ridicule. Il faut que j'y aille. Je n'ai pas le temps de jouer à tes petits jeux.

— Tu vas prendre le temps. Nous allons passer la nuit sur la plage, regarder le soleil se lever… Tu as toute l'éternité devant toi.

— Laisse-moi partir ! s'emporta-t-elle en fronçant les sourcils, soudain méfiante.

— Hors de question.

Elle plissa le front.

— Qu'est-ce que tu fabriques avec cet appareil photo ?

— Je veux prendre des photos de toi sur la plage.

— Bien sûr… Bon, maintenant, écarte-toi de là, je n'ai pas le temps.

— Tu ne m'as pas compris. Je veux te montrer ces couleurs. Avant la tempête, ce sera merveilleux. Tu ne sais pas apprécier ce que tu as à portée de la main. Tu ne vois pas ce que tu as sous les yeux. Tu… tu ne m'as jamais vu.

Perplexe, elle le dévisageait.

— Ecoute…

— Sheila, allons voir le lever du soleil.

Il jeta sa lampe-torche dans la voiture et saisit Sheila par le bras. Quand elle croisa son regard, elle fut prise de panique.

Elle tenta de remonter sa vitre, mais il était trop tard.

— Lâche-moi ! Laisse-moi partir !

Les mains de Web enserraient ses poignets avec une force inouïe. Elle appuya sur l'accélérateur mais la voiture était au point mort.

— Mais qu'est-ce qui te prend, bon sang ? Tu ne peux pas me…

— Oh, si, je peux. Et tu sais quoi, Sheila, je vais le faire.

Il ouvrit la portière, poussa Sheila sur le siège du passager et s'installa à la place du conducteur.

Elle se mit à hurler.

Ses cris se perdirent dans la nuit étoilée, dans la mangrove où seuls une chouette et des moustiques étaient témoins de la scène.

Web sourit et, en quelques secondes, la réduisit au silence.

Ensemble, ils allaient assister à la naissance du jour.

Malgré les nuages menaçants, l'aube illumina le ciel de couleurs flamboyantes. Bientôt, l'île serait noyée sous la pluie.

— N'est-ce pas merveilleux ? demanda Web.

Les yeux de Sheila fixaient l'horizon.

— Magnifique, splendide, poursuivit-il.

Pour une fois, elle ne le contredisait pas.

— Tu es belle comme l'aurore, Sheila. Je n'en ai plus pour longtemps. Une ou deux photos, et ce sera fini.

Le Polaroid offrait une gratification immédiate. Le temps que les clichés se matérialisent, il contempla encore les ombres et les lumières du petit matin.

Et voilà, sa tâche était accomplie.

Ne lui restait plus qu'à s'acquitter des derniers détails : faire disparaître Sheila avant qu'il ne fasse grand jour.

Tout s'était déroulé à la perfection. Il jubilait.

Maintenant...

Il lui faudrait faire preuve de patience. Attendre, attendre patiemment la suite des événements.

1.

Dane Whitelaw était étendu sur une chaise longue de la terrasse du Sea Shanty quand Kelsey pénétra dans le bar comme une tornade. Slalomant entre les tables de bois brut, elle venait droit vers lui.

Comme à son habitude, Dane était là en quête de fraîcheur et de calme. A l'ombre, sous l'auvent de palmes, il observait les bateaux dans le golfe. Les nombreuses chopes de bière qu'il avait ingurgitées n'avaient en rien apaisé la tempête qui l'habitait depuis sa macabre découverte.

Dans ces circonstances, Kelsey Cunningham était bien la dernière personne qu'il s'attendait à voir ici. La dernière personne qu'il avait envie de voir tout court. En un mot, elle ne pouvait plus mal tomber.

En robe dos-nu et sandales, coiffée d'un chapeau de paille, les yeux cachés derrière d'élégantes lunettes de soleil, un verre en plastique garni d'une ombrelle à la main, elle avait l'air d'une touriste. Elle avait changé, mais il n'eut aucun mal à la reconnaître.

D'un pas déterminé, elle s'approcha de lui et se campa devant sa chaise.

En dépit de la canicule, des effluves de parfum chic flottaient autour d'elle. Elégante et décontractée à la fois, sa petite robe blanche mettait en valeur sa silhouette élancée. Ses longs cheveux blonds retombaient sur des épaules fermes et bronzées. Kelsey avait toujours été une belle fille. A présent, elle était une femme raffinée. Cependant, le regard qu'elle posait sur lui n'avait rien d'amical.

Que diable fabriquait-elle ici ? Pourquoi fallait-il qu'elle réapparaisse juste aujourd'hui, alors qu'elle n'avait plus mis les pieds sur l'île depuis des années ?

— Où est Sheila ? lança-t-elle sur un ton cassant, sans même prendre la peine de le saluer.

Le cœur de Dane se mit à cogner dans sa poitrine. Il se força à sourire avec désinvolture.

— Sheila ?

— Oui, Dane, où est Sheila ?

Il la scruta longuement.

— Hmm. Tu ne me dis pas bonjour ? Tu ne me demandes pas comment je vais ? Ça fait pourtant des siècles qu'on ne s'est pas vus.

— Je t'en prie, ne fais pas semblant de ne pas être au courant.

— Au courant de quoi, bout de chou ?

— Ne m'appelle pas « bout de chou », s'il te plaît.

— Excuse-moi, mais pour moi, tu seras toujours la petite sœur de Joe.

— Dane, je t'ai posé une question : où est Sheila ? Ne me dis pas que tu ne l'as pas vue ; il y a des témoins.

— Des témoins ? Des témoins de quoi ?

— Personne n'a de nouvelles de Sheila depuis une semaine, et la dernière fois qu'on l'a vue, c'était ici, avec toi. Alors dis-moi où elle est passée.

Dane remercia le ciel d'avoir mis ses lunettes noires. Et, une fois n'est pas coutume, d'avoir suivi une brève carrière militaire. Cela lui permettait d'afficher sans peine une expression totalement impassible.

Car s'il ignorait réellement où était Sheila Warren, il savait ce qui lui était arrivé. Depuis deux heures, il n'avait plus qu'une seule idée en tête : découvrir qui l'avait tuée, et pourquoi.

Mais Kelsey, elle, pourquoi se préoccupait-elle soudain de Sheila ? Elle ne lui avait pas rendu visite depuis des années…

— C'est vrai, bout de chou, qu'on a pris un verre ensemble, il y a quelques jours. Mais Sheila vient ici très souvent, tu sais. Avec tout un tas de gens. Comment veux-tu que je sache où elle est aujourd'hui, ma belle ?

Il avait parlé d'une voix traînante, délibérément provocante. Après tout, l'époque où ils avaient été unis dans le chagrin était loin. Et lors de leur dernière rencontre, Kelsey avait été plus froide que la glace.

Kelsey la justicière. Sincère, ardente, parfois tête brûlée. Prompte à lancer des défis, prompte à les relever. Toujours du côté des opprimés. Un pit-bull enragé, lancé contre les forces du mal — qu'elles soient réelles ou imaginaires. Elle était aussi, en certaines occasions, l'adorable petite sœur de Joe.

— Dane, bon sang, je sais que tu la revoyais !

Elle ne faisait aucun effort pour se montrer agréable. Elle savait toujours paraître aussi distante qu'une déesse.

Malgré son envie de partir, Dane se cala confortablement dans sa chaise longue et se força à hausser nonchalamment les épaules.

— Je la revoyais, oui et alors ? Je ne sais pas ce que tu entends par « voir », mais figure-toi que Sheila « voit » beaucoup d'hommes.

— Imbécile, lâcha Kelsey sans dissimuler son mépris.

— Je suis peut-être un imbécile, mais avant de t'énerver, sache que ton amie Sheila Warren a changé. Pour ne pas être grossier, je dirais qu'elle a des mœurs très légères.

Elle garda un instant le silence. Son visage irradiait la colère.

— Sheila a toujours été... une femme libérée. J'ai appris qu'elle couchait à nouveau avec toi, et maintenant, elle a disparu. Tu sais forcément où elle est passée.

Il ôta ses lunettes noires et l'étudia.

— Nous sommes en très bons rapports, déclara-t-il.

— Alors dis-moi où elle est.

— Je n'en ai pas la moindre idée.

— Bien. Dans ce cas, tu t'expliqueras avec la police.

— Pas de problème. Les flics seront polis, au moins.

Il remit ses lunettes de soleil et croisa les bras sur sa poitrine. Voyant que Kelsey ne le quittait pas des yeux, il leva vers elle un regard impatient.

— Bon, qu'attends-tu de moi ? Je ne peux pas t'aider. Toi aussi, tu as changé ? Comme ta copine Sheila ? Que veux-tu ? Rattraper le passé ? Je te plais, maintenant ?

Elle prit son temps avant de répondre, sans se décontenancer :

— Pas le moins du monde. Tu ne m'as jamais autant déplu.

— C'est bien ce que je disais, tu as changé. Alors, comme ça, tu n'aimes plus les beaux gosses musclés de la plage ?

— Je n'aime pas les connards de ton espèce.

Il la dévisagea d'un air narquois.

— C'est tout ?

— Non, ce n'est pas tout, répliqua-t-elle posément.

Son cocktail toujours à la main, elle leva lentement le bras et lui renversa le liquide coloré sur le torse.

Instinctivement, il se redressa et faillit lui saisir le poignet. Mais il se retint. Elle aurait de trop bonnes raisons de le considérer comme un connard.

Kelsey, la petite sœur de Joe, l'amie d'enfance… Et tant d'autres choses encore. Comme il l'avait pressenti dès l'instant où elle était apparue, elle n'allait lui apporter que des ennuis.

Mais il ne fallait pas qu'elle… Non, il ne fallait pas qu'elle finisse comme Sheila.

Le toisant de toute sa hauteur, elle secoua la tête avec dégoût.

— Tu n'es qu'un connard et un poivrot, Dane. Tu es couvert d'alcool et tu ne réagis même pas.

— Je vais même me lécher le corps, rétorqua-t-il. Tu veux m'aider ?

Après lui avoir jeté un dernier regard de dédain, elle pivota sur ses talons hauts et s'éloigna.

— Kelsey !

Malgré lui, il se leva. Tous ses muscles étaient tendus à se rompre.

— Va chez les flics, Kelsey, et ensuite, casse-toi des Keys. Va retrouver ton super job et ton magnifique appartement sur la baie, O.K. ?

Elle s'immobilisa, et hésita quelques secondes avant de se retourner.

— Va te faire foutre, Dane.

— Je ne plaisante pas. Va raconter aux flics ce que tu penses qu'ils doivent savoir et rentre chez toi.

— Je suis ici chez moi, autant que toi.

— Dépêche-toi de retourner dans ton quartier chic de Miami, dans ton appartement de luxe, dans ton immeuble avec des grilles et un vigile. Allez, file.

— Mais pour qui te prends-tu ?

— Pour quelqu'un qui se doit de t'informer que tu n'as plus rien à faire ici.

Et que tu ferais mieux de ne pas trop poser de questions à propos de Sheila Warren.

— Je te répète que je suis ici chez moi autant que toi, riposta-t-elle. Et je retrouverai Sheila.

Il la regarda s'éloigner en se faufilant entre les tables. Il était tenté de la suivre, de la prendre par les épaules et de la secouer, de lui conseiller de ne pas se mêler de ce qui ne la regardait pas et de la renvoyer chez elle. Mais s'il posait la main sur elle, elle ne manquerait pas de porter plainte. Et la police le flanquerait sous les verrous.

Il se contenta donc de la suivre du regard tandis qu'elle disparaissait par la porte de service du Sea Shanty. D'une manière ou d'une autre, il faudrait qu'il la convainque de rentrer à Miami.

Il serra les dents, soudain content que la bière ne lui soit pas encore montée à la tête. Puis il se leva, emprunta l'allée qui menait à la petite plage à l'arrière du Sea Shanty et marcha jusqu'à la mer. Les vagues le lavèrent du liquide poisseux qui lui coulait sur le corps et apaisèrent quelque peu son esprit tourmenté.

Malgré sa sordide découverte, il avait envisagé de se comporter normalement, mais la brutale arrivée de Kelsey modifiait la situation.

La police n'allait pas tarder à mettre son nez dans cette affaire et, tôt ou tard, on retrouverait Sheila Warren.

Il fallait absolument qu'il soit le premier à découvrir le fin mot de l'histoire.

Kelsey entra dans la partie droite du duplex et jeta son sac sur l'un des fauteuils en osier du petit salon, appréciant la fraîcheur de l'air conditionné. Dehors, il faisait une chaleur étouffante.

Un soupir exaspéré lui échappa.

— Bien, se murmura-t-elle à elle-même.

Sans aucun doute, elle s'y était mal prise avec Dane. Elle aurait dû se montrer plus aimable.

Si seulement elle ne l'avait pas trouvé avachi sur ce transat, tel le dernier des dépravés… En outre, Nate, le patron du Sea Shanty — et autrefois son mari, pendant une très brève période — lui avait dit que Dane avait passé l'après-midi à boire. Et qu'il revoyait Sheila. Qu'ils s'étaient disputés. Que Dane lui paraissait bizarre depuis qu'il était revenu de St. Augustine. Que quelqu'un était mort dans des circonstances peu claires, là-bas, au cours d'une affaire dont il s'occupait... Nate ignorait les détails de cette histoire, car Dane refusait d'en parler. Ce qui signifiait qu'il avait vécu une expérience difficile et qu'il était revenu à Key Largo pour noyer ses souvenirs dans l'alcool. Sheila aussi avait déclaré que Dane n'était plus le même, qu'il semblait avoir perdu le goût de la vie.

Elle s'inquiétait même pour lui.

Alors que lui, apparemment, ne s'en faisait pas le moins du monde pour elle.

Lorsqu'il était jeune, Dane était solide comme un roc. Inébranlable. Lui et Joe étaient les chefs de leur petite bande. Kelsey avait toujours eu de l'admiration et de l'affection à son égard — même quand elle l'avait fui. Qu'il ait perdu ses ambitions et son énergie la contrariait.

Du pied, elle se débarrassa de ses sandales. Dans la cuisine, elle ouvrit le réfrigérateur et se félicita d'avoir pris le temps de faire quelques courses dans la matinée. Jus de fruits, boissons gazeuses, bière, vin. Elle avait le choix.

La canicule la poussait à opter pour une bière. Ses doigts se refermèrent sur une cannette, puis elle se remémora l'état de Dane, hésita, effleura une bouteille de jus de framboise et de cassis. Non, elle avait envie d'une bière. Au diable Dane.

Pourquoi l'avait-il à ce point exaspérée ? Certes, les propos de Nate l'avaient mise sur la défensive. Cependant, rien ne justifiait son emportement excessif.

Elle n'avait pas vu Dane depuis des années. Alors, pour quelle raison l'avait-elle ainsi agressé ? Elle préférait ne pas le savoir. Elle avait commis un faux pas, c'était tout. Elle ferait mieux la prochaine fois, et peut-être parviendrait-elle à lui tirer les vers du nez. Car tout le monde savait qu'il fréquentait Sheila. Certes, ils n'avaient peut-être plus les mêmes relations que par le passé, mais ils étaient demeurés proches. Même Larry Miller, l'ex-mari de Sheila et actuel collègue de travail de Kelsey, le lui avait confirmé lorsqu'elle lui avait appris qu'elle allait passer quelques jours de vacances à Key Largo, avec son amie.

Quant à Nate, il avait soutenu que la dernière fois qu'il avait vu Sheila, elle avait eu une discussion animée avec Dane. Et Cindy Greeley, l'une des meilleures amies d'enfance de la jeune femme, avait corroboré ses dires.

Kelsey sortit une cannette de Michelob du réfrigérateur, dévissa la capsule et avala une longue gorgée de bière en parcourant la cuisine du regard.

« Sheila, dis-moi si je délire en te croyant en danger… Tu es peut-être tout simplement la femme légère et irréfléchie que tout le monde décrit… Où es-tu ? »

Pour toute réponse, elle n'obtint que le bourdonnement du système de climatisation, terriblement bruyant dans la quiétude de fin d'après-midi.

De retour dans le salon, elle fit coulisser la porte vitrée qui donnait sur le patio situé à l'arrière du duplex. La terrasse était séparée de celle de l'appartement voisin par une mince cloison. Au-delà s'étendait la piscine, entourée de massifs de fleurs et de plantes vertes. La propriété était délimitée par une palissade en bois de style rustique. Cet espace extérieur constituait le principal atout du duplex. Dans le patio, Kelsey se laissa caresser par une douce brise marine. Qu'il était bon de revenir chez soi... Car oui, quoi qu'on en dise — quoi que Dane en dise —, elle était ici chez elle.

De toute façon, elle n'avait pas quitté Key Largo pour aller très loin. Le secteur de Miami où elle habitait n'était qu'à une heure de l'île, une heure et demie quand la circulation était dense. Mais Miami et les Keys, malgré un climat identique, étaient aussi différents que le jour et la nuit. Certes, les mêmes fleurs y poussaient, le même océan baignait leurs côtes. De son appartement à Miami, Kelsey avait vue sur les eaux de Biscane Bay et, ici, l'Atlantique n'était qu'à deux pas du duplex. Toutefois, elle avait bien senti la différence aujourd'hui, quand elle avait retrouvé l'atmosphère chaleureuse et effervescente de Key Largo, où les autochtones, profitant du flux constant des touristes, avaient pourtant contracté la mauvaise habitude de chercher les meilleurs moyens de leur soutirer de l'argent. Finalement, songea-t-elle, ce qu'elle aimait par-dessus tout, c'était partir et revenir. Elle avait toujours rêvé de voir le monde, et elle en avait vu une bonne partie. Voilà pourquoi elle se sentait si bien chez elle.

Elle avait grandi à Key Largo, dans une jolie maisonnette de bois blanche, au bord de l'US1, sur le côté océan de l'île. Une maison qui n'existait plus aujourd'hui. Ses parents l'avaient vendue des années auparavant, et elle avait été démolie peu après. A la place, un des nouveaux complexes hôteliers y avait aménagé des courts de tennis. Kelsey avait été bouleversée lorsqu'elle était passée devant en voiture, et pour la première fois, elle avait regretté de ne pas avoir accepté la maison quand ses parents la lui avaient offerte, avant de partir s'installer à Orlando.

Maintenant, il était trop tard.

A l'époque, elle n'avait qu'un seul désir, comme eux : s'éloigner de Key Largo.

C'était une fuite, bien sûr, et elle en avait pleinement conscience. Joe était trop présent sur l'île. Seul l'éloignement pouvait l'aider à surmonter cette épreuve. Mais aujourd'hui, le temps avait pansé ses blessures, et elle aimait Key Largo justement parce que le lieu lui évoquait Joe. Elle avait été heureuse de revoir Nate au Sea Shanty, de savourer le soleil et la brise, de marcher pieds nus dans le sable de la petite plage privée du bar.

Le Sea Shanty aussi regorgeait de souvenirs. Dans son enfance, c'était le père de Nate qui tenait ce modeste établissement de plage. Quand elle y était entrée, elle avait été assaillie par une douce nostalgie. Et puis elle avait eu cette discussion avec Nate, et ensuite avec Dane.

Dane Whitelaw, qui végétait au soleil en s'enfilant bière après bière. Quelle pitié…

D'autres que lui venaient échapper à la réalité dans ce petit coin de paradis. Mais lui, pourquoi foutait-il sa vie en l'air ?

Ainsi, il avait vu Sheila… bien plus que cela même, selon ses propres aveux. Depuis des années, Dane et Sheila entretenaient une relation en pointillés. Il aurait dû être inquiet de sa disparition. Même Larry, à qui Sheila avait brisé le cœur, avait eu la décence de se montrer anxieux. Il avait insisté pour que Kelsey l'appelle en cas de problème, assurant que si Sheila avait besoin d'argent, il lui en prêterait. Comme si Sheila pouvait avoir besoin de lui… Nate aussi avait paru soucieux. Il avait secoué la tête en disant que tout le monde s'inquiétait à son sujet, mais qu'ils ne pouvaient rien faire. Sheila était majeure et vaccinée, non ? Il avait encore précisé qu'il n'était pas rare qu'elle pose des lapins à ses amis, toujours avec une bonne excuse. Pourtant, en dépit des efforts qu'il faisait pour se rassurer, Kelsey avait eu l'impression qu'il n'était pas tranquille : Sheila n'était pas passée au Sea Shanty depuis une semaine, ce qui n'était pas dans ses habitudes.

Seul Dane affichait une grossière indifférence. Ni Sheila ni rien d'autre ne semblait l'intéresser. Rien, hormis l'alcool.

Et que penser de ces mots sur la dernière page du journal de Sheila ? Kelsey avait trouvé le cahier sous son oreiller. Tout d'abord, elle n'y avait pas touché, considérant qu'il s'agissait d'écrits intimes, et donc, qu'elle n'avait pas le droit de les lire. D'ailleurs, cela l'avait surprise que son amie tienne un journal. Et puis, comme Sheila demeurait absente, elle s'était permis de le feuilleter. Une ligne sur la dernière page avait retenu son attention.

« Il faut que je voie Dane ce soir. Que je lui dise que j'ai peur. »

Intrusion ou non dans son jardin secret, Kelsey avait désormais la ferme intention de lire le journal jusqu'à la dernière page. Elle aurait peut-être même dû signaler son existence à la police.

Non, il était encore trop tôt. Elle devait d'abord connaître son contenu. A moins que cela ne devienne absolument indispensable, il était hors de question qu'elle divulgue à quiconque la vie privée de Sheila.

Des coups retentirent contre la porte. Kelsey poussa un soupir d'agacement, craignant que Dane ne l'ait suivie. Pas besoin d'être flic pour deviner l'endroit où elle logeait. Et Dane connaissait sûrement l'adresse de Sheila.

Pieds nus, elle se dirigea vers la porte d'entrée, en remerciant intérieurement les propriétaires du duplex d'avoir changé les anciennes jalousies contre un battant tout de bois. A travers le judas, elle reconnut Cindy Greeley, l'occupante de l'autre partie du duplex, une assiette entre les mains.

Elle ouvrit la porte.

— Du nouveau ? s'enquit Cindy.

Kelsey recula d'un pas afin de la laisser entrer. Même sans chaussures, elle faisait au moins une tête de plus que la colocataire de Sheila. Elle mesurait un mètre soixante-quinze, tandis que Cindy ne devait pas dépasser le mètre soixante. Menue mais musclée, la jeune femme avait de grands yeux bleus, les cheveux décolorés par le soleil. Malgré son allure de lycéenne, elle avait le sens des affaires. Après de brillantes études de commerce, elle avait ouvert dix-huit boutiques de T-shirts et souvenirs, réparties sur toutes les îles des Keys. Bientôt, elle serait à la tête d'une belle fortune.

— Du nouveau ? répéta Kelsey, mi-pensive, mi-amère. Non. Rien. Que dalle.

— Je te l'avais dit.

— Enfin, rien, ce n'est pas tout à fait exact. Tout le monde confirme que Sheila a eu une prise de bec avec Dane, et que depuis, elle s'est volatilisée. Je suis sûre que quelqu'un en sait plus long qu'il ne veut le laisser paraître. Je t'offre quelque chose à boire ?

Cindy la dévisagea d'un air interrogateur.

— Il n'est pas un peu tôt pour toi ? Je croyais que tu ne buvais jamais dans la journée.

— Il est 17 heures passées. C'est l'heure de l'apéro, non ?

— Alors, volontiers. Excuse-moi, je ne m'étais pas rendu compte qu'il était si tard. Avec l'horaire d'été, les journées sont si longues… Au fait, tu as goûté le Wind-Runner, au Sea Shanty ?

— J'en ai commandé un, mais je ne l'ai pas bu.

— Tu n'as pas aimé ? C'est mon cocktail préféré.

— J'ai renversé mon verre. Tu entres ou pas ?

— Oui, oui, bien sûr. J'ai apporté une quiche. J'ai pensé que ça te ferait plaisir.

— Super, tu fournis à manger, je fournis la bière.

Kelsey entraîna la jeune femme vers la cuisine.

— Je suis passée au bureau du shérif, reprit-elle. Le shérif Hansen m'a fait remplir un formulaire de recherche dans l'intérêt des familles, bien qu'il n'ait pas eu l'air de vraiment s'affoler. Il m'a dit qu'il ne voyait pas ce qu'il y avait d'anormal à ce que Sheila soit absente depuis une semaine. En général, on considère qu'une personne a disparu au bout de quarante-huit heures. Ici, ta dépouille a le temps de se momifier avant qu'on songe à s'inquiéter.

— Ce n'est pas ça, Kelsey. Tu sais...

— Je sais quoi ?

— Sheila mène... une drôle de vie.

— Il fallait quand même signaler sa disparition, et personne n'a pensé à le faire.

— Kelsey, commença Cindy en se hissant sur l'un des trois tabourets alignés devant le bar de la cuisine, je ne sais pas quoi te dire pour te rassurer. Sheila a l'habitude de partir sans prévenir personne.

— Je suis inquiète parce que nous nous étions donné rendez-vous. J'ai pris des congés exprès pour venir la voir.

La jeune femme haussa les épaules et accepta la bouteille de Michelob que lui tendait Kelsey.

— Ça fait longtemps que tu n'as pas vu Sheila, remarqua-t-elle.

— Plus de deux ans.

— Elle a changé, tu sais.

Kelsey haussa les épaules de façon à masquer le sentiment de culpabilité qu'elle éprouvait depuis quelques jours. Effectivement, elle avait délaissé ses amis...

Malgré leurs différences d'âge, tous les enfants de l'île avaient grandi ensemble, et une solide amitié s'était nouée entre eux. Kelsey était la plus jeune. Suivait Cindy, d'un an son aînée. Sheila et Nate avaient deux ans de plus qu'elle. Joe, le frère de Kelsey, était le plus vieux de la petite bande, même s'il n'avait qu'un mois d'écart avec Dane Whitelaw. Larry était à peu près du même âge que Joe et Dane, et s'il ne venait à Key Largo que les week-ends, il faisait tout de même partie du clan. Seuls des gamins comme Jorge Marti ou Izzy Garcia ne se joignaient au cercle qu'occasionnellement.

Au fil des ans, cependant, le groupe s'était dispersé, et chacun avait suivi son propre chemin.

Du moins certains d'entre eux avaient-ils gardé le contact. Kelsey travaillait avec Larry ; c'était lui qui l'avait fait entrer chez Sherman and Cutty, l'agence de pub au sein de laquelle elle occupait aujourd'hui le poste de directrice artistique. Cindy et Nate étaient eux aussi restés proches. Et Kelsey n'avait perdu de vue ni l'un ni l'autre. Elle avait gardé de bonnes relations avec Nate, même après l'échec de leur bref mariage. En fait, elle ne l'avait épousé que pour combler un vide, puis elle s'était sauvée. Jamais elle n'aurait dû se marier avec lui. Elle lui avait fait du mal. Et pourtant, il lui avait pardonné. Il était heureux à Key Largo. Il aimait le Sea Shanty ; il aimait la pêche, la plongée sous-marine, naviguer en mer et lézarder au soleil. Il aimait trop son île pour pouvoir vivre ailleurs.

Contrairement à Sheila et Dane, qui avaient toujours eu envie de partir.

Dans le cas de Sheila, c'était compréhensible. Peut-être aussi dans celui de Dane...

Pourtant, tous deux étaient revenus.

Et voilà que Kelsey retrouvait elle aussi son port d'attache, pour passer quelques jours avec Sheila. Sheila qui l'avait invitée, qui lui avait envoyé les clefs du duplex, mais qui n'était pas là.

— Tu es allée voir son beau-père ? s'enquit prudemment Cindy.

— Non, répondit Kelsey en réprimant un frisson.

— Moi non plus. Pourtant, c'est sans doute la première personne à qui nous aurions dû demander des nouvelles de Sheila.

— Elle a gardé le contact avec lui ? Ça m'étonne.

— Elle est obligée, à cause du compte en fidéicommis que leur a laissé sa mère.

— Tu sais quoi ? Je vais aller chez lui tout de suite, déclara Kelsey en se levant.

— Il n'y a pas urgence. Tu n'as même pas goûté ma quiche. Il faut que tu manges, Kelsey. Tu iras voir Andy Latham plus tard. Demain matin, quand il fera jour.

Déjà devant la porte, elle enfilait ses sandales.

— Il ne fait pas encore nuit. Je n'ai que trop attendu.

— Sheila le déteste, tu le sais aussi bien que moi. Si elle avait des projets, il est la dernière personne à qui elle en aurait parlé. Quoique, Sheila et les projets... ça fait deux. Nous partageons la même maison et je ne sais jamais ce qu'elle fabrique.

— Tu as dit toi-même qu'elle était obligée de rester en relation avec lui à cause du legs de sa mère. Il est peut-être au courant de quelque chose.

Cindy poussa un soupir.

— Kelsey, si la voiture de Sheila n'est pas là, c'est qu'elle est partie quelque part. D'une taupinière, tu fais une montagne.

— Elle savait que je prenais des congés exprès pour elle. Elle voulait absolument me parler. Elle était angoissée.

La jeune femme garda le silence, ce qui eut pour effet d'exaspérer Kelsey. Ils avaient peut-être raison, tous. Elle n'avait pas vu Sheila depuis des lustres. Elle était venue à Key Largo poussée par un sentiment de culpabilité. Mais cela ne signifiait pas que Sheila, de son côté, soit tout à coup devenue responsable. Elle avait pu oublier leur rendez-vous comme elle oubliait ses engagements avec la plupart de ses amis.

— Tu viens avec moi ?

— Non, répondit Cindy en frissonnant. Et je crois que tu ne devrais pas y aller. Pas maintenant. Attends que Nate ou quelqu'un d'autre puisse t'accompagner. Dane, par exemple. Il est détective privé. C'est probablement lui le mieux placé pour retrouver Sheila. Demande-lui d'aller avec toi chez Andy Latham.

Kelsey secoua amèrement la tête.

— Demander à un ivrogne de m'accompagner chez un autre ivrogne ?

— Dane n'est pas un ivrogne.

— Toi, tu le défendrais même s'il commettait un hold-up.

— Ce n'est pas vrai. Il… Je ne connais pas tous les détails de cette histoire, mais je sais que l'une de ses clientes a été tuée à St. Augustine.

— Assassinée ?

— Pas exactement. D'après la police, il s'agissait d'un homicide involontaire.

— C'est bien triste, mais ça ne justifie pas que Dane soit devenu une larve. De toute façon, je n'ai pas besoin de son aide. Si tu l'avais vu, cet après-midi… un véritable légume. Je peux très bien me débrouiller toute seule. Andy Latham est un sale bonhomme, mais il n'est pas dangereux. Je n'en aurai pas pour longtemps. Mets-moi une part de quiche au réfrigérateur. Je la réchaufferai au micro-ondes en rentrant.

— Moi qui comptais sur toi pour passer la soirée…

— Désolée, lança Kelsey en tirant la porte derrière elle.

Satisfaite d'avoir enfin trouvé quelque chose d'utile à faire, elle se dirigea rapidement vers sa voiture.

— Hé ! lui cria Cindy depuis le seuil.

Surprise, Kelsey se retourna.

— Oui ?

— Kelsey… Pourquoi as-tu traité Dane d'ivrogne ? Ce n'est pas seulement parce qu'il a bu cet après-midi chez Nate ?

— Nate m'a dit qu'il passait tous ses après-midi au bar. Quand je suis arrivée, il devait en être à sa sixième ou septième bière. Il était affalé sur une chaise longue, l'air complètement hébété. D'après Nate, s'il a ouvert cette agence sur l'île, c'est simplement pour sauver les meubles.

— Ce qui ne fait pas de lui un alcoolo.

— Aujourd'hui, il en avait tout l'air.

— En général, il ne boit que de l'eau de Seltz.

— Crois-moi, son haleine empestait la bière.

Cindy haussa les épaules.

— O.K., il a peut-être bu de la bière cet après-midi. Et alors ? Moi aussi, il m'arrive de boire un peu trop. Enfin bref… Pense de lui ce que tu veux, mais à mon avis, tu ferais mieux de lui demander de t'accompagner chez ce vieux porc de Latham.

— Ne t'inquiète pas pour moi.

— Sérieusement, Kelsey, tu ne devrais pas y aller seule.

Mais Kelsey était déjà au volant de sa voiture. Elle mit le contact.

« Aide-moi, Dane. »

Les mots résonnaient encore clairement à ses oreilles. Dans le coucher du soleil, leur écho se répétait à l'infini.

Que pouvait-il faire ? Il avait déjà inspecté tous les recoins de la plage, à plusieurs reprises, pour découvrir quoi ? Rien. Exactement comme il s'y attendait.

Depuis une semaine, un ouragan se préparait au-dessus des Everglades. La tempête ne se déclarait pas franchement, mais des rafales vengeresses avaient arraché des branches aux palmiers, et durant vingt-quatre heures, la plage avait été inondée.

En découvrant la photo glissée sous sa porte, Dane avait immédiatement fouillé sa maison et les alentours de fond en comble, puis il avait réfléchi, fouillé à nouveau, réfléchi, et encore fouillé.

Après le choc, une tristesse indescriptible et insoutenable l'avait envahi. Et puis il avait pris conscience qu'il était victime d'un coup monté. Il aurait beau remuer ciel et terre, il ne trouverait ni empreinte ni indice sur sa plage privée. Hormis des éléments prouvant que Sheila s'était trouvée là avec lui.

A présent, il ne pouvait pas se laisser submerger par l'émotion. Il ne pouvait pas se permettre de céder à la colère. Ni de s'apitoyer sur son sort ou sur celui de Sheila. Il devait découvrir ce qui s'était passé. Qui haïssait Sheila au point de la tuer ? Et qui lui en voulait à lui ?

Avec Kelsey menant sa petite enquête de son côté, il allait devoir agir vite. Heureusement, il avait des relations bien placées. Cependant il ne pouvait pas dévoiler tout ce qu'il savait. Il lui faudrait donc procéder avec finesse et précaution.

Non, il n'avait pas de temps à perdre. Mais rester assis là n'était pas une perte de temps. La sérénité de Hurricane Bay, son île privée, lui avait toujours été bénéfique. Le calme lui permettait de réfléchir la tête froide.

Et de se souvenir.

Après de longues heures de chaleur intense, le soleil commençait enfin à décliner. C'était pour lui le plus beau moment de la journée — ce qui n'avait pas toujours été le cas. Quand il était petit, il prenait son père pour un fou, parce que ce dernier n'avait jamais voulu de système de climatisation, prétendant que la brise marine était suffisamment rafraîchissante. De même, il ne voulait pas d'une luxueuse villa parce que, chaque soir, ils jouissaient de la plus belle vue dont on puisse rêver depuis leur vieille bicoque. Assis sur les marches branlantes du perron, tous deux contemplaient le tableau du soleil couchant sur l'Atlantique, ses rouges, ses roses, ses ors. Quand le ciel était dégagé, l'azur revêtait des teintes pastel et puis, d'indigo, la nuit devenait noire. Par temps nuageux, des volutes de cobalt dansaient devant la lune. Quant aux tempêtes, elles étaient magnifiques. Les éclairs déchiraient les eaux, comme des flèches décochées par un dieu furieux, et sous la force du vent, les arbres ployaient et ondulaient avec une grâce rageuse.

A présent, Dane comprenait son père — par exemple, le plus fin des mets ne valait pas le poisson frais jeté sur le gril à peine sorti de la mer.

Si, enfant, il n'était guère sensible aux charmes de Hurricane Bay, aujourd'hui, il aimait sa petite île privée plus que tout autre lieu au monde.

Dieu merci, son père était parti rasséréné, en sachant que son fils s'était enfin attaché à ce morceau de terre.

Assis sur le ponton de bois, Dane ferma les yeux. Et les mots de Sheila revinrent sonner à son oreille.

2.

« Aide-moi, Dane. »

La voix de Sheila résonnait dans sa tête comme un reproche. Reproche qu'il s'était déjà adressé mille fois à lui-même.

Il était déjà assis là, la dernière fois que Sheila était venue à Hurricane Bay. Comme aujourd'hui.

Les choses se seraient-elles passées autrement s'il n'avait pas assisté à son manège ce jour-là ?

Elle était arrivée au Sea Shanty peu après lui. Il était en train de discuter avec Nate, en buvant de l'eau gazeuse au citron vert. Nate soupçonnait l'un de ses serveurs de piocher dans la caisse, et lui demandait son avis sur les caméras de surveillance. Dane lui avait volontiers donné quelques conseils.

Sheila passait presque tous les après-midi vers 17 heures au bar — où elle ne déboursait jamais un sou pour ses consommations. Elle n'avait peut-être pas remarqué sa présence. Ou alors, elle s'en moquait. En d'autres temps, ils avaient formé une sorte de couple, bien que Dane n'eût jamais été amoureux d'elle. Depuis son enfance, il savait ce qu'il voulait faire de sa vie. M. Cunningham et Joe l'avaient peut-être influencé, mais de toute façon, sa décision était prise. Son avenir et le métier qu'il souhaitait exercer constituaient ses principales préoccupations. Et finir pêcheur à Key Largo ne l'intéressait pas : attendre pendant des heures que le poisson morde, éviter les touristes ou les arnaquer, regarder les restaurants ouvrir et fermer… Très peu pour lui.

Quant à Sheila…

Elle l'avait peut-être aimé, à sa manière. Mais elle aussi avait des idées bien arrêtées. Elle voulait quitter l'île. Partir était son unique but. Au lycée déjà, elle reluquait les touristes et les riches hommes d'affaires qui venaient passer leurs week-ends à Key Largo.

Ce qui ne l'avait pas empêchée de demeurer attachée à lui, même après leur violente rupture. Ces dernières années toutefois, quelque chose s'était brisé dans leur relation. Depuis qu'il s'était installé à St. Augustine… et lié avec Kathy Malkovich.

A son retour à Key Largo, il avait revu Sheila plusieurs fois, en général en compagnie de connaissances, ou au bar. Elle était même venue chez lui, quelques semaines plus tôt, avec Nate. Ils avaient attrapé une daurade et l'avaient fait griller sur le barbecue.

Généralement, les gens évitaient de mentionner la jeune femme devant lui, donnant à leur ancienne liaison plus d'importance qu'elle n'en avait. Nate lui-même s'était interrompu après avoir commencé à lui parler du comportement de Sheila. Sans doute avait-il craint de le blesser.

Dane n'aurait donc pas dû être surpris par le spectacle qu'elle lui avait donné à voir ce jour-là. Sheila avait toujours été une fille volage, persuadée qu'il n'y avait rien que de très normal à ne pas être toujours amoureux de la même personne. Elle disait qu'il y avait parmi les hommes des bons et des mauvais « coups ». Et elle ne se privait pas de coucher avec ceux qui avaient quelque chose à lui offrir.

Elle était blasée.

Cet après-midi-là, au bar, il l'avait vue agir pour la première fois, et avait assisté à ses opérations de séduction.

Lui aussi était un peu blasé. Pas complètement désespéré, mais las de la vie. En voyant Sheila, il avait éprouvé d'étranges sensations. Du soulagement d'abord — Dieu merci, il n'avait jamais pris aucun engagement envers elle. De la tristesse aussi, à la pensée de l'enfant qu'elle avait été. Et un peu de dégoût. Pourquoi cette femme magnifique se comportait-elle de la sorte ? Elle était jeune, elle avait le monde à ses pieds, pourquoi s'autodétruisait-elle ?

A la manière dont elle s'était hissée sur ce tabouret de bar, il avait compris où elle voulait en venir. D'abord, elle s'en était prise à cet Hispanique d'une quarantaine d'années, qui arborait de lourdes chaînes en or autour du cou, et des diamants à tous les doigts. Elle avait sorti une cigarette de son sac et lui avait demandé du feu. Ils avaient engagé la conversation, puis il lui avait offert un verre. Le type ne s'était pas attardé, car une femme l'attendait à l'extérieur. Mais avant qu'il ne parte, Sheila avait noté quelque chose sur un bout de papier et le lui avait tendu.

Etait ensuite arrivé un gars plus jeune, vingt-cinq ans peut-être, en bermuda de jean effiloché et sandales de marque. Son polo venait de chez un grand couturier. Même s'il avait été riche comme Crésus, Dane n'aurait jamais dépensé autant d'argent pour un T-shirt.

Sheila était concentrée sur son verre quand le gars était entré dans le bar. Elle avait dû flairer sa proie. Immédiatement, elle avait écrasé sa cigarette et s'était retournée en en tirant une autre du paquet posé devant elle.

Ils avaient longuement bavardé. Et puis elle lui avait donné son numéro de téléphone.

Il n'y avait pas eu d'autres rencontres après celle-ci. Et Sheila avait fini par s'apercevoir que Dane l'observait, depuis le fond du bar. Ses joues s'étaient très légèrement empourprées. Elle avait rejeté ses longs cheveux derrière ses épaules et s'était approchée de lui.

— Alors, on vient noyer son chagrin au Sea Shanty ? lui lança-t-elle.

— Salut, Sheila.

Elle alluma une nouvelle cigarette.

— Tu as vu, je plais toujours aux hommes, murmura-t-elle.

— Tu es belle, et tu le sais.

Un sourire joua sur ses lèvres.

— Mais ça ne suffit pas, n'est-ce pas ?

— Tout dépend de ce que tu cherches. A quoi joues-tu ?

— Tu te rappelles l'époque où tu m'aimais ? lui demanda-t-elle en le regardant dans les yeux.

— Je t'aime toujours, Sheila. Comme une amie.

A nouveau, elle esquissa un sourire.

— Tu n'as jamais été amoureux de moi.

— Toi non plus.

Elle détourna le regard.

— On voulait tous les deux foutre le camp d'ici, et on est toujours là. Tu l'aimais, elle, hein ? Cette femme de St. Augustine.

Il ne répondit pas. Elle ne lui en laissa pas le temps.

— Qu'est-ce qui ne va pas chez moi, Dane ?

— Rien, Sheila, tu es parfaite. Mais nous n'avions pas grand-chose en commun, nous n'étions pas faits pour vivre ensemble.

Elle secoua la tête en regardant au loin.

— Je n'ai pas pu rester avec Larry non plus. Pourquoi ? J'aurais dû. Je suis une éternelle insatisfaite... Eh ! Ça te dirait de passer la nuit avec moi ?

— Sheila...

— D'accord, j'ai compris, tu es toujours en deuil. Dommage. Je... je me serais sentie en sécurité avec toi.

— Sheila, on ne couche pas avec un mec pour se sentir en sécurité. On ne couche pas pour le fric non plus.

Elle le considéra avec amusement.

— Le fric est une raison comme une autre de se taper un type. Allez, Dane, tu n'as pas envie de retrouver la magie d'autrefois ?

A ces mots, elle posa ses longs doigts sur sa cuisse. L'excitation qu'il ressentit le mit hors de lui.

— Non, répliqua-t-il en repoussant sa main.

— Dane, ne m'abandonne pas.

— Je ne peux pas t'abandonner, nous ne sommes pas ensemble.

Sur quoi, il était sorti du bar. Nate les avait vus, bien sûr, et il les avait entendus. La colère de Dane n'avait pas pu lui échapper. Comme elle n'avait pas pu échapper à Cindy Greeley. Dane ne l'avait pas remarquée plus tôt, mais elle était au bout du comptoir avec Nate, en train de lui montrer les T-shirts qu'elle avait fait imprimer avec le logo du bar.

Avant de s'en aller, Dane lui avait adressé un signe de la main.

Ce soir-là, il avait reçu la visite de Sheila à Hurricane Bay. Elle lui avait dit de ne pas s'inquiéter, qu'elle ne faisait que passer. Ils étaient toujours amis, non ?

— Amis, Sheila, avait-il insisté avant de la laisser entrer.

Au début, elle lui avait paru désinvolte, détendue.

Elle lui demanda pourquoi il était revenu à Key Largo. Il répondit qu'il ne s'était pas vraiment posé la question. Elle ne le crut pas, mais fit semblant.

— Pour toi, tout a changé à la mort de Joe.

Il ne releva pas sa remarque.

— Qu'est-ce que tu veux, Sheila ?

— Me marier avec un mec bien et me fixer. Le problème, c'est que les mecs bien, ça ne court pas les rues. Toi, tu m'as connue quand j'étais jeune, gentille et innocente. Bon, d'accord, je n'ai jamais été innocente. Mais j'étais une chic fille.

— Tu as été mariée à Larry Miller. Larry est un mec bien.

— Bien mais chiant. Je m'ennuyais avec lui. Tous les mecs bien sont-ils aussi tristes ? Je ne sais pas. J'aime m'amuser, moi. Je ne trouve pas d'homme qui me convienne. En fait, je crois que je venge les femmes.

— Ah ?

Elle rit.

— Ouais. La plupart des hommes sont des salauds. Ils ne pensent qu'à baiser, à tromper leur femme.

— Pas tous. Et il y a des femmes qui font la même chose.

— Ce n'est pas pareil, crois-moi. Les hommes ont besoin qu'on flatte leur ego. Un mec m'a dit un jour que la nature était ainsi faite. La survie de l'espèce, tu vois ? Autrefois, les hommes n'avaient qu'à planter leur petite graine, comme les lions. S'accoupler autant qu'ils pouvaient pour perpétuer leur lignée. Instinctivement, les hommes se comportent toujours de la même façon, sauf, bien sûr, qu'ils n'ont plus réellement envie de procréer, parce qu'ils ont un peu évolué. Ils n'ont pas envie de banquer pour l'éducation d'un gosse. A côté de ça, il y a des types qui sont fondamentalement mauvais et qui n'y peuvent rien. Regarde tous ces vieux croulants qui plaquent leur femme afin de frimer avec des minettes de dix-huit ans. Ces sales machos qui font des mômes à quatre-vingts ans.

— Tu sais, Sheila, j'ai pas mal d'amis que leur femme a quittés.

— Evidemment, tu défends ton sexe.

— Je ne défends personne. Je pense seulement que l'être humain en général n'a pas beaucoup de considération pour son prochain. J'ai vu plein d'hommes se comporter comme des ordures. Mais je connais aussi des femmes calculatrices et sans le moindre scrupule.

— C'est différent, rétorqua-t-elle en agitant une main. Il faudrait faire une étude scientifique. En tout cas, moi, je venge les femmes en me servant des mecs comme de gobelets en papier. Quand ils ramollissent, hop, à la poubelle.

Elle s'interrompit et le regarda.

— Dane... tu es sûr ?... Je veux dire... Avant, tu sais, quand on n'avait personne ni l'un ni l'autre...

— Sheila, je ne suis pas l'homme qu'il te faut. Mais laisse-moi te parler, tu permets ? Tu es belle. Tu mérites dix fois mieux que la vie que tu mènes. Sans parler des risques que tu prends : les détraqués, les maladies sexuellement transmissibles...

Elle éclata de rire.

— O.K., j'ai compris ! Tu as peur que je sois infectée. Dane, il n'y a pas plus prudente que moi.

— Si tu étais prudente, tu t'intéresserais à autre chose qu'à l'argent.

— Il n'y a pas que l'argent qui m'intéresse, murmura-t-elle.

— Quoi d'autre, alors ?

— Je te l'ai dit, je prends ma revanche.

Elle se renversa contre les coussins du canapé et le considéra en souriant tristement.

— Je sais que tu viens de traverser une période difficile, poursuivit-elle. Je peux t'aider. Avec moi, tu te sentiras mieux. Ne serait-ce qu'une nuit.

La proposition était tentante, mais il avait conscience que Sheila ne pouvait rien lui apporter. Et réciproquement.

— Non, Sheila, lui opposa-t-il doucement.

Elle resta quand même. Ils burent du vin, commencèrent une partie d'échecs. C'était une joueuse habile. Ils ouvrirent une autre bouteille de vin et continuèrent à boire jusque tard, très tard dans la nuit.

— C'est dommage que tu ne veuilles pas de moi, Dane.

— Sheila…

— Qu'est-ce qui cloche chez moi ? demanda-t-elle pour la deuxième fois de la soirée.

— Rien, tu es superbe. C'est moi qui ne suis pas bien, et je ne crois pas que nous soyons faits l'un pour l'autre.

— Tu sais, Dane, je ne couche pas avec tout le monde. Je flirte mais… J'aime les cadeaux, les bons restaurants, le bon vin. Je te jure que je ne suis pas malade. Je prends mes précautions, et je suis plus sélective qu'il n'y paraît. Je fais attention. Dane, je sais que tu souffres, mais es-tu de marbre ? Ça te ferait du bien. Je suis parfaite pour toi. Je sais que tu ne m'aimes pas, je n'attends rien de toi… Laisse-moi seulement partager quelques instants avec toi. Eteins les lumières, soûle-toi si tu veux, ça ne me dérange pas.

Elle se rapprocha de lui. Les pièces du jeu d'échecs étaient tombées sur le tapis. Dane avait beaucoup bu, son cœur débordait de chagrin, de culpabilité, et de désir. Sheila était belle, sensuelle — et elle ne portait rien sous sa robe rouge. Après tout, les hommes n'étaient peut-être que des bêtes un peu évoluées.

— Ce n'est pas une bonne idée, protesta-t-il d'une voix rauque.

— Tant pis. Je m'en fous. Je veux passer la nuit avec toi.

Elle se leva et laissa sa robe rouge glisser à ses pieds.

— On dira que c'était pour me faire plaisir, ajouta-t-elle.

Il ne s'était pas rendu compte qu'elle ne voulait pas partir parce qu'elle avait peur. Et il n'avait pas vraiment envie qu'elle parte.

Avant qu'il ait pu dire quoi que ce soit, elle était assise sur ses genoux et plongeait dans ses yeux un regard suppliant.

Il fit l'amour comme il aurait mangé des aliments insipides, et se réveilla avec une migraine. La veille, il n'avait pas voulu peiner Sheila. Tous deux avaient assez souffert.

Il n'eut pas besoin de parler. Elle se leva, enfila sa robe rouge et se dirigea vers la porte.

— Merci, lui lança-t-elle après avoir vérifié qu'il faisait jour.

— Tout le plaisir était pour moi, répondit-il, histoire de détendre l'atmosphère.

Elle ne se retourna pas, et c'est alors qu'elle prononça ces mots :

— Aide-moi, Dane.

— J'essaye, mais tu ne veux pas m'écouter.

— Tu n'y peux rien si tu ne m'aimes pas. Je ne te demande pas de m'aimer… Moi non plus, je ne t'aime pas… Enfin si, mais je…

Elle se tourna vers lui et le fixa dans les yeux.

— J'ai besoin d'aide.

— Tu as besoin d'aide, c'est vrai…

Elle l'interrompit d'un éclat de rire.

— Tu ne comprends pas. Ce n'est pas d'un psychologue dont j'ai besoin. Je… je ne peux pas t'expliquer.

Elle resta un instant immobile sur le seuil de la porte ouverte. Dans la lueur rosée de l'aurore, il crut voir passer sur son visage un nuage de désespoir.

— J'ai l'air d'une dure… mais j'ai peur.

— Eh bien, change de mode de vie, maugréa-t-il en se levant. Cesse de t'envoyer en l'air avec des étrangers. Trouve-toi un autre but dans la vie que celui de venger les femmes ou de défendre je ne sais quelle ineptie.

Il vit l'ombre d'un sourire jouer sur ses lèvres.

— Personne ne peut se mettre à ma place. Personne ne me comprend. Oh, Dane ! Si tu savais comme les hommes sont cruels, parfois…

Et puis elle était partie.

Dane ne l'avait plus revue vivante. Il n'avait pas saisi l'ampleur de sa détresse.

Ses mains étaient moites. Non seulement on avait tué Sheila mais on cherchait à le compromettre, lui, Dane Whitelaw.

Il fallait qu'il retrouve l'assassin.

*
* *

Andy Latham habitait sur la partie de l'île qui se trouvait en bordure du golfe. Key Largo n'était pas suffisamment vaste pour mettre de la distance entre soi et ceux que l'on n'aimait pas, mais Kelsey s'était toujours réjouie que Latham réside de l'autre côté de l'US1. Elle détestait cet homme par sympathie pour Sheila, qui avait toujours haï son beau-père.

Latham vivait de la pêche, comme bon nombre des habitants de l'île. Sa propriété était située à l'écart de la route principale, à une dizaine de minutes du duplex. A la fin des années cinquante, il avait réussi à faire d'un marécage un terrain à peu près viable. Bâtie pour résister aux tempêtes, à base de béton et de stuc, sa maison était petite — deux chambres, une cuisine et un salon — mais elle avait eu autrefois un certain cachet. A l'arrière, une véranda donnait directement sur le ponton où était amarré un bateau de pêche.

Kelsey connaissait bien cet endroit, Sheila y ayant vécu jusqu'à dix-sept ans. Puis quand celle-ci avait trouvé un emploi dans un restaurant de fruits de mer — qui n'existait plus aujourd'hui —, le patron lui avait prêté une chambre. Le jour de son dix-huitième anniversaire, Sheila avait emménagé dans un petit appartement pour être totalement indépendante. Kelsey et ses parents avaient bien proposé de la loger temporairement, mais sans conviction. D'ailleurs, devant le refus de Sheila, elle n'avait pas insisté.

Aurait-elle dû ?

Quittant la chaussée goudronnée, Kelsey s'engagea sur le chemin de terre cahoteux bordé de quelques rares maisons. Si le soleil avait disparu derrière la ligne d'horizon, le ciel était encore clair — ce dont elle se réjouit, car la cour de Latham était envahie par les broussailles et les mauvaises herbes.

Elle se gara et descendit de sa petite Volvo en regrettant de ne pas s'être mise en jean. Des ronces lui griffaient les jambes, et les hautes herbes, elle en était sûre, grouillaient d'insectes répugnants.

Elle frappa à la porte. Non, elle n'avait pas peur d'Andy Latham.

— Ouais, qu'est-ce que vous voulez ? grommela-t-il en ouvrant violemment le battant.

Bien qu'il fût un grossier personnage, Andy Latham avait de l'allure. Kelsey se souvenait qu'il était de cinq ans plus jeune que la mère de Sheila. Il devait avoir à peu près quarante-cinq ans maintenant. Son abondante tignasse noire n'était parsemée que de quelques rares filets gris. Grand et mince, le visage buriné par le soleil, il avait la silhouette d'un homme accoutumé aux efforts physiques. Quand il n'était pas en mer, il s'occupait à divers travaux de construction et de bricolage.

Ce soir, il portait un polo repassé et un jean non seulement propre mais qui avait l'air neuf.

— Mais c'est la petite Kelsey ! Tu as grandi, dis donc.

— Bonsoir, monsieur Latham.

— Entre, entre, ma jolie.

Kelsey se sentait comme une mouche prise dans une toile d'araignée. Derrière Latham, elle entrevoyait son salon. La pièce n'avait guère changé. Le même vieux fauteuil trônait toujours devant la cheminée de corail. Comme autrefois, le sol était jonché de cannettes de bière vides et d'emballages de diverses chaînes de fast-food.

La maison de Latham n'avait jamais été climatisée. Il préférait laisser en permanence les portes et les fenêtres ouvertes. L'air conditionné était trop cher ; la brise marine était gratuite. Beaucoup de gens, lorsque leur habitation se trouvait sur un terrain ombragé, se contentaient de cette solution. Mais chez Latham, cela ne suffisait pas. Son intérieur était imprégné de l'odeur du poisson, mêlée à des effluves de nourriture rance. Des mouches bourdonnaient autour d'une barquette de frites abandonnée.

Kelsey n'avait aucune envie de pénétrer dans la maison.

— Non, non, monsieur Latham, je ne veux pas vous déranger. Je vois que vous êtes sur le point de sortir.

— Effectivement, je m'apprêtais à partir, mais pour les vieux amis, j'ai toujours cinq minutes. Entre donc. Je peux t'offrir quelque chose ? Une bière ou… un verre d'eau ? T'es devenue un joli brin de femme. On dirait que tu t'épanouis, hein, à la grande ville ?

— J'ai un métier que j'aime beaucoup. Je ne vais pas m'attarder. Je passais juste vous demander des nouvelles de Sheila.

Latham était déjà entré dans son salon, et elle n'eut d'autre choix que de le suivre. Elle s'avança prudemment dans la pièce, en prenant soin de laisser la porte ouverte.

Latham secoua deux cannettes de bière vides avant de repérer celle qu'il venait d'entamer. Il la vida, le dos tourné à Kelsey.

— Monsieur Latham, sauriez-vous par hasard où est Sheila en ce moment ?

Les mains sur les hanches, il pivota sur ses talons.

— Pourquoi ? Qu'est-ce qu'elle a encore fait, cette petite garce ?

— Rien du tout. Mais on avait rendez-vous hier à midi et je ne l'ai toujours pas vue. Elle n'est pas chez elle et personne n'a de ses nouvelles depuis une semaine.

Latham se mit à rire.

— Et tu te fais du souci ?

— Nous avions prévu de passer quelques jours ensemble, monsieur Latham.

Il la reluqua des pieds à la tête.

— Tu peux m'appeler Andy, tu sais. T'es une grande fille, maintenant.

— Oui, acquiesça-t-elle poliment. Mais je préfère vous appeler « M. Latham ». Pour moi, vous êtes toujours le beau-père de Sheila.

Sans qu'elle sache pourquoi, elle ressentait le besoin de rester aussi près que possible de la porte.

Latham la considéra en hochant la tête, comme s'il avait affaire à une folle. Puis il partit d'un éclat de rire sardonique.

— Eh bien, mademoiselle, figurez-vous que Sheila ne me tient pas au courant de son emploi du temps. Je l'ai élevée quand sa mère m'a claqué entre les doigts, et vous croyez qu'elle m'en a été reconnaissante ? Que dalle. Je l'ai pourtant logée, nourrie, blanchie. Depuis qu'elle a dix ans, elle n'a jamais fait que me casser les pieds. Mon mode de vie ne lui plaisait pas, je ne gagnais pas assez d'argent pour elle. Dès qu'elle a pu, elle a foutu le camp. Elle ne vient me voir que lorsqu'elle a besoin de fric.

Malgré son malaise, Kelsey se sentit obligée de prendre la défense de son amie.

— Si je ne m'abuse, sa mère vous a laissé de l'argent tout spécialement destiné à l'éducation de Sheila. Et je crois que vous avez aussi plusieurs comptes en fidéicommis.

— T'es une petite maligne, toi, hein ? Dans votre génération, vous êtes tous les mêmes, pas une once de gratitude. Tu crois que c'est gratuit, peut-être, d'envoyer un gosse à l'école ? Et le médecin, t'as une idée de ce que ça coûte ? Le dentiste, les livres, les cahiers, les vêtements… Si tu t'imagines que l'argent de la vieille a suffi… Sheila, elle fait ce qu'elle veut, et j'en ai rien à foutre.

— Elle est obligée de rester en contact avec vous, à cause de l'argent, insista Kelsey.

Latham s'avança vers elle.

Dans un lieu public, elle n'aurait pas été effrayée. Latham aurait été un inconnu, il aurait même pu lui paraître sympathique. Un type banal, pas méchant, du genre à passer ses dimanches à regarder les matchs de foot à la télé pour en parler le lundi matin avec ses collègues de boulot.

Sauf qu'il puait le poisson.

Et qu'elle le connaissait. Sheila avait souvent pris des raclées lorsqu'elle vivait avec lui.

De plus en plus nerveuse, Kelsey recula en direction de la porte.

— Ecoutez, je m'inquiète pour Sheila. Si vous avez l'occasion de lui parler, dites-lui de me téléphoner.

— Et à quel numéro, mademoiselle ? demanda-t-il en s'approchant.

Elle avait l'étrange sensation que s'il la touchait, elle en serait marquée à vie. Dehors, la nuit était tombée. Le salon n'était éclairé que par une ampoule nue dont la faible lueur tombait sur des poissons naturalisés et une tête de daim fixés aux murs.

— Si vous voyez Sheila, dites-lui de prendre contact avec moi. Elle sait où me joindre.

— Tu dors chez elle, c'est ça ?

— Monsieur Latham, vous avez élevé Sheila. Vous devez avoir un peu de sentiment pour elle.

— Ouais, de la haine.

— Je suis inquiète, elle a disparu. La police va sans doute venir vous interroger, déclara-t-elle, sentant l'indignation monter en elle.

— Les flics, rien que ça ! rétorqua-t-il d'une voix gutturale. T'as prévenu les flics parce que cette petite salope s'est barrée avec un pauvre type qu'elle va pomper jusqu'au sang ? J'en reviens pas…

Il s'était encore approché. Il était tout près, maintenant. Faisant fi de la politesse d'usage, elle tourna les talons et prit la porte. Pourtant, elle l'entendait derrière elle, sentait presque sa respiration.

Et sa main s'abattit sur son épaule. Elle pivota en retenant un cri.

— Ne va pas t'amuser à me créer des emmerdes ! cria-t-il. Sheila s'est cassée avec un couillon bourré de pognon. Les flics ne lui causeront que des ennuis, à elle aussi. T'as pas envie que ta copine aille en taule, hein ? Alors ne fourre pas la police dans nos affaires.

Il avait une poigne puissante. Dans son visage crispé, ses yeux brillaient d'une lueur mauvaise. Kelsey sentait ses doigts s'enfoncer dans son omoplate. Et l'odeur du poisson l'incommodait de plus en plus.

— Lâchez-moi, articula-t-elle péniblement.

Les lèvres de Latham se retroussèrent sur des dents d'une blancheur éclatante. Son sourire reflétait le plaisir qu'il éprouvait à l'effrayer.

— Si t'es venue pour me balancer tes accusations à la figure…

— Des accusations ? Je ne vous ai pas accusé. Je vous ai demandé si vous aviez vu Sheila et si vous pouviez la prévenir que je la cherche.

— Alors pourquoi t'as appelé les flics ?

Il avait de la force. Sa main lui broyait l'épaule comme un étau.

Cindy avait raison. Elle n'aurait jamais dû venir. Pas seule. Pas à la tombée de la nuit.

Elle s'enjoignit néanmoins à garder son sang-froid et essaya de se souvenir de ce qu'elle avait vu dans les films. Que faisait-on dans une situation pareille ? Ne pas montrer sa peur. Ou hurler comme un beau diable, se débattre et filer en courant.

Elle n'eut pas besoin de trancher. Le claquement d'une portière et une voix masculine retentirent dans son dos.

— Eh ! Qu'est-ce qui se passe ici ?

Latham lui lâcha l'épaule. Tous deux avaient reconnu la voix. Il secoua la tête avec mépris. Ses yeux allaient de Kelsey au nouvel arrivant.

— Tiens, tiens, dit-il, voici le grand chef militaire, prêt à me coller son poing sur la gueule. Je ne voulais pas te faire de mal, fillette. Tu veux savoir où est Sheila ? Demande donc à son bon ami, le bâtard que voilà.

Dane Whitelaw était là. Et elle ne pouvait s'empêcher d'en éprouver un certain soulagement.

Pourtant, les mots de Latham la firent frémir. « Tu veux savoir où est Sheila ? Demande donc à son bon ami, le bâtard que voilà. »

Dane s'avança vers eux, les yeux rivés sur Latham.

Ses cheveux, fraîchement lavés, étaient peignés en arrière. Un peu trop longs sur la nuque, mais ils ne lui tombaient plus sur le visage. Il était vêtu d'un pantalon kaki et d'une chemisette bleue. Dane n'avait pas le sang pur, mais on pouvait difficilement le qualifier de bâtard. Son grand-père, un Indien Miccosukee, avait épousé une touriste suédoise. Le couple s'était établi dans les Keys, avant d'être emporté dans un même accident de voiture. Le père de Dane avait alors hérité de Hurricane Bay. Après avoir fait carrière dans l'armée, il s'était consacré à la pêche pour compléter sa retraite, et s'était marié avec Mary Smith, une autochtone des Keys pure souche. Kelsey conservait très peu de souvenirs de la mère de Dane. Celle-ci régnait sur une maison toujours pleine d'enfants ; elle les adorait, aimait rire et jouer avec eux — comme son mari. Elle en aurait voulu vingt, avait-elle un jour déclaré. Au moins une douzaine de petits frères et sœurs pour Dane. Mais elle s'était mariée tard, et lorsqu'elle était finalement retombée enceinte, peu avant le dixième anniversaire de Dane, il y avait eu des complications. Elle était morte durant sa grossesse. Le père de Dane ne s'était jamais remarié.

Dane avait hérité du meilleur de ses ancêtres : des yeux sombres, des traits fins, des cheveux naturellement blonds, éclaircis par le soleil, la taille et la carrure d'un Viking. Kelsey se rappelait qu'il avait été le meilleur ami de son frère. Enfant, elle lui vouait une affection et une admiration sans bornes. Et puis Joe avait été tué, et pour tous, le monde avait chaviré.

Le regard toujours fixé sur Latham, Dane s'approcha de la maison.

— Qu'est-ce que tu fous là, Whitelaw ? lâcha Latham.

— J'étais de passage dans le coin.

Pur mensonge, à l'évidence ; on ne passait pas dans ce quartier par hasard.

— T'es sur une propriété privée.

— Ne t'inquiète pas, je repars tout de suite.

Puis Dane se tourna vers elle.

Par fierté, Kelsey était tentée de rester. Juste parce qu'elle ne voulait pas de son secours. Il avait eu une attitude si déplaisante au bar… Et puis il figurait en tête de sa liste de… non pas d'accusés, mais de personnes fortement suspectes.

— Kelsey, tu restes là ? s'enquit-il, voyant qu'elle ne bougeait pas.

— Non, on m'attend pour dîner.

Elle s'engagea sur le chemin broussailleux, certaine cette fois que des insectes immondes lui attaquaient les mollets.

Dane la suivit tandis qu'elle se dirigeait vers sa voiture. Andy Latham, lui, demeurait immobile sur le pas de sa porte. Lorsqu'elle se fut installée derrière le volant et qu'elle eut refermé sa portière, Dane monta dans sa propre voiture, une jeep aux pneus énormes, accessoires indispensables quand on vivait à Hurricane Bay. La route qui menait à la petite île n'était entretenue ni par l'Etat ni par le comté. C'était le grand-père de Dane qui avait construit la chaussée, et son père y avait apporté des améliorations. Aujourd'hui, Dane la maintenait en état. A la saison des pluies ou après les tempêtes, il était fréquent qu'elle soit submergée. Parfois, l'île n'était accessible que par bateau.

Dane mit le contact mais attendit que Kelsey ait démarré. Dans son rétroviseur, elle vit Latham devant chez lui, qui les suivait des yeux.

Andy Latham grommela dans sa barbe en regardant les véhicules disparaître. Puis il rentra chez lui. Maudits soient sa belle-fille et ses satanés amis…

Dans la cuisine, il ouvrit le réfrigérateur. Un gros cafard ailé remuait les antennes près d'une cannette de bière.

Il insulta l'insecte, s'empara de la cannette et l'écrasa sur le cancrelat.

Un instant, il songea à sortir la carcasse du réfrigérateur, puis remit ce projet à plus tard. Dans l'immédiat, il lui fallait une bière.

Il avait prévu de sortir. La nuit était son élément. Elle le divertissait de sa morne existence. La nuit, il était un homme, un vrai.

Sa bière à la main, il se rendit dans la salle de bains et s'observa dans le miroir au-dessus du lavabo. Pas mal. Il était encore bel homme. Pas si vieux que ça, même si on avait tendance à lui donner plus que son âge, parce qu'il avait commis l'erreur de se marier avec une vieille.

Si elle avait des défauts, la mère de Sheila avait au moins du fric. Qui aurait cru que la garce prendrait ses dispositions pour qu'il ne puisse avoir accès à ce pognon que dans certaines conditions ? Qu'il ne pourrait toucher l'argent qu'avec Sheila, et petit à petit ?

Il ramassa le peigne qui traînait sur le bord du lavabo et se le passa dans les cheveux. Le reflet que lui renvoyait le miroir lui plaisait. Une belle gueule, de beaux yeux noisette. Sa peau était tannée par le soleil, mais les femmes semblaient trouver ça à leur goût. Par ailleurs, il était plutôt bien bâti. Pas comme un athlète, certes, mais il n'était pas non plus un gringalet. Il avait un corps mince et ferme. Une bonne forme physique. Globalement, oui, il était encore bel homme.

La vie était bizarre. Autrefois, il était attiré par les femmes mûres.

Maintenant, il préférait les jeunes.

Ouais, cette Kelsey était plutôt mignonne. Mais Sheila avait dû lui monter la tête contre lui. Dommage… En d'autres circonstances, elle aurait peut-être accepté un verre de sa part.

Voire plus, avec un peu de chance.

Latham se crispa en se remémorant l'expression dégoûtée qu'elle avait eue devant l'intérieur de sa maison. Comme s'il était plus répugnant qu'un porc. Plus répugnant que le cafard qu'il avait écrabouillé dans le réfrigérateur.

Il haussa les épaules. Dire que cette saloperie était allée se fourrer dans le frigo ! C'était peut-être pour ça que la petite saleté s'était laissé si facilement tuer. Elle était peut-être déjà paralysée par le froid.

Latham considéra le carrelage crasseux et songea à engager une femme de ménage. Une femme de ménage qui n'aurait pas peur des cafards.

Il sortit de la salle de bains en fredonnant. Puis il s'immobilisa et regarda autour de lui, maudissant Sheila, maudissant Kelsey Cunningham pour le regard qu'elle avait porté sur sa maison. Qu'elles aillent au diable, toutes les deux ! Tout le monde savait pertinemment que Sheila avait l'habitude d'aller et venir comme bon lui semblait. Tout le monde, sauf Kelsey apparemment, qui venait semer la merde.

A nouveau, il examina son domaine. Qui, autrefois, avait connu l'ordre et la propreté. La mère de Sheila était au moins bonne à quelque chose. Elle faisait la cuisine, aussi.

Il avait du mal à se souvenir de cette époque où le réfrigérateur ne contenait pas que des bières. Les cafards auraient été plus heureux en ce temps-là.

Maintenant, la baraque ressemblait à un dépotoir. Et si les flics se pointaient ? Ils ne s'attarderaient sûrement pas longtemps dans ce capharnaüm.

Latham quitta la maison sans se soucier de fermer la porte à clé. Personne ne passait jamais par là. Il n'y avait que deux autres bicoques dans la rue, et puis après, la mangrove et les marécages. Angus Grier, un vieillard de quatre-vingt-dix ans, le plus proche voisin, ne mettait jamais le nez hors de chez lui. L'autre maison était occupée par ses enfants, défoncés du matin jusqu'au soir. Inutile de verrouiller les portes. Et s'il venait un voleur, il pouvait bien emporter ce qui lui plairait.

Andy Latham s'éloigna de chez lui. Déjà, il était un autre homme.

3.

Dane suivit Kelsey jusqu'au duplex.

Elle serait sûrement furieuse, mais il tenait à s'assurer qu'elle était arrivée à bon port. Et il pourrait toujours prétexter une visite à Cindy.

Kelsey avait dû s'apercevoir qu'il était derrière elle. Pourtant, elle sortit de sa Volvo violette en faisant semblant de ne pas le voir.

Quand il eut garé sa Land Rover, il alla frapper à la porte de Cindy. Qui apparut de l'autre côté du duplex, sur le seuil de l'appartement de Sheila.

— Salut, Dane ! Nous sommes là.

— Bonsoir, Cindy.

Il la rejoignit et l'embrassa sur la joue.

Cindy ne changeait pas. Elle était toujours bien disposée à l'égard de tout le monde, une attitude probablement due au fait qu'elle n'avait jamais été confrontée à l'adversité. Ses parents habitaient tout près de chez elle, avec ses deux sœurs cadettes et son petit frère de dix ans. Son père possédait l'une des plus importantes compagnies de bateaux de pêche pour touristes.

C'était elle qui avait prévenu Dane que Kelsey était partie chez Andy Latham. Parfaitement conscient que

Kelsey n'apprécierait pas son geste, il avait néanmoins aussitôt sauté dans sa jeep pour s'assurer qu'il ne lui arriverait rien.

— Entre, lui proposa Cindy. Je viens de réchauffer une quiche.

— Je te remercie, mais j'ai déjà mangé.

— Viens boire une bière, au moins, puisque tu es là, insista-t-elle en posant sur lui ses grands yeux bleus.

— O.K.

Il voulait parler à Kelsey. Autant saisir l'occasion.

Il suivit Cindy à l'intérieur. Kelsey était perchée sur un tabouret de bar, devant une assiette et une bière. Elle était pieds nus, l'une de ses chevilles enroulée autour d'un barreau de son siège. Comme elle n'avait plus ses lunettes de soleil, il pouvait enfin voir ses yeux. Bleu-vert. De la couleur de la mer par une journée ensoleillée. Etonnés et indubitablement mécontents de sa présence en ces lieux.

— Tu as vu qui est là ? lança joyeusement Cindy.

— Quelle surprise, murmura Kelsey.

— Tu es sûr que tu ne veux pas une part de quiche, Dane ?

— Non, vraiment, je te remercie.

La jeune femme sortit une bouteille du réfrigérateur.

— Mais je t'offre une bière ?

— Volontiers.

— Il n'a pas encore eu sa dose, aujourd'hui, railla Kelsey.

Dans l'espoir d'apaiser l'animosité ambiante, Cindy posa les mains sur ses hanches et lâcha en soupirant :

— Soyez un peu raisonnables, les enfants. Nous sommes majeurs et vaccinés, non ?

— Bien, fit Kelsey. Bonsoir, Dane. Puisque tu es adulte, prends donc une bière et finis de te soûler.

Il porta le goulot à ses lèvres en la regardant. Il brûlait d'envie de lui dire qu'elle n'avait aucun droit de le juger, d'autant qu'elle ne l'avait pas vu depuis des années.

— Tout à fait, répondit-il. Si j'ai envie de me soûler, c'est mon problème.

— Dane n'est pas alcoolique, intervint Cindy.

— Oh, dans ce cas, toutes mes excuses, rétorqua Kelsey en bâillant. Vous savez quoi ? Je tombe de sommeil. Ça vous ennuierait d'aller faire la fête à côté ?

S'approchant d'elle, Dane posa sa bière sur le comptoir. Kelsey se raidit, et il eut le sentiment qu'elle allait bondir de son tabouret pour le fuir. Mais elle resta immobile, craignant sans doute de le toucher si elle esquissait le moindre mouvement.

— Alors, maintenant, tu es disposé à parler ?

— Je l'étais tout à l'heure, mais tu étais remontée comme un ressort. Une vraie harpie.

— Tu étais bourré et j'étais inquiète, répliqua-t-elle en grinçant des dents. J'avais des raisons d'être énervée. Qui plus est, Nate venait de m'apprendre que la dernière fois qu'il avait vu Sheila, vous… vous vous étiez disputés. Il m'a dit que tu n'avais pas été très gentil avec elle, mais qu'elle était quand même partie chez toi, après.

Elle ne s'excusait pas, nota-t-il devant son ton accusateur. Et il était évident qu'elle n'avait pas la moindre intention de le remercier de l'avoir tirée des griffes de

Latham. D'ailleurs, chacun savait que Latham était inoffensif. Bête, sale et méchant, mais inoffensif.

Dane prit une profonde inspiration avant de répondre.

— Kelsey, si tu te sens en position de juge suprême, tant mieux pour toi. Mais je serais curieux de savoir ce qui te fait penser que je suis alcoolique.

— Sheila me l'a dit.

— Ah bon ? Ecoute-moi : tu ne vis plus ici et tu ne sais plus rien de personne. Il ne te parvient que des rumeurs, alors abstiens-toi de faire des commentaires. Tu n'aimes peut-être pas ce que je parais être et c'est ton droit, mais ton attitude est dangereuse. Pour qui te prends-tu, à la fin ? Tu es venue jouer les justiciers sur l'île ? Laisse tomber, et cesse d'accuser tout le monde d'avoir fait du mal à Sheila, ou tu vas finir par t'attirer des ennuis.

— Cet après-midi, il était impossible de t'arracher un mot, et voilà que tu viens maintenant me donner des leçons de morale, rétorqua-t-elle, le regard froid et hostile. C'est ridicule. Apparemment, je suis la seule ici à m'inquiéter pour Sheila. Je veux savoir où elle est passée et, crois-moi, je fourrerai mon nez partout dans ce but. Donc, tu la revoyais ?

— Tu ne m'as pas écouté. Nate t'a dit que j'avais vu Sheila et tu tires des conclusions hâtives. Je la voyais au Sea Shanty, tout comme Nate et Cindy, et un tas d'autres personnes. Le Sea Shanty est le bar que fréquentent les gens du coin. Sheila y côtoyait plein de monde. Il n'y a pas de quoi en faire un plat. Andy Latham, par contre, ne met plus les pieds au Sea Shanty, parce que Nate le lui interdit. Il importunait les clientes. Voilà pourquoi Cindy m'a téléphoné quand tu es partie lui lancer tes accusations.

Elle fusilla l'intéressée du regard. Cindy rougit mais haussa les épaules, convaincue d'avoir bien agi.

Kelsey but une gorgée de bière.

— Latham est un type odieux, concéda-t-elle, mais il n'est pas dangereux.

— Qu'est-ce que tu en sais ? riposta Dane en essayant de maîtriser sa colère.

— Je le connais depuis toujours. J'allais chez lui quand j'étais gamine. Toi aussi, d'ailleurs. Cindy également. Il criait, il était malpoli, il n'était sûrement pas un exemple à suivre, mais il n'a jamais fait de mal à une mouche.

— Et c'est la meilleure amie de Sheila qui dit ça ? Tu penses vraiment qu'il ne lui a jamais fait de mal, à elle ?

Il vit ses joues s'empourprer.

— C'est vrai qu'il lui est arrivé de recevoir des coups de ceinturon. Aujourd'hui, Latham aurait des ennuis avec les services sociaux, mais à l'époque… les parents avaient le droit de corriger leurs enfants.

— Mon père ne m'a jamais frappé. Le tien non plus. Ni celui de Cindy.

— Bon, d'accord, c'est un mec horrible !

— Tu l'as dit toi-même, il battait Sheila.

— Quand nos parents étaient petits, les maîtres d'école leur donnaient des coups de baguette.

Il secoua la tête, excédé. Kelsey était têtue comme une mule, mais il devait coûte que coûte lui faire comprendre qu'elle avait pris des risques inconsidérés. Malheureusement, il ne pouvait pas lui avouer la vérité à propos de Sheila. Il devait avant tout se protéger, lui.

— Ne retourne pas chez Latham, maugréa-t-il entre ses dents.

Kelsey plissa les yeux.

— Qui es-tu pour me donner des ordres ? Tu n'es peut-être pas inquiet pour Sheila, mais moi, je le suis, et tu ne pourras pas m'en empêcher.

— Ce n'est pas que nous ne sommes pas inquiets…, commença Cindy.

Personne ne lui prêta attention.

— Ne t'avise pas de retourner chez lui.

— Mince, Dane ! lâcha Kelsey, furibonde, les doigts crispés sur sa bouteille de bière. Je n'ai pas d'ordre à recevoir de toi, tu n'es pas mon père.

— Dieu merci, bougonna-t-il en soutenant son regard.

Elle détourna les yeux et se concentra sur sa part de quiche. Ses articulations étaient blanches autour de la cannette de bière.

— Kelsey, je ne cherche pas à t'embêter pour le plaisir. Simplement, ce n'était pas malin d'aller seule chez un type comme Latham. On ne sait pas de quoi il est capable. Même à moi, il fout les jetons. Ne retourne pas chez lui, *s'il te plaît.*

Par quelque moyen que ce soit, il devait lui faire comprendre que Latham était malsain et dangereux.

Kelsey leva les yeux vers lui, puis les baissa sur son assiette.

— Dane a raison, écoute-le, renchérit Cindy.

Kelsey leva les bras au ciel, manquant de peu renverser sa bière. Elle rattrapa la bouteille *in extremis.*

— O.K., je vous présente mes excuses. Vous avez raison, j'ai tort. Je n'aurais pas dû aller chez lui et je n'y retournerai pas. D'ailleurs, je n'en avais pas l'intention. Toujours est-il qu'il est obligé de garder le contact avec Sheila, à cause de l'héritage de sa mère. J'espérais qu'il pourrait m'apprendre où elle est, parce que j'ai du mal à croire qu'elle ait oublié son rendez-vous avec moi. J'aimerais que quelqu'un me dise qu'elle est partie en Suisse avec un riche viticulteur, mais je n'y crois pas. Si je suis allée demander de ses nouvelles à Latham, c'est parce qu'il me semblait que c'était ce que j'avais de plus intelligent à faire. Elle le déteste, certes, mais elle est obligée de rester en relation avec lui.

— C'est la dernière personne qu'elle tient au courant de sa vie privée, avança timidement Cindy.

— Peut-être, mais à cause de l'héritage de sa mère, elle aurait pu lui dire qu'elle s'absentait, ou le voir avant de partir pour retirer de l'argent. Moi non plus, je ne l'aime pas, mais je suis persuadée qu'il n'est pas dangereux.

Un téléphone portable se mit soudain à sonner. Kelsey se leva de son tabouret.

— Excuse-moi, déclara-t-elle à Dane qui lui barrait le passage. C'est mon portable.

Il recula. Son corps dégageait un parfum subtil, remarqua-t-il quand elle le frôla.

Elle sortit son portable de son sac à main, consulta l'écran et prit la communication.

— Salut ! lança-t-elle gaiement dans l'appareil. Non, elle n'est toujours pas là.

Puis, après avoir jeté un regard à ses deux compagnons :

— Je suis avec Dane et Cindy.

Cette dernière arqua un sourcil interrogateur.

— Larry vous passe le bonjour, expliqua Kelsey.

Larry Miller. Ses parents possédaient autrefois un appartement à Key Largo et ils y venaient les week-ends. Larry s'était lié avec les enfants de l'île. Au décès de son père, sa mère avait vendu l'appartement, mais Larry n'avait jamais coupé les ponts avec ses amis. Ce bon vieux Larry…

Ce pauvre Larry.

Il s'était amouraché de Sheila et l'avait épousée. Pour elle, il aurait décroché la lune. Un mec bien. Sérieux, plein d'attentions.

— Fais-lui une bise de ma part, intervint Cindy.

— Et de la mienne, ajouta Dane.

Kelsey hocha la tête.

— Ils t'embrassent.

Le téléphone contre l'oreille, elle regardait par la baie vitrée de la cuisine.

— Oui, je sais, c'est ce que tout le monde me dit.

Elle jeta un coup d'œil en direction de ses deux compagnons, histoire de leur faire comprendre que les conversations téléphoniques étaient privées. Néanmoins, elle ne quitta pas la pièce. Et Dane se refusait à s'éloigner.

— Peut-être qu'elle va arriver d'un moment à l'autre, poursuivit-elle. Peut-être pas. De toute façon, je vais passer la semaine ici. Au duplex, avec Cindy. Oui, elle est là. Nate va bien, oui…

Elle s'interrompit.

— Tu l'as vu il y a une dizaine de jours ? Je ne savais pas que tu étais venu à Key Largo…

Elle écouta un instant son interlocuteur puis conclut :

— O.K., je te rappelle dès que j'ai du nouveau.

Sur quoi, elle coupa la communication, rangea son téléphone dans son sac et reprit place sur son tabouret.

— Larry s'inquiète.

— Le pauvre, enchaîna Cindy. Il est toujours amoureux de Sheila.

— Je n'en suis pas sûre… Il a beaucoup d'affection pour elle, mais je crois qu'il s'est remis de leur rupture. Ces temps-ci, il sort avec l'un des mannequins de l'agence. Une fille sublime. Ce qui ne l'empêche pas, bien sûr, d'avoir des sentiments pour son ex. Il vient de m'apprendre qu'il a cherché à voir Sheila, sans succès d'ailleurs, quand il est venu ici il y a quelques jours. Apparemment, il était là pour affaires, et il n'a pas eu le temps de faire grand-chose ni de voir qui que ce soit.

— Il n'a pas dû penser à te donner des précisions, avança Cindy. Il a dû faire l'aller-retour. Je ne l'ai pas vu, moi.

— Il était avec un client. Ils ont dîné ensemble et ils sont repartis. Mais il a vu Nate, en tout cas. Ce qui est bizarre, c'est que Nate ne m'en ait pas parlé. Pourtant, il sait bien qu'on travaille ensemble.

Kelsey réfléchissait à voix haute. Elle se figea lorsqu'elle croisa le regard de Dane.

Ils étaient en quelque sorte devenus ennemis. Depuis un certain temps déjà, leurs relations s'étaient dégradées. Dane ne s'était certes pas attendu à ce qu'elle lui saute au cou, mais il ne voulait pas non plus qu'elle se braque contre lui. Il fallait absolument qu'elle l'écoute. Or elle ne semblait pas disposée à entendre ses conseils. Pas pour l'instant, tout au moins.

Il posa sa cannette vide sur le comptoir.

— Bon, il faut que j'y aille, déclara-t-il en embrassant Cindy sur la joue.

— Déjà ? s'indigna-t-elle. Il est encore tôt.

— J'ai un rendez-vous.

— Avec une femme ?

— J'ai un rendez-vous, répéta-t-il, laconique.

— Si tard ? Tu es sur une enquête palpitante ?

Il éclata de rire.

— Mes caméras sont braquées sur un stock de hameçons. Intéressant, non ? J'ai d'autres petits dossiers en cours, rien de bien excitant.

Il ne tenait pas à l'ébruiter, mais le principal d'une école privée l'avait chargé de surveiller quelques adolescents issus de familles fortunées, qu'il soupçonnait d'un gros trafic de drogue. L'affaire était quasiment résolue. Dane en avait fait sa priorité… jusqu'à ce matin.

— Ça m'épate que tu ailles travailler à cette heure-ci, commenta Kelsey en décollant précautionneusement l'étiquette de sa bouteille de bière.

— Bonsoir, Kelsey.

— A plus.

— Eh, vous savez quoi ? lança Cindy. J'ai une super idée. Si on programmait un barbecue chez Dane, un de ces jours ?

— Ce n'est pas poli de s'inviter chez les gens, la rabroua Kelsey. Dane a ses enquêtes à mener. Il n'a sûrement pas la tête à nous préparer un repas.

— Comme au bon vieux temps, insista Cindy. Ce serait chouette, non ? Peut-être que Sheila sera de retour d'ici à ce week-end. Larry pourrait nous rejoindre. Et Nate n'aura pas de mal à trouver un remplaçant. Ce serait sympa de se retrouver tous ensemble, hein ?

— On verra, répondit Dane.

Kelsey glissa à bas de son tabouret et s'approcha de lui. Son hostilité semblait soudain s'être évaporée.

— C'est vrai, un barbecue chez toi, c'est une bonne idée.

— Tu mettrais les pieds chez un vieux poivrot comme moi ? répliqua-t-il en la regardant dans les yeux.

— Bon, moi, je vais faire la vaisselle, déclara Cindy, sentant venir l'orage.

— Tu laves les assiettes en carton ? riposta Kelsey.

La jeune femme lui décocha un coup de coude dans les hanches.

— Je ne sais pas ce que vous avez, tous les deux, mais vous devriez faire la paix. Kelsey, raccompagne Dane à la porte et dis-lui qu'il n'est pas un ivrogne.

A la surprise de Dane, Kelsey ne monta pas sur ses grands chevaux. Sans doute avait-elle une idée derrière la tête.

— Je suis une harpie ? lui demanda-t-elle.

— Oh oui, une véritable sorcière.

— Et toi, tu es le plus aimable des hommes ?

— Compte tenu de la manière dont tu m'as traité, je trouve que j'ai été tout à fait correct.

— Allez, Kelsey, raccompagne-le, insista Cindy.

— Je suis sûre qu'il connaît très bien le chemin, mais puisque tu y tiens, j'y vais. Tu me suis, Dane ?

Il crut un instant qu'elle allait le prendre par le bras, se résigner à le toucher, mais elle n'en fit rien.

— Tu nous invites tous chez toi pour un barbecue, alors ? reprit-elle en ouvrant la porte.

Elle s'adossa contre le mur. Décidément, elle avait une idée en tête. Mais lui ne pensait qu'à la mettre en garde.

— Kelsey, promets-moi que tu ne retourneras pas chez Andy Latham.

Elle haussa les épaules.

— Je t'ai déjà dit que tu avais raison et moi tort. Je voulais juste lui demander s'il avait des nouvelles de Sheila. C'est fait. Je ne vois pas pourquoi je retournerais chez lui.

— Très bien.

Il hésita avant d'ajouter :

— Kelsey, sérieusement, ne te mêle pas de cette histoire.

— Il faut que je sache où est Sheila, rétorqua-t-elle, le regard dur.

— Moi aussi, je suis inquiet, sincèrement.

Il s'interrompit une seconde, songeant à l'ironie de ses propos.

— Je te jure que je me fais du souci pour Sheila et que moi aussi, j'aimerais bien savoir où elle est passée. Mais je vais la retrouver ; je suis détective privé, laisse-moi m'en occuper.

— Donc, tu penses qu'il y a des raisons de s'inquiéter.

— Laisse-moi faire.

Elle haussa les épaules.

— Comme vous voudrez, monsieur le privé.

Il franchit le seuil. Kelsey l'exaspérait. Il aurait voulu la secouer, lui faire comprendre... Mais dans l'immédiat, il n'avait pas le temps. On l'attendait.

— Kelsey...

— D'accord, tu es détective privé, je t'embauche. Je suis prête à te verser les honoraires exorbitants qui doivent être les tiens. Mais attention, je ne te payerai pas à rien foutre. Je veux que tu la trouves.

— Je n'ai pas besoin de ton argent. Je te le répète, je veux moi aussi retrouver Sheila et je la retrouverai. Mais ne t'en mêle pas.

— Ce barbecue, alors, on le programme pour quel jour ?

Il se figea. Il venait de comprendre pourquoi elle tenait à tout prix à venir chez lui.

— Tu veux fouiller ma maison, c'est ça ? Inutile de faire un barbecue. Viens quand tu veux.

Elle rougit mais ne se laissa pas désarçonner.

— Je peux ?

— Quand tu veux.

— Ça n'empêche pas qu'on fasse un barbecue.

— Tu as peur de venir seule ?

— Exactement.

— Bonsoir, Kelsey.

A ces mots, il s'éloigna.

— A quelle heure tu commences à travailler, le matin ? lança-t-elle dans son dos.

— Quand j'en ai envie, répondit-il en se retournant. Quand j'ai fini de cuver. Et je te signale que je ferme à clé en sortant. Alors passe-moi un coup de fil avant de venir perquisitionner.

Comme elle s'avançait vers lui, il revint sur ses pas et se campa devant elle.

— Qu'est-ce qui te prend, Kelsey ? Qu'est-ce que j'ai fait pour que tu aies si peu confiance en moi ?

Un éclair embrasa les prunelles de la jeune femme.

— Tu sais très bien ce que tu m'as fait.

Aussitôt, elle blêmit, visiblement horrifiée par les mots qu'elle venait de prononcer.

— Je ne t'ai rien fait, Kelsey. C'est moi qui devrais t'en vouloir.

— J'avais rendez-vous ici avec Sheila et elle n'est pas là. Nate m'a dit que vous vous étiez disputés et qu'elle était allée chez toi. A présent, elle a disparu. Et toi, tu passes ton temps à picoler sur une chaise longue. Tu n'es qu'un égoïste.

— Tu ne sais rien de moi. Rien du tout. Tu ne sais plus rien de moi, martela-t-il sèchement. O.K., tu as raison, on va le faire, ce barbecue. Je n'ai aucune envie que tu viennes seule chez moi.

Sur ces mots, il se dirigea vers sa voiture. Et parvint à l'ouvrir sans arracher la portière.

Au coin de la rue, il écrasa son poing contre le tableau de bord.

4.

Lorsque Dane arriva chez lui, Jesse Crane l'attendait sur le ponton.

La maison et ses abords étaient vivement éclairés, afin de prévenir tout risque de plongeon accidentel. Pour plus de précaution encore, un énorme panneau placé à l'entrée de la route de Hurricane Bay indiquait qu'il s'agissait d'une voie privée.

Si cela n'avait tenu qu'à Dane, il se serait passé de lumière. L'obscurité ne l'effrayait pas, pas plus que les voleurs. La plupart de ses biens n'avaient de valeur que sentimentale, hormis peut-être certaines des collections amassées par ses parents et grands-parents. D'ordinaire, il ne fermait jamais les portes à clé. Jusqu'à aujourd'hui.

— Tu es en retard, lui lança Jesse.

— Je sais, excuse-moi.

— Ce n'est pas grave. J'aurais pu m'installer devant la télé, mais c'est bouclé à double tour.

Tout en longueur, Jesse donnait à première vue l'impression de n'avoir que la peau sur les os. Mais sa minceur n'était que de muscles et de nerfs. Ses cheveux, noirs et drus, étaient toujours coupés en brosse. De ses yeux marron clair, presque jaunes, il vous regardait comme s'il savait tout de ce que vous auriez voulu lui cacher. Jesse avait travaillé dans la police de Miami jusqu'au décès de sa femme, elle aussi représentante de la loi. Lorsqu'elle s'était fait tuer, il avait rejoint les forces de l'ordre de l'île.

Cousin éloigné de Dane, il avait lui aussi du sang mêlé, mais le cocktail était moins compliqué, aimait-il à plaisanter.

— Depuis quand fermes-tu tes portes à clé ? s'enquit-il.

— Depuis aujourd'hui, et je vais installer des caméras de surveillance.

— Déformation professionnelle ?

— Possible. Entre.

Dane ouvrit le battant grillagé puis inséra sa clé dans la serrure. Ils pénétrèrent à l'intérieur.

La maison, mélange de béton, de stuc et de bois, avait été construite pour résister aux fréquentes tempêtes. L'homme qui avait vendu l'île au grand-père de Dane, plusieurs fois victime des ouragans, n'avait été que trop heureux de s'en défaire. C'était lui qui avait baptisé le lieu Hurricane Bay. Le nom était resté. La maison avait été bâtie par le grand-père de Dane, à une époque où le pin était rare et cher en Floride. Pourtant, le salon en était entièrement lambrissé, car cette essence repoussait les termites et résistait à tous les dangers inhérents au climat subtropical.

La chambre principale et le salon possédaient chacun une cheminée en corail, les plus grands trésors du père de Dane, au côté d'un alligator empaillé nommé Big

Tom, qui avait de son vivant élu domicile dans le canal d'un quartier résidentiel de Homestead. Le reptile ne s'en était jamais pris aux humains, mais il avait croqué deux caniches et un matou un peu trop curieux. Son règne de terreur avait pris fin grâce au père de Dane. D'où le trophée...

Un canapé en cuir, une causeuse et deux fauteuils assortis étaient disposés en arc de cercle face à la cheminée. Les murs du salon étaient ornés de photographies animalières et de vieux portraits de famille.

— Je t'offre une bière ? proposa Dane.

— Avec plaisir.

Jesse le suivit dans la salle à manger. La table rustique était occupée par un ordinateur et des piles de papiers. Ils traversèrent la pièce pour se rendre dans la cuisine.

Salon, salle à manger et cuisine se trouvaient sur le devant de la maison. Amoureux de la nature et du grand air, le grand-père de Dane avait doté les pièces à vivre d'immenses baies vitrées qui ouvraient sur un balcon pourvu de meubles de jardin en bois brut. L'arrière de la maison donnait sur le ponton et une petite plage. Un lieu idéal pour vivre à l'extérieur.

Jesse s'accouda au comptoir de la cuisine et contempla la mer sous le ciel étoilé, tandis que son cousin fouillait dans le réfrigérateur.

— Il y a un sacré bout de temps que je n'étais pas venu ici, commenta-t-il en acceptant la bière que Dane lui tendait.

— Ah ouais ?

— Il faut dire que ça ne fait pas si longtemps que tu es revenu.

— Bientôt six mois.

Jesse ne fit aucun commentaire. Il connaissait les raisons qui avaient ramené Dane aux sources, et il savait qu'il était inutile d'aborder le sujet.

— Alors tu as besoin de moi ? demanda-t-il. Comment est-ce possible ? Un membre de la tribu harcèle les touristes ? L'un des nôtres a pété les plombs parce qu'il a perdu au bingo ?

Dane secoua la tête, songeant qu'en d'autres circonstances, les hypothèses de son cousin lui auraient sûrement arraché un sourire.

— Non. Je voulais te demander des renseignements.

— Je t'écoute.

— Il y a deux ou trois mois, tu as retrouvé une jeune femme étranglée dans les Everglades.

Jesse acquiesça de la tête, les sourcils froncés.

— C'est moi qui ai découvert le corps, effectivement, confirma-t-il en étudiant sa cannette de bière.

Puis il releva les yeux. Son front était barré d'un sillon.

— J'en ai vu de toutes les couleurs à Miami, mais ce cadavre, je ne suis pas près de l'oublier.

— Ça t'ennuierait de me donner des détails ?

— Je croyais t'avoir tout dit.

— C'est vrai, mais j'aimerais que tu me reparles de ce meurtre.

— Pour une raison particulière ?

— Oui.

— Puis-je savoir laquelle ?

— Je t'expliquerai en temps voulu.

— Tu n'as pas découvert une autre victime ?

— Non.

Jesse le scruta longuement mais ne lui posa pas plus de questions.

— C'était il y a tout juste trois mois, commença-t-il. Mais on avait trouvé un premier corps trois mois avant, dans le comté de Broward.

— Même assassin ?

Il inclina la tête.

— Il semblerait. C'est une affaire complexe. Les deux corps étaient dans un état de décomposition avancé. Ça ne facilite pas les autopsies.

— C'est ce qui t'a choqué ?

— Le cadavre de la deuxième victime était dans la flotte depuis près de deux semaines quand on l'a repêché, dans un canal du parc national. Je n'ai pas besoin de te faire un dessin.

— Tu penses que la fille a été jetée dans le canal par quelqu'un qui connaît les Everglades ?

— Pas forcément. Je l'ai découverte… un mardi. Juste après ces pluies diluviennes qu'on a eues alors qu'on était censé être en saison sèche. L'assassin a pu venir par la route, mais nous n'avons relevé aucune trace de pneus, aucun indice, rien. Le corps était coincé dans des racines. On a pu le balancer de n'importe où, puis il a dû être porté par le courant.

— Si j'ai bonne mémoire, la fille avait été étranglée avec une cravate, qu'elle avait toujours autour du cou ?

— Tout à fait. Une cravate tout ce qu'il y a de plus banale, fabriquée en série, comme il en existe des milliers, en vente dans tous les grands magasins du pays.

— Et c'est tout ce que vous avez trouvé sur le corps ?

— A part la cravate, elle était complètement nue.

— Quand tu as découvert le corps, rien ne t'a frappé ?

— Si. Qu'elle était morte. Je n'ai pas eu besoin de lui tâter le pouls. J'ai bouclé le périmètre et j'ai appelé la Criminelle de Miami. Les spécialistes. Ce n'était pas une fille de chez nous.

— Comment tu as vu ça ?

— Je n'ai pas vu grand-chose ; le corps était dans un tel état que c'est tout juste si j'étais sûr que c'était une femme.

— Alors ?

— J'aurais été au courant si une fille du coin avait disparu. Nous ne sommes pas nombreux ici, moins de cinq cents.

— Elle a été identifiée, n'est-ce pas ?

— Cherie Masden, vingt-trois ans, danseuse dans un club de strip-tease de Miami. Elle avait été portée disparue. On l'a identifiée grâce à ses empreintes dentaires.

— La police a des pistes ?

— Des pistes, oui, mais aucun véritable suspect. Quelques clients du club ont été interrogés, mais les mecs qui fréquentent ce genre de boîtes payent généralement en liquide, et ce ne sont pas forcément des habitués. Difficile d'obtenir des noms. On a également questionné les anciens amants de la fille, mais ça n'a rien donné. On en est au même point que pour la victime de Broward. Celle-là avait été repêchée dans un canal à proximité de l'I-595. Elle aussi, elle était dans l'eau depuis au moins quinze jours. Etranglée, une cravate autour du cou. Il avait plu, également. Le corps a probablement dérivé. La fille était nue, la cravate pouvait venir de n'importe où. Aucune empreinte nulle part. Elle n'avait pas griffé son agresseur, pas de peau sous les ongles, rien. J'ai un pote qui travaille dans les services du shérif de Broward. Si tu veux prendre contact avec lui, il pourra peut-être t'en dire plus. Et c'est Hector Hernandez qui s'occupe de l'affaire de Miami. Tu le connais bien, si je ne m'abuse ?

— Oui, depuis des années. Un fan de pêche. Et un excellent flic.

— Un gars compétent, c'est vrai. Il te sera sans doute plus utile que moi. Je ne sais pas grand-chose d'autre que ce que je viens de te raconter. J'essaye de me tenir au courant, comme c'est moi qui ai découvert l'un des corps, mais depuis que j'ai quitté Miami, je n'ai plus accès à toutes les données. De toute façon, je ne suis plus chargé du dossier. Les forces Miccosukee ne traitent pas des affaires aussi importantes. Dans un cas comme celui-ci, c'est Miami qui mène l'enquête.

— Tu sais si un profil psychologique a été établi ?

Jesse hocha la tête et but une longue gorgée de bière.

— Les services des deux comtés se sont associés et ont demandé au FBI de leur donner un coup de main pour dresser le profil. Ils ont fait appel à un expert renommé.

L'assassin serait un homme, de race blanche, entre vingt-cinq et quarante-cinq ans, qui exerce un métier de jour, qui a peut-être une femme et des enfants, peut-être pas. Bien que la seconde victime ait été retrouvée dans les Everglades, le profiler est certain que le tueur n'est pas un Indien. C'est un Blanc qui connaît bien la région et qui sait comment l'eau agit sur un cadavre. Il a probablement une apparence tout à fait correcte, il serait même bel homme et devrait jouir d'un certain charisme. Il a procédé avec méthode. Rien n'a été laissé au hasard. Suffisamment rusé pour qu'il n'y ait aucune empreinte. Il a utilisé un préservatif, et s'il a jeté ses victimes à l'eau, c'est parce qu'il savait que la nature se chargerait de faire disparaître toute trace compromettante. Il n'est pas exclu qu'il y ait deux assassins, que le second ait copié le premier, mais c'est peu probable. Certains détails relatifs au premier meurtre ont été gardés secrets, or les mêmes éléments ont été relevés dans le second cas.

Haussant les épaules, il porta sa bouteille de bière à ses lèvres.

— Que cela reste entre nous, reprit-il, mais les gars de la Criminelle avouent qu'ils pataugent. Les deux filles étaient strip teaseuses. Ils ont interrogé des tas de types, la famille, les petits copains, ils ont recherché des témoins, mais ils n'ont aucun indice concret, ni empreintes, ni fibres, ni traces de pneus. Ils n'ont pas abandonné, mais ils ont suivi toutes les pistes possibles et ne sont pas plus avancés. Et ne crois pas qu'ils lambinent à cause du métier qu'exerçaient les filles. Ce n'est pas vrai. En réalité, ils n'ont rien, pas le moindre élément sur lequel s'appuyer.

— Je ne crois rien de tel.

— Pas toi, non. Mais un journaliste l'a insinué.

— Il a été entendu ?

— A ton avis ? Ce n'était qu'un pauvre pisse-copies qui en a après la police. Il fait des papiers sur toutes les affaires de pots-de-vin dont il a vent. Il y a quelques années, il a écrit que la police se foutait royalement des prostituées qui se faisaient assassiner sur la 8e Rue. Quand on a arrêté le psychopathe, il a dû faire son *mea culpa*. Sacrée enquête, aussi, celle-là, mais moins compliquée : on avait la marque et la couleur de la voiture du tueur. Il y a eu aussi « l'Homme à la valise », un taré qui découpait ses victimes en morceaux — encore des prostituées — et les planquait dans des valises. Egalement une affaire non classée. On a cru l'avoir résolue quand on a pincé l'assassin d'une chanteuse de cabaret — son petit ami. Mais il s'est avéré par la suite que ce n'était pas lui qui avait tué les prostituées. Il espérait s'en tirer en procédant de la même manière que le tueur en série qu'on n'a toujours pas coincé.

— Le tueur en série et l'étrangleur des Everglades pourraient être une seule et même personne ?

— Je n'en sais rien. Je ne suis pas assez calé en psychologie criminelle pour te répondre, mais je ne crois pas. Ça fait quelque temps qu'on n'a plus retrouvé de cadavres dans des valises. Les gars craignent que « l'Homme à la valise » n'ait changé de terrain. Et puis il égorgeait ses victimes. Ce serait étonnant qu'il ait tout d'un coup adopté une autre méthode. Mais tu sais tout ça mieux que moi, non ? Tu as suivi beaucoup plus de cours de criminologie que moi.

Dane haussa les épaules.

— En effet, il y a peu de chances pour qu'un égorgeur se mette à étrangler.

Il soupira avant d'ajouter :

— Comme tu as vu le corps, j'espérais que tu aurais ton opinion sur l'affaire de l'étrangleur…

— Je te l'ai dit, j'ai préféré m'en remettre aux spécialistes. Je n'ai ni les hommes ni le matériel qu'il faut pour mener une enquête aussi délicate.

Jesse l'observa un moment en silence.

— Comment se fait-il que tu t'intéresses à cette affaire ? demanda-t-il enfin.

— Sheila a disparu.

Il arqua un sourcil.

— Comment ça, « disparu » ? Sheila est toujours en vadrouille. Qu'est-ce qui te fait dire qu'elle a pu être assassinée ? Elle ne correspond pas au profil de la victime-type. A moins qu'elle ne danse à poil, maintenant.

— Non, mais… elle mène une drôle de vie.

— Et alors ? Ce n'est pas la première fois qu'elle part en voyage, non ? Avant que tu ne reviennes à Key Largo, on ne la voyait pas souvent dans le coin, tu sais. Quand elle a divorcé de Larry, elle est partie longtemps en Europe. Et à peine venait-elle de poser ses bagages qu'elle a filé à Vegas. Jusqu'à ce qu'elle loue ce duplex avec Cindy, elle ne tenait pas en place. Ce n'est pas parce qu'elle n'a prévenu personne de son départ qu'elle s'est fait tuer. Cindy, qui habite avec elle, ne sait jamais où elle est. Sheila s'absente fréquemment pour quelques jours. Au début, Cindy se faisait du souci, et puis elle s'y est habituée. En général, au bout de deux ou trois jours, Sheila lui passe un coup de fil des Bahamas ou de je ne sais quelle destination paradisiaque.

— Cette fois, elle n'a téléphoné à personne.

— Tu penses sérieusement qu'il a pu lui arriver quelque chose ?

— Je ne sais pas. Je suis inquiet.

— Tu es allé au commissariat ?

— Pas moi, mais Kelsey a signalé sa disparition. Elle est venue ici exprès pour passer quelques jours avec Sheila.

— Ils ont dû lui donner un formulaire à remplir et lui conseiller de ne pas s'affoler. Je doute qu'ils en fassent beaucoup plus. Non pas que les flics des Keys ne soient pas des gars sérieux, mais ils connaissent Sheila. Tout le monde ici sait qu'elle a la bougeotte.

— Certes, elle est majeure et n'a de comptes à rendre à personne, mais…

Dane s'interrompit. Son comportement n'était-il pas stupide ? Pourquoi cacher la vérité à Jesse ? Sans doute parce que la découverte de la macabre photo était encore trop récente. Il n'était pas prêt.

— Mais je ne suis pas tranquille, conclut-il.

— Si je peux t'aider, n'hésite pas à me passer un coup de fil.

— Merci. Sinon, toi, comment vas-tu ?

— La forme, répondit Jesse en vidant sa cannette de bière.

— Tu en veux une autre ?

— Non, je vais y aller. Ça ne ferait pas bon effet si un flic Miccosukee était arrêté pour conduite en état d'ivresse. Passe me voir un de ces quatre, je te montrerai où j'ai trouvé la fille et je te ferai lire mon rapport.

— O.K.

— Téléphone avant de passer, que je m'arrange pour être disponible.

— Tu as dégoté un portable qui fonctionne dans les Everglades ?

Jesse éclata de rire.

— Pas vraiment, non, mais si je suis sur le terrain, mes collègues peuvent me joindre par radio.

— O.K., compte sur ma visite dans les prochains jours.

Dane le raccompagna jusqu'à la porte d'entrée. Ils longèrent le large corridor qui séparait le salon du vestibule, autrefois une pièce à part entière. Dane y avait conservé la décoration de sa mère, la bibliothèque et le coin petit déjeuner, qui communiquait avec la cuisine. Un escalier en colimaçon montait jusqu'à l'étage, entièrement occupé par deux grandes chambres. Autrefois, les enfants descendaient en se laissant glisser sur la rampe, au grand dam de Mme Whitelaw.

Dehors était stationnée une jeep beige. Apparemment, Jesse avait préféré prendre son propre véhicule plutôt que sa voiture de service. Après les récentes averses torrentielles, il avait dû redouter que le chemin de Hurricane Bay ne soit pas praticable.

— Si je peux t'être utile, n'hésite pas à me faire signe, offrit-il de nouveau avant de claquer sa portière.

— C'est sympa, je te remercie.

Son cousin parti, Dane regagna sa maison. Sur le perron, il s'arrêta pour observer les gouttières. Dès demain, songea-t-il, il faudrait qu'il place une caméra de sécurité dans le chéneau, au-dessus de la porte d'entrée, face à la route.

Après avoir fermé la porte d'entrée, il se rendit dans la salle à manger et s'installa devant son ordinateur. Pendant une heure, il parcourut divers articles de presse sur Internet.

Puis il sortit sur le ponton, l'esprit préoccupé, et se rendit sur la petite plage.

C'était là que Sheila avait été prise en photo.

Les vagues venaient lécher le sable. L'endroit était redevenu aussi paisible que d'habitude.

Dane rentra dans la maison et fit le tour du salon, assailli par un nouvel élan de tristesse et de rage.

Dans sa chambre, il ouvrit la porte de l'armoire et examina les piles de vêtements alignées. Il lui manquait quelque chose, il en était presque sûr.

Il avait déjà fouillé la maison de fond en comble mais il recommença. Puis ressortit sur le ponton et sauta à bord du Donzi. Une fois de plus, il examina minutieusement chaque recoin du bateau.

Enfin, il rentra une bonne fois pour toutes, verrouilla les deux portes et s'assura que son 38 mm était toujours sous son oreiller, et chargé.

Malgré cela, il ne parvint pas à trouver le sommeil. Quelqu'un s'était introduit chez lui. Et ce quelqu'un ne s'était pas contenté de manger sa soupe ou de dormir dans son lit.

Kelsey n'avait pas voulu l'admettre devant Dane et Cindy, mais Latham l'avait terrifiée. En outre, le comportement de Dane l'intriguait. La vie était bizarrement faite. Quand elle était enfant, Dane était son héros ; elle l'adorait. Et puis, du statut de grand ami, il était passé à celui de simple connaissance ; lorsqu'ils se croisaient, ils se saluaient poliment. Pendant presque deux ans, elle ne l'avait pas vu du tout. Deux ans... Le temps passait si vite. Deux ans durant lesquels elle avait également perdu le contact avec Sheila.

Elle entendait encore sa voix au téléphone. Cette voix qu'elle connaissait si bien. Rien qu'à son intonation, elle savait si Sheila était en colère, déprimée, fatiguée ou en pleine forme.

Cette fois, Sheila avait une voix...

Effrayée.

Depuis que Dane et Cindy étaient partis, Kelsey était en proie à un étrange malaise. En verrouillant la porte du duplex, elle avait éprouvé une peur dont elle ne parvenait pas à s'expliquer l'origine. Allongée sur le lit de Sheila, elle n'arrivait pas à trouver le sommeil. Elle s'était assoupie et réveillée plusieurs fois. Elle contemplait le plafond quand des coups retentirent à la porte d'entrée.

Elle sursauta en réprimant un cri, puis tenta de se raisonner : les cambrioleurs et les psychopathes ne frappaient pas.

Pieds nus, dans son T-shirt trop large qui arborait le dessin d'un canard réclamant du café, elle se dirigea dans l'obscurité jusqu'à la porte.

Sa mère poussait des hurlements lorsqu'elle la voyait marcher sans pantoufles. Parce qu'elle n'aimait pas les enfants qui avaient les pieds sales et ressemblaient à des souillons.

Surprise par ses propres pensées, Kelsey colla l'œil contre le judas. Deux hommes se tenaient dans le halo jaune de la lanterne placée au-dessus du perron : Nate Curry et Larry Miller.

Sa frayeur envolée, elle tira le verrou et ouvrit le battant.

— Qu'est-ce que vous fichez là en plein milieu de la nuit ? lança-t-elle avec une pointe d'irritation.

Nate eut un mouvement de recul.

— Il n'est que 2 heures.

— 2 heures du matin, Nate, lui rappela Larry, penaud.

Ce dernier était toujours tiré à quatre épingles. Jusque sur la plage, il incarnait le cadre supérieur qu'il était. Ses cheveux étaient toujours coiffés avec soin, et son menton, rasé de près. Ce soir, il portait un polo et un bermuda au pli impeccable, des chaussures bateau flambant neuves. Le sac marin qu'il avait sur l'épaule provenait d'un magasin de luxe. Même son physique de statue grecque collait parfaitement à son image.

— Tu sais bien que je ne ferme jamais le bar avant 2 heures, reprit Nate, dont le regard cherchait tour à tour ceux de Kelsey et de Larry. Bon, d'accord, je l'admets, 2 heures du matin, c'est le milieu de la nuit pour les gens normaux.

— Je voulais aller à l'hôtel, déclara Larry avec l'air de s'excuser. Mais je suis d'abord passé chez Nate et il m'a rappelé qu'il y avait deux chambres au duplex. Si jamais Sheila arrive, je pourrai toujours aller chez Cindy.

Kelsey les fit entrer.

— Mais bien sûr que tu peux dormir là, Larry. Dans la chambre d'amis. Je garde celle de Sheila. Ça va peut-être vous paraître débile, mais j'ai l'impression qu'en dormant dans son lit, je vais finir par savoir où elle est. Enfin, bref, qu'est-ce qui t'amène à Key Largo ?

Larry haussa les épaules.

— Tu m'as paru inquiète, au téléphone. Et puis... Je ne sais pas... Tu m'as parlé de Nate, Cindy, Dane... J'ai été pris de nostalgie et j'ai eu envie de venir vous rejoindre.

Nate se dirigea vers la cuisine. Il se sentait partout comme chez lui. Contrairement à Larry, il avait le look décontracté des Keys. Blond aux yeux bleus, le teint doré, il était constamment en short et en T-shirt — ou torse nu. Bien habillé, il avait une certaine classe, mais au bout d'une heure, la cravate l'empêchait de respirer. Nate était né dans les îles et n'avait jamais ressenti le désir d'aller voir ailleurs. Il n'avait quitté Key Largo que pour suivre une formation à l'école hôtelière internationale de Floride, ce qui lui avait permis de moderniser quelque peu le Sea Shanty. Pour lui, le mot « vacances » signifiait voile, plongée, soleil, plage et chaleur. Tout ce qu'il avait chez lui.

— Tu as du café, Kelsey ?

— Oui, répondit-elle en le rejoignant dans la cuisine. Mais je te rappelle qu'il est 2 heures du mat'. Tu ne vas pas fermer l'œil de la nuit.

— Ça m'étonnerait.

Elle le rattrapa par le bras alors qu'il ouvrait les portes des placards.

— Si tu veux absolument du café, je vais préparer du déca. Comme ça, Larry et moi pourrons en boire avec toi.

— A peine vingt ans, et déjà plus aucun esprit d'aventure, lança Nate à Larry par-dessus son épaule.

— Je n'aime pas les insomnies, c'est tout, protesta-t-elle en le poussant sur le côté.

— Tu as quelque chose à manger ? s'enquit Larry.

— Je croyais que vous veniez du bar. Pourquoi tu n'as pas commandé quelque chose au Sea Shanty si tu avais faim ?

Elle avait beau feindre l'indignation, elle appréciait d'avoir de la compagnie.

— A cette heure-ci, Nate ne sert plus grand-chose.

— Tu as du culot ! s'écria ce dernier. Je t'ai proposé des beignets de conques, une soupe aux palourdes, un sandwich au poisson, un hamburger et même un hamburger végétarien. Qu'est-ce que tu aurais voulu ? Une salade de fruits et un yaourt ? Des pousses de luzerne ?

— Vu la façon dont tu te nourris, tu finiras par avoir un infarctus.

— Et toi, à force de manger du soja et de courir le marathon, tu vas tomber d'inanition, un jour.

— Tu as des céréales, Kelsey ? s'enquit Larry.

— J'ai du pain au son et aux raisins. Si ça te tente, sers-toi, offrit-elle en mesurant le café.

Il ouvrit le frigo.

— Ah ! Elle a des fruits et des yaourts, j'en étais sûr !

— Et de la bière, constata Nate en s'approchant et en prenant une cannette.

— Tu sors juste du bar.

— Je ne bois pas au travail.

— Eh, les mecs ! Vous venez de me réclamer du café...

— Les effets du café et de la bière s'annulent mutuellement, décréta Nate.

Kelsey secoua la tête en regardant le liquide brun s'écouler goutte à goutte dans la cafetière. Puis elle s'installa sur un tabouret de bar à côté de Larry.

— Et le boulot ? commença-t-elle. Ça ne va pas arranger les autres que nous soyons absents tous les deux.

— C'est vendredi, demain. J'ai laissé un message à ma secrétaire pour lui dire que j'emportais des dossiers à la maison. Je serai de retour lundi. Ne t'inquiète pas, tu connais mon sérieux.

Il était en effet d'un professionnalisme sans faille et elle le savait.

— Hmm, dit-elle. J'espère qu'ils ne m'appelleront pas au secours.

— Pas de panique, la rassura Larry en riant. Ils arriveront bien à se passer du génie créateur pendant quelques jours.

— Le café est prêt ? demanda Nate.

— On dirait. Si tu nous servais ?

Au même moment, la sonnerie du téléphone retentit, faisant sursauter Larry.

— Qui est-ce qui téléphone à cette heure-ci ?

— Ouais, à 2 heures du matin, murmura Kelsey. Réponds.

Il décrocha le combiné de l'appareil fixé au mur de la cuisine. Cindy parlait tellement fort que personne n'eut de peine à la reconnaître. Après lui avoir expliqué les raisons de sa présence à Key Largo et de son arrivée tardive, Larry raccrocha et déclara :

— Elle arrive.

Kelsey descendit de son tabouret pour aller ouvrir la porte. Cindy était déjà là.

— Eh ! dit-elle en se jetant au cou de Larry, qui venait à sa rencontre.

— Waouh ! Quelle puissance ! Une étreinte d'anaconda !

— Excuse-moi, je t'ai fait mal ?

Il secoua la tête.

— J'adore que les femmes me serrent dans leurs bras. Mais tu m'épates, je ne m'étais jamais rendu compte que tu avais autant de force.

— C'est pour compenser ma petite taille. Je me muscle pour ne pas me faire emmerder par les grands costauds. Demain, tu devrais venir à la gym avec moi, Kelsey. Je me suis inscrite au club de fitness du nouvel hôtel. Ils ont toutes sortes de machines, une piscine, un sauna… Tu verras, un peu de sport te remettra les idées en place.

— Ce qui me remettrait les idées en place, c'est que Sheila veuille bien se montrer.

Nate qui les avait rejoints dans le couloir la considéra d'un air stupéfait, comme Cindy et Larry. Qu'avait-elle dit de si incongru ?

— Ce n'est pas la première fois qu'elle s'absente comme ça, remarqua Cindy. Parfois, je n'ai pas de nouvelles pendant une semaine.

— Moi, elle me laissait sans nouvelles pendant bien plus d'une semaine, renchérit Larry, sans le moindre soupçon d'amertume.

— Elle agit sur des coups de tête, ajouta Nate.

Kelsey secoua la tête.

— Non, ce n'est pas normal. Vous qui êtes ses amis, je ne comprends pas que vous ne soyez pas plus inquiets.

Larry se racla la gorge.

— Bon, je vous avoue que je me fais un peu de mouron, moi aussi, admit-il. Je n'avais presque plus aucun contact avec Sheila ces dernières années, et voilà que, récemment, elle s'est mise à m'envoyer des e-mails. Et puis elle m'a téléphoné pour me dire qu'elle voulait me parler, qu'elle était déprimée, qu'il n'y avait qu'à moi qu'elle pouvait confier ses secrets, parce que je la connaissais mieux que quiconque. Je ne voulais pas vous alarmer, mais voilà, c'est dit.

Il étouffa un grognement avant de poursuivre :

— Kelsey, tu te rappelles comme Sheila était furieuse que tu aies pris mon parti quand nous avons divorcé ?

— Je n'ai pas pris ton parti, Larry. Je ne prends jamais parti dans une rupture. Ces situations-là sont trop délicates.

— O.K., si tu veux.

Il se tut un instant, puis reprit :

— Vous faites partie des rares personnes avec lesquelles je peux aborder ce sujet gênant. Vous savez tous qu'elle me trompait ? J'en ai souffert. Beaucoup souffert. Je me souviens d'un jour où elle était dans ton bureau, Kelsey. Tu lui as dit qu'elle devait m'avouer franchement que notre couple était foutu, que tu n'appréciais pas la façon dont elle m'humiliait. Elle a répondu que tu étais son amie, et que tu devais essayer de la comprendre, quoi qu'elle fasse. Tu as répliqué qu'elle était adulte et qu'elle pouvait mener sa barque comme elle l'entendait, mais qu'il fallait qu'elle ait un peu plus d'égards pour les autres.

Kelsey se souvenait parfaitement de ce jour-là. Larry venait de découvrir que sa femme le trompait. Il était au trente-sixième dessous, au point qu'il avait annulé une présentation importante.

Effectivement, Sheila s'était emportée contre elle. Elle avait quitté son bureau en claquant la porte. Par la suite, elle avait insisté pour qu'elles se voient en tête à tête et qu'elle lui raconte sa version des faits. Mais elle n'était pas venue au rendez-vous. Très en colère, Kelsey avait refusé de fixer une autre date. Elles en étaient restées là.

Et puis, depuis six mois, Kelsey avait commencé à recevoir des mails de son amie. Et Sheila s'était mise à lui téléphoner plus ou moins régulièrement.

— Nous aimons tous Sheila, commenta Nate, mais il faut reconnaître qu'elle nous a fait des crasses, à tous.

Un moment de silence s'ensuivit. C'est Kelsey qui le brisa :

— A votre avis, qu'est-ce qu'il faut faire ?

— Tu es allée au commissariat, n'est-ce pas ?

Elle opina de la tête.

— Alors remettons-nous-en à la police. Je ne vois pas ce que nous pourrions faire de plus.

— La chercher.

A nouveau, tous la dévisagèrent avec des yeux écarquillés.

— Aller partout où elle est allée dernièrement, interroger toutes les personnes susceptibles de l'avoir vue, expliqua-t-elle, exaspérée.

— Super ! lâcha Nate. C'est-à-dire toute la population des Keys et de Miami.

— Dane est détective privé, intervint Cindy avec impatience. Laissons-le s'en occuper.

— Il ne trouve pas sa disparition alarmante, objecta Kelsey. Personne ne s'inquiète.

— Bon, voilà ce qu'on va faire. Demain matin, Kelsey, tu viens à la gym avec moi. Tu verras, ça te fera le plus grand bien. Ensuite, nous irons manger des grillades chez Dane.

— Il n'a pas dit qu'il était d'accord.

Cindy eut un geste de la main, qui signifiait qu'il lui importait peu d'être invitée ou non.

— Nous nous occuperons de tout. Ça ne le dérangera pas.

— A quelle heure à Hurricane Bay ? demanda Nate.

— En fin de matinée.

— C'est vague. Disons à 15 heures. Je n'avais pas prévu de me lever tôt.

— Plutôt 13 heures, suggéra Larry en bâillant. Pendant que je ferai la grasse mat', Kelsey et Cindy iront soulever de la fonte et faire les courses. Ensuite, elles viendront me réveiller et nous nous retrouverons tous chez Dane à 13 heures.

— Ça marche, conclut Cindy. Sur ce, moi, je vais me coucher. Kelsey, tu seras prête à 9 heures ?

Kelsey ne répondit pas. La perspective d'aller transpirer de bon matin ne l'enchantait guère.

— Sheila vient à la salle avec moi de temps en temps, précisa Cindy. Tu pourras demander aux membres du club s'ils ne l'ont pas vue.

— O.K., 9 heures.

— Allez, bonne nuit tout le monde !

— J'y vais, moi aussi, déclara Nate en regardant Kelsey.

Puis il se tourna vers Larry.

— Ça fait bizarre.

— Quoi donc ?

— De te laisser coucher avec mon ex-femme.

— Il ne va pas coucher avec ton ex-femme, rétorqua Kelsey.

— Elle ne veut pas, renchérit Larry.

— Non ?

— Je lui ai demandé si elle pouvait me laisser une place dans son lit, plaisanta-t-il avec un clin d'œil, mais je me suis fait jeter.

— Elle est comme ça.

— Elle t'a épousé.

— Pour ne pas me faire de peine, parce qu'elle est gentille avec ses amis.

— Je suis son ami, il n'empêche qu'elle ne veut pas de moi dans son lit.

— Nate, intervint Kelsey sur un ton ferme, tu es trop beau gosse pour être l'homme d'une seule femme. Quant à toi, Larry, tu sors avec l'une des plus jolies filles de l'agence. Allez, Nate, rentre chez toi. Et toi, Larry, file dans la chambre d'amis. Dans quelques heures, Cindy va venir me chercher pour que j'aille m'infliger des souffrances corporelles, alors soyez sympa, laissez-moi me reposer un peu.

A ces mots, elle entraîna Nate en direction de la porte. Il résista.

— Si tu veux, je peux t'en infliger, des souffrances corporelles.

— Dehors !

Elle le poussa dehors.

— Ferme à clé, lui conseilla-t-il.

— J'en avais bien l'intention.

Elle savait qu'il attendrait le cliquètement du verrou avant de partir.

— C'est fait ! lui cria-t-elle quand elle eut fermé la porte à clé.

— Parfait, bonne nuit.

— Bonne nuit.

Les mains sur les hanches, Larry rigolait. Elle lui lança un regard furibond.

— Je vais dans la chambre d'amis, déclara-t-il en hâte.

Et il tourna les talons.

Kelsey retourna dans la cuisine et prépara le café pour le lendemain matin. Cette fois, c'était sûr, elle ne parviendrait jamais à s'endormir.

La journée avait été épuisante, et elle n'avait qu'une seule envie : s'allonger, fermer les yeux et faire le vide dans son esprit. Malheureusement, elle sentait la tension nerveuse l'envahir, dans le calme revenu. Fatiguée mais sur les nerfs, elle nettoya la cuisine. Puis inspecta le salon — qui était parfaitement en ordre. Sheila n'était pas du genre à laisser la pagaille s'accumuler. Aucun magazine, aucun papier ne traînait nulle part. Dommage, songea Kelsey. Aucun indice révélateur sur les activités et les projets de son amie. Demain, elle jetterait un œil dans les tiroirs. Et tant pis pour l'indiscrétion.

Quelque peu apaisée par cette résolution, elle regagna sa chambre. La chambre de Sheila. Et alluma la télévision.

Une chaîne câblée diffusait un vieux film d'épouvante en noir et blanc. Un film de momies, sans trucages ni effets spéciaux. Un bon film avec de bons acteurs, plein de suspense.

Kelsey envisagea un instant de changer de chaîne, de crainte de faire des cauchemars, mais peu à peu, elle sombra dans le sommeil.

Et rêva au passé.

Les souvenirs étaient bien plus terrifiants que les créatures d'outre-tombe.

5.

Ce matin-là, Dane se leva tôt. Après avoir écouté les informations télévisées, il parcourut le journal du matin.

Les faits divers se suivaient et ne se ressemblaient pas : un crocodile appartenant à une espèce américaine en voie de disparition venait d'être capturé dans la marina de Coconut Groove ; après plusieurs jours d'inactivité due à la terreur inspirée par le reptile, on recommençait à gratter les coques des bateaux de plaisance pour en décrocher les bernaches — des coquillages ensuite vendus sur les marchés. Sur l'US1, la circulation était temporairement bloquée en raison de deux accidents sans gravité. Une mère de famille avait été incarcérée pour maltraitance infligée à son enfant ; c'était la femme elle-même qui avait conduit le bébé, dans un état critique, à l'hôpital.

Aucun média ne mentionnait un corps découvert au cours des dernières vingt-quatre heures.

Quand Dane reposa enfin le journal, il faisait jour. Le moment était venu de passer à l'action. La journée commencerait par une visite à Gary Hansen, le chef de la police locale.

Originaire du Minnesota, Gary avait la quarantaine bien sonnée. Au soleil, ses cheveux blonds étaient devenus platine, presque blancs. Parce que ses yeux étaient aussi clairs que ses cheveux, il les cachait en permanence derrière des lunettes de soleil aux verres ultra-foncés. Evidemment, il avait la peau pâle, et malgré la quantité de crème solaire dont il se tartinait, il était en général du même rouge cuisant que les touristes. Toutefois, si son corps tolérait mal le climat, Gary adorait Key Largo.

C'était un flic sympa mais juste : indulgent envers les automobilistes légèrement éméchés, mais sans pitié dès que l'on enfreignait plus gravement la loi. Chaque fois que Dane avait eu à travailler avec lui, il avait fait preuve d'une vivacité d'esprit sans pareille.

— Salut, Dane, que me vaut ta visite ? s'enquit-il. Tes vidéos t'ont révélé des voleurs ?

— Non, je voudrais te poser quelques questions.

— Tu ne vas pas me demander des dossiers que je n'ai pas le droit de divulguer, j'espère ? Tu sais que les criminels sont protégés par la loi.

Malgré son humeur sombre, Dane ébaucha un sourire. Puis il s'assit sur le bureau encombré de Gary.

— Non. Je crois que l'une de mes amies est passée te voir, hier.

Le shérif hocha la tête en se renversant contre le dossier de sa chaise pivotante.

— Kelsey Cunningham, effectivement, confirma-t-il. Elle est venue me signaler la disparition de ton amie Sheila.

— Tu as fait quelque chose ?

— Rempli la paperasse, posé quelques questions à droite à gauche.

— C'est tout ?

Gary haussa les épaules.

— En fait, j'avais l'intention de passer chez toi, aujourd'hui. Nate Curry, du Sea Shanty, aurait affirmé à Mlle Cunningham que la dernière fois qu'il a vu Sheila, elle se rendait chez toi.

— C'est vrai, elle est venue à Hurricane Bay, et elle n'en est repartie que très tôt le lendemain matin. Depuis, je ne l'ai pas revue.

C'était la vérité. Dane ne l'avait pas revue. Pas en chair et en os.

— A-t-elle mentionné un éventuel projet de voyage, de vacances ?

— Pas devant moi.

— Bien, bien... Nous allons devoir interroger quelques-unes des personnes qu'elle fréquente. Mlle Cunningham m'a signalé que la voiture de Sheila avait disparu également. Nous allons traiter la situation dans les règles, mais vu le contexte... Je connais un peu Sheila Warren. Pas autant que toi, naturellement, mais je crois qu'elle a l'habitude de s'absenter, non ? Vu qu'elle ne travaille pas et qu'elle dispose de l'héritage de sa mère, elle peut se permettre de voyager fréquemment. J'ai l'impression que c'est une femme assez... libérée, je me trompe ? Excuse-moi, Dane, je sais que vous êtes assez proches... Toujours est-il qu'elle est majeure et vaccinée. Elle agit comme elle l'entend, hein ? Apparemment, elle aime se faire… de nouveaux amis et partir se balader avec eux. Quelqu'un t'a engagé pour la chercher ?

— Oui, moi-même.

— Très bien, nous allons donc collaborer. Je te préviens quand même… Nous n'avons certes pas autant de boulot qu'à Miami, mais j'ai mis le doigt sur un gros trafic de drogue, il y a quelques jours, et il faut que je retrouve un type qui a cassé la mâchoire de sa femme la nuit dernière, au nouvel hôtel. Sans compter tous les cambriolages que nous avons eus récemment… La routine, quoi. Tu sais ce que c'est. Bref, tout ça pour dire que je ne vais pas avoir beaucoup de temps à consacrer à la disparition d'une fille qui va et vient sans arrêt avec qui bon lui semble.

— Je comprends. Mais si je peux me permettre, tu devrais au moins interroger Andy Latham, le beau-père de Sheila.

— Ouais, c'était prévu.

Le ton de Gary indiquait que cette perspective ne le ravissait pas. Il scruta Dane un instant, puis ajouta :

— J'ai entendu dire que Sheila se droguait.

— Rien de bien méchant, à ma connaissance, répliqua Dane. Elle ne se shootait pas, si c'est ce que tu veux savoir.

— Comment le sais-tu ?

— Elle ne se piquait pas dans les bras, en tout cas. Je le sais parce qu'elle a toujours les bras nus.

— Ça fait des années que tu entretiens une relation avec elle, n'est-ce pas ?

— Nous sommes sortis ensemble quand nous étions au lycée. Et puis je suis parti à la fac, et à l'armée. Nous avons continué notre vie chacun de notre côté.

— Donc c'est fini, maintenant ? demanda Gary en le considérant attentivement.

Il n'attendit pas sa réponse.

— J'ai appris ce qui s'était passé à St. Augustine. Toutes mes condoléances.

— Merci. Pour en revenir à Sheila, je ne peux pas te dire si elle fumait de l'herbe ou si elle prenait des acides. Je n'en sais rien. C'est possible. C'est une hypothèse à envisager.

— Le problème, avec Sheila, c'est qu'il y a des dizaines d'hypothèses à envisager.

— Tiens-moi au courant, s'il te plaît.

— Je n'y manquerai pas.

Dane se leva et se dirigea vers la porte.

— Eh ! le rappela Gary.

— Oui ?

— Toi aussi, tiens-moi au courant, d'accord ?

Dane opina de la tête, mais il avait la gorge sèche. Ouais… La meilleure chose serait peut-être de tenir la police au courant. D'avouer la vérité, toute la vérité, rien que la vérité.

Il y avait songé, mais il ne pouvait pas. Ce qu'il savait n'aiderait pas beaucoup la police.

On l'accuserait de meurtre, c'était tout ce qu'il y gagnerait.

*
**

Comparée à Cindy, Kelsey avait l'impression d'être une novice gravissant l'Everest derrière une alpiniste accomplie.

Elle estimait pourtant être en bonne forme physique. A Miami, elle allait faire de la gym de temps en temps, n'hésitait pas à enfourcher son vélo aux beaux jours, et au moins une fois par semaine, pratiquait la natation dans la piscine de son immeuble. Mais à côté de Cindy, elle faisait piètre figure.

La jeune femme pédalait comme une furie. Le compteur de son vélo de cardio-training devait afficher au moins deux kilomètres minute. Impossible de tenir une conversation dans ces conditions. Kelsey se contenta d'essayer de se maintenir à son rythme ; elle était à bout de souffle.

Elles passèrent ensuite aux appareils de musculation. Cindy prit des poids plus lourds que ceux choisis par la plupart des hommes et se mit au travail, ne s'accordant pas un instant de répit. Quand Kelsey eut besoin d'elle à plusieurs reprises pour l'aider à transporter des poids, elle hésita à la solliciter, craignant de l'interrompre en plein effort. Heureusement, des « monsieur Muscle » s'empressèrent de venir à sa rescousse.

Kelsey fit les exercices dont elle avait l'habitude, puis décida que, en ce qui la concernait, la séance était terminée. Il était temps de passer aux choses sérieuses.

Fidèle à sa parole, Cindy demanda aux gens qu'elle connaissait s'ils avaient récemment vu Sheila à la salle de gym. Tous répondirent non.

Tandis que la jeune femme retournait à ses exercices, Kelsey interrogea elle-même trois types — Jim Norris, Ralph Munroe et Ricky Esteban — qui semblaient *bien* connaître Sheila. Pourtant, aucun des trois n'afficha la moindre inquiétude en apprenant qu'elle avait disparu depuis plusieurs jours.

Tout en muscles hypertrophiés, Ralph était aussi large que haut. Inversement, Jim était très élancé, mais devait être d'une force redoutable. Ricky Esteban, lui, se situait dans la moyenne : un mètre quatre-vingt-dix, pas une once de graisse, un corps de rêve. Il déclara avoir passé une soirée avec Sheila, il y avait de cela une quinzaine de jours. Depuis, il ne l'avait pas revue.

Avec un curieux regard d'ambre, il lâcha à Kelsey :

— Vous savez, avec Sheila, il n'y a pas deux poids deux mesures.

— C'est-à-dire ?

Il haussa les épaules et écarta de son front des mèches trempées de sueur.

— Elle se considère comme l'égale des hommes. Elle ne supporte pas que les mecs aient le droit d'aller dans les clubs de strip-tease, de lever une parfaite inconnue dans un bar sans que personne ne les juge, alors que les femmes qui se comportent de la même manière se font traiter de tous les noms. Sheila fait ce qu'elle veut quand elle veut. Elle m'a dit un jour qu'elle voulait venger son sexe.

Comme Kelsey le considérait d'un air interrogateur, il poursuivit :

— Ce que j'essaye de vous faire comprendre, c'est que vous ne devriez pas vous inquiéter. Si Sheila a rencontré un type qui lui plaisait et qui lui a proposé de l'emmener en Alaska, elle a sans doute fait ses bagages pour le suivre.

— Elle m'aurait prévenue, protesta-t-elle.

Il haussa de nouveau les épaules, puis son expression se modifia sensiblement.

— Vous avez un programme, pour vos prochains jours de vacances ?

Il la draguait — et il était séduisant. Un dîner avec lui ne serait sûrement pas désagréable.

Kelsey hésita, puis marmonna une vague réponse et se défila en déclarant vouloir acheter une bouteille d'eau.

Dans le pool-house, elle s'installa avec sa boisson dans un fauteuil confortable et attendit Cindy en massant ses jambes douloureuses.

Ricky avait avoué être sorti avec Sheila. Les autres aussi avaient dû coucher avec elle. Tout ce que Kelsey venait d'apprendre la contrariait. Et même si tout le monde lui disait de ne pas s'inquiéter, elle se sentait de plus en plus angoissée.

Après avoir vidé sa bouteille d'eau, elle jeta un regard appréciateur sur le club de fitness. Cindy n'avait pas menti. Le lieu était très plaisant. Composé de nombreuses salles et installations, il occupait toute l'aile ouest du nouvel hôtel. Le bar, lui, proposait un vaste choix de jus de fruits et d'infusions. Rien que des boissons saines et diététiques.

Dommage. Elle avait envie d'un café bien serré.

— Kelsey ? Mais c'est Kelsey Cunningham !

Elle se retourna. Un jeune homme d'un mètre quatre-vingt-dix, vêtu d'un débardeur qui mettait ses muscles en valeur, arrivait de la salle de musculation. Ses cheveux étaient d'un noir de jais, un beau hâle recouvrait sa peau mate, et ses yeux étaient presque aussi noirs que ses cheveux. Kelsey ne mit pas plus d'une fraction de seconde pour le reconnaître.

— Jorge ! s'écria-t-elle.

Il s'approcha d'elle et se pencha pour l'embrasser avant de se raviser.

— Excuse-moi, je sue comme un porc. Si tant est que les porcs transpirent. Comment vas-tu ? Ça faisait des siècles que je ne t'avais pas vue. Mais maintenant que j'y repense, Sheila m'a dit que tu devais venir passer des vacances chez nous.

Elle se leva en souriant et déposa une bise sur sa joue humide.

Jorge Marti n'appartenait pas au noyau dur de la bande, mais il en avait toujours été proche. Dès que ses études et ses emplois lui laissaient un peu de temps libre, il le passait avec ses amis, qui l'appréciaient unanimement.

Il avait commencé à travailler quand il était encore au lycée. Ses parents avaient fui Cuba et, des années durant, ils avaient tiré le diable par la queue. Jorge avait neuf ans lorsqu'il était arrivé aux Etats-Unis sans parler un mot d'anglais. Aujourd'hui, on décelait à peine dans son accent ses origines étrangères. A une certaine période, se souvint Kelsey, il avait eu de mauvaises fréquentations.

Sans l'intervention du père de Dane, il aurait fait de la prison. Il s'était bien repris depuis.

— Jorge, je suis contente de te voir. Oui, je devais rejoindre Sheila, mais je crois qu'elle m'a posé un lapin.

— Ah ?

— Elle n'est pas là. Tu l'as vue ces jours derniers ?

— Bien sûr… Attends… Non. La dernière fois que je l'ai vue, c'était au Sea Shanty, mais je ne lui ai pas parlé. Elle était occupée avec d'autres personnes, et puis elle est allée s'asseoir avec Dane. Je crois qu'ils se sont disputés. Il est parti… et elle est partie juste après lui. Tu as demandé à Dane s'il savait où elle était ?

— Oui.

— Bah, tu connais Sheila…

La connaissait-elle encore ? se demanda-t-elle.

— Et toi, qu'est-ce que tu deviens ? s'enquit-il.

— Ça va, je te remercie.

— Toujours dans la pub ?

— Toujours.

— Tu travailles toujours avec Larry Miller ?

— Oui, c'est lui qui m'a fait entrer dans la boîte.

— Cool. Tu es superbe.

— Merci. Toi aussi, tu as l'air en pleine forme. Comment marchent tes affaires ?

— Pas mal du tout. J'ai embauché deux capitaines récemment. Grâce à eux, je ne suis plus obligé de sortir en mer avec tous les bateaux de touristes. C'est appréciable d'être son propre patron, mais crevant. Je commence tout juste à redécouvrir le sens du mot « loisirs ».

— Tu as toujours été un bosseur, tu en voulais. Je suis contente que tu aies réussi.

Elle songea amèrement à Dane qui passait ses journées à picoler sur une chaise longue. Que lui était-il arrivé à St. Augustine pour qu'il ait ainsi perdu le goût à la vie — alors que Jorge, qui en avait bavé dès le plus jeune âge, débordait de courage et d'énergie ?

— Quand je pense que tu es parti de rien…

Il la regardait intensément, comme s'il suivait le fil de ses pensées.

— N'oublie pas que nous sommes dans les Keys. Ici, tout est possible. Ah, les îles ! Le soleil, la plage, les cocotiers…

— L'alcool, la drogue, compléta-t-elle.

— Ouais… Il y a des limites à ne pas franchir. Donc pour toi, je vois que ça roule aussi. Tu vas racheter toutes les agences de pub de l'Etat ?

— Oh non ! Je donne l'impression d'être un requin ?

Il secoua la tête.

— Pas du tout. Je me souviens… Tu avais toujours un appareil photo autrefois. Et tu adorais la peinture. Tu peins toujours ?

— Presque plus, mais mon appareil photo ne me quitte quasiment jamais.

Cindy apparut à ce moment-là, interrompant leur conversation. Son bustier de sport était trempé, et ses muscles luisaient de sueur.

— Jorge ! s'exclama-t-elle. Tu es là ? Je ne t'avais pas vu.

— Je t'avais vue, moi, mais comme tu soulevais l'équivalent d'un trente-six tonnes, je n'ai pas osé te déranger.

Elle se haussa sur la pointe des pieds pour l'embrasser.

— On fait un barbecue chez Dane, tout à l'heure. Tu es des nôtres ?

Jorge lui jeta un regard étonné.

— Dane vous a invités chez lui ?

— Oui.

— Disons plutôt que nous nous sommes invités, rectifia Kelsey. Il ne sait même pas que nous venons aujourd'hui. Si ça se trouve, nous ne serons pas accueillis à bras ouverts. Tu le vois souvent, depuis qu'il est revenu ?

— Oui. Au Sea Shanty, on croise tous les anciens.

— Est-ce qu'il est… bizarre ?

— Ce n'est pas le terme que j'emploierais. Réservé, voire solitaire, plutôt. Et je respecte son désir de solitude.

— Eh bien, pas nous ! répliqua Cindy. On a décidé d'aller le dérider. Tu viens avec nous ?

— Peut-être, je vais voir, répondit-il en plissant le nez. Bon, il est grand temps que j'aille prendre une douche. Kelsey, je suis content que tu sois de retour parmi nous.

Elle n'était pas vraiment de retour, songea-t-elle. De passage, seulement.

— Merci, Jorge.

Cindy soupira en le regardant s'éloigner vers le vestiaire des hommes.

— Qu'il est mignon…

— C'est vrai. Il est marié ? Il a une copine ?

— C'est un travailleur acharné, mais il a sûrement des tas de copines. Bon, on y va ? Nous aussi, il faut qu'on prenne une douche. Je dois puer le camionneur.

— Tu vises les championnats d'haltérophilie ?

La jeune femme éclata de rire.

— Je te l'ai dit, je compense un complexe d'infériorité. On se bouge ? Douche, courses et barbecue. Dommage que Dane n'ait pas voulu faire les choses en règle. Il serait allé nous pêcher des tonnes de poisson frais. J'espère qu'on en trouvera au marché. Sinon, on achètera du bœuf. Ou du poulet. Ou les deux. Ce serait chouette que Jorge vienne…

Dane serait allé jusqu'au centre de Miami s'il avait fallu, mais Hector Hernandez lui avait proposé de le retrouver dans un restaurant de fruits de mer situé dans les quartiers sud de Florida City.

Le secteur d'Hector, inspecteur dans la police de Miami, s'étendait jusqu'aux limites du comté, c'est-à-dire jusqu'à la piste qui menait dans les Everglades et jusqu'à la route des Keys. Bien que, le plus souvent, son champ d'action fût la ville même de Miami ou sa proche banlieue, le restaurant où ils s'étaient donné rendez-vous, quoique un peu excentré, se trouvait sur son territoire. Hector avait dit un jour à Dane qu'avec tous les meurtres commis à Miami, il avait largement de quoi s'occuper sans sortir de la ville. Non que cette ville qu'il aimait fût complètement pourrie, mais une telle densité démographique sur une si petite superficie ne pouvait avoir d'autres conséquences… Sans compter que les criminels trouvaient dans la région un lieu propice à leurs méfaits : la Floride du Sud possédait en effet des kilomètres et des kilomètres de côte, ainsi que l'immense étendue des Everglades, un relief idéal pour toutes sortes d'activités illicites. Y faire disparaître un corps était un jeu d'enfant.

Sauf que, en général, les cadavres finissaient toujours par réapparaître.

Lorsque Dane arriva au restaurant, Hector était déjà attablé devant un plat de calamars et un verre de thé glacé.

La bouche pleine, il se leva et agita la main.

— Content de te voir, vieille branche, le salua-t-il. Comme c'est toi qui régales, j'ai commandé tout ce qu'il y a sur le menu. Après l'entrée, j'ai pris un *Surf and Turf* : filet de bœuf et homard. Homard du Maine. On n'est pas mal loti chez nous, mais nos langoustes ne valent pas les homards du Maine. Attends-toi à une addition salée, mon vieux. Les inspecteurs de police sont sous-payés, comme tu sais. J'espère que ta nouvelle agence te rapporte gros.

— Je n'ai pas à me plaindre, répondit Dane. La mode est aux gadgets high-tech, ces temps-ci. Tous les commerçants veulent des caméras de surveillance, les trucs qu'ils ont vus à la télé.

— Toujours pas de grosse enquête ?

— Tu connais les îles ! On est tranquilles.

Hector fit la grimace.

— On serait tranquilles, nous aussi, sans ces foutus avocats. Il y a un an ou deux, on avait réussi à arrêter un gars qui avait tué sa femme et ses gamins. Eh bien, le type vient d'être relâché. Tu sais ce qu'ils ont plaidé pour sa défense ? L'homicide involontaire. Ils ont prétendu qu'il voulait juste faire peur à sa gonzesse parce qu'il était persuadé d'être cocu. Et les coups sont partis. Trois. Trois coups accidentels. C'est de la folie… Le gars avait un bon avocat, et les jurés ont gobé. Incroyable.

Il se rassit. Dane s'installa en face de lui.

— Et tu te souviens du vieux qui avait frappé une mamie à mort dans une maison de retraite ? Libéré, lui aussi. Pourquoi ? Parce que son traitement médical n'était pas adapté. Et la mamie en avait marre de la vie. Il lui a rendu service. Ce qui me gêne, tu vois, c'est la mauvaise réputation que Miami est en train de se forger. On vient même d'y réaliser une étude statistique… A croire que la ville attire les dingues, que tous les timbrés du nord viennent commettre leurs crimes chez nous. Comme si on n'avait pas assez des nôtres.

Hector secoua la tête d'un air désabusé tout en poursuivant :

— Et je ne te parle pas de ce putain de fric. La société de consommation a rendu les gens complètement fous. Tiens, en ce moment, je m'occupe du dossier d'un taré qui a tué un mec pour lui voler sa bagnole. Le gars part acheter le journal ; quand il revient, il voit un type, devant chez lui, en train de lui piquer sa caisse. Il essaye de l'en empêcher. Le voleur le bute, il a du sang sur ses vêtements, il rentre chez la victime pour lui prendre un costard propre. Pendant tout ce temps, la femme regarde la télé, pépère ; elle ne s'aperçoit de rien.

— Tu l'as chopé, ce gars ?

— Pas encore, mais ça ne saurait tarder. Il a laissé ses vêtements tachés dans la baraque et des empreintes partout. Pas futé, le mec. Le comble, c'est qu'il n'en était pas à son coup d'essai. Un type comme ça ne devrait pas se promener en liberté. On aurait dû l'enfermer il y a longtemps. La loi est mal faite. Et les prisons sont surpeuplées... Enfin, bref, je suppose que tu n'es pas venu pour écouter mes récriminations.

Dane s'apprêtait à prendre la parole, mais Hector leva la main.

— Commande d'abord, proposa-t-il. Je te conseille les calamars. Les meilleurs de la région. Panés juste ce qu'il faut, tendres comme du lilas.

Dane préféra une sériole et un thé glacé. Quand la serveuse se fut éloignée, il entra dans le vif du sujet.

— Je m'intéresse à l'une de tes affaires en cours.

— Les étranglées ? demanda Hector en s'essuyant la bouche.

— Ouais, comment tu as deviné ?

— Une victime à Miami, une à Broward. Les médias ne parlent que de ça, en ce moment. Et nous n'avons pas le moindre indice. Les deux filles étaient strip teaseuses. Si tu connaissais l'une d'elles, sache que ton nom n'a jamais été cité dans l'affaire. Mais comment se fait-il que tu t'intéresses à cette histoire ?

— L'une de mes amies, Sheila Warren, a disparu depuis environ une semaine.

Dane avait décidé de lui dire la vérité. La vérité, oui, mais pas *toute* la vérité.

— Sheila… Sheila… Ah, oui, ça y est. Je connais ton amie Sheila. Je vais pêcher avec ton pote Jorge Marti de temps en temps, et je l'ai vue une fois ou deux sur le bateau. Charmante. Une jolie fille. Avant de continuer, dis-moi, c'est une amie ou plus qu'une amie ?

— Elle était ma petite amie au lycée, répondit Dane. Mais on a beaucoup changé, tous les deux. Pour sa part, elle multiplie les partenaires, si bien que la police locale ne prend pas la chose très au sérieux.

— Mais toi, tu te fais de la bile.

— Oui.

Hector observa un instant de silence tout en mangeant. Il semblait réfléchir.

— Et quel rapport avec l'étrangleur ? demanda-t-il enfin. Les deux filles qu'il a tuées étaient strip teaseuses. Et elles ne faisaient pas que danser. Pour un petit supplément, les clients avaient droit à un « show » privé. Ton amie n'est pas strip teaseuse, n'est-ce pas ?

— Non, mais elle mène une vie plutôt dissolue.

— Qu'est-ce qui te fait penser qu'elle ait pu être assassinée ?

— Si j'ai bonne mémoire, les deux victimes avaient été portées disparues.

— Exact. Les corps étaient dans un sale état quand on les a découverts. Impossible de relever le moindre élément qui pourrait nous permettre de retrouver le coupable. Nous avons interrogé leurs familles, leurs amis, les employés des clubs où elles bossaient. Les patrons nous ont donné la liste de leurs habitués et leurs reçus de cartes de crédit, mais tout le monde ne paye pas par carte bancaire dans ce genre d'endroits. Des agents en civil sont allés passer plusieurs soirées dans les boîtes où les filles travaillaient. Pour voir des mecs louches, ils en ont vu ! Mais nous n'avons aucune piste concrète.

La serveuse revint poser leurs plats sur la table et remplir leurs verres.

— J'espère que tu as les moyens, remarqua Hector en contemplant son assiette avec des yeux pétillants. Regarde un peu ça : un homard de deux livres ! J'avais tellement faim que j'ai failli commander celui de cinq livres. Mais je suis raisonnable. Il faut que je pense à mes vieilles artères.

— Je vois que tu surveilles ton alimentation, plaisanta Dane.

— Ça ne peut pas me faire de mal. Le matin, je mange des flocons d'avoine.

Les yeux toujours fixés sur son assiette, Hector secoua la tête et héla la serveuse de la main.

— Vous pourriez m'apporter un peu plus de beurre, s'il vous plaît ?

Dane commença à découper son poisson, frais et grillé à la perfection.

— Il paraît que certains détails n'ont pas été divulgués aux médias, lâcha-t-il.

Hector leva les yeux de son assiette. Son sourire gourmand s'éteignit.

— D'où tu tiens ça ? Ah oui, c'est vrai, j'oubliais ton lien de parenté avec Jesse Crane.

— Nous sommes cousins.

— C'est lui qui t'a dit ça ?

— Non.

— Tant mieux pour lui, parce que ce sont des informations confidentielles.

— Donc, tu ne veux pas en parler ?

— Non, répondit-il en sortant un stylo de sa poche de poitrine.

Il inscrivit quelque chose sur la nappe en papier et reprit :

— Mais je vais te donner ça : les noms des deux clubs de strip-tease et de quelques-unes des filles que nous avons interrogées. Qui sait ? Peut-être que tu auras plus de chance que nous. Ces filles sentent les flics à des lieues à la ronde, et elles n'aiment pas trop parler à la police, même quand elles sont en danger. Par contre, si tu apprends quelque chose, tu me tiens au courant ?

— Ça va de soi.

Changeant de sujet, Dane lui demanda des nouvelles de sa famille et Hector lui parla avec fierté de ses deux grands garçons, à présent adolescents. Au moment du dessert, il se fit apporter une pâtisserie et un café. Dane commanda seulement un café. Quand la serveuse le lui servit, il s'assura qu'il était en zone fumeur et sortit un paquet de cigarettes.

— Je croyais que tu avais arrêté, observa Hector en fronçant les sourcils.

— J'avais arrêté, oui, mais j'ai recommencé juste avant de quitter St. Augustine.

Le policier secoua la tête.

— Et tu me fais la morale parce que je mange trop ?

— Chacun ses défauts, concéda Dane.

Hector but son café, puis consulta sa montre.

— Bon, c'est pas tout, mais le boulot m'attend. Merci pour le repas, Dane.

— Tu es sûr que ça ne te dérange pas que j'aille poser des questions sur ton territoire ?

— Pas du tout.

Il hésita avant d'ajouter :

— Le premier corps a été retrouvé il y a six mois, le second il y a tout juste trois mois. D'après les profilers, ces types fonctionnent par cycles. Je ne serais pas étonné que l'on découvre bientôt une nouvelle victime. Les experts ont dit que l'assassin ne s'arrêterait pas. S'il… Enfin bref, je ne vais pas te faire la leçon. Tu connais la criminologie autant que moi.

— S'il quoi ? insista Dane.

— S'il continue, ce sera l'escalade. Quand il était gosse, ce type devait écraser des lézards. Il a sans doute poursuivi sa carrière en noyant des chats ou en dégommant des clébards à la carabine à air comprimé. Après, il a dû passer aux coups et blessures, voire au viol, et puis… et puis maintenant, on retrouve des pauvres filles dans nos canaux. Ces types vont toujours plus loin. Alors crois-moi, je ne vois pas d'inconvénient à ce que tu mènes ta petite enquête. Lorsqu'il s'agit de mettre la main sur un tel monstre, j'accepte volontiers de l'aide. Je ne suis pas du genre à vouloir l'exclusivité. Tiens-moi au courant, c'est tout ce que je te demande.

Hector était un homme bon et juste. Une fois de plus, Dane fut tenté de lui révéler ce qu'il savait.

Seulement, il ne pouvait pas.

L'inspecteur Hernandez était un gars trop sérieux, qui observait le règlement au pied de la lettre.

Et Dane avait besoin de temps.

Ses paumes étaient moites. Un frisson lui parcourut l'échine. Qu'est-ce que l'assassin projetait, maintenant ?

— Hector, si j'apprends quelque chose qui peut t'aider à arrêter le tueur, je te promets que je fonce à ton bureau à la vitesse de la lumière.

Hector hocha la tête.

— Merci encore pour le homard. Et bonne chance. Qui sait ? Le gars a peut-être changé de terrain. Si ça se trouve, on va repêcher le prochain corps dans un bayou de Louisiane. J'espère qu'on finira par le coincer. Fais attention à toi, Dane. Et sache que je suis désolé pour ce qui s'est passé à St. Augustine. Je suis sincèrement désolé. J'ai appris que le type avait été relâché, lui aussi. Désolé, vieux.

Quand il eut disparu, Dane plia le morceau de nappe qu'il lui avait donné, régla l'addition, remercia la serveuse et décida de se rendre le soir même dans le club de strip-tease de Broward. Puis il quitta le restaurant. Déterminé.

Tandis que Joe s'était adonné à sa passion pour l'aviation, lui avait étudié la psychologie, les sciences du comportement et la criminologie. A Quantico, il s'était spécialisé dans la psychologie de l'ennemi et les influences de la religion sur les actions de certaines civilisations. Puis il avait travaillé dans le domaine des négociations diplomatiques et des « tactiques d'observation ». Dans le civil, il avait observé les populations de diverses régions du monde, avec pour objectif de détecter des tendances révolutionnaires. Tout cela était loin derrière lui. St. Augustine aussi lui paraissait loin.

Malgré tout ce qu'il avait appris en théorie, il s'était aperçu qu'il n'était pas toujours facile de comprendre les raisons qui faisaient d'un être humain un fanatique ou un criminel. Après des années de formation, de terrain et de recherche, il en était venu à la conclusion qu'il y avait tout simplement parmi les hommes des individus possédés par le mal. Et si certains portaient la cruauté sur leur visage, d'autres étaient capables, tout en donnant la mort, de paraître aussi doux que des agneaux.

Dane était revenu à Key Largo pour fuir St. Augustine, mais il était conscient qu'en quelque point géographique que ce soit, il n'oublierait jamais.

S'il avait ouvert une nouvelle agence, ce n'était pas parce qu'il trouvait un quelconque intérêt à son métier, mais parce qu'il avait besoin d'argent pour vivre. Poser une caméra ou tout autre dispositif de surveillance ne lui était pas trop pénible. Pas plus que de visionner des heures de bande vidéo pour repérer un voleur, un employé qui se servait dans la caisse de son patron ou un trafic de drogue sur un parking. Toutes ces activités ne nécessitaient pas de réflexion. C'était aussi machinal que de se réveiller le matin, se doucher, s'habiller.

Mais le choc causé par la photo de Sheila lui avait insufflé un regain de dynamisme et de détermination. Coûte que coûte, il éluciderait ce meurtre.

Le système l'avait déçu. Lui-même s'était déçu. Et il avait déçu Sheila. Il n'avait pas répondu à son appel à l'aide, il n'avait pas su saisir la mesure de sa détresse, et à présent, il était fermement résolu à découvrir ce qui s'était passé. Il devait à Sheila de lever le voile sur la vérité. De toute façon, il fallait qu'il sauve sa peau. Car s'il ne retrouvait pas l'assassin, ce serait lui qu'on accuserait, et en Floride, il risquait la peine capitale.

Machinalement, il s'engagea sur l'US1 et conduisit en direction du sud jusqu'à Hurricane Bay.

Un grognement lui échappa lorsqu'il arriva chez lui.

Il avait de la visite.

Plusieurs voitures étaient garées dans l'allée. Il reconnut le monospace de Cindy et le wagoneer de Nate dont la carrosserie arborait le nom et l'adresse du Sea Shanty.

Tandis qu'il rangeait sa jeep derrière les autres véhicules, Cindy vint l'accueillir en courant.

— Surprise, Dane ! s'écria-t-elle avec un sourire jusqu'aux oreilles. Le barbecue est venu à toi !

6.

— Dane, regarde qui est là ! s'exclama Cindy, tout excitée. Larry Miller !

Dane, lui, ne semblait pas enchanté de leur présence, songea Kelsey en les regardant approcher. Il serra la main à Larry, qui s'était levé de sa chaise longue. Ce dernier portait un jean coupé aux genoux, un T-shirt et des sandales, à l'instar de Nate, mais avec une coiffure impeccable. Nate avait, comme à son habitude, les cheveux complètement ébouriffés.

Contrastant avec eux, Dane arborait un pantalon en serge, des mocassins et une chemisette. Bleue. Une couleur qui lui allait bien. Qui faisait ressortir ses yeux sombres et son teint hâlé. Sa tenue n'avait rien d'élégant, mais pour les îles, un pantalon long et une chemise relevaient de l'effort vestimentaire. Sans doute revenait-il de la ville.

— Ça fait plaisir de te voir, dit-il à Larry d'une voix posée. Qu'est-ce qui t'amène ?

— Eh bien, Kelsey était là, et elle s'inquiétait pour Sheila… Et puis au téléphone, elle m'a dit que tu étais au duplex avec Cindy et Nate. Je me suis senti un peu seul dans mon coin, et je suis venu vous rejoindre.

— Tu as été bien inspiré. Ça faisait un moment qu'on ne s'était pas vus.

— Je passe quelquefois pour affaires, juste le temps d'aller au restaurant avec des clients. Et chaque fois, je me dis que Key Largo n'est qu'à une heure de Miami, que j'adore l'île, mais que je n'y viens pas assez souvent. Alors me voilà.

— Ce barbecue s'imposait ! intervint Cindy.

— Ça rappelle le bon vieux temps, renchérit Nate. On voulait te faire une surprise, Dane, mais c'est nous qui avons été surpris de ne pas te trouver là. Quand ils ont tous voulu repartir, je les ai fait patienter. J'étais sûr que tu n'allais pas tarder.

— On a acheté des saucisses, de la viande hachée pour des hamburgers, des steaks, du poulet et du poisson. On n'allait quand même pas te taxer ce que tu as dans ton frigo. On a aussi apporté du charbon, des épis de maïs, des pommes de terre, de la salade, des chips, de la bière et du vin. Et des assiettes en carton, des serviettes en papier, des gobelets et des couverts en plastique.

— Génial, fit Dane sans enthousiasme.

Kelsey ne le quittait pas des yeux. Il avait l'expression d'un homme acculé au fond d'une impasse.

Il devait avoir des choses à faire. Pourtant, elle savait qu'il ne les mettrait pas à la porte.

Nate sauta à bas de la balustrade sur laquelle il était assis.

— Eh, Dane, depuis quand tu fermes à clé ? demanda-t-il.

Dane répondit par un haussement d'épaules, tout en se dirigeant vers la porte.

— Je passe mon temps à conseiller aux gens d'être prudents, et moi, j'ai tendance à laisser tout ouvert... Paradoxal, non ?

Il introduisit sa clé dans la serrure et, poussant le battant, il se tourna vers Kelsey :

— Entre, je t'en prie, proposa-t-il sur un ton légèrement ironique. Pour toi, la maison est toujours ouverte.

Elle demeura un instant immobile, incapable de répondre à l'invitation. Nate attrapa une glacière et franchit le seuil de la maison, suivi de Cindy qui avait ramassé un sac. Larry leur emboîta le pas. Enfin, Kelsey se décida à les suivre. Elle sentait le regard de Dane posé sur elle et n'en menait pas large. Elle l'avait accusé de... Tout au moins de lui cacher des choses à propos de Sheila. Et elle lui avait plus ou moins explicitement laissé entendre qu'elle avait l'intention de fouiller chez lui. Ses sarcasmes étaient largement justifiés.

— Tu ne rentres pas les courses ? lui demanda-t-il.

Le rouge aux joues, elle fit demi-tour et s'empara d'un sac en plastique. Dane prit les deux derniers.

Cindy était déjà dans la cuisine, en train de déballer les provisions. Nate fouillait les sacs à la recherche du charbon.

— Je peux allumer le feu ?

— Ça me paraît judicieux, répondit Dane. Il faut compter un petit moment pour avoir de bonnes braises.

— J'espère que ça ne sera pas trop long, remarqua Cindy. Je crève de faim.

— On a tous la dalle, répliqua Larry. Pas toi, Dane ?

— Pour tout vous avouer, je sors du restaurant. Je vais chercher des saladiers pour mettre les chips et les dips. Vous pourrez grignoter en attendant que la viande soit cuite.

— Je m'occupe des hamburgers, déclara Kelsey, qui avait besoin de s'occuper.

Des sacs en plastique, elle retira la viande hachée, les saucisses, le poulet, les biftecks et les condiments. Puis elle trouva une place sur le comptoir de la cuisine et commença à confectionner des hamburgers.

Elle éprouvait un drôle de sentiment. Comme le Sea Shanty, la maison de Dane était un bastion du souvenir. Elle y venait souvent quand elle était enfant. Key Largo ne possédait pas autant de plages qu'on avait tendance à se l'imaginer. Or Hurricane Bay avait sa petite plage privée. Artificielle, certes, mais belle et propre. Du ponton, on voyait l'océan à perte de vue, et depuis la plage, située dans une petite baie, on avait l'impression d'être au milieu de nulle part, coupé du monde. Autrefois, ils y jouaient aux pirates. Les parents de Dane ne voyaient pas d'inconvénient à ce que les enfants viennent s'amuser sur leur propriété, même quand leur fils n'était pas là.

Les choses avaient un peu changé quand Mme Whitelaw était morte. Mais bien que son mari eût alors vécu en reclus, les enfants étaient restés les bienvenus. Peut-être les accueillait-il en souvenir de sa femme, ou leur présence lui apportait-elle un peu de joie. A Hurricane Bay, il y avait toujours quelque chose de spécial pour eux :

de la limonade, du thé glacé ou des cookies maison du vivant de la mère de Dane ; du soda en cannette et des Oreos après son décès.

La maison elle-même était merveilleuse. Un véritable musée.

— Fais attention, avec le poulet.

La voix de Cindy ramena brutalement Kelsey au présent.

— Quoi ?

— Le poulet. Lave-le bien, et ne le pose pas à côté des autres trucs. A cause des germes et des bactéries, tu sais.

— Je fais attention, répliqua-t-elle sèchement.

Cindy hocha la tête.

— Ils sont prêts, ces hamburgers ? Je les emporte dehors.

Elles étaient seules dans la cuisine. Kelsey entendait les autres discuter autour du barbecue.

— En fait, tu t'occuperas du poulet mieux que moi, décréta-t-elle. Viens me remplacer, je vais apporter les hamburgers aux garçons.

Sans laisser à Cindy le temps de protester, elle prit l'assiette et sortit de la cuisine.

Dans la salle à manger, elle s'arrêta. Dane avait fait de la grande table son bureau. Son ordinateur était là. Du courrier. Des piles de papier. Des feuilles sur lesquelles il avait imprimé des pages Internet. Elle hésita un instant. Dans la cuisine, Cindy marmonnait quelque chose à propos des dangers de la salmonelle. Et dehors, les hommes s'affairaient autour du feu.

L'assiette de hamburgers en équilibre dans sa main gauche, elle se dirigea vers l'imprimante. Dane avait tiré des archives de presse. De sa main libre, elle étala les feuilles sur la table. Tous les articles relataient les meurtres de deux femmes. Elle posa l'assiette et prit la première feuille de la pile. « Une seconde strip teaseuse découverte dans un canal. » Elle parcourut le texte, et se souvint d'avoir lu cet article, trois mois auparavant. Cherie Masden, vingt-trois ans. Etudiante en commerce international le jour, effeuilleuse la nuit. D'après ses amis, elle n'avait pas trouvé de meilleur moyen pour financer ses études. Elle n'avait pas l'intention de danser nue toute sa vie, mais elle estimait qu'elle avait du talent et que le strip-tease était plus lucratif et moins pénible que de vendre des vêtements dans un grand magasin ou faire la plonge dans un restaurant. Cherie était son vrai prénom, précisait l'article. Elle avait disparu depuis une semaine lorsqu'on avait retrouvé son corps.

— Qu'est-ce que tu fais ? Tu nous apportes quelque chose à griller ?

Surprise, Kelsey lâcha la feuille, qui atterrit en voletant aux pieds de Dane. Elle le considéra avec embarras.

— S'il te plaît, évite de mettre des taches de gras sur mes papiers, lâcha-t-il, le visage sans expression.

— Je... je... Ce titre a attiré mon attention. Je me rappelle ce meurtre. Il a fait la une de tous les journaux. Triste sort, hein ? Je ne fouillais pas. C'est ce titre, il est accrocheur, non ?

— Il t'a sauté à la figure et il t'a mordu, c'est ça ? Depuis l'autre bout de la table ?

Elle ne répondit pas. Dane haussa les épaules.

— Tu m'avais prévenu que tu voulais fouiller chez moi. Je ne vois pas pourquoi je suis étonné. Sache toutefois que je traite des affaires confidentielles. Sans aucun rapport avec Sheila.

Comme ils se penchaient en même temps pour ramasser la feuille, leurs têtes se touchèrent. Ils eurent un mouvement de recul.

— Kelsey, va donc apporter cette assiette dehors, je m'occupe de mes papiers.

Elle acquiesça de la tête, s'empara de l'assiette et fila sans demander son reste. Quand elle revint, Dane était en train de transférer ses documents dans les classeurs alignés contre le mur. Elle s'apprêtait à aller chercher le reste de viande dans la cuisine, mais elle hésita, observant Dane, consciente qu'il sentait son regard posé sur lui.

— Comment se fait-il que tu t'intéresses aux meurtres de ces deux strip teaseuses ? s'enquit-elle.

— Ce ne sont pas tes oignons.

— Tu crois qu'il y a un rapport avec Sheila ?

Il se tourna vers elle.

— Sheila fait du strip-tease ?

— Non.

— Alors pourquoi penses-tu qu'il puisse y avoir un rapport avec elle ?

— Parce que tu es censé essayer de la retrouver.

— C'est ce que je fais.

— Alors pourquoi…

— Tu es venue ici pour manger des grillades, je te rappelle.

Nate passa la tête par la porte.

— Kelsey, tu nous l'apportes, le poulet, oui ou non ?

— J'arrive.

Nate ressortit. Elle continua de dévisager Dane.

— Je crois que tu me caches quelque chose, lâcha-t-elle enfin.

— Kelsey ! insista Nate avec impatience, passant cette fois la tête par la fenêtre.

— J'arrive, j'arrive !

— Laisse, je vais chercher le poulet, proposa Dane en refermant son placard.

Elle le suivit jusqu'à la cuisine et entreprit de rassembler les paquets de pain de mie et de buns.

— Faites bien cuire le poulet, recommanda Cindy qui se frottait les mains sous le robinet de l'évier.

— Ne t'inquiète pas.

Dehors, Kelsey dressa la table. Les garçons parlaient de leurs coins de pêche favoris. Bientôt, Cindy vint les rejoindre avec une glacière. Dane s'avança vers elle pour la lui prendre des mains.

— Elle est petite, mais elle n'a pas besoin de toi, plaisanta Nate. Si tu voyais ce qu'elle soulève comme fonte !

— Ce qui ne veut pas dire que je n'apprécie pas un peu d'aide, rétorqua la jeune femme.

— Dane aussi est costaud, observa Larry.

— Les détectives privés ont intérêt à être en forme, non ? répliqua Nate.

— Soit ce sont des armoires à glace, soit ce sont des gros lards.

— Il y a des détectives privés de toutes sortes, intervint Dane en posant la glacière.

Un bruit provenant d'un coin de la propriété lui fit lever les yeux.

— On attend encore quelqu'un ?

— C'est peut-être Jorge Marti, répondit Cindy. Nous l'avons invité.

Kelsey posa une serviette bien pliée sur la table et suivit le regard de Dane. Une odeur nauséabonde flottait maintenant dans l'air.

— Je doute que ce soit Jorge, commenta Dane en descendant les marches du balcon.

Elle lui emboîta le pas. Ils se retrouvèrent tous deux nez à nez avec Andy Latham.

Latham était torse nu, en jean coupé. Son corps luisait d'une pellicule grasse. Il tenait un seau à la main — visiblement, la source de l'odeur.

— J'te rapporte ton poisson pourri ! vociféra-t-il. Et t'avise pas de remettre les pieds chez moi, pigé ?

Il était agité de tremblements. Kelsey se demanda si c'était de peur ou de colère.

— De quoi tu parles ? répliqua Dane.

Latham renversa le seau. Des poissons gonflés et avariés s'en échappèrent et se répandirent sur le sol. Des poissons morts depuis un certain temps, et qui étaient restés au soleil. La chaleur en avait fait éclater quelques-uns.

Dane leva les yeux vers Latham, qui recula.

— Ouais, t'es un caïd maintenant, poursuivit ce dernier. Ils t'ont appris à tuer, à l'armée. Mais tu ne me fais pas peur avec tes poissons crevés.

Toujours tremblant, il accentua la distance entre Dane et lui.

— Dis-toi bien, monsieur le grand chef militaire, que les balles te perceront la peau, à toi comme aux autres. Tu remets les pieds chez moi et je te loge une balle dans la cervelle.

— Espèce de cinglé ! s'écria Dane. Tu racontes n'importe quoi !

— Les poissons. J'te parle de ces putains de poissons que t'es venu foutre devant ma porte.

— C'est ça, je suis venu foutre du poisson devant ta porte.

— Qui c'est, alors ? hurla Latham.

Larry et Nate s'étaient postés de part et d'autre de Dane.

— Comment veux-tu que je le sache ? On ne peut pas dire que ta cote de popularité soit très élevée.

Latham brandit un index furieux. Sur le coup, Kelsey crut qu'il menaçait Dane, puis elle se rendit compte que ce doigt était pointé vers elle.

— C'est toi, alors ! C'est toi, sale petite emmerdeuse ! Ou alors c'est toi qui as envoyé le bâtard faire le sale boulot à ta place !

Latham était tellement énervé qu'il en avait de l'écume aux lèvres. Des postillons giclaient autour de lui quand il parlait.

Dane s'avança vers lui.

— Tu es complètement fou, Latham. Nous n'avons rien à voir avec ces poissons. Et si tu nous menaces encore, Kelsey ou moi…

— Ecoutez-le ! Ecoutez-moi un peu ça ! C'est lui qui me menace. T'approche pas de moi. Et que je te voie pas sur ma propriété, ni toi ni tes amis à la con !

Sur quoi, Latham pivota sur ses talons et décampa.

— Eh ben, dis donc ! fit Larry.

— Impossible de manger dans cette puanteur, bougonna Cindy. Qu'est-ce que c'est que cette histoire ?

— Mieux vaut rentrer dans la maison, déclara Dane. Je m'occupe des poissons.

— Beurk, c'est dégueulasse…

— Rentrez. Je vais chercher des sacs-poubelles et me débarrasser de ces saloperies avant que l'odeur n'envahisse toute la maison.

— Latham a pété un câble, avança Cindy. Il a toujours été un peu dérangé, mais cette fois, je crois qu'il est devenu complètement dingue.

Kelsey ramassa les assiettes, les verres et les couverts en plastique qu'elle avait disposés sur la table du balcon.

— Cindy, dit Larry, tiens-moi cette assiette, s'il te plaît, que je pose la viande dessus. A votre avis, qui a pu aller mettre ces poissons chez lui ?

Dane ressortit de la cuisine, deux sacs-poubelles noirs et un rouleau de papier absorbant à la main.

— Va savoir, marmonna-t-il. Ça peut être n'importe qui.

Nate le suivit en direction des dégâts. Cindy toussa et se boucha le nez.

— C'est intenable, maugréa-t-elle. Il faut absolument que je rentre.

— On ne peut pas s'installer dans la salle à manger, observa Larry. Dane en a fait son bureau.

— Eh bien, allons dans la cuisine.

Dane les rejoignit quelques minutes plus tard, encadré par Nate et Jorge Marti.

— Jorge ! s'exclama Larry en levant sa bière afin de saluer le nouvel arrivant.

— Ça fait plaisir de te voir.

Jorge s'approcha pour lui serrer la main.

Cindy bondit sur ses pieds et vint l'embrasser sur les joues.

— Tu as pu venir ! s'écria-t-elle joyeusement.

— Ouais, et je suis arrivé juste au bon moment pour participer au nettoyage, répliqua Jorge en plissant le nez. Alors comme ça, ce vieux saligaud de Latham est venu vous rendre une petite visite et vous a apporté un cadeau… Waouh ! Kelsey, tu es superbe…

Il s'interrompit, le temps de l'embrasser, puis reprit :

— C'est bizarre, tout de même. Il est venu comme ça, il a balancé son poisson pourri, et il est reparti ?

— Il croit que c'est Dane qui a apporté ça chez lui, expliqua Kelsey.

— Pourquoi ?

— Je suis allée chez lui, hier soir, pour lui poser des questions sur Sheila. Et Dane m'a suivie, à la demande de Cindy.

— Il est complètement marteau, conclut Jorge en haussant les épaules. Il paraît qu'il ne prend plus autant de poissons qu'avant. C'est peut-être ça qui le titille.

— Vous vous êtes lavé les mains ? s'enquit Cindy.

— Avec du savon antibactérien, la rassura Dane, un sourire amusé sur les lèvres.

— Il nous a même obligés à nous frotter les doigts avec une brosse, renchérit Nate.

— Bien. Dieu sait quelles cochonneries on risquerait d'attraper, avec ces poissons morts, répliqua-t-elle en grimaçant.

Nate se décapsula une bière.

— Ces beaux poissons... Quel gâchis.

— Ce type est à la masse, n'en parlons plus, décréta Cindy. Alors, Jorge, comment vont tes affaires ?

Jorge s'installa sur un tabouret de bar, et accepta une bière de Cindy et une assiette de hamburgers de Larry.

— Ça marche. Grâce à vous, hommes d'affaires qui venez tomber la cravate pendant le week-end, ajouta-t-il en levant son verre en direction de Larry. Bientôt la saison du homard. Je suppose que vous êtes toujours sans nouvelles de Sheila ?

— Bien supposé.

Il regarda Kelsey en souriant.

— Elle va finir par arriver.

— Bien sûr.

Sentant le regard de Dane fixé sur elle, elle ajouta :

— N'est-ce pas, Dane ?

— Tout à fait, je suis sûr qu'elle ne va pas tarder à revenir, répondit-il calmement.

Sa voix n'était ni désinvolte ni rassurante. Un peu grave. Il savait quelque chose, assurément.

Quelque chose en rapport avec les meurtres des deux strip teaseuses, songea-t-elle. Quelque chose qu'il ne partagerait pas avec elle.

Un sentiment de frayeur la parcourut.

Dane se félicita de l'emplacement providentiel de sa propriété. En effet, grâce à la brise marine, la puanteur s'était rapidement dissipée. Enfermés dans les sacs-poubelles et mis à l'écart, les poissons n'avaient pas gâché l'après-midi, et après le repas, Dane et ses hôtes avaient pu ressortir sur la plage. Ils avaient disputé quelques parties de volley amicales, puis, épuisés, étaient allés se baigner. Bien plus tard, ils étaient revenus se rincer avec le tuyau d'arrosage qui faisait office de douche dans le jardin, et, après s'être fait sécher au soleil, ils s'étaient rassemblés autour d'un goûter. Cindy avait apporté le dessert — des brownies industriels —, et Kelsey avait préparé un excellent café.

Pendant tout l'après-midi, remarqua Dane, la jeune femme avait paru l'éviter. Au volley, elle s'était toujours retrouvée dans le camp opposé au sien, bien qu'ils aient changé d'équipe et de côté à plusieurs reprises, et en dépit de l'ambiance joyeuse et bon enfant, elle était restée un peu à l'écart. Il se demandait si elle le fuyait à cause de la nuit qui avait suivi l'enterrement de Joe — qu'elle ne lui pardonnerait jamais — ou par crainte des remontrances qu'il pourrait lui faire. En outre, il se maudissait d'avoir laissé traîner ses papiers dans la salle à manger.

Il avala ce qui restait de café dans sa tasse et alluma une cigarette. Cindy et Jorge étaient installés côte à côte dans la balancelle, à discuter appareils de musculation. Larry expliquait à Nate les vertus de la publicité haut de gamme. Quant à Kelsey, elle était assise sur le ponton avec une tasse de café, face au soleil qui commençait à décliner sur l'océan.

Dane se leva et se dirigea vers elle. Il savait qu'elle entendait ses pas sur la passerelle, mais elle ne leva pas les yeux. Sur le coup, il crut qu'elle observait ses bateaux, le petit Donzi pour les courses rapides et le gros Chris-Craft — le seul bien matériel auquel il tenait. Il avait choisi ce bateau avec son père. Ensemble, ils l'avaient remis en état et avaient passé à son bord d'innombrables heures en mer. La cabine du capitaine était immense ; les couchettes, la coquerie et le salon étaient spacieux. On pouvait y faire dormir six personnes. Sur le pont, la place ne manquait pas non plus. Construit au début des années quatre-vingt, la vedette avait un certain âge, mais Dane n'avait cessé de l'entretenir consciencieusement.

Kelsey ne regardait pas les bateaux. Les yeux baissés sur les planches du ponton, elle ne regardait rien. Elle balançait ses jambes dans le vide.

Quand il s'assit près d'elle, elle lui jeta un coup d'œil méfiant.

— Eh, c'est *mon* ponton.

Elle hocha la tête.

— C'est *ton* ponton, parfaitement.

Elle hésita avant de poursuivre, les yeux rivés sur l'eau :

— Ton ponton. J'étais justement en train de me dire que j'aimerais bien qu'il y ait encore quelque chose à moi, ici, dans les Keys. C'est bizarre de ne plus avoir d'endroit à soi. Ma maison n'existe même plus.

— Je sais. Comment vont tes parents ?

— Bien, je te remercie. Tu sais qu'ils habitent à Orlando, maintenant ?

— Je sais, oui.

— Tu n'étais vraiment pas très loin de chez eux, à St. Augustine.

— Quelques heures de trajet.

— Tu n'es jamais allé les voir ?

Il secoua la tête.

— Non. J'avais peur de... de leur rappeler Joe.

— Je crois que ça leur aurait fait plaisir de te voir.

— Je ne sais pas. Ça a été dur pour eux.

— Ça a été dur pour tout le monde.

— Joe était leur fils. Et ton frère.

— Ton meilleur ami.

Elle s'était tournée vers lui. Son expression de défiance avait disparu. Dane détourna le regard.

— En fait, je crois que c'est pour toi que ça a été le plus difficile, nota-t-il. Tu te souviens...

— Je n'ai pas envie de me souvenir, le coupa-t-elle d'une voix cassante.

Il savait exactement ce qu'elle ne voulait pas se rappeler.

— Ne te mets pas en colère. Je voulais parler du conflit que tu as eu avec tes parents. Joe en était peiné.

— Oh, fit-elle en rougissant. Tu veux dire… le fait que je croyais qu'ils le préféraient à moi ?

— Oui.

Il s'aventurait en terrain miné. Soit Kelsey allait s'emporter et le planter là. Soit, dans le meilleur des cas, ils combleraient enfin le fossé qui s'était creusé entre eux.

Elle balançait toujours ses pieds dans l'eau, comme une enfant, en contemplant les rides qu'elle dessinait à la surface.

— Quand Joe est mort, j'ai eu l'impression qu'à leurs yeux, je ne serais jamais à sa hauteur. Qu'ils l'avaient aimé plus que moi, que je comptais moins que lui.

Une expression mélancolique traversa son regard, accentuée par le reflet de l'eau dans ses yeux. Kelsey était magnifique, constata-t-il, submergé par une vague d'émotion. Le vent avait séché ses cheveux, qui voletaient autour de son visage à l'ovale parfait. Elle était toujours en short et haut de bikini. Son cou était long et lisse, et ses seins tendaient le tissu de son maillot de bain. Dane était si près d'elle qu'il sentait sa peau contre sa cuisse.

Le temps avait filé si vite. Elle était la petite sœur de son meilleur ami, et il avait toujours éprouvé envers elle un instinct de protection. Une fois seulement, dans le passé, il avait ressenti le désir de la toucher, de la posséder. A présent, ces deux sentiments s'affrontaient plus durablement en lui. Il avait toujours envie de la protéger, mais aussi bien plus.

Cette nuit-là était encore si claire dans son esprit…

Il chassa ce souvenir.

— Ton père était passionné par l'armée, et ton frère a marché sur ses traces. Voilà pourquoi ton père s'intéressait tant à tout ce qu'il faisait.

— Tu es gentil, répliqua Kelsey en riant. Pour mon père, le soleil se levait et se couchait au-dessus de Joe. Je me suis sentie inadaptée parce que j'étais incapable de faire quoi que ce soit pour soulager la peine de mes parents. J'étais tellement abattue, je n'ai commis que des erreurs…

Elle s'interrompit. Dane sentait la chaleur qui émanait d'elle. Il était sûr qu'il faisait partie de ces « erreurs ».

— Ils t'ont toujours aimée autant que lui, tu sais. Mais comme je viens de te le dire, Joe avait de nombreux points communs avec ton père.

Elle sourit tristement.

— C'est bon, répondit-elle, la voix empreinte de mélancolie. Le temps a passé. Je n'ai plus besoin qu'on me rassure. En fait, c'est grâce au passé que je m'entends si bien avec mes parents aujourd'hui. Il y a deux ou trois ans, papa m'a téléphoné pour me demander de venir passer quelques jours avec eux. J'ai accepté. Un soir, nous avons longuement discuté, et il s'est excusé. Il a reconnu qu'il avait placé beaucoup d'espoirs en Joe, et qu'il regrettait ce favoritisme. Nous avons pleuré, beaucoup bu, parlé de Joe toute la nuit, et nous avons réparé ce qui était cassé. Maintenant, nous nous voyons souvent. Je n'ai que quatre heures, quatre heures et demie de route pour aller chez eux. Ils ont un grand terrain, et une écurie. Ils se sont mis à l'équitation, tous les deux, et projettent d'acheter deux chevaux.

— Je suis content pour eux.

— Merci.

Le silence s'installa. Un silence pesant. Kelsey ramena ses genoux sous son menton et tourna la tête vers Dane.

— Que s'est-il passé à St. Augustine ? s'enquit-elle.

Il se raidit.

— Quelqu'un est mort.

Elle fronça les sourcils.

— A cause de toi ?

— Oui et non. Je n'ai pas envie de parler de ça.

— C'est toi qui es venu t'asseoir à côté de moi.

— Absolument. Et toi, où en es-tu ? Tu ne t'es pas remariée ?

Il l'entendit grincer des dents.

— Non, mon mariage avec Nate m'a servi de leçon. Et toi ? C'est vrai que tu es de nouveau avec Sheila ?

Il secoua la tête et s'exhorta à garder son calme. Il la fixa avec dureté. Elle se tendit, mais soutint son regard.

— Qu'est-ce que tu veux savoir ? lâcha-t-il. Sheila cherche quelque chose qu'elle ne trouvera pas en moi. Oui, nous nous voyions au bar. Oui, elle est venue chez moi. Mais je n'étais pas assez stable moi-même pour résoudre ses problèmes psychologiques. Et elle ne m'a pas apporté beaucoup de réconfort.

— Tu es la dernière personne à l'avoir vue.

— Non, je suis sûr que non.

— Qui d'autre l'a vue après toi ?

— Je n'en sais rien… Kelsey, tu m'emmerdes.

— Tu penses qu'elle est morte, avança-t-elle en l'observant.

— Je vais la retrouver.

— Eh, oh ! Qu'est-ce que vous faites ?

Le reste de la bande les appelait depuis la plage en faisant de grands signes des bras.

Dane se leva et tendit instinctivement la main à Kelsey. A sa surprise, elle accepta son aide et ne retira pas tout de suite sa main de la sienne.

— On va y aller ! cria Nate. Il faut que je passe au bar.

— J'ai absolument besoin d'une douche, ajouta Larry.

— Et moi, j'ai un rendez-vous galant, déclara Cindy en clignant de l'œil.

— Moi aussi, renchérit Jorge.

Dane les rejoignit devant la maison. Cindy s'avança vers lui et se haussa sur la pointe des pieds afin de l'embrasser.

— Merci pour le barbecue.

— Merci pour tout ce que vous avez apporté.

— Tout pour la fête, livraison à domicile, c'est nous ! s'exclama Nate. Passe au bar dans la soirée, si tu peux. J'ai un nouveau groupe, ce soir. Ils touchent un peu à tout : pop-rock, jazz, reggae, calypso… Ça devrait te plaire.

— J'essaierai de faire un saut.

— Bon, moi, j'y vais, déclara Jorge en agitant ses clés entre les doigts. Merci à vous tous. J'ai passé un super après-midi.

— Il faudra remettre ça, suggéra Larry avant de se tourner vers Kelsey. Cindy et moi, on rentre au duplex, tu viens avec nous ?

— J'ai ma voiture, je vous rejoins.

— Tu es sûre ?

— Je suis sûre que ma voiture est là, répondit-elle en souriant.

— Je voulais dire…

— Kelsey vous suit, intervint Dane. Moi aussi, il faut que je parte. J'ai des choses à faire, ce soir.

Il eut l'impression que les joues de Kelsey avaient rosi, mais elle ne perdit pas contenance.

— Je veux juste m'assurer que nous n'avons pas laissé de pagaille chez Dane, prétexta-t-elle en se dirigeant vers la maison.

Après les derniers au revoir, chacun regagna son véhicule.

Dane regarda le soleil disparaître derrière la ligne d'horizon, puis rejoignit Kelsey dans la cuisine.

Elle lavait un saladier qui avait contenu des chips. Il se cala dans l'encadrement de la porte.

— Tu es sûre que tu ne veux pas continuer à fouiller dans mes papiers ?

Elle se tourna vers lui. Dane avait le regard attiré par sa poitrine. Il se força à relever les yeux vers son visage.

— Moi aussi, j'ai un ordinateur, tu sais, remarqua-t-elle.

— Pardon ?

— Je n'ai pas besoin de lire tes tirages. Je peux très bien les télécharger.

Il grinça des dents.

— Ecoute, Kelsey, ne t'occupe pas de ça.

— Je veux juste savoir ce que tu comptes faire pour retrouver Sheila.

— Je ferai tout ce que je peux, Kelsey, fais-moi confiance.

— Il reste un peu de café. Tu en veux ou je le jette ?

— Je vais le boire.

Il se dirigea vers la cafetière.

— Je vais te le réchauffer, proposa Kelsey.

Elle était beaucoup trop gentille. Cette soudaine amabilité cachait quelque chose.

— Je crois que j'ai oublié mon briquet dehors, mentit-il. Tu boiras un café avec moi ? Super. On se rejoint dans le salon.

Sur ces mots, il alla sur le balcon et s'appuya contre la balustrade, face à la fenêtre de la salle à manger, d'où il avait vue sur l'intérieur.

Sans se douter qu'elle était observée, Kelsey sortit de la cuisine, posa deux tasses à café sur la table basse du salon et parcourut la pièce des yeux. Elle s'apprêtait à regagner la cuisine quand quelque chose arrêta son regard. De son poste d'observation, Dane fronça les sourcils en la voyant s'agenouiller par terre. Il vint la rejoindre dans la maison. Elle sursauta, ses joues s'empourprèrent.

— Qu'est-ce que tu fais ? lui demanda-t-il.

Elle le dévisagea un instant.

— Amis ? C'est tout ? répliqua-t-elle d'un air sceptique. Il n'y avait rien de sérieux entre vous ?

— De quoi parles-tu ?

Elle agita quelque chose sous son nez. Une boucle d'oreille. La boucle d'oreille de Sheila.

Il croisa les bras sur sa poitrine.

— Et alors ?

— C'est la boucle d'oreille de Sheila.

— Ah bon ?

— Parfaitement.

— Comment le sais-tu ?

— Je lui ai offert ces boucles le jour de mon mariage, parce qu'elle était ma demoiselle d'honneur. Ce sont des émeraudes.

— Très bien. Donc Sheila a perdu sa boucle d'oreille. Ce qui prouve quoi, à ton avis ? Elle est venue ici plusieurs fois.

— Si tu remarques le système de fermeture, tu verras que ce ne sont pas des boucles qui tombent toutes seules.

— Qu'insinues-tu, Kelsey ?

— Que… que vous étiez à nouveau ensemble.

Il s'approcha d'elle et, la fixant droit dans les yeux, lui prit la boucle des mains.

— Je te répète une fois de plus qu'effectivement, Sheila est venue chez moi. Je n'ai jamais dit le contraire. Est-ce qu'on était ensemble ? Non. Honnêtement, non. Est-ce que j'ai couché avec elle ? Oui. Une fois. Nous savons tous les deux que tout est fini entre nous depuis longtemps. Ai-je fait du mal à Sheila ? Non. Tu m'as bien entendu ? Non. Voilà, tu as la vérité. C'est à prendre ou à laisser. Peu m'importe que tu me croies ou non.

Elle soutint longuement son regard puis s'éloigna en le frôlant. Il ne bougea pas, ni ne se retourna quand il entendit la porte se refermer derrière elle.

7.

En arrivant au duplex, Kelsey fut surprise de constater que Larry et Cindy n'étaient pas encore là. Il n'y avait ni voiture ni lumière dans la maison. Sans doute étaient-ils allés au Sea Shanty avec Nate. A moins que Cindy ne fût sortie avec Jorge, comme ils l'avaient sous-entendu.

Finalement, c'était aussi bien comme cela. Kelsey n'était pas mécontente d'être seule. Elle allait se doucher et se mettre au lit — en espérant trouver le sommeil.

Dès l'instant où elle coupa le contact de sa voiture, elle éprouva néanmoins une angoisse oppressante. Un vent léger agitait arbres et taillis, dont les ombres dansaient sur l'allée. La lumière au-dessus du perron n'était pas allumée, et seuls les réverbères de la rue apportaient un peu de clarté devant la maison.

Les mains sur le volant, Kelsey ne parvenait pas à se résigner à quitter sa voiture. En temps normal, pourtant, elle n'avait pas peur du noir. Elle se traita d'idiote et finit par ouvrir sa portière. Aucune ombre ne lui sauta dessus tandis qu'elle se dirigeait vers le duplex. Toutefois, sa main tremblait légèrement quand elle introduisit sa clé dans la serrure. Elle s'engouffra dans l'appartement comme si elle était poursuivie par un fauve et referma vivement le battant derrière elle. Quelle idiote, se dit-elle en tirant le verrou.

Elle traversa le salon et jeta son sac sur une chaise. Pourquoi cet étrange malaise ? Cette sensation de ne pas être seule ? Elle retourna à la porte d'entrée. Décidément, elle se faisait des films. Elle avait bien fermé le verrou, et dans l'appartement, tout semblait en ordre. Aucune raison de paniquer.

Elle décida tout de même d'inspecter chaque pièce. D'abord le salon. Où il n'y avait assurément personne. Ensuite, elle ouvrit la porte de la chambre où dormait Larry. Dans la salle de bains attenante, elle regarda derrière le rideau de douche, puis dans le placard.

De nouveau, elle se sentit ridicule… quand il lui sembla percevoir un bruit. Comme un coup sourd venant de l'arrière du duplex. Debout devant l'armoire qui ne contenait que quelques chemises appartenant à Larry, elle fut parcourue d'un frisson. S'il y avait un réel danger, comment se défendrait-elle ?

Elle balaya la chambre du regard. Rien qui puisse lui servir d'arme. Retournant dans le salon, elle saisit l'un des lourds chandeliers en étain qui trônaient sur la table basse, et se dirigea vers le fond de l'appartement.

Si un malfaiteur l'observait du dehors, songea-t-elle, il pouvait aisément suivre ses mouvements, avec toutes les lumières qu'elle avait allumées. Elle éteignit le salon, puis rasa les murs jusqu'à la salle à manger, et appuya sur l'interrupteur.

Maintenant dans une obscurité totale, elle demeura immobile, l'oreille tendue. Dehors, la brise faisait bruisser les feuilles. A force de scruter à travers la baie vitrée, ses yeux finirent par s'accommoder à la pénombre. S'apercevant qu'elle retenait sa respiration, elle exhala puis inhala une longue bouffée d'air. Elle ne voyait rien d'anormal, n'entendait rien d'inquiétant. Tout en essayant de se raisonner, elle quitta son poste de guet et regagna sa chambre.

Ou plutôt la chambre de Sheila.

Les rideaux étaient ouverts. Derrière la fenêtre, une longue fronde de palmier déchiquetée pendait au-dessus de la piscine, telle une main osseuse indiquant de ses doigts crochus une horreur cachée dans le fond du bassin. Intérieurement, Kelsey se sermonna pour son imagination galopante. Elle serrait néanmoins le chandelier de toutes ses forces.

Sur les murs de la chambre, la lune dessinait des ombres sinistres. Kelsey se figea et attendit. Elle étouffa un cri en entendant de nouveau un bruit sourd. Le son venait des abords de la palissade délimitant la propriété.

Appeler le 911... Mais que dirait-elle à la police ? Qu'elle avait peur des fantômes ?

Elle n'avait plus du tout envie de solitude. Où donc étaient Larry et Cindy ?

Dane l'avait peut-être suivie jusqu'au duplex. Parce qu'elle avait mis le nez dans ses affaires et qu'elle en savait trop. Il voulait l'éliminer... Non, ce n'était pas possible, se reprit-elle. Il n'aurait pas pu arriver avant elle. Et puis il ne lui voulait pas de mal. C'était impensable.

Luttant contre la panique, elle tenta de percer les ténèbres du patio. Dans la chambre, les ombres devenaient de plus en plus menaçantes. La chaise avait des ailes. Non, ce n'était que la veste qu'elle avait accrochée sur le dossier.

Rien n'avait été dérangé, elle en était certaine.

Pourtant…

Elle avait l'impression que quelqu'un était entré dans la pièce.

Sheila…

Elle prononça presque son prénom à voix haute.

Sheila avait peut-être des raisons de se cacher. Peut-être avait-elle profité de l'absence de ses amis pour se glisser furtivement chez elle.

L'explication était plausible, mais instinctivement, Kelsey n'y croyait pas. Un bruit lui parvint de nouveau, presque imperceptible, qui venait cette fois du devant de la maison. Un cliquètement. Puis comme une porte qui s'ouvrait en grinçant.

L'entrée était pourtant verrouillée, elle en était sûre. Avait-elle rêvé ? Non, le son qu'elle avait entendu était bien réel. Elle n'était pas seule dans l'appartement.

Prenant tout à coup conscience qu'elle était aussi vulnérable qu'un chevreuil aveuglé par les phares d'une voiture, elle décida de prendre son courage à deux mains et d'aller voir dehors. Mieux valait agir que tourner en rond dans la maison, où rôdait peut-être un assassin.

Déterminée, elle appuya sur la poignée de la baie vitrée qui donnait sur le patio et la piscine. La porte refusa de s'ouvrir. Avisant un autre loquet près du sol, Kelsey se baissa pour le débloquer.

Cette fois, elle en était persuadée. Il y avait quelqu'un dans l'appartement. Des pas feutrés se rapprochaient. Elle sentait presque le déplacement d'air. Quelqu'un s'avançait vers elle.

Le chandelier serré dans la main gauche, elle appuya de la main droite sur le loquet. Le panneau de verre coulissa violemment. Elle manqua de peu perdre l'équilibre. Et la menace jusque-là fantomatique se matérialisa.

Une silhouette se dressait au-dessus d'elle.

Kelsey fit volte-face et brandit le chandelier en hurlant.

Il n'y avait pas d'empreintes sur le Polaroid, Dane le savait. Inutile de le faire analyser, le criminel avait prémédité chaque détail de son acte.

Dane avait un jour assisté à une conférence sur le crime parfait. Le conférencier, un profiler du FBI, avait alors déclaré que le crime parfait n'existait pas. Ou alors, qu'il était dû au hasard.

Par exemple, lorsqu'une femme était assassinée, on suspectait automatiquement son mari, son ex-mari ou son amant. Mais dans le cas des meurtres en série, en général, les *serial killers* s'en prenaient à des étrangers. C'est pourquoi il était si difficile de retrouver leur trace.

Le meurtre de Sheila avait été préparé avec un soin extrême. L'assassin avait misé sur les caprices de la nature : il comptait sur la tempête pour effacer tout élément de preuve.

En outre, il s'était débrouillé pour savoir quand Dane serait absent de chez lui. Et quand il reviendrait. Il avait commis son acte barbare pendant que Dane n'était pas là. Glissé la photo sous sa porte pendant qu'il n'était pas là. Presque un geste de défi.

Dane avait été observé. On le manipulait. On voulait qu'il soit accusé, emprisonné, condamné à mort.

Malgré ses notions de criminologie, il ne comprenait pas. Sheila avait été étranglée avec une cravate. Il était possible que l'étrangleur, après les strip teaseuses, ait choisi comme proies des femmes aux mœurs légères. Mais il était étonnant qu'il ait modifié son *modus operandi*. Ses premières victimes avaient été retrouvées dans l'eau. Il comptait sur l'eau et le temps afin de détruire toute trace de lui. Alors, pourquoi aurait-il laissé le corps de Sheila à l'air libre ? Pourquoi une photo de son cadavre ?

Bien sûr, il y avait des criminels qui voulaient se faire prendre. Qui avaient conscience de ne pouvoir s'arrêter d'eux-mêmes, mais à qui il restait suffisamment de moralité pour souhaiter qu'on les empêche de nuire...

Les nerfs à vif, le cœur au bord des lèvres, Dane étudiait la photo. S'il l'apportait à la police, on le mettrait derrière les barreaux. Le vieil appareil Polaroid avec lequel le cliché avait été pris était le sien. La cravate nouée autour du cou de Sheila était la sienne.

Et tout élément qui aurait pu permettre d'identifier le véritable coupable avait été emporté par la tempête.

De surcroît, il avait eu des rapports sexuels avec Sheila. Des traces de son ADN subsistaient peut-être sur son corps.

Mais d'un autre côté, dissimuler cette photo constituait une entrave à l'action de la justice...

Dane ferma les yeux, en proie à un cruel dilemme. A cause de lui, d'autres femmes risquaient peut-être d'être tuées. S'il révélait à la police l'existence de la photo, on l'arrêterait, mais le danger ne serait pas éradiqué pour autant. Le vrai tueur serait toujours en liberté.

Kelsey était déjà persuadée qu'il avait quelque chose à se reprocher. Elle l'accablerait. Elle se battrait férocement pour que justice soit rendue à Sheila.

Il se leva. Avant qu'il ne soit trop tard, il poursuivrait la vérité avec l'énergie du désespoir.

Il replaça la photo sous une latte du plancher de sa chambre et s'apprêtait à sortir quand le téléphone sonna. Il laissa le répondeur prendre la communication, et fut surpris d'entendre la voix de Jesse Crane.

— Dane, rappelle-moi, s'il te plaît. On a retrouvé un autre corps dans un canal.

— Kelsey ! hurla Larry juste avant qu'elle n'abatte le chandelier sur son crâne.

— Larry ?

La lumière inonda soudain la pièce. Kelsey et Larry avaient les bras emmêlés. Nate et Cindy se tenaient sur le pas de la porte.

— J'aurais pu te tuer ! s'emporta Kelsey. Tu es fou de rentrer comme un voleur !

— Moi ? protesta Larry. Toutes les lumières étaient éteintes, et on entendait des bruits louches dans la maison.

Le chandelier tomba des mains tremblantes de Kelsey. Larry sauta de côté et le regarda s'écraser au sol.

— On a cru qu'il y avait quelqu'un dans la maison, expliqua Cindy. Je t'ai appelée, mais tu ne répondais pas.

— Pourquoi n'as-tu pas crié plus fort ?

— On ne pouvait pas, intervint Larry. On croyait qu'il y avait un voleur ou un… ou un voleur.

Kelsey poussa un soupir.

— J'ai cru entendre du bruit derrière la maison.

— Sûrement un fruit trop mûr qui est tombé du manguier, répliqua Cindy, visiblement irritée.

— Allons quand même jeter un œil dehors, suggéra Larry en sortant dans le patio.

Tous lui emboîtèrent le pas. Vraiment burlesque, la situation, songea Kelsey. Elle avait cru qu'on voulait l'agresser, et parce qu'elle avait tout éteint, les autres l'avaient prise pour un cambrioleur. Quand ils arrivèrent au bord de la piscine, tous étaient encore sur la défensive.

Larry éclata soudain de rire.

— A part la piscine, je ne vois rien.

— Des arbres et des massifs de fleurs, renchérit Cindy, soulagée.

— N'empêche que je suis contente que vous soyez de retour, déclara Kelsey d'un ton moins assuré qu'elle ne l'aurait souhaité.

— Il se fait tard, murmura Nate en la regardant. Je vais peut-être rester dormir ici, sur le canapé.

Elle faillit répliquer que ce n'était pas nécessaire puisque Larry était là, mais Cindy ne lui laissa pas le temps d'ouvrir la bouche.

— Tu ne vas pas dormir sur le canapé, minauda-t-elle. Il y a une chambre libre chez moi. S'il se passe quoi que ce soit, d'un côté ou de l'autre, on n'aura qu'à frapper contre le mur.

— L'idée ne me paraît pas mauvaise, approuva Larry.

— Sur ce, moi, je vais me coucher.

Elle embrassa Kelsey puis se dirigea vers le duplex. Tous la suivirent.

Larry vérifia que les baies vitrées fermaient bien, puis il hocha la tête en direction de Kelsey.

— Je les accompagne et je verrouille la porte de devant.

— O.K. A demain, tout le monde, lança-t-elle à la ronde.

Une fois enfermée dans sa chambre, elle demeura derrière la porte jusqu'à ce qu'elle ait entendu le cliquètement du verrou de l'entrée.

Malgré la présence de Larry dans la chambre d'amis et celle de Cindy et de Nate dans l'appartement voisin, elle éprouvait toujours cette sensation de malaise.

Appuyée contre le battant, elle parcourut la pièce du regard. Un sixième sens lui disait que quelqu'un s'était introduit dans la chambre de Sheila. Pas un voleur, non, mais quelqu'un qui cherchait quelque chose.

Quoi ? Elle l'ignorait.

Le lit semblait avoir été dérangé. L'oreiller n'était pas placé tout à fait comme elle l'avait laissé. Le dessus-de-lit était un peu froissé. Quant aux objets posés sur la commode, ils semblaient avoir très légèrement bougé.

Elle vérifia la porte, jeta un œil dans le placard et dans la salle de bains. Si intrus il y avait eu, il était reparti.

Elle hésita, puis souleva l'oreiller.

Le journal intime de Sheila était toujours là.

Pourtant, elle avait l'impression que quelqu'un l'avait touché et ne l'avait pas remis exactement à l'endroit où il était.

Ou se faisait-elle des idées ? Pourquoi était-elle convaincue qu'il était arrivé quelque chose de terrible à Sheila ?

Après avoir pris une longue douche et avalé deux comprimés de Tylenol, elle se glissa entre les draps.

Les yeux grands ouverts, elle resta éveillée à écouter le silence.

Andy Latham, ce fou, croyait qu'ils étaient allés jeter des poissons morts dans sa cour. Quant à Dane, il avait une attitude bizarre. Il avait couché avec Sheila, et puis elle avait disparu. Il était le dernier à l'avoir vue. Pourquoi s'intéressait-il aux meurtres de l'étrangleur ? Il n'avait rien fait de mal, ce n'était pas possible. Pas lui.

Mais pourquoi pas ?

Parce que Kelsey le savait au-dessus de tout soupçon.

Une branche tapa contre la fenêtre. Elle retint un cri. Un rien l'affolait, ce soir. Elle devenait folle. Allons, ils avaient tous constaté qu'il n'y avait personne dehors…

Impossible de se raisonner.

Seule dans la nuit, elle était à présent terrorisée.

*
* *

— Jesse ? demanda Dane en portant le combiné à son oreille.

— Dane, tu es là, tant mieux.

— Est-ce que… Est-ce que c'est… ?

— Non, ce n'est pas Sheila. Des pêcheurs ont trouvé un corps, dans la journée. Enfin, disons plutôt un squelette. Il a été transporté à la morgue. Selon le médecin légiste, la mort date de neuf à douze mois. Ils vont essayer d'identifier la victime le plus vite possible.

— Encore un coup de l'étrangleur ?

— Ils ne sont pas encore sûrs des causes du décès. D'après les premiers examens, il s'agirait d'une jeune femme. Si elle a été tuée par l'étrangleur, ça impliquerait que notre homme a commencé à sévir bien plus tôt que nous ne le pensions. Je n'ai pas encore beaucoup d'informations à te fournir, mais je tenais à te mettre au courant. Les os ont été découverts juste à l'ouest de Shark Valley. Je voulais te prévenir qu'il ne s'agit pas de Sheila, afin que tu ne t'inquiètes pas quand tu liras la nouvelle dans les journaux.

— Merci, Jesse.

— Tu ne veux toujours pas me dire ce qui te tracasse ?

— Pas tout de suite. Il faut d'abord que je mène ma petite enquête.

— Si tu as besoin de moi, je suis à ta disposition.

— Je te remercie.

Dane raccrocha. Il était tard, mais dans certains lieux, la nuit ne faisait que commencer.

*
**

Le soleil s'infiltrait entre les rideaux, et bien que ses rayons soient encore faibles, Kelsey était aveuglée. Elle n'avait presque pas fermé l'œil de la nuit.

Elle se leva et alla tirer les rideaux en clignant des paupières. Le seul moyen de se réveiller.

Après avoir pris une douche rapide et s'être habillée, elle se rendit dans la cuisine et prépara du café. Larry dormait encore. Dès la première tasse, elle recouvra tous ses esprits. La terreur de la nuit s'était évanouie. Les ombres menaçantes n'étaient plus que de banals arbres.

A nouveau pleine de détermination, elle envisagea d'allumer son ordinateur et de consulter les articles que Dane avait imprimés, puis elle se ravisa. Ce qui concernait directement Sheila était plus important. Elle regagna sa chambre avec une tasse de café et retira le journal intime de sous l'oreiller.

Elle n'en revenait toujours pas que son amie tienne un journal. Sheila avait une vie bien remplie. Où prenait-elle le temps de coucher ses impressions sur le papier ?

Apparemment, la jeune femme avait commencé ce journal peu après être revenue dans les Keys. La première page était succincte.

« De retour, de retour au pays, de retour aux sources. Tout change, et pourtant rien ne change. »

Deux jours plus tard, elle avait entamé une autre page.

« Les touristes affluent. Ils nous envahissent. J'ai failli me battre avec une bonne femme au Sea Shanty, pour une chaise. J'ai dit à Nate qu'il devrait réserver des tables pour les habitants de l'île. Cet idiot, il m'a prise au sérieux et a essayé de m'expliquer qu'il ne pouvait pas faire ça. Et il a eu le culot de me dire que je n'étais plus vraiment d'ici. Ah, ces hommes... Ils ont la mémoire courte. Ce n'est pas grave. Eux aussi, on les oublie vite. »

Sur les pages suivantes, les pensées consignées étaient tout aussi profondes. Du pur Sheila.

Un peu plus loin, Kelsey tomba néanmoins sur des considérations plus intéressantes.

« Dane est bizarre. Sombre. Je ne le reconnais pas. N'empêche, je suis contente qu'il soit revenu. Je lui ai dit que je pourrais avoir besoin de ses services. Il m'a regardée de travers. Dieu sait ce qu'on lui a raconté sur moi. Je lui ai précisé que ce n'étaient pas des faveurs sexuelles que j'attendais, mais qu'il se pourrait que j'aie recours à lui en tant que détective privé. Il m'a conseillé de faire appel à quelqu'un de plus compétent que lui. Le pauvre. Il a l'air complètement déprimé. Je me demande ce qui s'est passé. Il refuse d'en parler. J'ai cru qu'il était bourré, mais Nate m'a dit qu'il ne lui avait servi que de l'eau gazeuse. Il a passé tout l'après-midi à glander sur une chaise longue. Ce n'est pas son genre. Il doit faire une dépression. Pourtant, il y a encore de la vie dans ses yeux... Mais c'est dur de communiquer avec lui.

» Bah ! En tout cas, moi, je suis au paradis. Il y a plein de beaux mecs sur la plage. Des beaux mecs friqués. Le pied. N'empêche que les vieux potes sont parfois plus attirants. Qui vivra verra. En attendant...

» J'ai vu Izzy.

» Sacré Izzy. Il a du bon matos en ce moment.

» Un chic type, ce Izzy. Dur en affaires : avec lui, il faut toujours marchander, mais ça ne me dérange pas. C'est un Latin. Officiellement, il est dans le business de la pêche. Ça me fait marrer. Il emmène les touristes en mer ; avec ce qu'il leur file, ils s'éclatent tellement qu'ils n'en ont rien à foutre d'attraper du poisson ou non. Cindy dit qu'elle le croise parfois au club de gym, mais avec son commerce, ça m'étonnerait qu'il ait le temps de faire beaucoup de sport. Enfin, ça ne me regarde pas. Je ne travaille pas pour la brigade des stups. Ça ne risque pas ! Je suis une dépravée et une défoncée, et j'aime bien Izzy. Izzy et sa came... Trop cool.

» Le psy dit que je suis une idéaliste. Quel crétin ! J'ai été mariée avec un beau mec qui avait du pognon, mais je m'emmerdais comme un rat mort. Peut-être que ce n'était pas l'homme qu'il me fallait. Peut-être que si, mais l'autre connard m'a pris tout ce que j'avais à offrir.

» Ce que j'écris est complètement décousu. Le jour où je me relirai, je me trouverai moi-même incompréhensible. Peu importe. Je ne cherche pas à écrire des choses sensées. Peut-être que je me voile la face. »

Quelqu'un frappa à la porte de la chambre. Kelsey sursauta comme une adolescente prise en faute. A la hâte, elle rangea le journal sous l'oreiller.

— Eh, Kels ? Tu dors ?

— Non, non, Larry, je suis réveillée.

Elle traversa la pièce en consultant sa montre. Il était déjà 13 heures. Elle ouvrit la porte. Larry était en short et T-shirt ras du cou, pomponné comme un mannequin.

— Tu te crois en vacances ? plaisanta-t-il. On va déjeuner ?

— Déjeuner ?

— Il est midi passé. Tu n'as pas faim ?

— Non, j'ai des choses à faire. Mais si tu veux, on peut dîner ensemble, ce soir. Rendez-vous à 19 heures au nouveau restau de poisson à côté de chez Nate, d'accord ?

Sans attendre de réponse, elle se faufila entre Larry et l'encadrement de la porte et attrapa son sac à main et ses clés.

— Attends, Kelsey. D'abord, Nate sera vexé si on ne mange pas chez lui. Deuxièmement, où diable vas-tu de ce pas si pressé ? Cindy va s'affoler si tu n'es pas là à son réveil.

Elle s'immobilisa.

— Tu as raison, ne vexons personne. Rendez-vous chez Nate à 19 heures tapantes.

Puis elle partit avant qu'il ne lui pose d'autres questions.

Appuyé contre son bureau, Jesse Crane tendit un rapport à Dane.

— Comme je le craignais, il semblerait que l'étrangleur ait commencé à sévir bien plus tôt que nous ne le pensions, expliqua-t-il tandis que Dane parcourait le document. Les légistes ont retrouvé des fils autour du cou de la victime. Avec la chaleur qu'il fait dans les Everglades, la décomposition est rapide, mais il a été établi que la fille avait été tuée il y a environ un an. Aucune lésion n'a été relevée sur les os. Rien ne prouve qu'elle ne s'est pas noyée, mais on a également découvert des morceaux de tissu dans la vase. Les experts sont en train de les analyser. Il se peut que ce soient des bouts de cravate. Il n'y avait aucun effet personnel à proximité du cadavre — ni vêtements, ni chaussures, ni sac à main. Ils ont cependant réussi à identifier la fille. Elle s'appelait Alsie Greer, alias Janice Thorson, alias Lydia Farning. Connue des services de police pour usage de stupéfiants et prostitution. Elle travaillait dans un boui-boui de Palm Beach. En tout cas, elle prenait soin de sa dentition. On l'a identifiée grâce à ses empreintes dentaires. Elle était portée disparue depuis onze mois. On a eu du bol. Tu sais le temps que ça peut prendre de mettre un nom sur une victime. Quant à l'assassin…

— Ça peut prendre une éternité, compléta Dane.

Son cousin haussa les épaules.

— D'après les statistiques, il y aurait environ deux cents tueurs en série qui courent dans le pays. En permanence. Certains ne seront jamais pris.

— Celui-ci, il va falloir l'arrêter, si on ne veut pas qu'il fasse plus de mal. Apparemment, il accélère le rythme.

Jesse secoua la tête.

— Dane, nous n'avons aucune idée de son rythme. Il y a des kilomètres et des kilomètres de voies d'eau en Floride du Sud, tu le sais autant que moi. L'année dernière, on a retrouvé quatre adolescents qu'on cherchait depuis presque vingt ans. Ils ont plongé dans un canal après un accident de voiture et ont disparu sans laisser de trace. A Fort Lauderdale, on a également repêché un homme d'affaires de Philadelphie qui s'était volatilisé il y a plus de dix ans. Tu serais scié si tu voyais la liste de tous les corps qu'on découvre dans la flotte après des années.

Dane hocha la tête.

La police de la Floride du Sud avait d'excellentes équipes de plongeurs. Parmi les meilleures du monde. Les hommes-grenouilles sauvaient de nombreuses vies et retrouvaient la plupart des disparus. Mais les cours d'eau étaient interminables, troubles, boueux, envahis par une végétation dense. Y localiser un corps équivalait parfois à chercher une aiguille dans une botte de foin.

— Viens, je t'emmène sur le site où on a retrouvé le squelette, proposa Jesse en reprenant son rapport.

Bien que la route soit moins mauvaise que la majorité des pistes peu pratiquées des Everglades, ils prirent la jeep de Dane. La chaleur était étouffante. Après une période de sécheresse s'était installée la saison des ouragans. Région marécageuse, le parc national des Everglades était sensible aux caprices de la nature. Suite à la récente tempête, les canaux et les trous d'eau étaient profonds. Un coup de volant maladroit, et la voiture pouvait s'enliser pour ne jamais refaire surface.

Jesse et Dane roulaient le long de canaux où des aigrettes et des hérons narguaient imprudemment les alligators dont les yeux brillaient à la surface de l'eau.

Au-dessus de leurs têtes, le ciel était d'un bleu azur, parsemé de petits nuages moutonneux. Une légère brise courbait les joncs.

— Il y a encore un ouragan qui se prépare au-dessus de l'Atlantique, commenta Jesse.

— Ouais, j'ai lu ça dans le journal.

— On pense qu'il va se diriger vers les Carolines.

— Comme d'habitude.

— Je crois que l'étrangleur opère juste avant la tempête. Il programme ses meurtres en fonction de la météo.

Malgré la canicule, Dane frissonna.

Jesse avait raison. Le tueur allait bientôt frapper.

— Même si la dépression évolue vers le nord, murmura-t-il, il y a des chances pour que nous ayons du mauvais temps… d'ici à trois ou quatre jours.

— Gare-toi ici. On va continuer à pied.

Ils descendirent de voiture. Leurs chaussures s'enfonçaient dans la boue en produisant des bruits de succion.

En quelques minutes, ils parvinrent au bord du canal. Les eaux gonflées passaient presque par-dessus la berge. Un agent de Miami en uniforme montait la garde, l'air renfrogné, auprès des rubans jaunes délimitant le périmètre où le cadavre avait été découvert. Il chassa un moustique d'une main lasse, salua Jesse et hocha la tête lorsque celui-ci lui présenta Dane.

Il n'y avait pas grand-chose à voir. Dane savait que les équipes de l'identité judiciaire avaient déjà minutieusement ratissé le terrain à l'affût de tout élément qui puisse permettre d'appréhender un suspect — un cheveu, un brin de fibre textile, le poil du tapis d'une voiture. Cela dit, la victime avait séjourné un an dans les marécages. Les enquêteurs avaient dû repartir bredouilles.

— Tu as vu le chemin ? demanda Jesse. Ce n'est pas un touriste moyen qui est venu jusque-là. Mais pour quelqu'un qui a un bon véhicule, c'est le lieu idéal pour se débarrasser d'un cadavre. Bien sûr, il n'est pas impossible que le corps ait dérivé.

Dane acquiesça de la tête tout en regardant autour de lui. La chaleur était écrasante. Mouches et moustiques produisaient un bourdonnement incessant. Les enquêteurs devraient avoir recours aux bonnes vieilles méthodes de l'intuition et de la déduction. Et faire de la marche à pied.

— Je suis allé au club de Broward, hier soir, déclara-t-il.

— Ah ouais ?

— Les filles ne sont pas très loquaces, continua-t-il en haussant les épaules. Elles pensent qu'elles sont à l'abri, parce qu'une des leurs y est déjà passée. Elles se disent que le tueur sera assez malin pour ne pas frapper deux fois au même endroit. Elles se méfient de la police. J'ai essayé de les convaincre que je n'étais pas flic ; ça n'a pas été facile.

— Tu as appris quelque chose ?

— Pas encore, mais je ne désespère pas. Je compte aussi aller faire un tour au club de Miami. Jesse, je n'ai pas eu le temps de lire entièrement le rapport que tu m'as montré. Quand cette fille a disparu, quelqu'un a signalé sa disparition à la police, n'est-ce pas ? Donc je présume que son entourage a été interrogé…

— Toujours la même histoire. Un soir, elle était au boulot ; le lendemain, elle n'y était pas. Elle vivait seule. Les voisins n'ont rien remarqué de particulier. Elle est peut-être rentrée chez elle, peut-être pas. Elle a quitté le club entre 4 et 5 heures du matin. C'est la dernière fois qu'on l'a vue. Elle n'avait pas le permis, pas de voiture. Son téléphone portable a disparu avec elle mais on a réquisitionné les listings de l'opérateur. Elle n'a pas appelé de taxi. Le dernier coup de fil qu'elle a passé était adressé à une école de langues vivantes — elle voulait des renseignements sur les cours de français. Elle n'a jamais mis les pieds dans cette école. Voie sans issue. Elle avait un petit copain, mais on ne sait pas où il est passé. Des amis à lui ont toutefois attesté qu'il était à une fête à West Palm la nuit où la fille a disparu. Il s'est endormi dans le salon — quatre personnes ont affirmé qu'il ne s'était pas réveillé avant le lendemain soir. Dans trois comtés, la police suit toutes les pistes possibles — bien qu'il n'y en ait pas beaucoup. Des appels à témoins sont diffusés chaque jour dans la presse. A part ça... Sur les trois circonscriptions, la population s'élève à des millions. Les pistes n'ont mené à rien. L'assassin n'a encore commis aucun faux pas. Et les flics ne peuvent pas interroger tous les mecs qui fréquentent les boîtes de strip-tease du sud de la Floride.

— Je peux vous indiquer un élément.

Jesse le considéra gravement.

— L'étrangleur est sûrement quelqu'un que je connais, lâcha Dane.

— Quelqu'un que tu connais ?

Jesse plissa le front, visiblement anxieux.

— Ou quelqu'un qui me connaît, ajouta Dane.

Il n'en dirait pas plus, et son cousin ne le presserait pas de questions.

— Il faut que je rentre, déclara Dane pour mettre un terme à la conversation. J'ai des choses à faire, et le temps m'est compté.

8.

« A la pêche avec Izzy », lisait-on sur la pancarte érigée devant l'emplacement du *Lady Havana*, le bateau d'Izzy Garcia, amarré au milieu d'une douzaine d'autres navires.

D'après ce que Kelsey avait entendu dire, Izzy se la coulait douce : il travaillait quand il en avait envie et naviguait pour son propre plaisir quand il en avait envie. Toutefois, si les rumeurs étaient fondées — et elle était sûre qu'elles l'étaient —, Izzy prenait rarement la mer pour le plaisir. Il trafiquait de la drogue.

Et sans doute opérait-il avec finesse, car il ne s'était encore jamais fait arrêter. Il connaissait chaque îlot, chaque crique et chaque bras de mer des Keys, que ce soit côté golfe ou côté Atlantique. L'archipel n'avait pour lui aucun secret. Planquer sa marchandise ne lui posait probablement aucun problème.

A l'évidence, il venait de ramener une famille de touristes au port. Deux gamins l'observaient avec fascination tandis qu'il vidait et levait les filets de leurs prises, maniant avec des gestes vifs et précis un couteau à la lame effilée. Son savoir-faire était effectivement impressionnant, constata Kelsey, pour qui la préparation du poisson frais était toujours un calvaire.

Elle n'avait pas vu Izzy depuis des années, mais elle n'avait eu aucune peine à le reconnaître. Grand, le teint mat, il avait une silhouette fine mais musclée, et se mouvait avec une grâce naturelle. Dans le genre « frimeur », elle devait admettre qu'il était séduisant. Ses cheveux d'un noir de jais auraient été un peu longs s'ils n'avaient été aussi bouclés. Les yeux sombres légèrement enfoncés dans leurs orbites, il avait un visage maigre et anguleux, aux pommettes saillantes et au menton pointu.

Connaissant Sheila, Kelsey devinait ce que son amie trouvait à cet homme. Sa peau brune luisait de sueur. Ainsi que la plupart des pêcheurs, il était en bermuda, pieds nus et torse nu. Comme s'il avait senti sa présence, il se redressa et leva la tête vers elle.

— Kelsey Cunningham, ça alors…

Le regard franc, il la déshabillait des yeux et ne s'en cachait pas. Un rictus ressemblant à un sourire déformait ses lèvres charnues.

— Il ne reste plus de poissons ? s'enquit la mère des deux bambins.

Son nez était blanc de crème solaire, et ses joues, mal protégées, écarlates.

— C'est le dernier, répondit Izzy en emballant le poisson dans du papier brun, sans quitter Kelsey des yeux. Ne le faites pas trop cuire. Quelques gouttes d'huile d'olive dans la poêle, une noisette de beurre…

Les yeux toujours rivés sur Kelsey, il porta ses doigts à ses lèvres et émit un son de baiser.

— Et vous allez vous régaler, termina-t-il.

— Merci, fit le mari, dont le ventre protubérant, aussi rouge que les joues de sa femme, retombait par-dessus l'élastique de son short.

Ce n'est que lorsqu'ils firent mine de s'éloigner qu'Izzy détacha enfin son regard de Kelsey.

— Les pourboires sont les bienvenus, observa-t-il.

— Oh, bien sûr, fit l'homme en enfonçant les mains dans les poches de son short humide.

— Donne-lui un bon pourboire, papa ! s'écria la fillette. Il m'a aidée à attraper mon poisson.

— Naturellement. Nous avons passé une matinée très agréable, déclara le père en sortant plusieurs billets de sa poche.

— C'est bien que les petites filles apprennent à pêcher, commenta Izzy avec un curieux sourire. Comme les garçons. Ça peut servir dans la vie, n'est-ce pas… Susie ?

— Je m'appelle Shelly, corrigea-t-elle, les sourcils froncés.

Il lui ébouriffa les cheveux.

— Shelly, oui, excuse-moi. Maintenant, tu sauras pêcher comme les grands.

— Le poisson que j'ai pris était plus gros que le sien ! s'indigna le garçonnet.

— Vous vous êtes tous les deux débrouillés comme des chefs.

Les enfants semblaient ravis, tout comme leurs parents. Ils saluèrent Izzy et passèrent devant Kelsey en la dévisageant avec curiosité.

— Tu crois que c'est sa petite amie ? chuchota la fillette à l'oreille de son frère.

— Je parie qu'il a plein de petites amies, répondit l'autre d'un ton assuré. Au moins dix.

Izzy les regarda partir en riant.

— Eh bien, Kelsey Cunningham… Quel honneur, et quelle surprise ! Tu es venue postuler au rang de l'une de mes nombreuses petites amies ? Marre de la grande ville ? Envie de t'encanailler avec un homme, un vrai ?

Elle s'approcha de la table où des mouches bourdonnaient au-dessus des entrailles de poisson.

— Je suis venue passer quelques jours de vacances avec Sheila.

— Avec Sheila, répéta-t-il sans se départir de son sourire. Sheila… Voilà une femme, une vraie, peut-être encore plus que je ne suis un vrai mec.

— Est-ce que tu l'aurais vue ?

— Bien sûr. Elle sait où me trouver quand elle a besoin de moi.

— Tu l'as vue récemment ?

Il posa les mains sur ses hanches et inclina la tête, réfléchissant avant de répondre :

— Je l'ai vue quand ?… Il y a une huitaine de jours. Oui… Juste avant la tempête.

— Et pas depuis ?

— Non, je ne crois pas. Tu connais Sheila, elle va, elle vient…

— La vois-tu… régulièrement ?

Il partit d'un grand éclat de rire.

— Tu veux savoir si je la saute, c'est ça ?

Kelsey se mordit la langue pour sa naïveté. Que s'imaginait-elle ? Qu'il allait lui avouer qu'il emmenait Sheila en mer pour se la taper ?

Furieuse contre elle-même et contre lui, elle tourna les talons. La main d'Izzy s'abattit sur son épaule. Elle tressaillit.

— Ne t'en va pas si vite, Kelsey. Je suis désolé. Si je peux te rendre service, je suis à ta disposition. Donc tu as perdu Sheila… Tu es venue me voir pour… quelque chose ?

Elle sentit ses joues s'enflammer. Il croyait qu'elle voulait lui acheter de la drogue.

— Je devais retrouver Sheila jeudi, et elle n'est toujours pas là.

A son expression, elle vit que sa déclaration ne l'affolait nullement.

— Ce n'est pas rare que Sheila s'absente pour quelques jours après m'avoir rendu visite, observa-t-il en la regardant sous ses longs cils noirs. Elle a toujours dix mille choses à faire, des tas de gens à voir. Moi, je ne suis bon qu'à satisfaire quelques-uns de ses besoins.

Percevant sa gêne, il changea de sujet.

— Tu veux monter un moment sur mon bateau ? J'ai des boissons fraîches dans le réfrigérateur.

Comme elle hésitait, il ne lui laissa pas le temps de répondre.

— Je ne mords pas, tu sais. Sauf si on me le demande.

Elle n'avait pas très envie d'être seule avec lui, mais il y avait du monde sur le quai — des groupes de touristes qui débarquaient, d'autres qui embarquaient pour les balades de l'après-midi. Au moins une dizaine de personnes la verraient monter à bord du bateau d'Izzy. Elle ne risquait pas grand-chose.

— Volontiers, répondit-elle. Je n'ai encore jamais vu le *Lady Havana* de l'intérieur. Et avec cette chaleur, je boirais bien quelque chose de frais.

Il arqua un sourcil étonné, puis un sourire se dessina sur ses lèvres.

— Mademoiselle Cunningham, je vous en prie, embarquez à bord de mon navire. Je vous promets de me tenir à carreau.

Elle saisit la main qu'il lui tendait et sauta sur le pont.

— Tu ne travailles pas pour la brigade des stups, j'espère ? s'enquit-il sans lui lâcher la main.

— Je m'inquiète pour Sheila.

Elle n'osait pas retirer ses doigts d'entre les siens. Heureusement, il finit par la libérer.

— Si je peux t'aider, ce sera avec plaisir, répliqua-t-il en descendant les quelques marches qui menaient à la cabine.

Elle lui emboîta le pas.

Dane régla l'objectif de son appareil photo sur Izzy Garcia. A une telle distance, il n'était pas facile de cadrer. Il prit quand même un cliché, puis un deuxième, et un troisième : Izzy, de face, descendant de son bateau ; Izzy, de profil, aidant une passagère à débarquer ; Izzy, sur le quai, occupé à vider des poissons.

Dane était patient. Il attendrait jusqu'à obtenir une photo claire et nette. Il refit la mise au point, observa la famille de touristes quand, brusquement, Kelsey apparut dans son champ de vision. Les cheveux rassemblés en une queue de cheval lâche, elle était en short, débardeur et tongs.

A travers l'enchevêtrement des branches de palétuviers, Dane la vit monter à bord du *Lady Havana*, puis disparaître dans la cabine.

Mince… Il n'avait pas prévu la confrontation avec Izzy pour aujourd'hui. Mais il ne pouvait pas laisser Kelsey seule avec lui.

Décidément, elle était une idiote.

Il rangea son petit appareil photo dans la poche latérale de son short de treillis et prit la direction du port. Le petit monticule de terre dont il avait fait son poste d'observation n'était pas très loin de la marina, mais il partit d'un bon pas, redoutant d'arriver trop tard pour empêcher Izzy de mettre les voiles avec Kelsey.

Son cœur accéléra quand il vit Izzy réapparaître sur le pont et larguer les amarres.

— Merde ! jura-t-il en pressant le pas.

Il n'avait pas seulement de l'aversion pour Izzy Garcia ; à cet instant, il le haïssait.

Lorsqu'il parvint à l'embarcadère, le *Lady Havana* prenait déjà le large.

— Ne t'inquiète pas, Kelsey. Je t'emmène juste faire un petit tour, assura Izzy en voyant la méfiance se peindre sur ses traits. On sera plus tranquilles pour discuter.

On reviendra dans moins d'une heure, j'ai des clients cet après-midi.

Sur quoi, il remonta sur le pont, la laissant seule dans la cabine.

Kelsey n'était pas très à l'aise, mais le fait que des témoins l'aient vue embarquer la rassérénait. En outre, Izzy n'avait jamais fait de mal à personne. Et puis elle savait nager. Si la situation prenait un tour déplaisant, elle pourrait toujours sauter par-dessus bord et regagner la marina.

Maintenant qu'elle était là, elle allait en profiter pour inspecter la cabine. A la recherche de quoi ? Elle l'ignorait, mais on ne savait jamais… Elle avait bien trouvé la boucle d'oreille de Sheila chez Dane.

Elle regarda autour d'elle : des bulletins radio, un téléphone portable… Elle jeta un œil en haut des marches. Izzy était occupé. Attrapant le portable, elle afficha le répertoire et attrapa un stylo et un bout de papier dans son petit sac. Le temps qu'Izzy manœuvre afin de sortir de la marina, elle disposait de quelques minutes. Tout en surveillant le pont, elle commença à recopier les numéros enregistrés par Izzy.

Les coordonnées qui apparurent sur l'écran du téléphone la stupéfièrent. Izzy avait le numéro du duplex et le numéro de portable de Sheila. Il avait également le numéro de Cindy, celui de Nate, le numéro privé de Dane ainsi que celui du bureau qu'il louait sur l'US1. En voyant son numéro à elle, elle se figea. Puis elle continua à faire défiler la liste. Certains indicatifs régionaux lui étaient totalement inconnus.

Des pas résonnaient au-dessus de sa tête. Izzy était toujours affairé. Le bateau quittait le canal.

A la hâte, elle nota le maximum de numéros, en se demandant si elle serait capable de déchiffrer ses pattes de mouche. Quand elle entendit le moteur passer au rythme de croisière, elle reposa rapidement le téléphone à l'endroit où elle l'avait trouvé et parcourut la cabine du regard. Un réfrigérateur, une petite plaque de cuisson, une porte sur laquelle s'étalait le mot « Capitaine ». De chaque côté de la cabine, des banquettes garnies de coussins. Sachant qu'ils dissimulaient des espaces de rangement, elle en souleva un. Du matériel de pêche. Des boîtes métalliques. Un Bikini, soigneusement plié. Des sandales féminines. Appartenant à Sheila ? Un sac à main…

S'interrompant dans ses recherches, elle lança un coup d'œil en direction des marches et tendit l'oreille. Le moteur tournait toujours. Elle ouvrit le sac. Un tube de rouge à lèvres, un stylo, un petit sachet en plastique transparent contenant une substance verdâtre qui ressemblait à du tabac. Elle ouvrit le sachet et le renifla. De l'herbe. Un poudrier gravé aux initiales SEW. Sheila Elizabeth Warren.

Le moteur se tut.

Elle jeta le sac sous le siège et remit le coussin en place. Sur lequel elle s'assit, aussi essoufflée que si elle venait de courir un marathon. Son cœur tambourinait contre ses côtes.

— Bière ou soda ? offrit Izzy en descendant les marches.

— Soda, s'il te plaît.

Elle-même fut étonnée par le son de sa voix, calme et posée, alors qu'elle redoutait de chevroter.

— Cola ou citron vert ? Je n'ai pas de vrai Coca, je suis désolé. Pour les touristes, ces pâles imitations sont suffisantes. Quand ils sont en mer, ils s'en fichent. Ils ne pensent qu'à prendre du poisson. La plupart n'en mangent même pas. Ce qui leur plaît, c'est de les attraper, de les voir crever la bouche ouverte, et de se vanter qu'ils ont pêché le plus gros. Révélateur de la nature humaine, n'est-ce pas ?

— Les gros poissons sont nés pour manger les petits.

— L'homme se jette sur son prochain au premier signe de faiblesse. Pour avoir assisté à la révolution de Cuba, je sais de quoi je parle. Mais j'ai été témoin du meilleur comme du pire. J'ai vu des enfants risquer leur vie dans le but d'aider des personnes âgées, des vieux se sacrifier pour des marmots. J'ai vu un homme se jeter à la mer et se noyer afin que son radeau surchargé puisse faire la traversée. J'ai aussi vu un type balancer sa femme pardessus bord pour sauver sa peau. J'ai vu tout ça quand j'étais môme. De quoi se forger quelques opinions sur l'être humain.

— Donc tu es d'avis que tout est permis lorsqu'il s'agit de survivre.

Il éclata de rire. Il lui servit un soda et s'assit à côté d'elle, si près que leurs cuisses se frôlaient.

— Non, mais moi, je ne fais de mal à personne. Je satisfais certains besoins, c'est tout. Je te l'ai dit, je comble une partie des désirs de Sheila. Et je comblerais volontiers les tiens, Kelsey. Tu es jolie, sympa, mais tu es si coincée… Toujours à tracer des frontières entre le bien et le mal. Je parie que tu ne t'es jamais écartée du droit chemin. Tu mènes une vie respectable, maintenant. Tu travailles dans une agence de pub, tu emmènes tes clients dans les meilleurs restaurants où il faut dix mots à des débiles pour décrire une feuille de salade. Je suis sûr que tu habites dans un immeuble avec des grilles et un vigile.

— Je croyais que c'était de Sheila que nous devions parler.

— Tu la connais.

— Moins que toi.

— C'est vrai. Sheila est une fille que j'apprécie. Simple et naturelle, qui sait s'amuser. Quand un mec lui plaît, elle ne se pose pas de questions, elle prend son pied avec lui. S'il a du fric pour lui offrir de beaux cadeaux, c'est encore mieux. S'il est jaloux, elle lui rit au nez. Elle aime le filet mignon autant que les hamburgers, le champagne autant que la bière. Elle peut faire l'amour sur le sable, dans la boue… n'importe où.

— Elle est accro à la drogue ?

Il sourit. Ses dents étaient d'un blanc étincelant.

— Elle ne touche pas à l'héroïne, répondit-il. Elle fume de l'herbe et du hasch. Et elle ne crache pas sur l'ecstasy. Sheila aime le plaisir des sens. Tu vois, je n'ai pas de bijoux à lui donner, mais j'ai bien d'autres choses : un univers beaucoup plus beau que la réalité — et mon corps, bien sûr. Je ne lui offre que de la qualité. Des drogues sans risques.

— Des drogues sans risques ?

— Et revoilà miss Moralisatrice. Apprends un peu à t'éclater, Kelsey, répliqua-t-il en lui posant une main sur le genou.

Elle la repoussa, le défiant du regard. Il la considérait d'un air amusé.

— Tu as épousé Nate, reprit-il. Un patron de bar. Tu crois que l'alcool est moins dangereux que le cannabis ?

— Izzy, peu m'importe ton échelle de valeurs. L'alcool est légal, les drogues ne le sont pas.

— Un joint t'aiderait à décompresser.

— Je n'ai pas besoin de décompresser. Ce que je veux, c'est retrouver Sheila.

Il plissa le front.

— Je te l'ai dit, Sheila ne tient pas en place. Sauf que…

— Sauf que quoi ? Je t'en prie, Izzy, aide-moi.

Il haussa les épaules.

— Tu sais, Sheila en a vu de toutes les couleurs dans son enfance. C'est peut-être pour cette raison qu'on s'entend si bien. Mais elle affirme que le passé est le passé.

— Que veux-tu dire ?

— Elle ne t'a jamais parlé de sa mère ?

— De sa mère ? Sa mère est morte.

— Certes, mais de son vivant, Sheila en a bavé. Avec Andy Latham, ils formaient la paire, ces deux-là. La vieille aurait fait n'importe quoi pour son Andy. Elle fermait les yeux.

— Sur quoi ?

Il se leva et secoua la tête.

— Tu demanderas à Sheila. J'ai déjà trop parlé. Ce n'est pas à moi de te raconter la vie de ta copine.

— Izzy, s'il te plaît, il faut que je sache. Que veux-tu dire ? Que la mère de Sheila n'était pas une bonne mère ?

— Latham ne se contentait pas d'une seule femme. Il lui en fallait au moins deux. Et il aimait regarder, ce vicelard. Quant à Sheila… elle a vu beaucoup de choses.

— Izzy, arrête de t'exprimer par énigmes, s'il te plaît.

Il se campa devant elle et appuya ses bras sur le mur de part et d'autre de sa tête. Puis il approcha son visage à quelques centimètres du sien.

— Sheila en a trop fait, et toi… toi, pas assez, Kelsey Cunningham. J'ai toujours aimé la sonorité de ton prénom. Jolie Kelsey, gentille Kelsey, Kelsey polie. Prends des risques, Kelsey. La vie vaut d'être vécue. Je suis en mesure de te montrer pourquoi Sheila ne peut pas se passer de moi.

— Tu ne dois pas emmener un groupe en mer cet après-midi ?

— Qu'ils aillent se faire foutre.

Il se pencha un peu plus vers elle. Il ne lui faisait pas peur, mais elle commençait à s'impatienter. Elle voulait en savoir plus à propos de Sheila. Quel était ce passé qu'elle tenait tant à oublier ?

— Izzy…

— *Sí* ?

Il avait les paupières à demi closes. Son visage effleurait presque le sien.

Elle s'apprêtait à le repousser quand la porte de la cabine s'ouvrit à la volée. Comme par une intervention divine, Izzy fut projeté en arrière, et une voix trop familière retentit, furieuse :

— Ne la touche pas, dealer de mes deux !

Izzy alla valdinguer contre la porte du Capitaine.

Ruisselant d'eau de mer, les cheveux plaqués sur le crâne, Dane Whitelaw se tenait au milieu de la cabine.

— Qu'est-ce que tu fais là ? s'écria Kelsey avec irritation.

Izzy s'était redressé. De la poche de son bermuda, il sortit un cran d'arrêt.

— Izzy, lâche ça ! Dane, qu'est-ce qui t'a pris, à la fin ?

Aucun des deux hommes ne fit attention à elle. Dane avait le regard dur, et Izzy semblait prêt à tuer. Il s'élança en avant.

Kelsey n'avait jamais vu Dane se battre. Il était impressionnant. Izzy était musclé et agile, mais Dane l'esquiva et le neutralisa en une seconde, lui bloquant le bras dans le dos.

— Arrêtez ! hurla-t-elle en bondissant sur ses pieds.

Elle s'agrippa au bras droit de Dane.

— Prends-lui le couteau, Kelsey.

Tremblante, elle arracha le cran d'arrêt des mains d'Izzy, et s'aperçut qu'elle ne savait pas comment le fermer.

Izzy proférait un torrent d'injures pleines de venin en espagnol. La prise de Dane l'empêchait de bouger.

— Ta gueule, Izzy ! lui intima Dane. Tu vas ramener ce rafiot au mouillage.

Tandis qu'Izzy continuait à jurer, il le traîna en haut des marches. Kelsey les suivit en criant :

— Mais qu'est-ce que tu fais là, Dane, bon sang ? On discutait, c'est tout.

— C'est toi qui n'as rien à faire ici, rétorqua-t-il. Tu veux qu'il t'arrive la même chose qu'à Sheila ?

Il poussa Izzy contre la barre. Tous deux avaient les veines et les muscles saillants, et se dévisageaient comme des coqs de combat.

— Tu n'as rien à foutre ici, Whitelaw, grommela Izzy. Kelsey est venue me voir de son plein gré. Je pourrais porter plainte contre toi pour effraction et agression.

— Si je t'énumérais toutes les raisons pour lesquelles je pourrais te faire coffrer, Izzy, tu ferais moins le malin.

— Tu n'as aucune preuve.

— Tu serais étonné de voir toutes les preuves que j'ai, Garcia.

Ses paroles semblèrent décontenancer Izzy, qui l'insulta en espagnol. Kelsey comprenait ce qu'il disait — Dane aussi, certainement. Pourtant, il ne répondit pas.

Izzy finit par lever l'ancre et mettre le moteur en marche, les yeux de Dane toujours fixés sur lui. Il prit la barre et mit le cap sur la marina. Ils firent le trajet dans un silence complet.

Bientôt, des bateaux de plaisance, de pêche et de plongée apparurent à l'horizon. Le vent s'était levé mais le ciel demeurait bleu, d'une étrange beauté, parsemé de quelques nuages seulement.

Enfin, le *Lady Havana* entra au port. Une fois le bateau devant son emplacement, Dane sauta sur le ponton et aida Izzy à l'arrimer. Rien dans l'attitude des deux hommes ne laissait supposer qu'ils venaient de s'empoigner au corps à corps. Lorsque Dane eut terminé, il tendit la main à Kelsey afin de l'aider à débarquer. Elle l'ignora et sauta sur le ponton. Elle avait l'habitude de naviguer tout autant qu'eux.

Le groupe de l'après-midi attendait sur le quai, cinq hommes d'âges variés à la peau pâle, ventripotents.

— Ne t'amuse pas à retourner te promener avec Kelsey, Izzy, chuchota Dane à son oreille.

— Pourquoi ? Tu as peur de ce que je pourrais lui raconter ?

— J'ai peur de ce que tu pourrais lui faire. Tu veux poursuivre la discussion ou t'occuper de tes clients ?

Izzy lui tourna le dos et, souriant, tendit la main aux touristes.

— Señor Huntsville. Très bien. Vous êtes ponctuel.

Dane s'éloigna en direction du parking, Kelsey sur ses talons. Elle lui tapa dans le dos, le forçant à se retourner.

— Je n'ai pas besoin de garde du corps, gronda-t-elle, furieuse. J'aurais très bien pu me débrouiller toute seule.

— Vraiment ?

— On discutait.

— Kelsey, tu n'es même pas capable de refermer un cran d'arrêt.

— Il n'avait pas l'intention de me violer.

Il la toisa avec dédain et poursuivit son chemin.

— Dane !

— Quoi ? demanda-t-il, exaspéré, en s'immobilisant.

— Peux-tu m'expliquer ce qui s'est passé ? Comment as-tu rejoint le bateau ? Pourquoi as-tu pensé qu'Izzy voulait me faire du mal ?

— Izzy est un danger public. Je peux prouver qu'il vend de la drogue à la sortie du lycée. Que ça te plaise ou non, il est nocif. Comment je vous ai rejoints ? Je me suis fait prendre à bord d'un bateau de plongée et j'ai nagé. Ma chemise est foutue, et j'ai perdu une paire de chaussures neuve. Et voilà comment tu me remercies.

— Je connais Izzy depuis l'enfance.

— Et alors ? Tu sais que son casier judiciaire n'est pas vierge ? Qu'il a commis une agression à main armée ? Qu'il a été accusé de viol sur sa petite amie ? La fille a refusé de le poursuivre devant la justice, sans doute parce qu'il l'a payée pour qu'elle se taise. Je n'ai pas envie qu'il t'arrive la même chose. Si tu ne me crois pas, demande au shérif.

Elle sentit ses joues s'embraser. Peut-être avait-elle effectivement commis une erreur. Et si Izzy était coupable de tous les méfaits dont l'accusait Dane, que signifiait la présence du sac de Sheila sur son bateau ? Et pourquoi avait-il mémorisé tous ces numéros de téléphone ?

Malgré tout, elle était persuadée qu'il ne l'aurait pas violentée. Il avait été provocant, mais la provocation faisait partie de son style.

— Des tas de gens m'ont vue monter sur le bateau, répliqua-t-elle. Il n'est pas complètement idiot.

— Mais agressif, et tellement sûr de lui qu'il se croit au-dessus de la loi. Enfin, bref, tu n'as pas besoin de mes conseils…

— Ce n'est pas ça, Dane. S'il te plaît, arrête de me suivre partout où je vais.

— Je ne t'ai pas suivie. J'étais là. Mais tu as raison : tu as plus de vingt et un ans, tu es libre. Je ne peux pas t'empêcher de fréquenter tous les psychotiques de la ville. Désormais, je ferai de mon mieux pour cesser d'essayer de te protéger. Je te foutrai la paix.

— Excuse-moi, Dane, mais qu'est-ce qui me dit que tu n'es pas toi-même un psychopathe ?

Il tourna les talons et s'éloigna. Regrettant ses paroles, elle le rattrapa.

— Pardon, tu n'es pas un psychopathe.

Il continua à avancer, ignorant la note de sympathie qu'elle avait tenté d'apporter à ses mots.

— Dane, je t'achèterai de nouvelles chaussures.

Il ne s'arrêta pas.

— Et une nouvelle chemise.

Il poursuivit son chemin. Elle se serait giflée pour lui courir après comme un petit chien.

— Il m'a appris des choses que je ne savais pas, Dane. Et il m'en aurait dit plus si…

Il fit volte-face.

— Tu connais Sheila depuis toujours. Qu'est-ce qu'il a pu t'apprendre que tu ne sais déjà ?

— Que… J'ai toujours su que Latham était un salaud, mais d'après Izzy, la mère de Sheila était aussi mauvaise que lui.

Il l'étudia longuement.

— C'est nouveau pour toi ? Et en quoi cela t'aidera-t-il à retrouver Sheila ?

— Toute information peut nous être utile, Dane. Et…

Elle s'interrompit. Dane ne lui disait pas tout ce qu'il savait. Il n'y avait donc pas de raison pour qu'elle lui dévoile toutes ses informations.

— Et quoi ?

Elle secoua la tête.

— Si tu nous avais laissés tranquilles, j'aurais peut-être pu lui soutirer des renseignements. Je crois que Sheila passe pas mal de temps avec lui.

Il observa le sol, puis releva la tête.

— Si tu veux interroger toutes les mauvaises fréquentations de Sheila, ta semaine de congés ne suffira pas. (Il agita une main en l'air.) Sheila… Sheila cherche à se prouver qu'elle peut avoir tous les hommes qu'elle veut, quand elle veut.

— Pourquoi ? Si on le savait, on pourrait peut-être la retrouver. Ou découvrir… ce qui lui est arrivé. Il faut qu'on comprenne les raisons de son comportement.

— Je m'en occupe, je te l'ai déjà dit.

Elle garda un instant le silence.

— Je peux apprendre des choses que tu ignores.

— Ça m'étonnerait.

— Ah bon ?

— Pourquoi dis-tu ça ? s'enquit-il en plissant les yeux.

Elle haussa les épaules.

— Parce que certaines personnes ont peut-être plus confiance en moi qu'en toi.

Sur ces mots, elle s'éloigna.

— Où vas-tu ? lui lança-t-il.

Elle hésita.

— Au duplex. Tu vas me suivre ?

— Tu retournes vraiment chez Sheila ? Ou tu vas rendre visite à un autre taré ?

— Je rentre au duplex.

Il hocha la tête et se dirigea vers sa jeep.

— Tu ne viens pas avec moi ? lui demanda-t-elle en le regardant monter dans sa voiture.

Il mit le contact, chaussa les lunettes de soleil qui étaient posées sur le tableau de bord, mais ne démarra pas. A travers ses verres fumés, il observait Kelsey.

— Nous avons rendez-vous pour dîner à 19 heures chez Nate, déclara-t-elle. Tu seras des nôtres ?

Aucune émotion ne se lisait sur les traits de Dane, et elle ne voyait pas ses yeux.

— Ouais, lâcha-t-il.

Kelsey s'installa au volant de sa voiture et démarra. Au coin de la rue, elle s'aperçut que Dane était derrière elle. Quand elle se gara devant le duplex, il resta dans sa jeep. Elle s'approcha.

— Tu comptes rester avec moi ?

— Non. Je voulais juste m'assurer que tu étais bien rentrée.

— Je croyais que tu devais me foutre la paix ?

— J'ai menti, répliqua-t-il en ajustant ses lunettes de soleil. Rentre, Kelsey.

Agacée, elle pivota sur ses talons et se dirigea vers la porte. Quand elle l'eut ouverte, elle appela Larry et n'obtint pas de réponse. Pas étonnant : sa voiture n'était pas devant la maison. Elle hésita avant de refermer la porte, se souvenant de son étrange impression de la veille.

Avec précipitation, elle fit le tour de l'appartement, vérifia les placards et les salles de bains, puis revint sur le perron. Dane était toujours là, impassible derrière ses lunettes noires. Elle lui fit un signe de la main, puis referma le battant et écouta la jeep s'éloigner.

De nouveau, elle avait le sentiment que quelqu'un s'était introduit chez Sheila et avait fouillé les pièces.

Elle consulta sa montre. Pas tout à fait 15 heures. Elle avait largement le temps d'examiner la liste des numéros relevés dans le répertoire d'Izzy. Elle posa son sac dans la cuisine et en sortit le morceau de papier sur lequel elle avait gribouillé. D'un trait, elle cocha tous les numéros qui lui étaient familiers. Pourquoi Izzy avait-il les coordonnées de personnes avec lesquelles il n'avait apparemment plus de contacts ? Il avait mémorisé les numéros personnels de Larry et de Kelsey, celui de leur agence, les deux numéros de Nate, ceux de Cindy et de Dane. Les initiales JM désignaient sans doute Jorge Marti. Pour s'en assurer, elle composa le numéro. Au bout de quelques sonneries, elle entendit un répondeur : « Bonjour, vous êtes bien chez Jorge. Parlez après le bip, je vous rappellerai dès que possible. »

Elle hésita, puis décida de laisser un message :

« Salut Jorge, c'est Kelsey. Nous dînons chez Nate à 19 heures. Ce serait sympa que tu viennes. »

Puis elle raccrocha et s'apprêta à appeler un autre numéro, avant de se raviser. Il n'était pas prudent de téléphoner du duplex. Aujourd'hui, presque tout le monde était en mesure d'identifier la provenance des appels.

Pianotant machinalement sur le comptoir, elle se demanda pourquoi elle n'avait pas raconté à Dane la découverte du sac de Sheila sur le bateau d'Izzy.

Et tous ces numéros de téléphone. A quoi allaient-ils l'avancer ? Comment ferait-elle pour savoir à qui appartenaient ceux qu'elle ne connaissait pas ? Dane aurait su comment procéder, comment faire parler ces données…

Il fallait qu'elle lui révèle ses découvertes. Et sans tarder. Après tout, il était détective privé. Il saurait que faire. Sauf que…

C'était chez lui qu'elle avait trouvé la boucle d'oreille de Sheila, et il avait admis avoir couché avec elle juste avant qu'elle ne disparaisse.

Comment tous ces éléments s'imbriquaient-ils ?

Dane arriva tard au Sea Shanty et observa un instant le groupe depuis la porte. Cindy était vêtue d'un fourreau noir qui mettait en valeur les lignes parfaites de ses épaules et de son dos. Larry, en pantalon beige et polo noir, était aussi soigné qu'à l'accoutumée. Nate, qui discutait avec lui, portait un bermuda et une chemise hawaïenne. Quant à Kelsey, elle était renversée contre le dossier de sa chaise et écoutait Jorge Marti, assis à sa gauche. Ses cheveux retombaient sur ses épaules que laissait voir une robe fleurie, sans bretelles. Chaque courbe de son corps était soulignée par le tissu.

Le seul en veste, Jorge était élégant. Sous son blazer beige, le col de sa chemise marine était déboutonné. Comme Kelsey, il avait le don de paraître à la fois chic et décontracté. Dane n'entendait pas ce qu'il disait, mais Kelsey riait.

Avant de les rejoindre, il prit discrètement quelques photos, puis glissa le petit appareil étanche dans la poche de son coupe-vent noir et se dirigea vers la table.

Kelsey tourna la tête vers lui. Il n'aurait su dire si elle était contente ou non de son arrivée. Comme à son habitude, Cindy se répandit en effusions de joie.

— Dane, enfin ! On a eu peur que tu ne viennes pas.

— Je suis en retard, désolé, s'excusa-t-il en s'asseyant. Jorge, comment vas-tu ?

— Très bien, merci. Et toi ?

— On fait aller. J'espère que vous ne m'avez pas attendu pour commander.

Il prit un menu qu'il connaissait pourtant par cœur.

— On est dans les Keys, répliqua Larry. On n'est pas pressés. On t'avait accordé une demi-heure, plus quinze minutes supplémentaires pour nous lamenter de ton absence.

— Je savais que tu viendrais, assura Nate. A propos, ces caméras cachées sont formidables. J'ai viré l'un des jeunes, aujourd'hui. Je l'ai chopé la main dans la caisse. Merci pour tes conseils. Grâce à toi, mes bénéfices vont remonter.

— Tu vois que ça marche, la surveillance.

— C'est vrai que c'est efficace, renchérit Larry.

Il sourit à Kelsey, assise en face de lui, et ajouta :

— Mais au boulot, j'ai l'impression d'être sous l'œil de Big Brother, avec ces objectifs rotatifs qui vous suivent partout.

Dane lui sourit tristement.

— De bonnes caméras. Probablement très chères. Ton boulot doit être estimé.

— Peut-être. Ou bien les patrons ont peur qu'on leur pique leur matériel. Ah, ce n'est pas facile, la vie d'entreprise.

— Maintenant que Dane est là, si on commandait ? suggéra Cindy. O.K., on est dans les Keys, mais moi, je vis là toute l'année, et je meurs de faim.

Ses paroles furent accueillies par un éclat de rire général. Nate héla le serveur.

— J'espère que vous ne serez pas déçus. Vous n'allez pas manger de la cuisine gastronomique.

— On ira dans un restaurant gastronomique la prochaine fois, proposa Kelsey. Ce soir, ce sera à la bonne franquette.

— Tu es sympa, commenta Nate en levant son verre pour lui porter un toast.

Elle leva le sien.

— A la meilleure ex-femme que j'aie jamais eue.

— Tu parles, je suis ta seule ex.

— Heureusement, rétorqua-t-il en feignant un frisson. Grâce à toi, je crois que je resterai célibataire jusqu'à la fin de mes jours.

— Merci pour le compliment.

— Je ne voulais pas t'offenser, mais je pense qu'aucun de nous ici n'est fait pour le mariage. Regarde Cindy, par exemple, elle finira sûrement vieille fille, elle aussi.

— Merci pour les fleurs, murmura l'intéressée.

— Nous sommes tous sur le même bateau. Moi qui suis divorcé, Dane qui ne semble absolument pas pressé de se caser, Kelsey — Dieu sait ce qu'elle a en tête —, Jorge toujours libre. Et Larry… le désastre total avec Sheila.

— Quel désastre ? protesta Larry. Je l'aime encore.

— Sheila n'était pas faite pour la vie de couple, déclara Jorge en évitant son regard.

Larry haussa les épaules.

— Vous n'êtes pas obligés de fixer vos verres. Soyons réalistes, je sais que mon ex a couché avec chacun d'entre vous.

Il leva la main avant qu'on ne l'interrompe.

— Pas quand elle était mariée avec moi, bien sûr. Et si je me trompe, je ne veux pas le savoir.

Kelsey observait son ancien mari. Dane se demanda si elle était au courant de la relation entre son ex et Sheila — et du fait que Nate était aussi coureur que les autres.

— Un point pour ton honnêteté, Larry, commenta Cindy. Mais ne lance pas la pierre à Sheila. Vous les mecs, vous ne valez pas mieux.

— D'accord, je ne suis qu'un flacon de testostérone ambulant.

La jeune femme s'esclaffa. Même Dane ébaucha un sourire.

— Kelsey nous a appris que tu sortais avec un top-model, Larry ?

— Elle est sublime.

— Le problème pour nous, les filles, enchaîna Cindy, c'est que les mecs potables, il n'y en a plus des tonnes. Les seuls que je connaisse, ce sont mes vieux amis.

— Sache que tes vieux amis sont prêts à se plier à tes désirs, répliqua Larry en clignant de l'œil.

— C'est bien ce que je disais ! Tu vois, tu es avec un mannequin, et ça ne te dérangerait pas de la tromper avec moi.

— Eh ! Je plaisantais. Mais qui sait ce que l'avenir nous réserve. Du jour au lendemain, je peux me retrouver célibataire. J'ai retenu la leçon.

— Pauvre Larry. Je me souviendrai de ta proposition… Mais ça m'embêterait de perdre un bon copain en sortant avec toi.

— On peut rester copains même après avoir vécu ensemble, protesta Nate. Kelsey et moi, malgré le divorce, nous sommes toujours amis. Il faut dire que j'ai été bonne pâte.

Kelsey le considéra, les lèvres pincées.

— Nate…

— Quoi ? Ce n'est pas vrai ? Ce n'est pas moi qui ai été lésé dans cette histoire ?

— Certes, mais tu étais un mari formidable.

— Elle dit ça parce qu'elle t'a plaqué avant que tu ne te mettes à draguer toutes les filles de l'île, lança Larry.

— Vous travaillez ensemble, fit remarquer Cindy sur un ton lourd de sous-entendus.

— Je n'ai jamais d'aventure avec mes collègues, maugréa Kelsey.

— Ça, c'est vrai, confirma Larry.

Elle haussa les épaules.

— Si ça se passait mal, je serais trop gênée, au boulot.

— Bonne politique, approuva Jorge. Règle d'or : ne jamais sortir avec ses collègues ou ses clients.

Il s'était exprimé sur un ton désinvolte, mais quand Dane croisa son regard, ses joues mates se colorèrent.

Combien de ses amis étaient au courant de ce qui s'était passé à St. Augustine ? se demanda-t-il. Tous, apparemment.

— Cette conversation est déprimante, déclara Cindy.

— Eh bien, parlons d'autre chose, répliqua Larry.

— Oh ! Vous avez entendu qu'on a retrouvé un squelette dans les Everglades ?

Un lourd silence s'abattit sur la table. Dane scruta les visages autour de lui. Quelqu'un avait-il songé qu'il pouvait s'agir de Sheila ?

— Un squelette ? répéta Kelsey d'une voix étranglée. Que... que des os ?

— Que des os. La mort remonte à presque un an. C'est ce qu'ils ont dit hier au journal du soir. La police pense que la victime a été étranglée avec une cravate. Elle a déjà été identifiée. Encore une strip teaseuse, Dieu merci. Je n'ai rien contre les strip teaseuses, chacun gagne sa vie comme il peut ; mais il paraît que toutes les victimes se prostituaient, également. C'est ce qui me rassure. Visiblement, l'étrangleur ne s'en prend qu'à un certain type de femmes. S'il sélectionnait ses proies au hasard… Brrr…

— Fais attention quand même, lui conseilla Dane.

— J'aimerais savoir où est Sheila, murmura Nate.

— Sheila ne fait pas de strip-tease, lui rappela Jorge.

— Mais elle a parfois un comportement de…

Larry ne termina pas sa phrase.

— Ce n'est pas parce qu'elle a l'habitude de partir sans prévenir qu'elle risque de tomber entre les mains du tueur, déclara Cindy sur un ton qui se voulait ferme.

A nouveau, le silence s'installa.

— Qu'est-ce qu'on se marre ici ! fit Nate au bout d'un moment. Vous n'avez pas de sujets de discussion plus rigolos ? Le divorce, l'absence de romantisme dans nos vies, Sheila, et pour couronner le tout, un tueur en série.

Jorge se tourna vers Kelsey, qui paraissait soudain anxieuse.

— Il n'est rien arrivé à Sheila, ne t'en fais pas.

Si ! eut envie de hurler Dane.

— On pourrait parler politique, avança Cindy.

Nate émit un grognement.

— D'avortement, de législation sur les armes et de religion, tant que nous y sommes, répliqua-t-il. A la fin du repas, nous serons tous fâchés.

— Kelsey, tu as l'intention de peindre pendant ton séjour dans les Keys ? s'enquit Jorge.

— Pourquoi pas ? Ça fait une éternité que je n'ai pas touché à mes pinceaux.

Il lui indiqua des coins où le paysage méritait le détour. Se tournant vers Dane, Cindy lui posa des questions sur ses enquêtes, tandis que Nate et Larry engageaient une discussion à propos d'un groupe de rock originaire des Keys qui commençait à percer sur la scène nationale.

Les plats se succédèrent. Après le café, Dane consulta sa montre. Quand il leva les yeux, il s'aperçut que Kelsey l'observait. Il se pencha vers elle et lui chuchota au creux de l'oreille :

— Tu ne rends visite à personne, ce soir, j'espère ?

Elle arqua un sourcil avant de riposter :

— Je suis avec mes amis.

— Reste avec eux, lui conseilla-t-il en se levant. Bon, il faut que je vous laisse. J'ai passé une excellente soirée. Et pour vous prouver que mes affaires marchent bien, c'est moi qui règle l'addition. Tu me feras la note, Nate, s'il te plaît ?

— Hors de question, décréta ce dernier. Ce soir, c'est moi qui régale. Tu n'auras qu'à nous inviter... disons lundi. On pourrait tester ce restau de cuisine nouvelle qui vient d'ouvrir un peu plus bas sur la route. Je m'en tire bien, ce sera sûrement plus cher, là-bas !

— Nate ! le rabroua Kelsey.

— O.K., accepta Dane. Lundi soir, alors. 19 heures, comme aujourd'hui ?

— 19 heures, approuva Cindy. Euh... Mais je bosse, moi, mardi.

— Regardez la droguée du travail qui se réveille, railla Jorge.

— C'est vrai que j'aime mon boulot. Mais avec tout le groupe rassemblé, j'aimerais bien être en vacances : aller bronzer sur la plage, me balader en mer, faire de la plongée… Comme quand nous étions mômes.

— A l'époque, je n'étais pas souvent de la partie. J'ai un peu l'impression d'être un intrus. Vous êtes sûrs que vous voulez de moi, lundi ?

— Naturellement, répondit Kelsey.

— Oh oui ! renchérit Cindy. Il faut absolument que tu viennes.

— Tout à fait, ajouta Dane. Nate, merci pour le dîner. Et bonsoir à tous.

Sur quoi, il agita la main et se dirigea vers le parking.

Il s'approchait de sa voiture quand un craquement dans les taillis lui fit tourner la tête. Il s'immobilisa et distingua une tache de couleur à travers les feuillages. Quelqu'un l'épiait ?

Il reprit sa marche, l'oreille aux aguets.

Oui, il était bel et bien suivi.

9.

Kelsey avait prévu de rentrer tôt, prendre un bon bain chaud, une tasse de thé, un Tylenol. Elle avait besoin d'une nuit de sommeil réparateur.

Pourtant, quand Dane se leva de table, elle décida de le suivre. Elle attendit un instant, feignit un bâillement, souhaita une bonne fin de soirée à ses amis et se dirigea vers le parking.

En voyant Dane s'arrêter pour allumer une cigarette, elle se glissa vivement derrière un massif d'arbustes. Puis, dès que la jeep se fut engagée sur la route, elle fonça à sa voiture et démarra en trombe, projetant sous ses pneus des volées de cailloux.

Ses mains tremblaient sur le volant. Dane avait pris la direction du nord. Il lui cachait quelque chose, elle en était de plus en plus persuadée. Il fallait qu'elle découvre quoi.

Qu'il ait couché avec Sheila n'aurait pas dû la surprendre. Depuis le lycée, ils avaient toujours été très proches, entretenant une relation assez spéciale. Au téléphone, Sheila lui avait dit qu'elle voyait Dane régulièrement, mais d'une voix étrange, empreinte de mélancolie.

Kelsey avait envie de le croire : la boucle d'oreille perdue ne signifiait rien. Elle avait confiance en lui. Il avait été le meilleur ami de Joe, et elle le connaissait depuis sa plus tendre enfance. Dane était l'aîné du cercle d'amis, le beau garçon sûr de lui qui savait ce qu'il voulait faire dans la vie. Elle avait toujours eu à son égard du respect et de l'admiration.

Et puis il y avait eu cette fameuse nuit…

Bien que plongée dans ses pensées, elle ne quittait pas la jeep des yeux. Hors de question de se laisser semer.

Elle n'aurait peut-être pas dû venir à Key Largo, songea-t-elle. Si ses rapports avec Nate étaient clairs — malgré l'échec de leur mariage —, en revanche, elle n'était pas très à l'aise avec Dane. L'attirance qu'il exerçait sur elle était si forte qu'elle en devenait presque humiliante. Elle parvenait sans peine à dissimuler ce sentiment à ses amis, mais elle ne pouvait se mentir à elle-même. Dane la fascinait, de sorte qu'elle était incapable de penser du mal de lui. Non, il n'était pas une épave ; non, il n'était pas responsable de la disparition de Sheila. Mais il avait retrouvé avec elle une relation intime. Et Kelsey ne pouvait s'empêcher d'en ressentir une pointe de jalousie.

La route se divisa en quatre voies. Lorsqu'ils entrèrent sur l'US1, Kelsey perdit la jeep de vue. Elle continua néanmoins en direction du continent et de Florida City. Un coup d'œil sur la jauge du réservoir : ouf, elle avait suffisamment d'essence. Elle n'avait pas pensé que Dane quitterait Key Largo.

Au péage de Florida City, la jeep réapparut. Pendant que Kelsey fouillait dans son sac à la recherche de monnaie, Dane prit à nouveau de la distance. Elle parvint cependant à le rattraper et suivit comme lui la sortie de Miami Sud. Quelques centaines de mètres plus loin, elle vit la jeep bifurquer sur le parking d'un club de strip-tease.

Elle dépassa le parking, puis fit demi-tour et retourna s'y garer. Legs, le nom du club, clignotait en lettres de néon sur la façade d'une bâtisse située à proximité d'un petit centre commercial proposant, ô ironie, un salon d'esthétique, une boutique de produits diététiques, un café, une compagnie d'assurances et une salle de gym.

Les places de stationnement les plus proches du club étaient occupées, mais le parking était vaste. Il s'étendait jusqu'à une rangée d'arbres le séparant d'une station-service. N'ayant pas le choix, Kelsey gara sa Volvo dans cette zone moins éclairée.

Que faire maintenant ? Elle n'avait jamais mis les pieds dans ce type d'établissement. Y trouvait-on des femmes seules ? Plusieurs amies l'avaient un jour invitée à se joindre à elles pour une grande virée entre filles dans une boîte de strip-tease masculin. Malheureusement, un imprévu l'avait contrainte à rester tard à l'agence de pub et elle n'avait pu prendre part à cette expérience.

Hésitante, elle finit par se sermonner. Après tout, elle était là pour une raison précise ; elle n'avait pas à se sentir coupable.

Il fallait toutefois qu'elle pénètre dans le club sans attirer l'attention. Et surtout, sans que Dane la voie.

Quittant sa voiture, elle traversa le parking d'une démarche qu'elle voulait désinvolte, tout en étant consciente qu'elle ne paraissait pas naturelle.

La porte s'ouvrit dès qu'elle s'en approcha. Elle eut un mouvement de recul, redoutant d'être accueillie par une horde d'ivrognes, mais elle ne vit que le portier — ou plus exactement le videur, une armoire à glace de plus d'un mètre quatre-vingt-dix, vêtu d'un costume sans prétention. Il lui adressa un sourire plutôt avenant.

— Bienvenue au Legs.

— Merci, murmura-t-elle en s'avançant vers la salle enfumée où résonnait un morceau de country.

— Madame ?

— Oui ?

— Vous n'avez pas payé votre entrée.

— Oh, excusez-moi.

Pour quelqu'un qui ne voulait pas se faire remarquer, c'était gagné…

Elle retourna jusqu'à la caisse derrière laquelle était assise une femme vêtue d'un bustier en dentelle plus que suggestif. En s'efforçant de ne pas la dévisager avec trop de curiosité, Kelsey acheta son ticket puis se glissa au fond de la salle, loin de la scène, et s'installa dans un recoin sombre.

Elle s'attendait à un lieu sordide au sol jonché de mégots, aux murs poisseux, rempli de vieux vicelards et de sacs à bière agglutinés langue pendante devant le podium. Apparemment, elle regardait trop la télévision.

Certes, le décor n'avait rien de recherché, mais le club était bien tenu. Chaque table était ornée de bougies et de bouquets de fleurs fraîches. L'ambiance était plutôt tamisée, discrète. Ce que Kelsey apprécia. Dans la pénombre, elle se sentait invisible.

Sur la scène, une belle blonde habillée en cow-girl se mouvait avec langueur au son d'une musique country. Elle enleva son chapeau et secoua ses longs cheveux sur son gilet du Far West.

Kelsey balaya la salle du regard. A l'exception de quelques hommes en costume, la plupart des clients avait un look décontracté mais correct. Certains étaient accompagnés de femmes tout à fait décentes. Des gens normaux, quoi. Du moins si l'on pouvait établir une norme quelconque…

Kelsey se rabroua de façon à chasser ces considérations philosophiques de ses pensées. Elle n'était pas là pour se poser de grandes questions. Elle devait épier Dane.

Une serveuse en mini-jupe noire et top à paillettes qui laissait voir son nombril s'approcha de sa table. Souriante et professionnelle, elle n'afficha ni surprise ni agacement lorsque Kelsey lui commanda un verre d'eau gazeuse garni d'une tranche de citron vert.

A ce moment-là, des sifflements fusèrent de toutes parts. Machinalement, Kelsey tourna la tête vers la scène. La danseuse avait enlevé sa jupe pour révéler un string minuscule orné de brillants.

— Bonsoir.

Kelsey se retourna. Un homme aux cheveux grisonnants, élégant, se tenait devant sa table.

— Bonsoir, répondit-elle.

— Vous êtes seule ? Je peux m'asseoir ?

— Non… J'attends mon fiancé. Je vous remercie.

— Excusez-moi, fit le type en tournant les talons.

Elle poussa un discret soupir de soulagement. Revenue avec son verre, la serveuse l'observait d'un œil sceptique.

— Merci.

La jeune femme sourit.

— Vous avez l'air nerveuse. N'ayez pas peur, nous faisons attention à ce que les clients n'embêtent pas les femmes seules et les danseuses. Mais peut-être que vous recherchez de la compagnie…

— Non, non… J'attends mon fiancé.

— Ouais…

A l'évidence, son interlocutrice n'était pas dupe, et Kelsey se sentit obligée de se justifier.

— En fait, je ne suis jamais venue dans une boîte comme celle-ci. Je voulais voir…

— Allez, avouez que vous avez suivi votre mari.

Elle-même fut étonnée de s'entendre rire.

— Non, je vous assure, je voulais juste voir à quoi ressemble un club de strip-tease.

La jeune femme fronça soudain les sourcils.

— Vous n'êtes pas de la presse, au moins ? Parce que depuis la mort de Cherie, les flics et les journalistes n'arrêtent pas de nous enquiquiner. Si c'est pour pondre encore un papier moralisateur…

— Je vous jure que je ne suis pas journaliste.

— Bon, fit la serveuse en hochant la tête. Si vous avez besoin d'aide — je veux dire, si on vous ennuie —, n'hésitez pas à me faire signe.

— Merci beaucoup.

Elle secoua la tête et grommela en s'éloignant :

— Vous faites une belle oie blanche, tiens…

De la part d'une fille qui ne devait pas avoir plus de vingt-deux ans, la remarque était quelque peu blessante. Kelsey était plus âgée et indubitablement plus mature que cette jeunette qui voulait jouer les chaperons.

Une oie blanche…

Scrutant la pénombre, elle finit par entrevoir Dane. Il était assis au premier rang, devant un verre de liquide transparent. Il buvait de l'eau, lui aussi. Ses yeux étaient fixés sur la cow-girl qui venait de se débarrasser de son haut à franges.

La danseuse avait un corps de rêve. Elle se déplaçait avec grâce le long de la scène, en prenant des postures dignes d'une contorsionniste. Son regard semblait dirigé vers Dane. Kelsey se demanda pourquoi elle avait toujours pensé qu'il fallait être désespérée pour se livrer à ce genre de spectacle. Avec son physique parfait, cette fille aurait pu faire ce qu'elle voulait, et pourtant, elle était là.

— Salut, beauté.

Cette fois, l'importun prit place devant Kelsey sans attendre sa permission. Plus jeune que le précédent, il faisait partie des clients les plus vulgaires.

— Je ne suis pas seule, déclara-t-elle en le regardant droit dans les yeux.

— J'ai cru.

Dans son sac à main, son portable se mit à sonner. Remerciant la providence de mettre un terme à la conversation, elle s'empara de son téléphone et prit la communication. Qui pouvait bien l'appeler à une heure pareille ?

— Vous permettez ? lança-t-elle à l'intrus.

Il ne fit nullement mine de quitter la table.

— Kelsey ? Kelsey, c'est toi ?

Larry.

— Oui, mon chéri, répondit-elle. C'est moi.

— Mon chéri ? répéta-t-il, visiblement perplexe.

— Qu'est-ce qu'il y a ?

— Je m'inquiétais. Comment se fait-il que tu ne sois pas encore rentrée ? Où es-tu ? Pas chez Latham, j'espère.

— Non, non, ça va.

— J'entends de la musique derrière toi ? Où es-tu ?

— Je bois un verre.

— Kelsey, tu as une drôle de voix. Et pourquoi tu m'appelles « mon chéri » ? Si tu as des ennuis, je peux te rejoindre tout de suite, où que tu sois.

— Tu es un ange, mais ce n'est pas la peine.

Elle colla ses lèvres contre l'appareil pour chuchoter :

— Je t'expliquerai plus tard.

— Alors là, tu m'inquiètes vraiment.

— Mon Conan adoré, susurra-t-elle en fixant l'homme en face d'elle, je t'assure que personne ne m'embête. Prends ton temps, je suis très bien ici.

A sa surprise, l'indésirable eut un geste irrité et se leva pour s'éloigner.

— Kelsey, depuis quand je suis ton Conan adoré ? Tu es complètement incohérente. Où es-tu ?

— Dans une boîte, je bois un verre. Larry, je sais que ça te paraît bizarre, mais ne t'inquiète pas. Je t'expliquerai. Ne te fais pas de souci pour moi. Si j'ai un problème, je te rappelle. Promis. Bon, je te laisse. Bonne nuit.

A ces mots, elle coupa la communication avant qu'il ait pu riposter. Et avant qu'il entende les cris et les sifflements qui s'élevaient de la salle.

La fille avait dénudé ses seins. Tous les hommes — y compris ceux qui étaient accompagnés — s'étaient approchés de la scène. La cow-girl s'allongea sur le dos et se mit à onduler du bassin. Puis elle se redressa et, tout en mouvements félins, se dirigea vers les tables les plus proches de la scène. Les clients sortirent leurs portefeuilles.

Dane se pencha en avant et glissa un billet dans le string de la fille avec un sourire. Kelsey rêvait-elle ou la strip teaseuse lui accorda un regard plus soutenu qu'aux autres ?

Bien qu'elle n'ait pas de raison de se sentir offensée, Kelsey était furieuse. Serrant les dents, elle se concentra sur sa rondelle de citron. Dane était un homme libre, il avait entièrement le droit de faire des avances à une strip teaseuse. Il n'avait de comptes à rendre à personne et encore moins à elle, mais Kelsey lui aurait volontiers jeté son verre à la figure.

— Tout va bien, ma belle ?

Un sourire amical aux lèvres, la serveuse était revenue se camper près de la table.

— Ça va, merci, répondit Kelsey.

Du coin de l'œil, elle vit Dane échanger quelques mots avec la danseuse, puis sortir quelque chose de sa veste et le lui montrer.

— Un autre verre ?

— Pardon ?

— Je vous sers une autre eau gazeuse ?

— Oui, s'il vous plaît.

— Elle s'appelle Katia, déclara la serveuse, le regard tourné vers la scène. C'est l'une de nos meilleures danseuses. Qu'est-ce que j'aimerais bouger comme elle.

— Moi aussi, murmura Kelsey, sincère.

Katia la cow-girl avait certainement suivi des années de cours de danse.

— Elle est super sympa, en plus.

Kelsey leva les yeux vers la serveuse. La jeune femme semblait vouloir lui prouver que les gens qui travaillaient dans les clubs de strip-tease n'étaient pas aussi glauques qu'on pouvait le croire.

— Elle était très liée avec Cherie.

Les articles qu'elle avait parcourus chez Dane lui revinrent aussitôt en mémoire.

— Cherie… La fille qui a été assassinée ?

La serveuse acquiesça de la tête.

— Une chic fille, Cherie… Un gars lui avait brisé le cœur, mais elle avait de la volonté. Elle était déterminée à poursuivre ses études et à réussir dans la vie. Elle disait toujours que le succès est la meilleure des revanches. Je savais… Je savais qu'elle ne se contentait pas de danser pour les clients. Elle a dû tomber sur un détraqué.

— Vous n'avez pas peur ?

— Hé ! Sophie ! Une tournée par ici, s'il te plaît ! lança un homme corpulent attablé avec un groupe de Japonais en costume et cravate.

— J'arrive, répondit la serveuse, avant de préciser à l'intention de Kelsey : moi, c'est Sophie, Sophie Smithfield. J'y vais. Je reviens.

La cow-girl avait quitté la scène. Un haut-parleur annonça « Shéhérazade », et une mélodie orientale succéda à la country. La peau couleur d'amande, les yeux noirs et bridés, une cascade de cheveux bruns, la nouvelle danseuse avait un charme exotique.

Kelsey observa Dane. Renversé contre le dossier de sa chaise, il avait croisé les bras sur sa poitrine. Katia réapparut le long de la scène, et lui tendit un mot. Quelques minutes plus tard, il se leva, se dirigea vers le fond de la salle et disparut derrière une porte.

Kelsey poussa un soupir de soulagement — il ne l'avait pas vue. Puis, presque aussitôt, elle sentit à nouveau la colère monter en elle. De frustration.

Sophie réapparut et posa un verre devant elle.

— Merci. Vous m'apporterez l'addition, s'il vous plaît ?

— Tout de suite. Oh, vous m'avez demandé tout à l'heure si je n'avais pas peur. Non, pas vraiment. L'inspecteur qui s'occupe de l'affaire a l'air d'être un gars compétent. J'ai l'impression qu'il prend cette enquête très au sérieux. Il nous a dit que le tueur n'était pas un idiot : il ira sans doute choisir sa prochaine victime ailleurs — si tant est, évidemment, qu'on ne l'ait pas arrêté avant.

— Soyez prudente quand même.

— Bien sûr.

Lorsque Sophie lui présenta la note, Kelsey lui donna un gros billet et lui dit de garder la monnaie.

— Vous êtes gentille, merci.

— C'est moi qui vous remercie, répliqua Kelsey. Je me serais sentie un peu bête toute seule devant mon verre. C'était agréable de discuter avec vous.

— Revenez, un de ces soirs.

— Pourquoi pas ? Je vous jure que je ne suis pas journaliste, mais j'aurai peut-être quelques questions à vous poser au sujet de Cherie, si ça ne vous ennuie pas.

— Pourquoi ?

— L'une de mes amies a disparu.

— Une danseuse ?

— Non, mais… C'est compliqué. Je vous en dirai plus la prochaine fois.

— Comme vous voulez. Merci encore.

Quand la serveuse tourna les talons, Kelsey se leva et la rattrapa.

— Sophie, s'il vous plaît, cette porte, là, elle mène où ?

— La porte du fond ? C'est là-bas que se déroulent les spectacles privés.

Elle se figea, embarrassée, tandis que Sophie se dirigeait vers une autre table.

Elle quitta le club. L'un des réverbères s'était éteint et, à présent, le parking paraissait très sombre. Elle hésitait à le traverser quand la porte s'ouvrit derrière elle. Un homme et une femme passèrent à côté d'elle en lui souriant. Elle leur emboîta le pas.

Le couple monta dans une voiture garée à proximité de la sortie. Kelsey continua à marcher seule vers l'autre bout du parking. Son cœur battait la chamade. Elle se força à ralentir sa démarche. De quoi avait-elle peur ?

De finir comme cette fille dont on avait retrouvé le corps décomposé dans un canal.

En entendant des éclats de rire, elle fit volte-face. Un autre couple s'en allait.

Elle accéléra le pas et jeta un coup d'œil par-dessus son épaule. La porte du club était fermée. Et le videur semblait avoir disparu.

Un homme se tenait immobile sur le seuil de la boîte. Kelsey eut l'impression qu'il la regardait. Elle ne distinguait pas son visage, seulement sa silhouette haute et massive. Elle se retourna vivement et continua d'avancer vers sa Volvo.

En entendant des semelles marteler l'asphalte, elle appuya sur son porte-clé afin de déverrouiller les serrures de sa voiture à distance. Dans son dos, les pas se rapprochaient. Elle hâta la cadence. Les pas accélérèrent. En courant presque, elle se précipita sur sa Volvo et se glissa derrière le volant. Elle était en train de tirer la portière lorsqu'une main se posa sur le cadre.

— Pas si vite.

Un cri perçant lui échappa.

Nate Curry vérifia que tous les clients accoudés au comptoir avaient un verre plein et eut un hochement de tête satisfait. Il avait embauché un nouveau serveur, un étudiant en troisième année à l'université de Miami, et se sentait un peu libéré de ses contraintes.

Au départ, il n'avait pas prévu de travailler, mais une fois ses amis partis, il n'avait pu s'empêcher de mettre la main à la pâte, d'autant que depuis qu'il avait renvoyé le garçon qui volait dans la caisse, l'effectif n'était pas au complet. Heureusement, le nouvel extra, Bill Edgeham, semblait maîtriser la situation.

Toutes les tables étaient occupées. Des soupes aux palourdes et des beignets de conques sortaient sans arrêt des cuisines, le bar tournait à plein rendement, et un groupe jouait sur scène. Un bon samedi soir — même si Nate regrettait que le dîner ne se soit pas prolongé. D'habitude, Kelsey et Cindy aimaient danser. Aujourd'hui, elles n'avaient pas quitté leurs chaises.

Il avait passé un bon moment, mais depuis le départ de la bande, il ressentait une espèce de malaise.

Pourquoi Kelsey les avait-elle quittés si précipitamment ? Où était-elle allée ? Car elle n'était pas rentrée chez Sheila. Nate avait reçu un coup de fil de Larry, inquiet, qui craignait qu'elle n'ait encore décidé de rendre visite à des personnes aussi peu fréquentables que Latham.

Au bout du zinc, il décrocha le téléphone et composa le numéro du duplex. C'est Larry qui décrocha.

— Tu n'as toujours pas de nouvelles de Kelsey ? s'enquit-il en s'efforçant de ne pas paraître trop anxieux.

— Si, je l'ai eue au téléphone.

— Où est-elle ?

— Dans une boîte. Je ne sais pas ce qu'elle fabrique. Elle était bizarre. Elle n'arrêtait pas de m'appeler « chéri » et « mon Conan adoré ».

— Toi ? questionna Nate, le front plissé.

— Ouais, moi. Je ne sais pas si c'était pour se moquer de moi…

— C'est vrai que tu n'as rien d'un « monsieur Univers ».

— Ne sois pas jaloux. Apparemment, elle était dans une discothèque. Elle a dû dire ça pour repousser un mec un peu trop insistant. N'empêche que je me demande ce qu'elle allait faire en boîte si elle n'avait pas envie qu'on la drague.

— Elle n'avait pas de problèmes ?

— Elle m'a affirmé que non, qu'elle me rappellerait si elle avait besoin de moi.

Malgré lui, Nate éprouva une pointe de jalousie. Il n'avait été marié avec Kelsey que durant un mois, et cela remontait à des années, mais n'était-ce pas lui qu'elle aurait dû appeler en cas d'ennuis ? Elle avait pleuré toutes les larmes de son corps lorsqu'elle avait rompu, s'était excusée de s'être servi de lui pour combler un vide, et lui avait juré qu'elle l'aimerait toujours — comme son meilleur ami.

Il entortilla le fil du téléphone autour de ses doigts. Kelsey et Sheila. Aussi différentes que le jour et la nuit. Kelsey s'était sentie coupable dès le début de leur relation, parce qu'elle n'était pas amoureuse de lui. Sheila, elle, n'avait jamais eu aucun scrupule envers les hommes.

Nate retint un grognement. A ce moment précis, il en voulait à Kelsey. Déçu qu'elle n'ait pas fait appel à lui. Certes, Larry était son collègue de travail ; cependant, Nate s'estimait plus proche d'elle. Ils n'avaient pas vécu ensemble longtemps, mais avait-elle oublié tout ce qu'ils avaient partagé ? Avait-elle oublié qu'elle pouvait compter sur lui, en toutes circonstances ?

— Nate, tu es là ? demanda Larry.

— Oui, excuse-moi. Je suis inquiet. Mais puisque tu affirmes que tout va bien, je vais essayer de ne pas me faire trop de souci.

— Je n'ai jamais dit que tout allait bien. Moi aussi, je suis inquiet. Elle est tellement obsédée par Sheila qu'elle est capable de se fourrer dans des embrouilles. Elle n'a pas encore compris que Sheila ne se pointera que lorsqu'elle en aura envie, ajouta-t-il avec un long soupir.

— Ouais.

— Si Kelsey tarde trop à rentrer, je te rappelle.

— Tu vas l'attendre ?

— Oui, je n'ai pas sommeil. J'ai emporté du boulot. J'ai de quoi m'occuper.

— Bien. Dis à Kelsey de me passer un coup de fil demain matin. Si tu ne la vois pas d'ici là, téléphone-moi.

— D'accord.

Nate raccrocha et se retourna à l'instant même où Andy Latham s'approchait du comptoir, le regard injecté de sang.

— Latham, je t'ai déjà dit que je ne voulais plus te voir ici. Mes clientes se plaignent de toi.

Le poing de Latham se détendit comme un ressort et l'atteignit à la mâchoire avant qu'il ait pu esquiver le coup.

— Merde ! jura Dane en plaquant sa main sur la bouche de Kelsey.

Par chance, le parking était désert. Des véhicules circulaient sur l'US1, mais aucun n'avait ralenti. Le hurlement de Kelsey avait dû se noyer dans la musique tonitruante qui s'échappait du club.

— Tu es folle de beugler comme ça, gronda-t-il. Tu veux que je me fasse arrêter ?

Elle s'agrippa à ses doigts pour les décoller de devant ses lèvres. Ses yeux bleu-vert étaient furieux.

— C'est toi qui es cinglé. Tu voulais me donner une crise cardiaque ou quoi ?

— Tu m'avais vu. Tu t'es retournée et tu m'as regardé.

— J'ai vu quelqu'un. Je ne savais pas que c'était toi. Pourquoi m'as-tu suivie ?

— La question n'est pas là pour l'instant, répliqua-t-il d'une voix plus dure qu'il ne l'aurait souhaité.

Il avait surpris Kelsey si facilement. Et personne n'avait entendu son cri pourtant strident…

— Pourquoi m'as-tu suivi, toi ? s'enquit-il sèchement, accoudé à la portière ouverte.

— Qu'est-ce qui te fait penser que je te suivais ?

— J'étais à peine sorti du Sea Shanty que tu t'es levée pour me suivre.

— Peut-être que j'avais moi aussi envie d'assister à un spectacle de strip-tease.

Une vraie tête de mule…

— Tu penses vraiment que je vais te croire ?

— Admettons que je t'aie suivi. C'était peut-être pour des raisons tout à fait innocentes.

Il sentait l'impatience grandir en lui.

— Tout à fait innocentes ? Peux-tu m'expliquer quelles sont ces raisons tout à fait innocentes ? Ça t'excite de me voir mater des femmes nues ?

Elle détourna le regard, visiblement gênée par le rouge qui lui montait aux joues.

— Ne sois pas ridicule, souffla-t-elle.

— Alors, que fais-tu là ?

— Je voulais savoir où tu allais.

— Je suis venu fourrer des billets dans des strings. Mais je n'ai pas besoin de te le dire, tu ne m'as pas quitté de l'œil.

Elle parut stupéfaite.

— Tu ne m'as pas vue. J'étais…

— Je t'ai vue dès l'instant où tu as pris le volant. Je t'ai vue essayer d'entrer sans payer.

— Je ne savais pas que l'entrée était payante !

— Kelsey, je t'ai répété dix fois que tu dois me faire confiance. Tu vas finir par t'attirer des ennuis. A cause de toi, j'ai déjà eu une altercation avec Latham et j'ai dû me battre avec Izzy Garcia. Ça ne te suffit pas ? Pourquoi n'es-tu pas rentrée au duplex, ce soir ? Ecoute-moi, je tiens autant que toi, si ce n'est plus, à retrouver Sheila. Mince, Kelsey, laisse-moi m'en occuper !

— Je vois comment tu t'en occupes, répliqua-t-elle en regardant droit devant elle.

— Tu es choquée que je fréquente les clubs de strip-tease ?

— Tu gères ta vie sexuelle comme tu l'entends.

— Tu parles comme une bonne sœur.

— Tu peux te faire s…

Elle s'interrompit avant de reprendre :

— Je ne suis pas sûre que ta technique d'investigation soit la meilleure.

— Tu n'avais pas à me suivre.

— Si, riposta-t-elle avec obstination. Tu es venu là à cause de l'étrangleur.

Elle le considéra avec une angoisse non dissimulée.

— Tu crois que Sheila est morte, c'est ça ?

Il garda longuement le silence.

— Passe sur le siège passager, lâcha-t-il enfin.

— Tu crois peut-être que je vais te ramener ? Tu as ta jeep.

— Elle restera là jusqu'à demain. Je ne veux pas que tu rentres seule à Key Largo.

— J'ai l'habitude de conduire seule. Je vis à Miami. Je n'ai pas peur.

— Il y a presque une heure de route. Pousse-toi.

— Et puis je ne suis pas obligée de retourner à Key Largo. Mon appartement n'est qu'à un quart d'heure d'ici.

Il contourna la voiture et ouvrit la portière côté passager avant que Kelsey ne songe à la verrouiller.

— Allons-y, déclara-t-il une fois installé. Je meurs d'envie de visiter ton appartement.

— Il est hors de question que tu dormes chez moi !

Kelsey l'impérieuse.

— Parce que j'ai touché une strip teaseuse ? Je suis contagieux ?

— Tu n'as pas besoin de toucher qui que ce soit pour être indésirable chez moi.

Il se tourna vers elle et lança :

— Tu veux qu'on discute, Kelsey ? Qu'on aille au fond des choses ? Alors, roule.

Les mâchoires contractées, elle fixait le pare-brise. Sûr qu'elle réfléchissait aux moyens de le jeter hors de sa voiture.

Au bout de quelques secondes, elle finit par mettre le contact et démarra.

— J'espère que ta jeep se fera embarquer par la fourrière, marmonna-t-elle.

— J'en doute. Le club ne ferme qu'à 5 heures du matin, et à cette heure-là, le bar est ouvert. Personne ne trouvera anormale la présence de ma voiture sur le parking.

— On dirait que tu connais bien cet endroit, constata-t-elle en s'engageant sur l'autoroute.

— Je sais certaines choses.

— C'est ce que je vois.

— Conduis, Kelsey.

10.

En rentrant chez elle avec Dane, Kelsey se sentit toute chose. Il passait tout au crible : le parking souterrain, le garde à qui elle présenta son passe, les caméras de sécurité placées dans le hall d'entrée, les parois de l'ascenseur.

Jusqu'au quinzième étage, ils n'échangèrent pas un mot. Une fois dans le couloir, les yeux noirs de Dane se posèrent sur chaque porte.

— Combien y a-t-il de logements à chaque étage ? demanda-t-il.

— Quatre, et il y a quatre tours de seize étages. Au centre des tours, il y a une salle de gym, et derrière, une piscine.

Il pénétra à sa suite dans son appartement. Kelsey alluma les lumières. Pourquoi la présence de Dane lui paraissait-elle si bizarre ?

Parce que cet appartement représentait sa vie actuelle, sa nouvelle vie, alors que Dane appartenait au passé. Le passé n'avait pas à s'immiscer dans le présent.

A Hurricane Bay, pourtant, elle s'était sentie étrangement bien, au point d'éprouver comme un sentiment de propriété. Qu'elle avait aussitôt refoulé. Elle n'avait aucun droit sur ce lieu, même si dans son enfance elle y avait passé d'innombrables bons moments.

Elle demeura immobile dans le couloir tandis que Dane visitait le salon, puis la cuisine.

— Beau panorama, constata-t-il en se postant devant la vaste baie vitrée.

— Oui.

— Mais les pièces sont petites.

Elle haussa les épaules.

— L'immobilier est cher dans le quartier. Je ne pouvais pas me payer mieux. J'ai craqué pour la vue.

Il resta un instant devant la fenêtre, puis se retourna.

— Tu ne m'offres rien ?

— Tu as encore soif ?

Il rit.

— Tu parles comme si tu avais adhéré à la Ligue antialcoolique. Oui, j'ai soif. Mais je ne veux pas d'alcool. Un café ou un thé, si c'est possible.

Elle le rejoignit dans la cuisine et ouvrit le réfrigérateur.

— Un café normal, aromatisé ou décaféiné ?

— Normal.

Il resta devant la baie vitrée tandis qu'elle mesurait le café et versait de l'eau dans le percolateur. Quand le liquide brun commença à s'écouler dans le pot en verre, elle s'adossa au mur et considéra Dane.

— Alors ?

— Alors quoi ?

— Je te rappelle que tu es là pour m'expliquer pourquoi tu cherches Sheila dans un club de strip-tease.

Il pivota sur ses talons pour lui faire face.

— Je t'ai dit cent fois de ne pas te mêler de mes affaires. Je suis sérieux, Kelsey. C'est dangereux. Par ailleurs, j'ai l'impression que tu me caches quelque chose. Depuis que tu es arrivée à Key Largo, tu me soupçonnes d'être responsable de la disparition de Sheila. Je ne comprends pas pourquoi tu surveilles le moindre de mes mouvements.

— Tu as du culot ! C'est toi qui m'as suivie chez Latham, c'est toi qui es devenu comme fou quand je suis montée à bord du bateau d'Izzy Garcia !

— Tu avais à peine mis le pied sur l'île que tu m'as agressé, au Sea Shanty. Pour quelle raison ?

— Tu le sais très bien. Sheila était censée m'attendre chez elle, or elle n'était pas là. Cindy n'avait aucune nouvelle. Et elle m'a dit que la dernière fois qu'elle l'avait vue, c'était chez Nate avec toi. Vous vous disputiez.

Il ne protesta pas. Debout devant la baie vitrée, il l'étudiait.

— D'après Cindy, tu n'es plus le même depuis ton retour. Elle ne t'a jamais vu aussi amer. Tu ne buvais pas autant, avant.

— Ce n'était pas une raison pour me tomber sur le paletot comme tu l'as fait. A moins que tu n'aies encore une dent contre moi, après toutes ces années. Comment se fait-il que je sois la première personne que tu es venue passer au gril ? Latham et Garcia sont des types beaucoup plus vicieux que moi, mais tu n'es allée les interroger qu'après moi. Tu as forcément des raisons.

Il s'exprimait d'un ton neutre, comme s'il n'était pas offensé, comme s'il ne lui en voulait pas. Elle en fut étonnée.

— Ne sois pas ridicule, répliqua-t-elle. C'est toi que je suis venue trouver en premier lieu parce que tu es la dernière personne que l'on ait vue avec Sheila, c'est tout.

— Non, je ne crois pas que ce soit tout.

Il la fixait de ses yeux noirs et perçants, au point qu'elle avait l'impression qu'il lisait en elle comme dans un livre ouvert.

— Quand tu t'es arrangée avec Sheila pour passer quelques jours avec elle, a-t-elle dit ou insinué quelque chose ? C'est important, Kelsey.

— En tout cas, elle ne m'a pas dit qu'elle fréquentait les clubs de strip-tease.

Dane ne se laissa pas décontenancer.

— Que t'a-t-elle appris, alors ?

— Après son premier mail ?

— Oui, répondit-il en la scrutant. Des mails, c'est tout ce qu'elle t'a écrit ? Elle ne t'a pas laissé un mot, par exemple ?

— Non.

Il ignorait l'existence du journal intime de Sheila, et elle n'était pas encore disposée à lui en parler. De toute façon, pour l'instant, les propos contenus dans ce cahier ne s'avéraient pas très utiles.

— Bon sang, Kelsey, aide-moi un peu !

— Qu'es-tu allé faire dans cette boîte de strip-tease ?

Il garda longuement le silence avant de répondre :

— J'essaye de retrouver la trace de l'étrangleur. Figure-toi que je ne suis pas allé dans le back-room pour qu'une fille se trémousse sur mes genoux. J'ai montré des photos aux danseuses.

— Des photos de qui ?

— Andy Latham, Izzy Garcia…

— Et… ?

— La cow-girl était amie avec la fille qui s'est fait tuer. Elle va examiner les photos que je lui ai données.

— Elle n'a pas pu te dire tout de suite si ces visages lui étaient familiers ?

— Elle n'était pas tout à fait sûre d'elle. Elle voulait prendre son temps. Et je ne pouvais pas attendre.

— Pourquoi ?

— Parce que tu partais.

— Je rentrais au duplex.

— C'est ça.

— Où crois-tu que je serais allée ?

— Va savoir… Kelsey, s'il te plaît, parle-moi de Sheila. Que t'a-t-elle dit au téléphone et dans ses mails ? Des détails qui t'ont paru anodins pourraient peut-être nous aider à la retrouver.

Elle hésita, puis haussa les épaules.

— Quand j'ai reçu son premier message, elle venait d'emménager dans le duplex. Je n'avais pas eu de ses nouvelles depuis des lustres. Elle m'a dit que c'était bizarre de revenir habiter sur l'île. Que tu avais changé, que tu étais distant. Un jour, elle m'a écrit que tu avais besoin de soutien. Une autre fois, c'était elle qui avait besoin d'aide. Elle m'a parlé de Nate et de Cindy, de Jorge et Izzy. Elle a reconnu qu'elle buvait un peu trop et — je crois — qu'elle se droguait.

Elle marqua quelques secondes de pause avant de continuer :

— Elle m'a écrit qu'elle avait des problèmes, mais qu'elle ne tenait pas à me donner plus de précisions pour le moment. Son passé la rattrapait. Elle voulait absolument me voir. C'est pour cette raison que j'ai décidé de passer une semaine avec elle.

— C'est tout ? Et c'est pour ça que tu m'as traité comme un malpropre ?

Elle soutint son regard sans ciller.

— Non.

— Pourquoi, alors ?

— Elle voulait à tout prix avoir une discussion avec toi. Parce qu'elle était inquiète.

— Si c'était moi qui l'inquiétais, objecta-t-il, ce n'est pas à moi qu'elle en aurait parlé.

Kelsey leva les bras au plafond.

— Je ne sais pas, mais tout menait à toi : ses e-mails, Nate et Cindy qui ont été témoins de votre querelle. Tu es la dernière personne qu'on ait vue avec elle, et tu reconnais avoir une relation avec elle.

— On ne peut pas appeler ça une « relation », murmura-t-il en détournant les yeux pour contempler les lumières de la ville.

— Vous couchez ensemble, si tu préfères.

— C’est arrivé une fois, et elle n’a pas pu t’en parler parce que ça s’est produit la dernière fois que je l’ai vue.

— Tu revenais sans cesse dans ses propos, et quand j’ai demandé autour de moi si quelqu’un savait où elle était, tout le monde m’a conseillé d’aller te poser la question. Voilà.

D’ordinaire, Dane ne trahissait jamais aucune émotion. Pourtant, à ce moment-là, elle eut l’impression qu’il était soulagé.

— Tu ne m’en veux plus ? lui demanda-t-il.

Elle baissa les yeux.

— Cette nuit-là, je t’en ai voulu à mort. Mais c’est vieux.

— Je t’en supplie, Kelsey, sois prudente. Ne me suis plus dans les clubs de strip-tease. Ne retourne pas chez Latham ou Garcia. Je vais retrouver Sheila, mais laisse-moi m’en occuper. Fais-moi confiance.

Elle le scruta longuement.

— Mince, Dane… J’aimerais bien te faire confiance, mais je veux savoir.

— Que veux-tu savoir ?

— Pour commencer, ce qui s’est passé à St. Augustine.

L’espace d’un instant, elle craignit qu’il ne l’envoie promener, mais il se contenta de hausser les épaules.

— Tu veux vraiment savoir ? Maintenant ?

— Si tu veux que je te fasse confiance, tu dois me raconter.

Elle marqua une pause avant d’ajouter :

— Oui, s'il te plaît, je veux vraiment savoir.

— Que sais-tu déjà ?

— Rien, honnêtement. Jusqu'à présent, je me suis tellement concentrée sur Sheila que je n'ai pas eu le temps de poser des questions à ton sujet… (Elle hésita.) Je sais seulement que l'un de tes clients a été tué.

— Une femme, oui, et elle était plus qu'une cliente.

Il se tut, et Kelsey crut qu'il ne lui en dirait pas plus.

— Tu as vécu longtemps à St. Augustine ? s'enquit-elle, histoire de lui tendre la perche.

Il ne répondit pas immédiatement. Sans doute se méfiait-il encore d'elle. Et elle devait admettre qu'il avait de bonnes raisons. Au Sea Shanty, elle avait agi comme s'il incarnait l'individu le plus détestable sur terre. Elle-même, d'ailleurs, ne comprenait toujours pas son comportement. Ou plutôt, elle refusait de s'avouer que son attitude agressive, paradoxalement, découlait du violent désir qu'elle éprouvait toujours à son égard.

Il l'observait avec intensité, comme s'il cherchait à sonder son âme.

— Bien, capitula-t-il enfin. Tu veux que je te raconte toute l'histoire ?

— Oui.

— Eh bien, voilà. Je suis resté là-bas deux ou trois ans. J'y menais une vie heureuse. St. Augustine n'était pas Key Largo mais je m'y plaisais. L'océan était tout proche, et je… je ne voulais plus entendre parler de Key Largo.

Elle se sentit soudain mal à l'aise. Elle se souvenait parfaitement du matin où il avait quitté l'île. Trois jours après l'enterrement de Joe. Elle ne l'avait pas accompagné au petit aérodrome des Keys. Elle s'était enfuie de chez lui comme si elle avait tous les démons de l'enfer à ses trousses. Elle entendait encore sa voix l'appeler ; elle le revoyait debout sur le seuil de sa maison, une serviette autour des hanches... Mais elle était montée dans sa voiture sans se retourner.

Dane avait regagné sa base militaire. Une semaine plus tard, il était à l'étranger. Puis son père était décédé. Rien ne le retenait plus dans les Keys. Il n'avait jamais écrit ni téléphoné à Kelsey. D'après ce qu'elle savait, il avait un peu voyagé, puis s'était finalement installé à St. Augustine.

A la façon dont il la regardait, elle devina qu'il s'était replongé dans les mêmes souvenirs qu'elle.

— J'ai su très vite que je ne voulais pas suivre une carrière militaire comme mon père, reprit-il. J'ai quitté l'armée. St. Augustine me semblait être un endroit agréable et tranquille. J'ai opté pour un métier qui se rapprochait de ce que je faisais au Moyen-Orient et en Europe de l'Est. Joe adorait les avions et il était un excellent pilote. Moi, ce qui me plaisait, c'était de m'infiltrer dans des civilisations différentes de la nôtre et de découvrir la façon de penser des peuples, comment ils réagissaient à une situation donnée. J'aimais croire que j'étais en mesure de sauver des vies. Mon rôle consistait à empêcher que des attentats terroristes ou des purges ethniques ne soient perpétrés. Je pratiquais un certain nombre de langues, et grâce à mon métissage, personne ne se doutait que j'étais un espion. J'étais jeune, et malgré les horreurs que j'avais déjà vues, je me croyais immortel. Mais au décès de Joe, les choses ont changé. J'ai pris conscience que je n'étais qu'un grain de sable sur une plage immense. J'ai perdu de ma perspicacité ; à deux reprises, j'ai frôlé la mort. Comme j'avais un peu d'argent de côté, j'ai fait appel aux services d'une agence d'entretien de Key Largo afin de veiller sur Hurricane Bay, et j'ai décidé de voyager. J'ai bourlingué, jusqu'à ce que je m'aperçoive que ma place était en Floride. Pas trop au sud. Pas trop près de Key Largo. St. Augustine avait un certain charme, une histoire et du cachet. Une petite ville, mais pas trop petite. Au bord de la mer, mais loin de Hurricane Bay. Joe n'était plus là ; mon père n'était plus là. Sheila commençait à mener une drôle de vie, et toi... tu t'étais enfuie.

— Ce n'était pas vraiment une fuite. Pas encore. Je suis partie étudier à l'université.

Il secoua la tête.

— Non, tu t'es sauvée. Ce matin où je t'ai vue pour la dernière fois... Enfin, bref, je n'avais aucune raison de revenir sur l'île. Cindy était encore là, bien sûr, et Nate aussi ; Larry venait passer des week-ends à Key Largo de temps à autre, mais je savais que les choses ne seraient jamais plus comme avant. Une page était tournée. J'ai vaguement envisagé de m'engager dans le département de police du nord de l'Etat, mais si j'avais quitté l'armée, ce n'était pas pour recevoir des ordres à nouveau. Alors je suis devenu détective privé. J'ai demandé une licence et j'ai ouvert une agence. Mon job n'était pas toujours palpitant.

— Des heures et des heures immobile à épier des gens…

— Parfois, oui, je n'avais rien d'autre à faire. Mais j'étais mon propre patron, si bien que j'étais libre de n'accepter que les affaires qui m'intéressaient. Cela dit, la plupart des enquêtes que je menais n'étaient pas passionnantes. Je ne me faisais pas d'illusion, je n'allais pas sauver le monde, mais au moins, je m'étais réadapté à la vie civile. Ce qui n'est pas évident quand tu as été formé pour évoluer comme une taupe… et pour tuer. Peu à peu, j'ai acquis une certaine notoriété. De plus en plus, de grosses sociétés de Jacksonville m'engageaient pour des affaires plus importantes — sabotage, fraude… Je vivais dans une jolie petite maison sur le front de mer. Le Donzi était amarré juste devant chez moi. Je travaillais beaucoup, je me sentais utile, à la hauteur des honoraires exorbitants que je facturais, et j'avais du temps pour me consacrer à mes loisirs. Et puis j'ai rencontré Kathy Notthingham.

— La femme qui est morte.

— La première fois qu'elle est venue à mon bureau, elle était extrêmement nerveuse. Elle portait des lunettes noires, elle était belle. Oh, ce n'était pas un grand mystère qu'elle m'apportait : elle voulait juste des renseignements sur son époux. Je lui ai dit que je ne traitais plus les affaires conjugales. Elle a enlevé ses lunettes. Elle avait un œil au beurre noir. Elle a essayé de se justifier en prétendant qu'elle était maladroite, qu'elle avait trébuché. Comme toutes les femmes battues. Elle désirait que je suive son mari. Elle savait qu'il la trompait ; elle s'en foutait, mais elle voulait le quitter, et lui refusait le divorce. Il fallait qu'elle trouve un moyen de lui forcer la main. Je lui ai répété que je ne m'occupais plus de ce genre de cas ; mais il y avait quelque chose en elle… Je lui ai dit que je savais qu'elle mentait. Que ce n'était pas d'un détective privé qu'elle avait besoin. Elle devait s'adresser à la police. Elle ne voulait pas, elle avait peur que son mari la tue. Elle avait entendu dire que j'étais discret. Elle pensait que si elle parvenait à amasser suffisamment de charges contre son conjoint, elle obtiendrait le divorce et la garde de ses enfants. J'ai finalement accepté de l'aider, à condition qu'elle fasse elle aussi des efforts pour mettre un terme à son calvaire. Elle m'a soutenu qu'elle était impuissante, que tant qu'elle serait avec ce type, il la traiterait comme un chien.

» J'avais de la peine pour elle. Elle s'était mariée très jeune, en sortant du lycée, avec un homme plus âgé qu'elle. Elle est tombée enceinte peu après le mariage. Et rapidement, il s'est mis à casser les assiettes lorsque la table n'était pas prête à son retour, à hurler comme un possédé quand la serviette de toilette était humide. Au début, il se contentait de crier. Et puis il a commencé à la bousculer, à la tirer par les cheveux afin de lui montrer un vase qui n'était pas au centre de la table, un verre sale dans l'évier. Elle était tellement terrorisée que j'ai renoncé à l'envoyer chez un confrère. J'ai donc suivi son mari. Je l'ai pris en photo et je l'ai filmé dans des situations compromettantes. Chaque fois que je voyais Kathy, elle avait de nouveaux bleus.

» Progressivement, j'ai pris cette affaire à cœur. J'avais envie de coller mon poing dans la gueule de ce sale type — mais ce n'aurait pas été rendre service à Kathy. Je lui ai dit que si elle ne le quittait pas, je ne serais plus en mesure de l'aider. Je l'ai convaincue que personne ne pouvait vivre dans ces conditions. Elle a emmené ses deux petites filles et elle s'est installée dans un foyer. J'ai pris les mesures nécessaires pour que le père n'ait pas le droit de visite ; il a alors compris qu'il risquait de gros ennuis. Son avocat a déclaré à Kathy qu'il était prêt à lui accorder tout ce qu'elle voulait. Elle a été plus conciliante qu'il ne le méritait. Elle disait qu'elle ne faisait pas ça pour lui mais pour les enfants. Elle ne voulait pas priver ses filles de leur père. Un enfant a le droit d'aimer ses parents — son père comme sa mère. Elle avait toujours peur, mais elle a engagé une procédure de divorce. Je suis allé avec elle au tribunal. En sortant, j'ai dit au mari que s'il s'avisait de lever à nouveau la main sur elle, je le tuerais. Il a semblé prendre ma menace au sérieux. Il se comportait comme s'il avait honte. A première vue, on aurait juré qu'il était reconnaissant envers sa femme de lui laisser voir ses enfants. Elle a obtenu la maison, la garde des petites. Il avait l'autorisation de passer un week-end par mois avec ses filles. Mais il n'avait pas le droit de mettre les pieds dans la maison. Quand il venait chercher les gamines, il les attendait dehors ; lorsqu'il les ramenait, il les laissait dans le jardin. Il attendait dans la rue, à la vue de tous les voisins. Plusieurs mois se sont écoulés ainsi ; Kathy s'épanouissait comme une rose. Elle avait trouvé un job de serveuse dans un restaurant. Elle était heureuse.

— Et vous avez commencé à vous fréquenter.

— Exactement. Elle aimait la mer, les bateaux... le soleil. Elle recommençait à vivre. Elle n'avait plus sans cesse la peur au ventre. J'appréciais sa compagnie. Elle était si vivante, elle découvrait tout ce qu'elle n'avait pas connu auparavant.

— Et... ?

— Un jour où son ex est venu chercher les enfants, il l'a écrasée avec sa voiture contre la porte du garage. Elle est morte en arrivant à l'hôpital.

— Oh, mon Dieu...

Le silence s'installa dans la pièce.

— Il a été arrêté et jugé, j'espère ?

— Oui. Heureusement, la police s'est occupée de lui avant que je ne m'en charge. J'aurais été capable de le tuer.

Il s'interrompit et regarda Kelsey, à la fois avec méfiance et honnêteté.

— Il a bénéficié d'une mise en liberté sous caution. Je l'ai croisé dans un bar, un soir. Si on ne m'avait pas maîtrisé, je l'aurais tué. J'ai passé la nuit en taule. Devant la cour, il a fait avaler aux jurés qu'il s'agissait d'un terrible accident. Il croyait soi-disant que sa voiture était en marche arrière. Il a été inculpé d'homicide involontaire. Dans quelques années, il sortira de prison.

— Dane, c'est horrible. Je suis sincèrement désolée pour toi. Mais en quoi est-ce ta faute ?

Il détourna le regard.

— J'aurais dû me douter qu'il était dangereux et qu'il ne lui ficherait jamais la paix. Moi, le détective privé, l'agent secret, je n'ai rien vu venir. Et ce salaud s'en est tiré à bon compte.

Elle secoua la tête.

— Tu n'es pas responsable. Personne ne peut veiller sur un être humain vingt-quatre heures sur vingt-quatre. C'est elle qui a estimé qu'il avait le droit de voir ses enfants, et c'est pour cette raison qu'il est parvenu à la tuer. Tu n'y es pour rien.

— J'aurais pu — j'aurais dû — m'apercevoir que c'était un psychopathe. En général, les hommes qui maltraitent leur femme sont des lâches qui s'écrasent dès qu'ils ont affaire à plus fort qu'eux. Il a su jouer le jeu. Il a fait semblant d'avoir des remords, d'avoir honte de lui. Il a accepté un suivi psychologique. Kathy pensait même qu'un jour, il pourrait peut-être se remarier, qu'il serait guéri. Mais toutes ces simagrées n'étaient qu'une ruse, il attendait son heure. C'était un meurtre prémédité, il était intelligent.

— Tu ne peux pas savoir ce qui s'est passé dans sa tête.

— Crois-tu ? En tout cas, je n'ai compris que trop tard, et je m'en voudrai toute ma vie. J'ai quitté St. Augustine pour revenir à Key Largo. Je n'en avais plus rien à faire de rien. J'étais rongé par le remords. Si je m'étais écouté, j'aurais passé mes journées à boire. Je me demande comment j'ai fait pour monter une nouvelle agence. J'avais beau picoler, les journées étaient interminables.

Et puis, je ne sais pas, au bout d'un moment, l'alcool a dû me dégoûter. Et je ne voulais pas laisser tomber en ruines tout ce que mon père avait construit. Cindy était gentille, le bar de Nate était un lieu agréable… Finalement, la vie n'était pas si insupportable. Et puis Sheila est revenue. Sa façon de vivre aurait dû m'alerter, elle ne faisait que m'écœurer et me mettre hors de moi. J'ai essayé de la sermonner. Pas suffisamment. J'ai couché avec elle. Je n'aurais pas dû. Elle m'a demandé d'accepter pour lui faire plaisir. C'était une erreur. J'étais déprimé, mais j'aurais pu réagir. Et maintenant, je suis la dernière personne à l'avoir vue… à l'avoir vue.

Cette hésitation alerta Kelsey. Qu'avait-il failli dire ? Qu'il était le dernier à l'avoir vue *en vie* ?

— Mais non, je ne suis pas le dernier à l'avoir vue, j'en suis sûr.

Il secoua la tête et poursuivit avec une soudaine irritation :

— Le fait est que je n'ai pas bien agi envers Sheila, mais ce n'est pas une raison pour me coller aux basques et prendre des risques inconsidérés, Kelsey. Je découvrirai ce qui lui est arrivé, je te le promets, mais je n'ai pas besoin de ton argent, ni que tu me mettes la pression. Je ne veux pas que tu t'en mêles, tu comprends ?

Ce subit revirement d'attitude la décontenança.

— Tu crois qu'elle a été étranglée, lança-t-elle d'une voix glaciale. Par ce type qui tue des strip teaseuses et des prostituées. Je te rappelle que je ne risque rien : je ne danse pas nue et je ne fais pas le trottoir.

— Sheila non plus.

— Tu reconnais toi-même qu'elle a sombré dans la débauche.

— Et toi, tu es en train de faire n'importe quoi.

— Laisse-moi t'aider à la chercher.

— Il n'en est pas question. Retourne travailler. Si jamais Sheila est au fond d'un canal, il faudra peut-être des années avant de la retrouver. Seigneur, on repêche parfois des corps après plus de dix ans. Es-tu stupide, Kelsey ? Même les flics n'arriveront peut-être pas à éclaircir cette histoire. Pour ton information, il est fréquent que l'on ne retrouve pas les tueurs en série... S'il te plaît, Kelsey, fais-moi une faveur, ne me rends pas responsable de ta mort.

Elle se leva brutalement. La tentative de rapprochement avait avorté.

— Allons-y, déclara-t-elle. Je te ramène à ta voiture.

— Non.

— Qui est le plus borné de nous deux ? Je suis chez moi et je ne veux pas de toi ici. Si tu n'as pas envie que je te ramène, appelle un taxi. Tu as le choix.

Il lui décocha un regard hostile.

— Que vas-tu faire, Kelsey ? Me jeter à la porte ?

— Exactement.

— Je ne bouge pas d'ici. Tu vas devoir téléphoner à la police.

Une telle expression de défi luisait dans ses yeux qu'un instant, elle fut tentée de le prendre au mot.

S'éloignant, elle se dirigea vers le placard aménagé dans l'une des parois du couloir et en sortit un oreiller et des draps, qu'elle alla déposer au pied du canapé.

Puis sans un mot, elle se retira dans sa chambre, dont elle claqua et verrouilla la porte.

Puéril. Et pathétique. Il n'allait sûrement pas lui courir après.

Elle était à la fois épuisée et sur les nerfs. Essayant de faire abstraction de la présence de Dane sur le canapé, elle se brossa les dents avec une telle hargne qu'elle en eut les gencives en sang. Puis elle prit une douche brûlante et enfila la plus confortable et la plus usée de ses chemises de nuit en coton. Après quoi, elle éteignit la lumière et se glissa sous la couette.

Les yeux grands ouverts, elle se mit à fixer le plafond.

Une multitude d'événements décousus défilaient dans son esprit.

Dane s'était ouvert à elle, mais il ne lui avait pas tout révélé. La veille, il n'avait pas été content de trouver ses amis chez lui. Il pensait que Sheila avait été victime de l'étrangleur. Pour quelle raison ? Pourquoi redoutait-il le pire ? Oui, Sheila menait une vie dissolue. Oui, elle fréquentait Izzy Garcia. Cependant, c'était avec Dane qu'on l'avait vue pour la dernière fois. Que faisait le sac de Sheila sur le bateau d'Izzy ? Kelsey n'aurait-elle pas dû faire part de cette découverte à Dane ? Non, Dane lui cachait quelque chose.

Elle l'avait suivi au club de strip-tease. Il était revenu à Key Largo. Elle s'en était enfuie. Avant de disparaître,

Sheila était allée chez Dane. Ces femmes étranglées avec une cravate. Dane estimait ne pas s'être montré à la hauteur de celle qu'il aimait. Il n'avait pas besoin de Kelsey ni de son argent. Il ne voulait pas qu'elle se mêle de cette histoire. Sheila avait de multiples partenaires, tout le monde le savait. Au restaurant, Larry avait dit que tous les hommes assis autour de la table avaient couché avec Sheila. Personne n'avait nié.

Nate ne lui avait jamais révélé avoir eu une aventure avec Sheila. Peut-il n'avait-il pas osé. Ou peut-être n'en avait-il pas eu, et par fierté masculine, n'avait-il pas voulu l'avouer devant ses copains.

Dane était la dernière personne à avoir vu Sheila. Laquelle était allée chez lui avant de disparaître parce qu'il était son ami, mais aussi parce qu'il incarnait la force. Il attirait les femmes comme un aimant.

Kelsey s'était enfuie. Il s'était enfui. A la mort de Joe, tout le monde avait pris la fuite. Elle avait eu besoin qu'on la serre dans ses bras. Son désir avait été si violent qu'il en avait balayé la douleur. Elle n'aurait jamais dû avoir des rapports intimes avec un homme qui avait été l'amant de Sheila.

Sheila avait disparu. Etrangleur, clubs de strip-tease, bars, drogues. Il avait pu lui arriver n'importe quoi. Dane était le dernier à l'avoir vue…

Ne parvenant à fermer les yeux, Kelsey finit par se relever. Elle ouvrit la porte de sa chambre, afin d'aller se préparer un thé, boire une boisson fraîche, n'importe quoi qui puisse l'aider à trouver le sommeil.

Le salon était éteint. Seules les lumières de la ville apportaient un peu de clarté dans la pièce. Dane était allongé sur le canapé, un drap sur les jambes, torse nu. Ses vêtements étaient jetés sur la table basse.

Dormait-il ? Elle s'approcha tout doucement.

Les mains entrecroisées derrière la nuque, il la regardait.

— Quoi ? lâcha-t-il sèchement.

— Je… je voulais juste voir si tu dormais.

— Tu as vu. Je ne dors pas.

Elle hocha la tête et s'écarta légèrement lorsqu'il pivota brusquement en position assise. A la vitesse de l'éclair, il tendit le bras et lui saisit le poignet.

— Que veux-tu, Kelsey ?

Elle sentait son cœur palpiter dans son cou. Elle respirait trop vite. Son sang bouillonnait dans ses veines.

Elle n'avait pas quitté sa chambre pour aller boire du thé, elle le savait.

Les doigts de Dane lui brûlaient la peau. Elle n'avait pas besoin de lumière pour visualiser ses mains. Larges. Rêches. Bronzées. De longs doigts aux ongles coupés ras. Des mains viriles. Dont elle n'avait pas oublié le contact.

Elle n'avait jamais été douée pour lire dans les esprits, mais elle sentait l'animosité qui émanait de lui. Et la chaleur. Elle ignora l'animosité. Ne chercha pas à deviner ce que recelait la noirceur de son regard.

— Qu'est-ce qu'il y a, Kelsey ?

— Rien, répondit-elle d'une voix traînante. Je n'arrivais pas à dormir, alors je suis venue voir si, par hasard, tu ne voudrais pas me baiser, histoire de me faire plaisir.

— Ces mots ne te vont pas, Kelsey.

Humiliée, elle essaya de libérer son poignet. Dane la retint. Et elle se retrouva sur ses genoux.

Sous le drap, il était nu.

— Je n'ai pas dit que je n'étais pas d'accord, souffla-t-il contre sa joue.

11.

Malgré l'attitude stupéfiante de Kelsey, il était déjà en proie au désir.

— A une condition, ajouta-t-il d'une voix enrouée.

A une condition. Seigneur, il lui posait des conditions…

— Laquelle ? murmura-t-elle.

Elle avait prononcé ce mot dans un soupir aussi doux que du satin. Dane sentait son sang bouillonner dans ses veines. La cambrure magnifique de ses reins sur ses genoux, sa bouche tout près de la sienne… L'excitation prenait possession de tous ses sens.

— Promets-moi de ne pas t'enfuir à l'aube.

— Où veux-tu que j'aille ? Je suis chez moi.

— Je veux me réveiller auprès d'une femme.

Elle cligna des paupières.

— Tu t'es réveillé auprès de Sheila, la dernière fois ?

— Non. Pourtant, je ne lui ai fait aucun mal. Ce que tu sais, sinon, tu ne serais pas là. Mais je ne veux plus entendre le prénom de Sheila. Pas maintenant.

Il emmêla ses doigts dans ses cheveux et attira son visage à lui. Ses lèvres cédèrent dès l'instant où il les effleura des siennes. Sa bouche avait la suavité du miel.

Elle plaça ses mains de part et d'autre de sa tête, et quand elle changea de position, le drap tomba au sol. Sa chemise de nuit remonta sur ses jambes.

Elle ne portait rien dessous.

Sans interrompre leur baiser, il glissa ses mains sous l'étoffe de coton. Les pointes de ses seins étaient tendues, dures comme du marbre. Lorsqu'il passa le doigt dessus, elle soupira. Il fit redescendre ses mains le long de son dos, ce geste entraînant chez elle un frisson convulsif. Emerveillé par la fermeté de son corps musclé, il la déplaça légèrement et la souleva de façon à la positionner au-dessus de l'érection qu'elle avait si facilement provoquée. Leurs bouches se séparèrent. Avec un gémissement, elle rejeta la tête en arrière tandis que le sexe de Dane pénétrait doucement en elle. Plaquant son buste contre le sien, elle posa la joue sur son épaule. Il la saisit par les hanches pour mieux accompagner ses mouvements.

Il se reprocha un instant sa précipitation, mais cette pensée ne s'attarda pas dans son esprit. Rien d'autre ne comptait que la peau moite de Kelsey contre la sienne, que le rythme effréné de leurs pulsions les entraînant dans une spirale de pur plaisir charnel. Les battements de leurs cœurs et leurs halètements saccadés lui emplissaient les oreilles. Les ongles de Kelsey lui labouraient les omoplates. Il parvint à lui enlever sa chemise de nuit et à la jeter dans un coin de la pièce sans rompre la magie de l'instant. Les seins de Kelsey balayaient à présent son visage. Il les parcourut du bout de la langue, puis referma ses lèvres autour de l'un d'eux. Tout en le léchant, il accéléra la cadence. Leurs corps glissaient l'un contre l'autre. Il lui enlaça la taille et la maintint fermement contre lui, laissant monter le plaisir en eux.

Enfin, Kelsey laissa échapper un cri et s'abattit violemment contre lui, comblée. A son tour, Dane se laissa aller. L'orgasme contracta tous ses muscles. Il la serra encore plus fort entre ses bras.

Ils demeurèrent un instant immobiles. La tête de Kelsey reposait au creux de son cou. Ses cheveux humides lui chatouillaient le nez et le torse.

— Ne te sauve pas, chuchota-t-il enfin en lui caressant les cheveux.

— Je crois que je suis incapable de bouger, murmura-t-elle contre sa poitrine.

Lovés l'un contre l'autre, ils savouraient cet instant de sérénité quand Dane perçut vaguement un son étouffé.

Kelsey bondit sur ses pieds et traversa le salon en courant, traînant le drap derrière elle.

— Qu'est-ce que… ?

— Mon portable.

— Ton portable ? Super, grommela-t-il.

Elle fouillait déjà dans son sac. De l'autre main, elle s'enroula dans le drap.

— Il faut que je réponde. J'ai oublié de rappeler Larry. Il doit s'inquiéter.

— Larry va s'inquiéter ?

Il ne parvint pas à masquer son irritation. Certes, il n'avait pas l'exclusivité sur Kelsey et ne venait pas de se montrer le meilleur des amants, mais ce coup de téléphone de Larry était pour le moins malvenu.

— Allô ? fit-elle dans son mobile. Oui, ça va.

Dane se leva, s'enveloppa dans l'autre drap et s'approcha d'elle.

— Tu as des comptes à rendre à Larry ?

Elle posa une main sur l'appareil.

— Ne sois pas ridicule, répliqua-t-elle en le foudroyant du regard. Il a toujours été amoureux de Sheila, et maintenant, il a une nouvelle copine.

Elle déplaça sa main et reprit la communication. Dane entendait le grésillement de la voix de Larry.

— Non, non, tout va bien. Je suis chez moi. Nous étions dans une boîte à Miami. On… Dane et moi. Il était tard ; plutôt que de faire la route, on a préféré aller dormir dans mon appartement.

Elle marqua une pause tandis que Larry lui parlait.

— On revient dans la matinée. Larry, je suis désolée. J'ai oublié que je devais te rappeler. Nous allons tâcher de dormir quelques heures et nous revenons.

Elle écouta de nouveau son interlocuteur.

— Non ! s'exclama-t-elle. Il est blessé ?

— Que se passe-t-il ? s'enquit Dane.

Des craquements s'échappèrent du téléphone.

— Oui, c'est Dane. Non, il ne dort pas. (Elle hésita un instant.) Il dormait sur le canapé. La sonnerie du téléphone l'a réveillé.

— Que se passe-t-il ? répéta-t-il.

— Andy Latham a foutu un coup de poing à Nate, au Sea Shanty.

— Hein ? Pourquoi ?

Elle agita la main de façon à lui signifier qu'il l'empêchait d'écouter Larry.

— Encore une histoire de poissons morts, rapporta-t-elle.

Dane tendit la main vers le téléphone. Elle le lui passa.

— Larry, qu'est-ce que c'est que cette histoire ?

— Dane ? Vous m'avez causé une belle frayeur, tous les deux. Kelsey qui me dit qu'elle est en boîte et qui ne rentre pas... J'étais aussi anxieux que le père d'une adolescente qui n'a pas respecté la permission de minuit. Et puis Nate qui me téléphone parce que Latham lui a fracassé la mâchoire... Oui, il a prévenu la police. Latham est au poste. Il prétend que l'un de nous est encore allé jeter du poisson pourri dans sa cour. C'est bizarre, tu ne trouves pas ?

— Si.

— Il était bourré, poursuivit Larry. Une nuit au trou, ça va le dégriser. Toujours est-il, que demain matin, ils seront obligés de le relâcher.

— Dis-lui que nous rentrons tout de suite, intervint Kelsey.

Dane la regarda, puis tourna la tête vers la baie vitrée. Dehors, le ciel s'éclaircissait.

— Ce n'est pas la peine, assura-t-il en se demandant quand il aurait à nouveau la chance de l'avoir nue dans ses bras.

— Je préfère que nous retournions à Key Largo.

— Et moi, je préfère que nous allions dans ta chambre.

Elle blêmit.

— Je ne vais pas m'enfuir, Dane. Mais j'aimerais que nous rentrions à Key Largo.

— Quoi ? fit Larry.

— Rien, répondit Dane tout en observant Kelsey. Je disais juste que nous devrions dormir un peu, mais Kelsey veut rentrer. Nous serons là d'ici à une heure ou deux.

— Ce n'est pas la peine, maintenant que nous savons où elle est…

Kelsey se dirigea vers la chambre.

— Je vais prendre une douche, déclara-t-elle en tenant le drap devant elle, ignorant probablement qu'il ne couvrait ni la longue ligne de son dos, ni l'une de ses fesses.

— A tout à l'heure, Larry, conclut Dane en coupant la communication.

Sur quoi, il jeta le téléphone sur le canapé et suivit Kelsey dans la salle de bains.

Elle était déjà sous la douche quand il la rejoignit. Elle lui décocha un regard réprobateur.

— Il faut qu'on retourne à Key Largo.

— On va y aller.

— Alors…

— Dès que j'aurai léché toutes ces gouttes d'eau qui ruissellent sur ton corps.

— Tu as dit à Larry qu'on arrivait.

— Je vais me dépêcher.

Il l'attira contre lui. Elle était grande, mais moins que lui. Chaque courbe de son corps s'imbriquait parfaitement dans le sien. Il pressa ses lèvres contre sa poitrine. Ses mains glissèrent sur sa peau humide, lisse comme du velours. Du bout des doigts, il parcourut son buste, ses hanches, ses jambes.

— Dane…

— Vite mais bien, déclara-t-il en la soulevant dans ses bras pour la porter jusqu'au lit.

— On va mouiller les draps, grogna-t-elle.

— Quand tu reviendras, ils auront séché.

Sa peau, empreinte d'un léger parfum de savon, était délicieuse. De ses lèvres, il caressa son cou, son ventre, s'attarda longuement entre ses cuisses.

Le ciel avait revêtu des teintes pastel, mais Dane avait perdu toute notion de temps. Dans les premières lueurs du jour, Kelsey était magnifique. Une image à garder en mémoire, songea-t-il. Sa peau caramel sur les draps clairs, son ventre plat, ses longues jambes, le galbe de ses seins, son corps frémissant… les mots incohérents qui jaillissaient de ses lèvres. Il plongea en elle, s'enivrant de son goût musqué. Plus rien ne comptait en dehors de ses déhanchements lascifs, de ses gémissements et de ses cris.

Il oublia tout, ne pensant qu'à elle, à son corps offert et palpitant, jusqu'à l'explosion finale.

Mais encore une fois, à peine l'eut-il libérée de son poids qu'elle sauta à bas du lit.

— Je vais prendre une douche. Toute seule. J'en ai pour deux secondes.

Il demeura allongé sur le lit. Et quand elle sortit de la salle de bains, il prit sa place.

Dix minutes plus tard, ils étaient sur la route.

*
* *

Depuis le pont de son bateau, le *Free as the Sea,* Jorge Marti distinguait les lumières de la marina. Après quatre heures en mer, deux heures aller, deux heures retour, il était presque arrivé. La nuit était fraîche, balayée par une brise plus soutenue qu'à l'habitude, en raison de la dépression qui se formait au-dessus de l'Atlantique. La saison des ouragans. La tempête venait de la côte africaine. Des vents violents allaient bientôt souffler sur le golfe et ravageraient tout sur leur passage. Les îles seraient dévastées, à moins que le cyclone ne change de direction pour frapper les Carolines.

Les pêcheurs et les marins accordaient une grande attention à la météo. Ils écoutaient régulièrement les prévisions et savaient en tirer les conclusions qui s'imposaient. Dans les Keys, il était fréquent que les éléments se déchaînent et que les îles soient évacuées.

Mais ce soir, l'océan était d'une pure beauté, et la tempête encore loin. Jorge avait prévu de rentrer avant l'aurore et il n'était pas vraiment pressé.

Le jour commençait à peine à se lever. A l'horizon, le quai s'animait déjà. Des pêcheurs s'apprêtaient à prendre le large. Les plus vaillants revenaient d'une nuit en mer. Dans la lueur irisée du petit matin, Joe Palumbo déchargeait des marchandises. Le vieux O'Connell, dont la peau était si tannée qu'il était impossible de lui donner un âge, s'affairait à l'arrière de son bateau. Le *Lady Havana* était allumé. Une journée comme tant d'autres débutait.

Jorge manœuvra entre les balises flottantes, en veillant à respecter l'éclairage et la vitesse réglementaires, ne laissant dans son sillage que quelques faibles vaguelettes.

O'Connell lui fit un signe de la main. Jorge le salua en souriant. Puis il coupa le moteur et quitta la barre pour jeter l'ancre. Une fois les premiers cordages attachés, il sauta sur le quai afin de terminer sa tâche.

Il était en train de procéder aux derniers nouages lorsqu'on lui tapa sur l'épaule. Il se retourna en tressaillant. Izzy Garcia se tenait derrière lui.

— Salut, Izzy.

— *Estúpido*[1], murmura ce dernier. Avec tes conneries, je vais finir par avoir des ennuis.

Jorge se raidit. Le ciel était de plus en plus clair.

— Je ne sais pas de quoi tu parles.

— Mais si, tu le sais très bien.

— Izzy, on ne te fera jamais porter le chapeau pour mes… crimes.

L'autre leva les mains en l'air.

— Si je monte à bord de ton bateau, maintenant, je ne trouverai rien ?

— Compte tenu de tes activités, tu ferais mieux de me foutre la paix, répliqua calmement Jorge.

— Je répète ma question : si je vais voir dans ton bateau, là, maintenant, je ne trouverai rien ?

A ce moment précis, Izzy semblait rempli de hargne. Jorge avait une bonne condition physique et il n'était pas trouillard. Un instant, il fut tenté de lui envoyer un direct, mais il se retint, conscient qu'il finirait sur le carreau — si ce n'était dans la camionnette du coroner.

— Je me suis tu quand je n'aurais pas dû, lui rappela-t-il.

1. Imbécile (en espagnol dans le texte).

— Ah ouais ? remarqua Izzy, ironique. Et moi, j'ai vu des choses que je n'aurais pas dû voir : des ballots tomber de ton bateau, par exemple…

— J'en ai vu moi aussi tomber du tien.

— Très bien. Nous avons tous les deux vu des paquets tomber à l'eau. La différence, c'est que moi, je connais les règles du jeu auquel je joue. Alors que toi, tu n'es que passion et émotions. Tu finiras par te faire coincer. Fais gaffe. Et si jamais j'ai des emmerdes à cause de toi, *amigo*, tu es un homme mort. Compris ? Je ne plaisante pas. Je te tuerai et on ne retrouvera jamais ton cadavre.

Izzy continua à le menacer. Et pourtant, à première vue on aurait pu croire qu'ils échangeaient des propos amicaux. Au-delà de son épaule, Jorge voyait la marina s'animer. Il n'avait pas de temps à perdre.

— Tu n'auras pas de problèmes à cause de moi, déclara-t-il.

— Y'a intérêt.

— Je t'assure que ce n'est pas moi qui te créerai des ennuis.

Izzy hocha la tête. Derrière lui, la marina se peuplait peu à peu. Le soleil était de plus en plus haut. Si l'on sentait dans l'air les prémices de la tempête, la journée s'annonçait clémente.

— Je t'aurai prévenu : si je me retrouve dans la mouise par ta faute, je te zigouille.

Il entrecroisa ses doigts et les fit craquer, histoire de montrer combien ses mains étaient puissantes.

Jorge aurait aimé avoir un flingue pour le descendre, mais Dieu merci, il n'était pas armé. Les armes à feu étaient trop dangereuses.

— J'ai pigé, Izzy.

Ce dernier sourit, d'un sourire à la fois charmeur et effrayant. De ce fameux sourire qui attirait les femmes comme des mouches.

Jorge pivota sur ses talons et remonta sur son bateau. Il était grand temps de mener à terme sa mission nocturne.

Kelsey trouva le trajet à la fois trop long et trop court. Elle étudiait le visage de Dane pendant qu'il conduisait sa Volvo, en songeant qu'elle devait lui dire pourquoi elle l'avait cru capable d'avoir fait du mal à Sheila.

— Dane ?

— Oui ? répondit-il, s'arrachant à ses réflexions.

— Si j'ai été agressive, je crois que c'est à cause de ce qui s'est passé entre nous… il y a des années.

Il tourna la tête vers elle.

— Tu *crois* ?

Instinctivement, elle se mit sur la défensive.

— Eh, excuse-moi, mais tu as toi-même avoué que tu étais le dernier à avoir vu Sheila.

— Tu veux que nous parlions du passé ? Nous n'avons pas commis un péché. Joe était ton frère et mon meilleur ami. Nous avons grandi ensemble. Tu es venue chercher du réconfort auprès de moi, et nous avons fini au lit. J'étais clair avec moi-même, ce qui n'était pas ton cas. Sheila et moi n'étions pas ensemble à cette époque, mais tu as eu l'impression de la trahir. Alors que je ne lui devais rien. Elle s'était déjà engagée sur un autre chemin. Sheila attendait des hommes bien plus que de l'amour. Quoi ? Elle-même l'ignorait. Toujours est-il qu'elle n'aurait pas eu de scrupules, elle, à coucher avec ton mec.

— Il n'y avait pas que Sheila, répliqua-t-elle. Mon frère était mort… et moi, je continuais à profiter de la vie.

— Kelsey, tant que nous sommes vivants, nous devons vivre. Joe ne t'en aurait pas voulu.

— C'est facile, maintenant…

Elle garda un instant le silence avant de poursuivre :

— C'est facile de me dire aujourd'hui que je me suis comportée comme une folle. Mais regarde-toi… Tu es en train de gâcher ta vie.

— Peut-être. Peut-être pas. J'essaye de me reconstruire.

— Tu avais l'air d'un ivrogne, l'autre jour.

— J'ai été alcoolique, c'est vrai.

— Et… ?

— Kelsey, pendant cette nuit que nous avons passée ensemble, après la mort de Joe, j'ai compris que la vie est un bien précieux.

Elle ne put répondre. Ils étaient arrivés sur le parking où Dane avait laissé sa jeep.

— Attends-moi, d'accord ? dit-il en quittant la voiture.

Elle opina de la tête.

Le café était ouvert. Il n'y avait pas grand-monde à l'intérieur — la clientèle habituelle d'un dimanche matin.

Dane se dirigea vers le café et en ressortit quelques minutes plus tard avec deux gobelets fumants et un journal.

— Kelsey, s'il te plaît, rentre directement au duplex. Je te suis.

— Il fait jour, Dane, et je ne suis ni une strip teaseuse ni une pute. Je ne mène pas une vie excitante. Tous mes fantasmes, je les mets dans des campagnes de pub.

— Soit, mais le fait est que tu as une fâcheuse tendance à rendre visite à des psychopathes en puissance. Promets-moi de retourner directement au duplex.

Elle hocha la tête, et attendit pour démarrer qu'il se soit installé au volant de sa jeep.

Il la suivit jusqu'à Key Largo.

Andy Latham devait admettre qu'il avait agi comme un con.

Le jour s'était levé. Dans sa cellule, on lui avait servi un petit déjeuner. Pas dégueulasse. Le café était même plutôt bon.

Il se frotta le menton. Sa barbe avait poussé. Il devait avoir une sale gueule. Il avait dormi tout habillé et ne s'était pas peigné.

S'il était là, c'était à cause de l'alcool. D'ordinaire, il avait la sagesse de boire avec modération. Mais hier soir, il avait dépassé les limites.

Ces poissons pourris dans sa cour l'avaient mis hors de lui. Pourquoi ces sales gosses de riches s'acharnaient-ils à lui empoisonner l'existence ? Cette puanteur…

Il ne craignait pas l'odeur du poisson frais, mais la pestilence du poisson en décomposition lui soulevait le cœur. A croire que quelqu'un savait qu'il ne supportait pas les relents de la mort.

Il avait trop bu et il avait pété un plomb. Quel bonheur que de coller son poing dans la mâchoire de ce crétin de Nate... Sauf que c'était un geste stupide. Jusqu'à présent, il avait toujours évité la prison. Et pour avoir bousculé un petit bourgeois, il se retrouvait derrière les barreaux. Quelle connerie !

Brusquement, de la sueur froide ruissela dans son dos.

Il fallait qu'il sorte de là. Au plus vite.

Des pas résonnaient dans le couloir, accompagnés d'un cliquetis de clés. Le shérif Gary Hansen apparut devant la cellule. Avec sa tronche aussi rouge que d'habitude. Si ce couillon était allergique au soleil, pourquoi ne retournait-il pas chez lui, dans le Nord ? Ce type n'avait rien à foutre sur l'île, et pourtant, il se comportait comme si elle lui appartenait.

Hansen ouvrit la cellule. Andy se leva en chancelant. Non parce qu'il était encore ivre, mais parce qu'il était resté trop longtemps assis. Et qu'il se méfiait du shérif.

— Qu'est-ce qu'il y a ? demanda-t-il.

— Votre avocat est là, Latham. Vous allez pouvoir rentrer chez vous. Vous avez de la chance. Si ça n'avait tenu qu'à moi, vous n'étiez pas encore sorti. Profitez-en, tant que la loi présente des faiblesses.

— Vous mériteriez d'être viré pour votre façon de parler, répliqua Latham, la bouche déformée par un rictus qui lui fermait aussi un œil.

Et s'il portait plainte contre lui ? Tiens, ce n'était pas une mauvaise idée…

— Vous allez passer devant le juge, déposer votre caution, et vous pourrez filer, déclara Hansen en le considérant avec dégoût. Mais ne vous réjouissez pas trop, *monsieur* Latham, vous serez quand même inculpé pour coups et blessures. Vous risquez de revenir chez nous pour de bon.

Latham se posta devant lui.

— Et vous, espèce de porc, vous risquez de faire une mauvaise chute, un de ces quatre, et de ne pas vous relever. Ou de tomber de votre bateau et de vous noyer. Les poissons se régaleront.

— Déguerpissez, Latham, avant que je ne trouve un moyen de vous garder au frais.

Il quitta sa cellule pour rejoindre son avocat, un homme au visage austère. Vêtu d'un costume malgré la chaleur, le type présentait bien, ce qui redoubla sa colère. Lui aussi pouvait avoir de la prestance, impressionner les hommes et plaire aux femmes. Il avait un certain charme, il l'avait prouvé à maintes reprises.

Quand il se serait débarrassé de cette odeur de poisson pourri, tout irait mieux. Il avait besoin d'un bon bain. Et d'une bière afin de chasser les tremblements de la nuit précédente. Il avait besoin de quelques heures de sommeil, de changer de vêtements…

Et de sortir de là.

Il remercia le bon Dieu pour les faiblesses de la loi.

*
* *

A peine Kelsey se fut-elle engagée dans l'allée que Larry, Nate et Cindy surgirent du duplex et se précipitèrent vers elle pour l'accueillir comme un enfant depuis trop longtemps disparu.

Dès qu'elle eut posé le pied à terre, Nate la prit par la main et la serra dans ses bras. Puis ce fut au tour de Larry et de Cindy de la réprimander tout en l'embrassant.

— Tu nous as fait une de ces peurs ! s'exclama Nate.

— Tu es partie du restaurant comme une voleuse, lui reprocha Larry.

— L'important, c'est que tu sois enfin là, soupira Cindy.

Lorsque la jeep de Dane vint se ranger derrière la Volvo, Nate et Larry le considérèrent comme s'il venait de commettre un acte moralement répréhensible.

— Nous nous sommes inquiétés ! s'indigna Nate.

Voyant alors sa joue gauche, rouge et enflée, ainsi que son œil tuméfié, Kelsey lui caressa doucement l'autre joue.

— Ça va ?

— Ça va. L'humiliation est plus cuisante que la douleur.

— Il est arrivé au bar et il t'a frappé ? Comme ça ?

— Il est au poste, n'est-ce pas ? s'enquit Dane.

— Oui, répondit Nate, mais ils ne vont sûrement pas le garder très longtemps. Il va payer sa caution et on le libérera. Un coup de poing n'a jamais constitué une offense très grave.

— Il faut que tu portes plainte.

— Je ne sais pas, j'hésite… Latham n'est qu'un pauvre type ; il risque de s'enfoncer encore plus dans la déchéance. D'un autre côté, il est potentiellement dangereux, donc oui, je crois que je vais porter plainte. Bien que l'Etat ait déjà dû engager des poursuites contre lui… Je ne connais pas grand-chose aux procédures juridiques.

— Il faut quand même que tu déposes une plainte, précisa Dane.

— Il fait une chaleur d'enfer, dehors. Vous ne voulez pas rentrer ? proposa Cindy.

Il secoua la tête.

— Je ne m'attarde pas. Je vais aller au commissariat, demander à Gary Hansen de me laisser parler à Latham. Vous serez là toute la journée ?

Il avait posé la question en regardant Kelsey. Nate et Larry passèrent chacun un bras autour de ses épaules.

— Nous ne la quitterons pas des yeux, affirma Nate d'un ton possessif.

Elle fronça les sourcils. Elle aurait cru que Dane resterait avec eux et qu'elle aurait le temps de discuter avec lui. Quelle idiote ! Ils avaient passé plusieurs heures ensemble, et elle n'avait pas trouvé le moyen de lui raconter tout ce qu'elle savait. Or, maintenant, elle voulait absolument qu'il soit au courant — de ses découvertes sur le bateau d'Izzy, de l'existence du journal intime de Sheila… Et puis elle voulait aussi lui promettre de mettre un terme à sa petite enquête en solo.

— On va s'occuper de notre Kels, déclara Larry.

Comme Dane se dirigeait vers sa jeep, elle se dégagea de la double étreinte de Larry et de Nate et courut après lui.

— Attends !

Assis dans sa voiture, il la considéra avec exaspération.

— Kelsey…

— Tais-toi et écoute-moi. Je… Hier, sur le bateau d'Izzy… J'ai un peu fouillé avant que tu… euh, arrives. J'ai vu le sac de Sheila sous un siège, à bâbord. Et j'ai relevé…

Elle plongea la main dans son sac et en sortit la liste des numéros de téléphone.

— Ces numéros étaient mémorisés dans son portable.

Dane la dévisagea avec une expression incrédule.

— Et c'est *maintenant* que tu me le dis ?

— Mieux vaut tard que jamais, non ?

Elle l'entendit grincer des dents.

— Ouais, maugréa-t-il. Tu as mon numéro de portable, Kelsey. Si jamais il se passe quoi que ce soit, appelle-moi, d'accord ?

— O.K.

— Quoi que ce soit, Kelsey.

— J'ai compris, je ne suis pas complètement demeurée.

Il eut une grimace signifiant qu'elle n'avait rien fait jusque-là pour le prouver, mais il s'abstint de tout commentaire. Il mit le contact et sa jeep s'engagea sur la route.

— Tu sais ce qu'on devrait faire ?

Dans le dos de Kelsey, la voix de Cindy était aussi enjouée qu'à l'accoutumée.

— Quoi ?

— Nous trouver un bateau et partir en balade. Comme dans le bon vieux temps, faire de la plongée avec les tubas, pêcher, rien qu'entre nous, la vieille garde.

— Cindy, il y a des choses…

— Nous nous faisons tous un sang d'encre pour Sheila. Il faut nous détendre un peu.

Kelsey hocha la tête.

— C'est vrai que j'ai besoin de décompresser, avoua-t-elle.

— Et nous, nous sommes crevés. A cause de toi, nous n'avons pas fermé l'œil de la nuit.

— J'avais pourtant dit à Larry de ne pas s'inquiéter, que j'étais avec Dane.

— Tu nous connais… Nous n'avons pas pu nous résigner à nous coucher. Bon, on s'accorde un peu de détente ? On est dimanche, après tout.

— Tu veux aller à l'église ?

— Pourquoi pas ? Non, je plaisante, allons plutôt au récif de corail et à la statue du Christ. Nous dirons une petite prière sous-marine. Kelsey, il faut qu'on arrête de s'affoler, sinon, nous allons devenir fous.

— Voilà une excellente idée, déclara Larry en s'approchant. Allez, Kels, accepte.

— On prend quel bateau ?

— Nate a plein de matériel de plongée à bord du sien. Il pourra nous en prêter.

Elle réfléchit rapidement. Elle avait décidé de lire le journal de Sheila, mais elle pouvait aussi bien l'emporter. Si elle restait seule au duplex, elle ne ferait que broyer du noir.

— O.K. Si vous avez tous envie de prendre la mer, je suis de la partie. Laissez-moi juste le temps de préparer quelques affaires.

— Moi aussi, je vais faire mon sac, renchérit Cindy.

— Quoi ? Qu'est-ce qui se passe ? intervint Nate qui n'avait pas suivi la conversation.

— Tu nous emmènes faire un tour en mer, répondit Larry.

— Un tour en mer ?

— Sur ton bateau, précisa Cindy.

Nate leva les mains au ciel.

— Ainsi soit-il !

Kelsey pénétra dans l'appartement et se dirigea vers sa chambre. De sa valise, elle sortit un maillot de bain, un short, un T-shirt et de la crème solaire. Elle allait prendre le journal dissimulé sous son oreiller quand, de nouveau, la sensation de ne pas être seule l'assaillit. Elle se figea et parcourut la pièce du regard. Encore une fois, les objets semblaient avoir été dérangés.

Elle se tourna vers la porte. Nate se tenait dans l'encadrement, l'observant d'un œil de saint-bernard.

— La nuit a été longue, Kels, tu sais. Après le départ des flics, j'ai passé des heures avec un sac de glace sur la joue, à m'inquiéter parce que tu n'étais pas rentrée et parce que… parce que tu étais avec Dane.

— Justement, tu n'avais pas à t'inquiéter puisque tu savais que Dane était avec moi.

Il haussa les épaules.

— J'étais peut-être jaloux.

— Jaloux ? Après tout ce temps ? Je croyais que nous étions amis.

— C'est vrai, mais mon côté macho et possessif remonte parfois à la surface. Dane est un bon copain, je te rassure, je ne lui en veux pas. Mais depuis des années, nous savons tous que... que tu éprouves quelque chose pour lui.

Elle le dévisagea, les sourcils levés. Nate baissa les yeux.

— Enfin, bref, je te disais que la nuit avait été longue... Ne sois pas fâchée, mais je n'ai pas pu m'empêcher de venir jeter un œil dans ta chambre. Je ne voulais pas fouiller dans tes affaires, mais Sheila m'a dit un jour qu'elle tenait un journal...

— Tu l'as trouvé ? demanda-t-elle avec circonspection.

— Non, mais je tenais à te signaler que j'étais venu regarder dans la chambre, cette nuit. Si des trucs ont été déplacés, c'est moi. Ne va pas t'imaginer que tu es en train de devenir folle. Et puis il fallait que tu le saches, je n'aime pas agir dans le dos de mes amis.

Elle hocha la tête. Nate paraissait si contrit qu'il était impossible de lui en vouloir.

Larry apparut soudain derrière lui.

— Vous êtes prêts ?

— Presque, répondit-elle. Vous pouvez me laisser tranquille une minute ?

— Excuse-nous, grommela-t-il en tournant les talons.

Dès que Nate eut tiré la porte derrière lui, elle souleva l'oreiller et glissa le journal dans le sac en toile où elle avait déjà fourré ses affaires de plage.

— Quoi ? Il est sorti ? Tu l'as relâché ?

Dane considérait Gary Hansen, incrédule. Assis derrière son bureau, le shérif l'observait en secouant la tête.

— Que voulais-tu que je fasse ? Un poivrot file une trempe à un type. Le poivrot a un avocat. Ce n'est pas moi qui fais les lois ; on me demande seulement de veiller à ce qu'elles soient respectées. Et puis, de toute façon, je ne peux pas faire exécuter Latham juste parce qu'il a collé un gnon à ton copain.

Dane soupira longuement.

— Qu'est-ce qu'il y a ? s'enquit Hansen en plissant les yeux.

— Il y a que la belle-fille de Latham a disparu et que des cadavres flottent dans les canaux.

— Sheila Warren va certainement réapparaître d'un jour à l'autre. Si elle apprend que nous avons remué ciel et terre pour savoir où elle était, elle sera furieuse.

— Et si elle ne réapparaît pas ?

Gary se pencha en avant.

— Trouve-moi une raison de mettre Latham sous les verrous, et je me ferai une joie de le coffrer. Je te l'ai déjà dit mille fois, ça me rend malade de savoir tous ces criminels en liberté à cause de ces maudits avocats.

Toujours est-il que, pour l'instant, Andy Latham est libre parce que nous n'avons aucune raison de l'enfermer.

— Si tu gardais un œil sur lui ?

— On va essayer. Mais figure-toi qu'on n'a pas que ça à faire. Surveille-le, toi aussi, si tu es à ce point convaincu de sa nocivité.

— Il a prouvé qu'il était dangereux.

— En flanquant une patate à un mec ?

Hansen secoua la tête avec lassitude.

— Si on devait écrouer tous les types qui ont un penchant pour la bagarre, on ne s'en sortirait pas.

— Désolé, Gary, désolé.

— Cela dit, si tu me trouves des mobiles valables, je le ferai.

Sur ces mots, Dane quitta le bureau du shérif et se rendit chez Latham. Qu'il ne trouva pas chez lui bien que son camion fût garé dans la cour.

Il fit ensuite le tour de tous les bars minables de l'île. Latham n'étant nulle part, il s'arrêta chez un marchand de donuts, le temps de boire un café et d'examiner la liste des numéros de téléphone que lui avait donnée Kelsey.

Pourquoi diable avait-elle attendu tout ce temps avant de lui révéler qu'elle avait découvert le sac de Sheila sur le bateau d'Izzy ?

En parcourant la liste, il fut saisi d'un frisson. Izzy Garcia avait sur son portable les coordonnées de tout un tas de gens qu'il ne fréquentait pas — en fait, de toutes ses anciennes connaissances à lui.

Son gobelet fumant à la main, Dane se dirigea vers le quai, à la recherche d'Izzy Garcia. Quand son portable sonna, il prit rapidement la ligne.

— Dane, c'est Kelsey. Alors, tu as vu Latham ?

— Non, ils l'ont laissé sortir.

— Ils l'ont relâché ?

— Oui. Où es-tu ? Je t'entends très mal.

— Nous sommes en mer. C'est Cindy qui a eu l'idée de cette balade. Elle pense que nous avons besoin de nous détendre un peu.

— En mer ?

Il n'aurait su s'expliquer pourquoi, mais savoir ses amis au large ne le rassurait pas.

— Oui, ne t'inquiète pas. Nous avons pris le bateau de Nate. Je suis avec Larry, Nate et Cindy — et, oh ! nous avons croisé Jorge au port. Il était libre, alors nous l'avons embarqué aussi. On va jouer les touristes, voir les poissons tropicaux, la statue du Christ. Le circuit traditionnel, quoi. Nous serons de retour vers…

La communication coupa brusquement. Kelsey avait dû sortir du champ couvert par le satellite. A la hâte, Dane recomposa son numéro. Une voix mécanique l'informa qu'il était sur la messagerie vocale de Kelsey Cunningham. En bougonnant, il referma son téléphone.

Lorsqu'il parvint à la marina, le *Lady Havana* n'était pas au mouillage. Izzy avait dû emmener des vacanciers en promenade.

Frustré, Dane réfléchit à la meilleure manière d'utiliser son temps, puis retourna à sa voiture et démarra en trombe.

Quelque chose le tracassait. Quelque chose qu'il n'arrivait pas à définir.

Une fois à Hurricane Bay, il se dirigea vers son bateau sans même passer par la maison.

12.

Kelsey était allongée au soleil sur le pont. Au-dessus d'elle, le ciel était magnifique, incroyablement bleu, de la beauté qui précède le déluge. Les services météorologiques parlaient toujours de tempête, mais, selon leurs prévisions, la dépression tropicale maintenant nommée Hannah se dirigeait vers les Carolines.

Sur le bateau, tous accusaient le manque de sommeil et se félicitaient d'avoir adopté l'idée de Cindy. La mer leur rendait un peu d'énergie et d'entrain.

Ils avaient décidé de visiter quelques-uns des récifs les plus populaires du John Pennecamp coral reef state park, une réserve sous-marine regorgeant de nombreuses espèces de poissons. Ils avaient commencé par le French reef, au nord, et exploré l'épave du *Benwood*, un navire touché par une torpille durant la Seconde Guerre mondiale qui, en essayant de regagner son port d'attache, était entré en collision avec un autre bâtiment. Les restes du *Benwood* abritaient aujourd'hui une abondante faune aquatique. C'était là que Kelsey avait vu pour la première fois Old Henry, un énorme mérou qui avait accédé au statut de célébrité locale.

Ils s'étaient ensuite arrêtés aux Key Largo Dry rocks et avaient plongé, comme l'avait suggéré Cindy, vers la statue du Christ, une réplique du Christ des Abysses immergé en Méditerranée au large de Gênes, cadeau d'un riche industriel italien. Après avoir attendu le départ des touristes, ils s'étaient rassemblés autour du socle. A environ six mètres de fond, les bras levés, la sculpture était superbe ; son visage irradiait la paix et la sérénité. Cindy avait joint les mains en un geste de prière, imitée par les autres. Puis ils étaient remontés sur le bateau, et Nate avait proposé qu'ils quittent l'espace protégé pour aller pêcher en zone autorisée. S'ils attrapaient une daurade ou un mérou, ils n'auraient pas besoin d'aller au restaurant.

Depuis qu'elle avait fait la connaissance de Old Henry, Kelsey n'avait guère envie de manger du mérou. Savourant le soleil à l'avant du bateau, elle écoutait à demi la conversation entre Larry, Nate et Jorge. Ce dernier déclara qu'ils ne prendraient rien à la ligne et suggéra une partie de pêche sous-marine au harpon.

Elle jeta un coup d'œil à Cindy, étendue près d'elle sur une serviette, les paupières closes.

En lisant le journal de Sheila, elle-même avait somnolé plusieurs fois. Jusqu'à présent, elle n'avait encore rien relevé d'intéressant. Sheila parlait principalement de ses conquêtes, si nombreuses qu'elle avait du mal à en suivre le fil. En outre, Sheila utilisait souvent des initiales qui ne lui évoquaient rien.

Kelsey avait pris la peine de recouvrir le cahier de papier cadeau, si bien que personne ne lui avait encore posé de questions. On avait l'habitude de la voir avec un livre ou un carnet de dessins à la main, ce dont Cindy se moquait gentiment ; en conséquence, nul ne trouvait étrange qu'elle soit absorbée dans la lecture.

Alors qu'elle était sur le point de s'assoupir à nouveau, un passage retint son attention.

« J'ai encore vu le connard que ma mère a eu la mauvaise idée d'épouser. Il fallait que j'aille à la banque avec lui. Il était tout endimanché. Il paraît qu'il sort le soir, maintenant, et qu'il rencontre des tas de femmes, des vraies femmes. Elles le trouvent séduisant, à ce qu'il prétend.

» De toute façon, il peut dire ce qu'il veut, je n'en ai rien à cirer. Et il peut s'asperger d'eau de Cologne, il puera toujours le poisson pourri. C'est peut-être ce qui m'a poussée à quitter les Keys. L'odeur du poisson pourri me fait gerber. Cette odeur est associée à lui. A mon enfance. A ce qu'il m'obligeait à faire.

» Je ne veux pas y penser. »

En dépit de la chaleur, Kelsey avait la chair de poule. Elle ferma le cahier et se mordit la lèvre en regardant le ciel. Elle aurait dû s'en douter. Elle était trop naïve. Sheila ne lui avait jamais confié ce lourd secret ; Izzy s'était exprimé à demi-mot. Mais à présent, elle comprenait. Andy Latham avait abusé de Sheila, et à en croire Izzy, au vu et au su de sa mère — si ce n'était avec son consentement.

Pauvre Sheila. Quelle triste enfance. Et maintenant…

Des larmes lui brûlaient les yeux. Sheila était morte, elle en était persuadée. Les prières qu'ils avaient formulées auprès de la statue du Christ ne la feraient pas revenir. Au mieux, elles apporteraient la paix à son âme.

Kelsey ferma les yeux, en proie à la nausée. Puis la révolte et la colère succédèrent à l'écœurement. Pourquoi Sheila n'avait-elle jamais porté plainte contre son beau-père ?

Prenant appui sur ses coudes, elle se redressa. Soudain, elle éprouvait le besoin de retourner se baigner. Elle avait froid et chaud à la fois. La mer était peu profonde à l'endroit où ils avaient mouillé. L'eau serait bonne ; elle la laverait de ses idées noires.

Elle se leva, et s'aperçut que Cindy n'était plus là. Nate avait pris sa place.

— Hé ! lui lança-t-elle.

— Ça va ?

Elle hocha la tête.

— Tu te fais du souci, hein ?

— Oui.

— Moi aussi.

Il s'assit et ramena ses genoux contre sa poitrine.

— Tu sais, Sheila file du mauvais coton. J'ai essayé de lui parler, mais…

Il hésita et la regarda dans les yeux.

— J'ai beaucoup d'affection pour elle…

De nouveau, il marqua un temps de silence.

— Tu as entendu ce qu'a dit Larry l'autre soir. C'est vrai, moi aussi, j'ai eu une aventure avec Sheila.

— Ouais, j'ai entendu Larry.

— Mais je n'ai jamais aimé que toi.

— Nate, tu comptes énormément pour moi, mais tu n'as pas besoin de te justifier. Nous sommes divorcés depuis longtemps. Qui plus est, nous n'aurions jamais dû nous marier.

Il détourna le regard, puis le reposa sur elle.

— Pourquoi n'avons-nous pas tenu ensemble plus d'un mois ? C'était... à cause de moi ?

— Non ! protesta-t-elle vivement. C'est moi qui suis coupable, Nate. Je t'ai fait souffrir gratuitement. En fait, je ne voulais pas me marier, mais à la mort de Joe, j'avais tellement de chagrin que... que je ne supportais pas d'être seule. Tu n'y es pour rien si ça n'a pas marché entre nous. Tu es beau, charmant, sérieux.

Il leva les yeux au ciel, puis il reprit, à voix basse, comme s'il redoutait qu'on l'écoute :

— Est-ce que j'étais...

— Quoi ?

— O.K. au lit ? compléta-t-il, visiblement anxieux.

— Tu étais parfait.

Il paraissait encore sceptique.

— Je ne crois pas que Sheila serait de cet avis, déclara-t-il avec une drôle de moue. Elle m'a dit un jour qu'il fallait regarder au microscope pour trouver quelque chose dans mon slip. Je crois qu'elle avait entendu ça dans un film.

Une remarque typique de Sheila. Kelsey baissa la tête afin de dissimuler son sourire.

— Sheila n'est pas toujours très aimable, commenta-t-elle. Tu faisais partie de l'équipe de foot, au lycée ;

dans les vestiaires, tu as bien vu tes copains. Et tu as connu d'autres femmes. Tu sais très bien que ce que t'a dit Sheila n'est pas vrai.

— En tout ça, mon ego en a pris un coup.

— J'imagine, mais tu connais Sheila. Elle aime frapper en dessous de la ceinture.

Elle s'interrompit un instant avant de poursuivre :

— Tu sais, Nate, elle m'écrivait, elle me téléphonait… et j'ai eu la chance de lire une partie de son journal. Sheila est une garce. Quand elle était petite, elle était déjà méchante, parfois, mais nous l'acceptions tous telle qu'elle était. Tu sais pourquoi ?

— Pourquoi ? Parce qu'on était cons ?

— Non. Je crois que Latham abusait d'elle. Je suis presque sûre que c'est pour cette raison qu'elle n'a aucun respect pour le sexe. Elle fait du mal à ceux qu'elle aime parce qu'elle a peur de trop s'attacher. Pour avoir le dessus, pour se sentir intouchable.

— Tu crois vraiment que Latham lui faisait subir des sévices sexuels ?

— Je n'en sais rien. Sheila ne s'est jamais confiée à nous. Mais elle a dû avoir une enfance horrible.

— Et par-dessus le marché, elle a perdu sa mère très tôt.

— Sheila aimait beaucoup sa mère, mais je crois que celle-ci ne valait guère mieux que Latham.

— Tu veux dire qu'elle était au courant de ce qu'il lui infligeait ?

— C'est probable, mais je n'ai aucune preuve. En tout cas, ne te mets pas martel en tête à cause de ce que Sheila a pu te dire. Je pense qu'elle a voulu te rabaisser parce que… Parce que mieux vaut porter les coups avant qu'on ne vous fasse du mal.

Nate plissa les yeux en direction du soleil.

— Elle n'avait pas de sentiment pour moi, tu sais. Je crois… Je crois qu'elle avait des vues sur Dane. Mais quand il est revenu à Key Largo, il ne voulait de personne. Elle le savait… Elle savait qu'il venait de traverser une rude épreuve. Crois-tu que nous avons tous un seul et unique grand amour dans notre vie ? Quelqu'un que nous ne pourrons jamais oublier, même si cette personne ne veut pas de nous ?

— Je n'en sais rien. Mais il y a des milliards d'êtres humains sur terre. Quelque part, nous avons forcément une âme sœur.

Elle s'interrompit et fronça les sourcils.

— Nate, es-tu en train de me dire que Sheila est le grand amour de ta vie ?

Il éclata de rire.

— Dieu merci, non. C'était toi le grand amour de ma vie. Mais tu m'as jeté.

Elle sentit ses joues s'empourprer.

— Pardon, Nate, je suis désolée.

— Ce n'est pas grave. C'est vieux, tout ça. Ne t'excuse pas. Tu viens de me rendre ma virilité et je t'en suis reconnaissant. Je suis content de savoir qu'avec toi, je n'ai pas été un mauvais amant. Enfin, j'espère que tu ne mens pas pour me faire plaisir.

— Tu faisais l'amour comme un dieu, alors que moi, je n'étais qu'une piètre partenaire.

Il lui caressa le visage du revers de la main.

— Tu étais fantastique naturellement, sans avoir besoin de te forcer, mais…

— Mais ?

— Tu n'étais pas vraiment là. On aurait dit que tu étais ailleurs. Je pensais qu'il y avait un autre homme. Et puis quand nous nous sommes séparés, tu es devenue accro au boulot. Chaque fois que je te demandais, au téléphone, si tu étais avec quelqu'un, tu me répondais que non. Es-tu…

— Es-tu quoi ?

— Non, rien.

— Qu'allais-tu dire ?

— Es-tu homosexuelle ?

De nouveau, elle sentit ses joues s'enflammer.

— Non, répondit-elle.

— Tu peux me parler franchement. Il n'y a pas de honte à être lesbienne.

— Certainement pas, mais je ne le suis pas. Et il m'arrive d'avoir des aventures. Bien que ce soit rare, je l'avoue. Tu as raison, je ne pense qu'à mon travail.

Nate se pencha vers elle.

— Tu sais, les filles sont friandes de nouvelles expériences, plus que les mecs.

— Comment ça ?

— Au restaurant, quand Larry a dit que Sheila avait couché avec tout le monde, il ne parlait pas que des hommes.

— Je ne te suis pas.

— Je crois que Cindy et Sheila ont fait des trucs ensemble.

— Tu crois ou tu en es sûr ?

— Je crois.

— Tu ne devrais pas dire des choses pareilles si tu n'en es pas totalement certain. Et même si tu en étais sûr, tu ferais mieux de te taire. Si elles ont… fait une expérience, pour reprendre ton expression, ce ne sont pas tes oignons.

— C'est vrai. Désolé.

— Ne sois pas désolé, mais à l'avenir, fais attention à ce que tu dis.

— Je veillerai à tenir ma langue. En tout cas, Cindy se cherche un mec, en ce moment. Il faut qu'elle se dépêche, les années passent.

— Nous ne sommes plus à l'époque de la guerre de Sécession, répliqua Kelsey sèchement. On ne devient plus vieille fille à l'âge de dix-sept ou dix-huit ans.

— Effectivement, elle a encore le temps. Seigneur… Quand je pense à ce que tu viens de me révéler, j'ai de la peine pour Sheila. Et quand je pense que ce rebut de Latham m'a collé un gnon et que je n'ai même pas pu le dérouiller…

— C'est mieux comme ça. Au moins, il ne fait pas de doute que c'est lui qui t'a agressé. Tu as eu raison de te maîtriser.

Il éclata de rire.

— Je ne me suis pas maîtrisé. Il m'a attaqué par surprise et je me suis écroulé comme une mauviette. Quand je me suis relevé, les flics étaient déjà là. Je vais porter plainte. Pour Sheila. Même si elle m'a humilié. A présent, je la comprends mieux...

Il se leva soudain.

— Bon, je crois qu'il est toujours question de pêche sous-marine, déclara-t-il. Tu viens avec nous ?

— Je vous rejoindrai peut-être tout à l'heure, répondit-elle en grimaçant. Je n'aime pas beaucoup la pêche au harpon.

— Tu trouves que c'est moins cruel de prendre le poisson au hameçon et de le laisser frétiller hors de l'eau jusqu'à ce qu'il crève ?

— On pourrait très bien commander des pizzas pour le dîner.

— Où est passé ton esprit d'aventure ? Ce soir, nous mangerons du poisson !

— On peut prendre des pizzas aux anchois.

Il la considéra avec une moue de dégoût.

— Nous mangerons du poisson frais. Et si tu n'en attrapes pas, c'est toi qui videras et écailleras le produit de notre pêche.

— Bon, je vous rejoins dans quelques minutes.

Il soupira.

— Il est si captivant que ça, ton bouquin ?

— Hmm, fit-elle avec un sourire, histoire de masquer sa gêne.

Sur quoi, elle reporta son attention sur le journal de Sheila. Nate s'éloigna avec un grognement d'impatience.

« Ah, les hommes... Je ne peux pas vivre avec eux, mais je ne peux pas me passer d'eux.

» Le comble, c'est que les plus mignons, les plus galants et les plus marrants sont toujours gays. En général, les homos sont aussi les mieux foutus. Et les plus sympas. Je m'entends super-bien avec les homos.

» Peut-être que je devrais essayer avec les filles. Ce ne sera pas difficile, avec mes talents de comédienne. Je risque de me marrer.

» Mais j'ai besoin d'autre chose. Le sexe ne me suffit pas. Je me demande ce que je recherche. Je devrais probablement suivre une thérapie. Ce bon vieux Larry me disait toujours que j'avais besoin d'aide. Il s'implique trop. Il s'imagine qu'il peut me guérir et que nous pourrions vivre de nouveau ensemble. Le pauvre. Je suis consciente d'avoir une tendance à l'autodestruction. J'essaye de me venger. Ou de prouver quelque chose. Vraiment, je devrais aller consulter un psy. Il y a quelque chose en moi qui ne va pas. Pourquoi ne puis-je m'empêcher de séduire tout le monde ? Et pourquoi faut-il que j'extorque quelque chose, comme un trophée, à chacune de mes conquêtes ? On prétend que les femmes sont plus sélectives et sentimentales que les hommes. C'est idiot. Peut-être que j'essaye de prouver le contraire. J'espère que Kelsey viendra. Je lui déballerai tout ce que j'ai sur le cœur. Je lui dirai que j'ai peur.

» Autrefois, j'aurais pu tomber amoureuse. Mais il y a déjà longtemps que je porte en moi la graine du mal. Certains diraient que ce n'est pas ma faute. Mais si ce n'est pas ma faute, pourquoi toujours ce sentiment de culpabilité ?

» Dane passe son temps chez Nate. Mince, voilà que je recommence.

» Il me faut ceci, il me faut cela. Il faut que je prouve que je peux avoir tout ce que je veux. Une interminable quête. J'ai besoin de tant de choses. Mais peut-être pas dans ce cas.

» D'accord, j'irai voir un thérapeute. »

Frissonnante, Kelsey posa le journal près d'elle. Sheila s'était-elle servie de Cindy de façon à se convaincre qu'elle était capable de n'importe quelle prouesse ?

Elle se leva, mal à l'aise. Elle aurait préféré ne jamais s'infiltrer dans les réflexions privées de son amie. Néanmoins, s'il restait une chance de la retrouver ou de découvrir ce qui lui était arrivé, c'était dans ce journal qu'elle la trouverait. Elle devait terminer de le lire.

Dane avait le pressentiment que Sheila était morte. Et elle-même commençait à redouter le pire.

Elle s'aperçut tout à coup que malgré sa sensation de froid, elle était en train de griller. Heureusement, elle avait eu la sagesse de s'enduire de crème solaire. Elle regarda autour d'elle. Les autres étaient tous dans l'eau. Le drapeau de plongée flottait sur le bateau.

Elle se dirigea vers l'arrière du pont. Au loin, la tête de Cindy apparut à la surface, puis celle de Larry. Ils riaient. Leurs voix lui parvenaient, claires et nettes, joyeuses.

— Qu'est-ce que tu visais, Cindy ? Ce joli petit poisson jaune ? C'est ce que tu voulais nous servir pour le dîner ?

— Tu n'as pas vu la daurade ?

— On n'est pas là pour massacrer la faune sous-marine !

— Je vais essayer d'en prendre un plus gros.

La tête de Cindy disparut sous l'eau.

Depuis qu'ils avaient jeté l'ancre, plusieurs bateaux avaient mouillé dans cette zone au fond sablonneux, propice à la pêche. Mais le soleil était si aveuglant que Kelsey ne distinguait pas les noms des navires. Les groupes de touristes venaient souvent ici. Il faut dire qu'aux abords de Pennecamp, où la pêche était autorisée, même les novices avaient leurs chances d'attraper quelque chose. A la lisière de la réserve, les poissons se sentaient en sécurité, ils ne se méfiaient pas des appâts.

Kelsey trouva un masque et un tuba. A bâbord, elle se pencha au-dessus de l'eau, cracha dans son masque et le rinça. Puis elle sauta à la mer.

La zone peu profonde située à proximité de Pennecamp était un lieu très fréquenté. Sans doute à cause de sa situation. Elle renfermait les plus beaux récifs, ainsi qu'une petite île aride favorable aux pique-niques. Les longs bancs de sable permettaient d'ancrer les bateaux sans dégrader les coraux. L'épave d'un vieux chalutier gisait également non loin de là, une vieille carcasse rouillée abritant des bernaches et une multitude d'espèces aquatiques. L'endroit était idéal pour la pêche aussi bien que pour la plongée.

Dane avait fait le tour des endroits les plus populaires avant de mettre le cap vers ce coin prisé des pêcheurs. Depuis qu'Andy Latham avait été relâché, il était rongé par l'anxiété. D'après ce qu'il savait, Latham pêchait généralement dans le golfe, mais si le poisson ne mordait pas, il se rabattait sur l'Atlantique.

Tout en s'approchant à faible vitesse, Dane observait les bateaux.

— Bingo ! murmura-t-il en repérant le *Lady Havana*, le *Free as the Sea*, deux autres embarcations touristiques et le *Madonna*, le bateau de Nate.

Jorge Marti ne devait pas se trouver à bord du *Free as the Sea*, puisque Kelsey lui avait dit qu'il était avec eux. Izzy Garcia, en revanche, commandait très certainement le *Lady Havana*.

Dane jeta l'ancre et attrapa ses jumelles. Le *Lady Havana*, le *Free as the Sea* et les deux autres navires, le *Key Kiwi* et le *Sea She*, transportaient des groupes de vacanciers. Il observa longuement le *Lady Havana*, sans toutefois distinguer Izzy parmi les pêcheurs à la ligne. Il se tourna ensuite vers le *Madonna*. Le pont était désert, et l'on avait hissé le drapeau de plongée.

Reposant ses jumelles, Dane contempla le paysage qui s'offrait à lui, serein, de la perfection d'un tableau. Le ciel était d'un bleu cristallin, sans le moindre nuage. La mer était calme, et sur les ondes bleu-vert, les embarcations se balançaient doucement.

Et pourtant, il ne pouvait s'empêcher d'éprouver une profonde angoisse.

Il aurait dû téléphoner aux strip teaseuses afin de leur demander si elles avaient reconnu quelqu'un sur les photos. Il aurait dû se lancer à la recherche d'Andy Latham, appeler les numéros relevés par Kelsey sur le portable d'Izzy, ou soudoyer l'un des employés de la compagnie des téléphones pour connaître les noms et adresses des abonnés correspondant aux numéros inconnus.

Mais il était là.

Pourquoi avait-il l'impression que Kelsey était en danger ? Elle n'était pas strip teaseuse, et sa vie était bien plus rangée que celle de Sheila. Seulement, elle était déterminée à retrouver son amie. Elle posait trop de questions, et ses questions ressemblaient terriblement à des accusations.

Ne résistant plus à la tentation de plonger pour savoir où elle était, il hissa son pavillon de sécurité, s'équipa d'un masque et d'un tuba, et sauta par-dessus bord. En nageant vigoureusement, il se dirigea vers le *Madonna*.

Kelsey prit une profonde inspiration avant de s'immerger. Cindy s'était éloignée du bateau. Comme Larry l'avait empêchée de tuer un poisson appartenant sous doute à une espèce protégée, elle nageait à présent en direction des formations coralliennes. Elle pouvait être un redoutable prédateur.

Kelsey sentit quelque chose lui effleurer la cheville. Instinctivement, elle secoua la jambe, avant de s'apercevoir qu'il s'agissait d'une algue. La végétation aquatique était abondante aujourd'hui, probablement en raison de la tempête qui agitait l'océan.

Elle remonta à la surface et gonfla ses poumons d'air.

Elle avait une bonne capacité respiratoire, sans doute du fait de son enfance dans les Keys. Jusqu'à l'adolescence, elle avait passé presque autant de temps dans l'eau que sur terre, comme presque tous les habitants de l'île. Dans leur bande de copains, tous étaient capables de rester relativement longtemps en apnée. Larry, peut-être, qui ne venait à Key Largo que les week-ends, était un peu moins doué que les autres. Le meilleur, c'était Dane. Joe, aussi, était performant.

Elle nagea jusqu'à un récif et observa un minuscule poisson plat qui creusait le sable. Elle le toucha du bout du doigt et le regarda s'enfoncer plus profond encore dans le sol. Puis elle refit surface en repoussant loin d'elle une grosse masse d'algues.

Pendant plusieurs minutes, elle fit la planche, les yeux fixés sur le ciel. Il faudrait qu'elle pense à téléphoner à ses parents, ce soir, songea-t-elle. De nouveau, elle se remémora ce sentiment d'inadéquation et d'échec qu'elle avait éprouvé après le décès de son frère. A présent, elle avait conscience d'avoir été ridicule. Joe incarnait peut-être le fils idéal aux yeux de ses parents, mais ils ne l'en aimaient pas moins, elle. Elle aussi leur vouait une affection sans bornes — et de la reconnaissance : elle avait grandi dans un foyer heureux, avait reçu une bonne éducation et avait été une enfant gâtée.

Sheila n'avait pas eu autant de chance.

Elle se retourna sur le ventre, aspira une bouffée d'air et plongea à nouveau.

Elle se trouvait tout près de l'épave. Etait-elle loin du *Madonna* ? se demanda-t-elle. En général, elle évitait de trop s'isoler. Car même les meilleurs nageurs étaient parfois victimes d'accidents, lorsqu'ils présumaient de leurs capacités.

Elle s'apprêtait à rejoindre les autres quand elle s'aperçut qu'elle était quasiment au-dessus de la carcasse du vieux navire. Intriguée par un éclat vert s'enroulant autour de l'une des tôles rouillées, elle redescendit au fond. Peut-être s'agissait-il d'une murène. Pour ne pas l'effaroucher, elle garda ses distances, nageant en circonvolutions. Au ras du sol, des poissons chirurgiens et des perroquets de mer évoluaient à son côté. Un gros mérou la dévisagea avec méfiance.

Elle guettait la murène quand un sifflement la fit tressaillir. Elle pivota sur elle-même mais ne vit rien. Effrayé, le mérou fila comme une flèche.

Une fois de plus, elle regarda tout autour d'elle, mais ne détecta rien d'inquiétant.

Autour du bateau qui pourrissait dans le sable et les roches, les poissons se remirent à glisser paisiblement. La murène pointa la tête hors de la cavité d'un petit massif de corail, pour la rentrer aussitôt.

En battant doucement des pieds, Kelsey attendit patiemment qu'elle veuille bien se montrer à nouveau. L'océan lui avait manqué. Elle retrouvait avec bonheur la sérénité et la beauté des fonds marins.

Quand la murène reparut, elle veilla à demeurer parfaitement immobile.

Depuis combien de temps était-elle sous l'eau ? Lorsqu'elle était plus jeune, elle était capable de tenir en apnée jusqu'à cinq minutes. Aujourd'hui, elle n'était certainement plus aussi performante.

La murène semblait se familiariser avec sa présence. Puis, subitement, elle zigzagua et disparut.

Le sifflement venait de se reproduire.

Kelsey entrevit un éclair argenté.

Un harpon…

Un imbécile faisait de la pêche sous-marine dans les parages. Etait-il possible qu'il ne l'ait pas vue ?

Pour sa part, elle ne distinguait aucune forme humaine à l'autre bout de l'arbalète qui l'avait dangereusement frôlée.

Elle nagea sur elle-même en regardant partout. Et soudain… Whoosh.

Maudits touristes !

Quelqu'un était-il tapi dans la coque de l'épave ?

Vivement, elle donna un coup de pied au fond pour remonter à la surface. Une main s'abattit sur son épaule.

Retenant un cri de frayeur, elle fit volte-face. Dane. Qui lui empoigna la main et la tira vers le haut.

— Dane ! Qu'est-ce que tu fous là ? s'écria-t-elle lorsqu'ils eurent fait surface. J'ai failli mourir de peur.

— Ce n'est pas de peur que tu as failli mourir. Quelqu'un t'avait prise pour cible. Retourne au bateau.

— Et toi, où vas-tu ?

— Je redescends, répondit-il en s'apprêtant à plonger.

Elle le saisit par les cheveux.

— Tu es complètement parano, Dane. Ce sont des touristes qui ne savent pas ce qu'ils font. Viens avec moi sur le bateau. Nous allons appeler les gardes-côtes.

— Kelsey, bon sang, remonte à bord du *Madonna* ! Je ne crois pas que ce soit un touriste maladroit.

— Dans ce cas, n'y va pas. Tu n'es pas armé.

— Kelsey...

— Dane ! fit-elle, impérieuse.

— Kelsey, regagne le bateau, tout de suite.

— Mais...

Sans l'écouter, il disparut sous l'eau. Elle ne pouvait pas le retenir ni le laisser affronter seul le danger — si danger il y avait.

Elle scruta les profondeurs. Toute forme de vie animale semblait avoir déserté les massifs coralliens. Et aucun mouvement n'était perceptible aux abords de l'épave. Dane n'était nulle part en vue.

Plusieurs minutes s'écoulèrent.

Dane pouvait rester longtemps sous l'eau. Où était-il allé ?

En sentant une main dans son dos, elle ouvrit la bouche et but la tasse. Elle se retourna en toussant. Dane était revenu par-derrière.

— Je t'ai dit de sortir de l'eau ! hurla-t-il, les cheveux ruisselants et les yeux rouges.

— Ne me parle pas sur ce ton !

— Kelsey, tu es stupide ! Quelqu'un a essayé de te tuer !

— Ah oui ? Avec tous ces bateaux à proximité ? Dane, ce n'était qu'un touriste imprudent qui mériterait que la police lui passe un savon. Et s'il y a un réel danger, tu cours autant de risques que moi.

— J'ai un couteau à la cheville, alors que toi, tu n'as que ton Bikini bleu pour te défendre. Nage, Kelsey. Je retourne avec toi au bateau.

Elle se dirigea vers le *Madonna.* Décidément, Dane était fou, songea-t-elle. Pourquoi voudrait-on la tuer ?

Cela dit…

Qui se cacherait pour pratiquer la pêche au harpon ?

Quelqu'un qui chercherait à s'attaquer à une proie humaine ?

13.

Quand ils parvinrent au bateau, Larry grimpait à l'échelle en jubilant.

— Vous avez vu cette grosse daurade ? Cindy, Nate et Jorge n'ont rien pris. *Nada*. Après ça, vous ne me traiterez plus de touriste ! Regardez un peu cette belle bête !... Eh, Dane ! D'où tu sors ?

— Où as-tu attrapé ça ? s'enquit sèchement ce dernier.

Le sourire de Larry s'effaça, et il tendit la main vers le nord, dans la direction opposée à celle de l'épave.

— Par là-bas. Et toi, d'où viens-tu ?

Dane engagea Kelsey à remonter sur le *Madonna*, puis il la suivit. Contrariée qu'il ait gâché la joie de Larry, elle expliqua :

— Quelqu'un chassait au harpon près de l'épave. J'ai failli être blessée.

— Merde ! s'exclama Larry en regardant Dane, qui ruisselait sur le pont. Ces touristes sont vraiment des crétins. Vous leur avez dit qu'ils n'étaient pas prudents ?

— On ne les a pas trouvés, répliqua Dane. On va signaler l'incident aux gardes-côtes. Où sont les autres ?

— Ils arrivent.

Les mains sur les hanches, il observait les bateaux ancrés autour du *Madonna*.

— Il n'est plus là.

— Qui ? demanda Larry, visiblement perplexe.

Le harpon qu'il brandissait avec fierté pendait à présent le long de sa cuisse.

— Le bateau d'Izzy, le *Lady Havana*.

— Izzy était par ici ?

Dane hocha la tête sans cesser de scruter les alentours.

— Le bateau de Jorge a disparu, lui aussi.

— Jorge est avec nous.

— Je sais, mais son bateau était là.

— Et alors ?

— Il faut que nous sachions exactement qui était dans le secteur.

— En général, les touristes ne pêchent qu'à la ligne, observa Larry.

— Je sais.

Jorge apparut en haut des barreaux de l'échelle, bredouille.

— Salut, Dane ! lança-t-il.

— Où étais-tu ?

Le nouveau venu fronça les sourcils, baissa les yeux sur son torse dégoulinant, puis les releva vers Dane.

— Dans l'eau, répondit-il, comme s'il s'agissait d'une évidence.

— Où as-tu pêché ? insista Dane.

— Par là-bas, vers la baie, pas loin des bateaux. Pourquoi ?

— Quelqu'un a manqué de peu harponner Kelsey, expliqua Larry.

— Quoi ?

Cindy et Nate remontaient sur le bateau.

— On devrait peut-être attendre que tout le monde soit là pour raconter notre histoire, suggéra Kelsey.

— Je vais prévenir les gardes-côtes, décréta Dane en se dirigeant vers la cabine afin d'utiliser la radio de Nate.

Une fois qu'elle eut relaté le malheureux épisode sous-marin, chacun s'indigna de l'inconscience des touristes. Il ne faisait de doute pour personne qu'il ne pouvait s'agir que d'un vacancier.

— Franchement, Kels, commença Larry, ce serait étonnant qu'on t'ait délibérément prise pour cible.

— Je n'en sais rien, murmura-t-elle en secouant la tête.

Dane était revenu sur le pont.

— Tu as vraiment appelé les gardes-côtes ? lui demanda Nate.

— Oui. Ce n'est pas un incident à prendre à la légère.

Cindy plissa le front.

— Dane, comment es-tu arrivé là ?

— En bateau, répondit-il en pointant un doigt vers le Donzi.

— Tu venais nous rejoindre ? s'enquit Nate.

— Hmm.

— Sympa. Eh... Ils partent tous !

— L'un d'entre vous peut-il me dire quels bateaux étaient là ? demanda Dane à la ronde.

Tous échangèrent des regards interrogateurs.

— Je n'avais même pas remarqué le *Free as the Sea*, admit Larry, piteux.

— Et moi, je n'avais pas vu le *Lady Havana*, déclara Kelsey, qui n'avait pas accordé la moindre attention aux autres embarcations.

Dane les dévisagea tous tour à tour. A présent, une tension palpable montait du groupe.

— Vous étiez tous à portée de vue les uns des autres ?

Un silence suivit la question.

— Kelsey avait raison, lâcha Nate. Cette partie de pêche au harpon n'était pas une bonne idée.

Un bruyant son de corne interrompit la conversation, et la vedette de la gendarmerie maritime se rangea au côté du *Madonna*. Un officier sauta sur le pont, un jeune gars sérieux qui écouta attentivement le récit de Dane.

— Qui a pu faire ça ? s'enquit-il quand il eut terminé.

— Si je le savais..., grommela Dane avec agacement. Elle aurait pu être tuée. On a tiré au moins deux harpons, si ce n'est plus. La personne était cachée. Dans l'épave, je présume.

Le garde-côte considéra tout le monde avec suspicion.

— Nous savons tous combien un fusil sous-marin peut être dangereux, assura Nate.

— Et nous n'étions pas près de l'épave, ajouta Cindy.

Le jeune officier procéda aux interrogatoires de routine, puis demanda quels bateaux étaient présents dans le secteur. Dane énuméra les noms des cinq navires qu'il avait repérés.

— Nous allons voir ce que nous pouvons faire, déclara le garde-côte avant de secouer la tête. Mais comme vous n'avez vu personne…

— Nous ne pouvions pas retourner nous jeter dans la gueule du loup.

— Vous êtes sûrs qu'aucun d'entre vous n'a commis d'imprudence ? insista l'officier en étudiant tous les visages.

— Sûrs et certains, répondit Jorge avec dédain.

— Absolument, renchérit Larry en hochant la tête en direction de Kelsey et de Dane. Nous savons faire la différence entre des humains et des poissons.

— Epargnez-moi vos sarcasmes, s'il vous plaît, riposta le garde-côte. Nous sommes là pour sauver des vies.

— Et vous faites un travail remarquable, intervint Cindy histoire d'apaiser la situation qui tendait à s'envenimer.

— Nous avons affaire à des trafiquants de drogue, des pirates des temps modernes un peu trop prompts à dégainer, des réfugiés et…

— Et des sales types, compléta Nate.

Le garde-côte arqua un sourcil et ébaucha un sourire. Le premier.

— Ouais, fit-il. Donc ne m'en tenez pas rigueur si je vous ai offensés.

— Personne ne vous en veut, affirma Dane, calmé. Nous apprécions votre boulot. Vous allez interroger les gens qui se trouvaient à bord des autres bateaux, n'est-ce pas ?

— Oui. Nous connaissons les propriétaires de ceux que vous avez mentionnés. Mais vous dites que vous n'avez pas pu lire tous les noms ?

— Malheureusement, non.

— Et celui-là, là-bas ? demanda l'officier en tendant le bras.

— C'est le mien, répondit Dane.

— Oh ? Vous n'êtes pas tous ensemble ?

— Je savais que mes amis étaient là. Je venais les rejoindre.

— Et vous avez plongé, par hasard, juste au moment où mademoiselle était en danger ?

— Oui.

Tous les regards étaient maintenant braqués sur Dane.

— Vous êtes tombé à pic.

— Tout à fait.

Le garde-côte ne le quittait pas des yeux.

— Je ne pêche jamais au harpon, ajouta Dane sèchement. Je n'avais pas d'arbalète.

— Très bien. Nous ferons de notre mieux, affirma l'officier en lui tendant une carte. J'ai vos noms et numéros de téléphone. De votre côté, appelez-moi si vous vous rappelez quelque chose.

— Merci.

Avec un geste qui tenait à la fois de l'au revoir amical et du salut militaire, l'officier regagna sa vedette. Pendant un instant, tous gardèrent le silence.

— Je crois qu'on va manger des pizzas, ce soir, déclara Cindy pour détendre l'atmosphère.

— Rentrons, proposa Nate froidement en observant Dane. Je te ramène à ton bateau ?

— Et mon poisson ? demanda tristement Larry.

— On le videra et on le mettra au congélateur, répondit Cindy.

— C'est dommage de ne pas le manger frais.

— Il ne suffira pas pour nous tous.

— De toute façon, je ne peux pas le remettre à l'eau. Il est mort et bien mort.

— Bon, on le fera cuire et on le mangera avec nos pizzas.

Nate remonta l'ancre et mit le moteur en marche. Dane se pencha vers Kelsey.

— Viens avec moi.

— Je ne peux pas.

— Pourquoi ?

— Toutes mes affaires sont là. Il me faudrait au moins dix minutes pour les rassembler.

— Laisse-les ici.

— Il y a des choses que je ne peux pas laisser.

— Rien n'est plus important que ta vie, non ?

Elle le considéra avec des yeux ronds.

— Je t'accorde que je n'aurais pas dû aller chez Andy Latham, et que j'ai peut-être commis une erreur en partant en mer avec Izzy Garcia, mais là, je ne te comprends plus. Je suis avec mes meilleurs amis, je ne risque rien.

— Il y a des années que tu n'as pas vu tes meilleurs amis.

— Il y avait des années que je ne t'avais pas vu.

— Kelsey, quelqu'un a tenté de te tuer.

— Ce n'était pas l'un d'entre nous.

— La confiance n'est pas une garantie, murmura-t-il. Bon, qu'est-ce que c'est que ce truc si précieux que tu ne peux pas laisser sur le bateau de Nate ?

Elle hésita avant de répondre :

— Le journal intime de Sheila.

La stupéfaction se peignit sur les traits de Dane. Qui se reprit aussitôt.

— Quelqu'un est-il au courant que tu possèdes le journal de Sheila ? s'enquit-il dans un chuchotement à peine perceptible.

— Personne.

Nate coupa les gaz à une vingtaine de mètres du Donzi, ce qui allait obliger Dane à nager. Il le dévisageait avec ressentiment.

— Tu viens à notre petite pizza-party, ce soir, Dane ? demanda joyeusement Cindy, en haussant la voix pour couvrir le ronflement du moteur et le vent qui sifflait à leurs oreilles.

— Une pizza-party, grommela-t-il entre ses dents.

— Viens, intervint Kelsey. On passera la soirée entre nous, ce sera sympa.

Sa frayeur s'était évanouie. L'incident sous-marin avait une explication logique. Et cette explication résolvait de nombreux problèmes — les touristes.

Les touristes qui étaient certes source de désagréments, mais sans qui les Keys n'auraient pu subsister.

Dane se dirigea vers l'arrière du pont. Il s'apprêtait à plonger quand Cindy l'interpella.

— On compte sur toi, alors, ce soir ? lui lança-t-elle.

Cette fille était vraiment un ange, songea Kelsey. Perpétuellement de bonne humeur, elle trouvait toujours le mot qu'il fallait pour apaiser les discordes. Quelle avait été sa relation avec Sheila ?

— Je ne louperais cette soirée pour rien au monde, affirma Dane.

Puis il sauta à la mer et s'éloigna rapidement.

Nate n'attendit pas qu'il ait regagné son bateau. Il relança le moteur et mit le cap sur la marina.

Tout en naviguant en direction de Hurricane Bay, Dane essayait de raisonner avec objectivité.

Kelsey avait raison. Aucun des membres de leur cercle d'amis ne pouvait être complice de l'étrangleur. Par ailleurs, elle ne serait pas seule durant les heures à venir. Tous ensemble, ils allaient rentrer au duplex et commander des pizzas.

Dane avait tant de choses à faire qu'il ne savait par où commencer. Il devait à nouveau questionner les strip-teaseuses afin de savoir si elles avaient reconnu des visages sur les photos. Il devait rendre visite à Izzy Garcia avant qu'il ne se débarrasse du sac à main de Sheila. Et il fallait qu'il parle à Kelsey.

La situation devenait de plus en plus folle. Kelsey ne dansait pas nue, elle ne faisait pas le tapin. En théorie, elle n'était pas menacée. Mais elle posait trop de questions. Etait-ce une raison pour vouloir l'éliminer ?

Approchait-elle de la vérité ?

Tandis que Nate amarrait le *Madonna* à l'emplacement qui lui était réservé, Kelsey constata avec surprise que le jeune garde-côte n'avait pas perdu de temps. La plupart des navires de tourisme étaient rentrés au port, et tout le long du quai, des officiers interrogeaient capitaines et passagers.

Sur le pont du *Lady Havana*, un grand Noir en uniforme de la gendarmerie maritime s'entretenait avec Izzy.

— Tu veux qu'on attende un moment ? s'enquit Larry.

Elle secoua la tête.

— Non, laissons les gardes-côtes faire leur boulot et rentrons au duplex. De toute manière, je ne peux pas rester derrière eux et écouter tous les interrogatoires.

— Ce ne serait pas une mauvaise idée, intervint Cindy. En te voyant, le coupable avouerait peut-être sa faute.

— Ça m'étonnerait. Retournons au duplex. J'ai envie de prendre une douche et de me reposer.

Kelsey ne mentait pas. Elle avait la sensation que le soleil incrustait le sel sous sa peau. La température commençait à baisser, mais l'air brûlant miroitait encore à la surface du goudron. Une fois au duplex, elle prendrait une longue douche rafraîchissante, enfilerait des vêtements propres et confortables, et se détendrait en compagnie de ses amis.

Ils prirent la direction du parking.

— Vous croyez que Dane va venir ? demanda Jorge.

— Je me passerais volontiers de lui, bougonna Nate en jetant un regard oblique à Kelsey. Mais ce n'est pas le cas de tout le monde…

— Voyons, Nate ! le rabroua Larry. Kelsey a failli se faire tuer. Il a eu peur. On peut le comprendre, après ce qui lui est arrivé à St. Augustine.

— Rien ne nous prouve que ce n'est pas lui qui a tiré le harpon.

— Il n'avait pas d'arbalète quand il est sorti de l'eau, lui rappela Jorge.

Il s'immobilisa soudain et ajouta :

— Je me demande si je ne devrais pas aller demander à mon capitaine comment s'est déroulé l'après-midi sur mon bateau. Je vous rejoins.

— Prends ton temps, déclara Kelsey. Nous avons tous besoin d'une bonne douche. On se retrouve chez Sheila entre 19 et 20 heures, ça vous va ?

— Parfait pour moi.

Il agita la main et se dirigea vers le *Free as the Sea*.

— Calme-toi, Nate, ordonna Cindy.

— Nous nous connaissons depuis des années, et il insinue que nous ne savons pas nous servir d'une arbalète. Tant qu'il y était, il aurait pu nous accuser franchement d'avoir visé Kelsey !

— Il a eu une réaction démesurée, voilà tout. De plus, on sait tous qu'il a toujours eu le béguin pour Kelsey, répliqua Larry avec un soupir impatient. Tu ne vas pas gâcher votre amitié pour une bêtise pareille, quand même. Mince, il t'a aidé à coincer ton employé malhonnête, et il passe la moitié de son temps au Sea Shanty.

Nate haussa les épaules et enfonça la main dans la poche de sa chemisette, d'où il sortit un paquet de cigarettes. Ses doigts tremblaient lorsqu'il en alluma une.

— Je croyais que tu avais arrêté de fumer, remarqua Cindy, désapprobatrice.

— J'avais arrêté, ouais.

Elle secoua la tête et reprit sa marche en direction du parking.

— Eh, les mecs, cool, je suis en vacances, moi ! intervint Larry.

Nate hocha la tête.

— O.K., O.K., on va tâcher de décompresser.

Il hésita et jeta un regard vers le quai.

— Qu'est-ce qu'il y a ? s'enquit Kelsey.

— Je pensais… Vous croyez qu'Andy Latham était dans les parages ? Dane a dit qu'il n'avait pas vu le nom de tous les bateaux. Andy serait capable de vouloir se venger.

Elle haussa les épaules.

— Je n'en sais rien. Si le bateau de Latham avait été là, on l'aurait remarqué, non ?

— Je n'avais même pas vu le bateau de Jorge, et Jorge était avec nous.

— Pour ma part, je n'ai pas fait attention aux autres bateaux, mais si celui de Latham avait été là, je suis sûre que Dane l'aurait vu.

— Vous venez ? lança Cindy en se retournant. Si Latham nous a suivis, ce n'est pas forcément sur son propre bateau. Bon, vous bougez, oui ou non ? Je vais me transformer en bloc de sel. Arrêtons de nous tourmenter au sujet de cette histoire. On va passer la soirée tous ensemble. Pour l'instant, c'est tout ce qui compte. Allez, dépêchez-vous.

Nate la rejoignit. Kelsey, elle, ne put s'empêcher de jeter un œil en arrière.

Pieds nus, les mains sur les hanches, Izzy Garcia était posté sur le quai. Elle ne voyait pas ses yeux ni son expression, mais même à distance, son langage corporel ne laissait aucun doute sur son état d'esprit.

Il était furieux.

Une fois le Donzi amarré, Dane rentra chez lui, se doucha rapidement et enfila des vêtements propres. Puis il monta dans sa voiture et se rendit à la marina.

Le *Lady Havana* était au mouillage.

Dane gara sa jeep et se dirigea d'un pas énergique vers le bateau d'Izzy.

Il consulta sa montre, puis regarda le ciel. La nuit commençait à tomber. Le dimanche soir était une soirée calme. Voire morte. Les gens avaient déserté le bord de mer. Les pêcheurs avaient regagné leur foyer, et les touristes leur hôtel. Si les restaurants et les cafés étaient bondés, la marina, en revanche, avait retrouvé la tranquillité.

Il n'y avait personne sur le *Lady Havana*. Dane sauta sur le pont, faisant légèrement tanguer le bateau.

Avant qu'il ait atteint les marches qui menaient à la cabine, Izzy en émergea, les traits crispés.

— Tu as mis plus de temps que je ne l'aurais pensé, lança-t-il en redescendant dans la cabine.

Dane le suivit. Izzy ouvrit le réfrigérateur.

— *Tú quieres una cerveza*[1] ?

— Non, je ne veux pas de bière. Je veux des réponses.

Izzy décapsula une cannette, avala une longue rasade et soupira en considérant Dane avec mépris, comme s'il s'agissait d'un chien enragé.

— C'est la pression qui te rend *loco*[2], *amigo* ? cracha-t-il. Tu crois que j'aurais laissé mes clients tout seuls à bord pour aller harponner une femme que tout le monde tient en la plus haute estime ?

— Je vois que les gardes-côtes sont venus te parler.

— Ils sont venus, ouais.

Il agita vaguement un bras pour désigner la cabine.

— Ils ont posé à peine quelques questions aux passagers, poursuivit-il. Mais moi, ils m'ont passé au gril pendant vingt minutes.

— Ça t'étonne ? Tu vends de la came, tu intéresses les flics.

Izzy lui décocha un sourire glacial.

— Tu crois que je fourgue à la sortie du lycée.

— Je crois, oui.

---

1. *Tú quieres una cerveza ?* : Tu veux une bière ? (N. de l'E.)
2. *Loco* : Fou (N. de l'E.)

Il secoua la tête.

— Je vends des substances pour l'amusement des adultes. Si des clients m'ont balancé, ils vont s'en mordre les doigts.

— Qu'est-ce que tu imagines, Izzy ? Que je vais te foutre la paix pour autant ?

— Tu n'es pas là pour des histoires de dope, aujourd'hui. Tu es là à cause de Kelsey. Et de Sheila.

— Quelqu'un a essayé de tuer Kelsey. Quant à Sheila…

— Tu penses qu'elle est morte ?

Dane ne répondit pas.

Izzy traversa la cabine, souleva un siège à bâbord et exhiba le sac de Sheila.

— C'est ça que tu es venu chercher ? Je sais que Kelsey l'a vu. Mais j'ignore où est Sheila. Possible qu'elle soit morte, en effet. Elle a l'habitude de traîner dans des endroits malfamés. Elle savait peut-être des choses qu'elle n'aurait pas dû savoir. Elle a peut-être fait des trucs qu'elle n'aurait pas dû faire. Mais je ne l'ai pas tuée. Tiens, prends ça. Et arrête de perdre ton temps à me harceler. Je n'ai pas tué Sheila. Je peux te le jurer, mais je sais que jurer n'a pas de signification pour toi. Ce n'est pas moi qui ai essayé de blesser Kelsey, et je n'ai pas tué Sheila. Alors casse-toi de mon bateau.

Dane ne bougea pas.

— Tu as mémorisé des numéros intéressants sur ton portable, lâcha-t-il.

Izzy vida sa cannette de bière.

— Ouais, je surveille tout le monde. Je connais les emplois du temps de tout le monde. Ça m'éclate de savoir des trucs sur les gens. Je vais peut-être devenir détective privé, moi aussi, un de ces quatre. Et je serai peut-être meilleur que toi. Ça m'est utile de savoir ce que font ceux qui croient bien me connaître.

— Je n'ai jamais prétendu bien te connaître, Izzy. Je sais des choses à ton sujet, c'est tout.

— Tu n'es pas responsable de ce qui est arrivé à St. Augustine, n'est-ce pas ?

Dane sentit ses mâchoires se contracter, mais il demeura impassible.

— Tu essayes de me faire chanter ?

— Pas du tout. Quel intérêt aurais-je à te faire chanter ? Tu n'as aucune preuve contre moi.

— J'en aurai peut-être bientôt.

— J'en doute fort. Tu vois, c'est pour cette raison que je tiens mon entourage à l'œil.

— Comment se fait-il, dans ce cas, que tu ne puisses pas m'en apprendre plus à propos de Sheila ?

Izzy leva un sourcil, puis une grimace sardonique tordit son visage.

— Personne ne sait rien de Sheila. Elle-même est incapable d'anticiper ses propres mouvements. Mais toi, toi, fais attention. Tu es sur mon bateau, toi le grand espion de l'armée qui a appris à tuer.

De ses doigts, il mima un revolver.

— Même les durs peuvent se faire buter par des fous. Ou par des hommes d'affaires. Prends garde à ta peau, mec.

— Des menaces, maintenant ?

— Pas des menaces. Ce ne sont que des paroles. Je veux seulement te mettre en garde contre les aléas de la vie.

— Dis-moi, Izzy, ce ne serait pas toi qui étrangles les strip teaseuses avec une cravate ?

Dane savait qu'Izzy pouvait être bon comédien, mais la stupéfaction qu'il lut sur son visage n'avait rien de feinte. Un rictus dédaigneux succéda rapidement à l'étonnement. Un instant, il crut qu'Izzy allait cracher sur le sol de la cabine.

— Moi, un étrangleur ? Tu me prends pour un psychopathe ? Ouvre donc un peu les yeux ! Les femmes m'adorent. Peut-être pas les greluches comme Kelsey, qui s'imaginent qu'elles me connaissent trop bien. Mais tu devrais voir les femmes de chefs d'entreprise que j'emmène en balade avec leur mari ventripotent. Elles se damneraient pour se taper un mec comme moi, qui n'a pas une grosse bedaine blanche. L'étrangleur est un malade, un déchet de la société, un désespéré qui cherche à se venger. Ou alors c'est un type qui est né cinglé. Ce n'est pas mon cas. J'ai choisi un certain mode de vie, je prends des risques, je ne respecte pas toutes les lois, mais je ne porte pas le mal en moi.

— Tu es un honnête citoyen.

— Parfaitement. Et sache que si je voulais faire disparaître quelqu'un, je ne m'y prendrais pas de cette manière. Tu ferais mieux de t'intéresser à ce que font certains de tes amis. Jorge Marti, par exemple. Tu ne t'es jamais demandé ce qu'il foutait sur l'océan en pleine nuit ?

— Non, mais tu vas me le dire.

— Je ne sais pas exactement, admit Izzy. C'est la vérité. Mais je peux t'assurer qu'il sort en mer la nuit. Ce qu'il fait, il le fait dans l'ombre. Voilà, je t'ai dit ce que je savais et ce que j'avais vu. Maintenant, tire-toi de mon bateau. Je t'ai donné le sac de Sheila. Oui, elle l'a oublié la dernière fois que je l'ai vue, mais c'était avant qu'elle aille chez toi. Si tu cherches à savoir où elle est passée, ne gaspille pas ton énergie avec moi. Je ne l'ai pas tuée. Il ne m'était même pas venu à l'esprit qu'elle puisse être morte ou qu'elle ait pu être victime de l'étrangleur. Je n'ai jamais fait aucun mal à Sheila. Au contraire, je ne lui offre que du plaisir. Alors fous-moi la paix et barre-toi d'ici.

Dane croisa les bras sur sa poitrine.

— Si tu sais quelque chose, Izzy, tu ferais mieux de lâcher le morceau.

— Je t'ai raconté tout ce que je savais. Alors maintenant, tu vas ficher le camp d'ici. A moins que tu ne sois venu pour me démolir ? Me briser un bras, peut-être ?

— C'est ta tronche que j'aimerais bien éclater, répliqua Dane. Mais je ne peux pas me permettre de passer une nuit en taule.

Sur quoi, il s'engagea dans l'escalier qui menait au pont. Izzy lui emboîta le pas.

Dane se retourna.

— Et ces accusations de viol qui ont été portées contre toi, Izzy ? Où en es-tu ?

— Affaire classée. La plainte a été retirée.

— La dame a peut-être eu peur…

Izzy sourit.

— Ou peut-être que cette *puta* s'est aperçue que ce n'était pas de cette manière qu'elle parviendrait à ses fins. Elle est allée raconter à la police que je l'avais violée parce qu'elle voulait se caser avec moi et que je ne voulais pas d'elle. Elle l'avait mauvaise parce qu'elle n'était pas assez bien pour moi. Voilà, tu me laisses tranquille, maintenant ?

— Je m'en vais, Izzy, mais tu me reverras.

— N'oublie pas que tout le monde dit que c'est avec toi que l'on a aperçu Sheila pour la dernière fois.

Un sourire étira ses lèvres.

— Vivante, ajouta-t-il.

Dane sentait son poing le démanger. Il était tenté de risquer la nuit au poste. Mais il se maîtrisa et quitta le *Lady Havana*.

— A plus tard, Izzy, lança-t-il une fois sur le quai.

L'autre le regarda s'éloigner sans répondre.

Dane se rendit à l'emplacement du *Free as the Sea*. Le bateau n'était pas au port. Tant pis. Il aurait tout le temps de discuter avec Jorge au duplex, autour des pizzas.

Ce qui lui rappela que Nate serait sûrement en colère contre lui. Dommage.

Il demeura un instant sur le quai, à contempler les vaguelettes qui agitaient les eaux à l'endroit où aurait dû se trouver le bateau de Jorge.

Puis il pivota sur ses talons et se dirigea vers le parking. Izzy, toujours debout sur le pont du *Lady Havana*, le suivait des yeux.

Dane nourrissait une profonde aversion à son égard. Depuis qu'il avait été engagé par le proviseur du lycée pour découvrir qui fournissait de la drogue aux adolescents, il avait appris beaucoup de choses sur cet homme. Des caméras judicieusement placées avaient révélé des faits parlants.

Malheureusement, jusqu'à présent, même sous la menace de la prison, personne n'avait encore osé avouer avoir acheté de la drogue à Izzy.

Ce type était vicieux — une vraie ordure. Mais de là à tuer à mains nues ?

Dane s'immobilisa le temps d'allumer une cigarette, et jeta un coup d'œil par-dessus son épaule.

Du pont de son bateau, Izzy l'observait toujours. Il leva la main, pointa deux doigts en avant et fit le geste de tirer au revolver.

Dane l'ignora et poursuivit son chemin. Quand il ouvrit la portière de sa jeep, il sentait toujours dans son dos le regard brûlant d'Izzy.

— Oui ? dit Kelsey en sursautant quand on frappa à la porte de sa chambre.

Drapée dans une serviette de bain, elle était assise en tailleur devant la commode de Sheila. Elle ignorait ce qui l'avait poussée à soulever le papier qui tapissait le fond des tiroirs, mais sa curiosité avait été récompensée. Sous les dessous chic de son amie, elle avait découvert toutes sortes de documents intéressants, bien qu'apparemment sans rapport avec sa disparition : un diplôme d'orthographe que Sheila avait obtenu en primaire ; une photo de Dane et elle au bal du lycée ; une lettre non achevée dans laquelle elle tentait d'expliquer à Larry pourquoi elle ne pouvait vivre avec lui ; une page d'écriture sur laquelle se répétaient à l'infini les mots « Je hais mon beau-père » — réalisée, à en juger d'après la calligraphie hésitante, quand elle était très jeune.

— Kels, je peux entrer ?

Larry. Kelsey bondit sur ses pieds, attacha correctement la serviette autour de son buste et entrouvrit la porte.

— Excuse-moi, j'ai été un peu longue, murmura-t-elle. Les autres sont là ?

— Non, non, tu as le temps. Cindy est encore chez elle, et Nate a voulu passer au bar. Il a téléphoné pour dire qu'il en avait pour un petit moment. La pizzeria ne livre pas, je vais aller chercher notre commande. Je t'avais laissé un mot sur la table, mais j'ai pensé qu'il valait mieux que je te prévienne de vive voix.

— Tu as bien fait. Je vais m'habiller, au cas où les autres arriveraient pendant que tu n'es pas là.

— Tu veux quelque chose ? J'ai commandé une pizza avec seulement du fromage, une au pepperoni, une végétarienne, et un supplément d'anchois, à part.

— Bonne idée, les anchois. Ceux qui les aiment pourront en ajouter sur leur pizza.

— On a besoin de bière, de soda, de vin ?

— J'ai fait des courses en arrivant ici. Il y a tout ce qu'il faut.

— Je prendrai peut-être un pack de six bières supplémentaire, au cas où.

— Si tu veux.

— Bien, à tout de suite.

Elle ferma la porte de la chambre derrière lui et retourna auprès de la commode, où elle se débarrassa de sa serviette, en jetant un coup d'œil par-dessus son épaule. Les rideaux étaient ouverts. Une faible lumière régnait sur la piscine et le patio, contrairement à la chambre qui, elle, brillait de tous ses feux.

Redoutant soudain d'être épiée, Kelsey reprit le drap de bain, saisit à la hâte une culotte et un soutien-gorge et se précipita dans la salle de bains pour les enfiler, tremblante.

Quelle imbécile ! Toute femme sait qu'on ne se déshabille pas devant une fenêtre.

Elle était à présent en sous-vêtements, ses jeans et ses T-shirts soigneusement rangés dans la commode. Décidément, elle était vraiment bête. Elle aurait dû penser à tirer les rideaux.

Que faire ?

Rester ? Sortir ?

Elle avait peur de rester dans la salle de bains. Si quelqu'un l'avait observée et s'était introduit dans la maison, elle serait prise au piège, dans cette pièce exiguë.

Sauf que personne ne pouvait pénétrer dans le duplex.

Larry avait sûrement fermé à clé.

Et s'il avait oublié ?

Après tout, elle pouvait aussi bien rester dans la salle de bains, verrou tiré, en attendant son retour ou l'arrivée de Cindy.

Allons, elle était complètement stupide. Avec détermination, elle posa la main sur la poignée. Et entendit un loquet cliqueter. De la sueur froide lui coula le long de la colonne vertébrale. Quelqu'un entrait dans la chambre…

Elle se figea, veillant à demeurer parfaitement silencieuse, l'oreille aux aguets.

Plusieurs secondes s'écoulèrent. Des minutes…

Elle s'aperçut qu'elle retenait son souffle et relâcha sa respiration. Puis, craignant d'avoir couvert un son, elle bloqua à nouveau ses poumons. Rien. Rien…

Elle devenait paranoïaque.

Elle ouvrit la porte de la salle de bains.

Et poussa un hurlement de terreur.

14.

Dane se mit à la recherche d'Andy Latham. En vain. Son camion ne se trouvait pas devant chez lui, et son bateau manquait également. Il fit alors la tournée des bars que l'homme fréquentait habituellement, mais personne ne l'avait vu.

Il s'engageait sur le parking d'un autre bistrot minable quand son téléphone portable sonna.

— Dane ? demanda une douce voix féminine.

— Oui.

— C'est Katia. Du Legs.

Il se gara et coupa le moteur.

— Bonsoir, Katia. Merci de m'avoir rappelé. Mes photos ont éveillé des souvenirs ?

— Oui.

— Laquelle ? demanda-t-il, la gorge nouée.

La fille poussa un long soupir.

— Le problème, c'est que je vois tellement de gens… Tous les visages me paraissent familiers. Vous pourriez me donner la photo d'un roi européen du XVe siècle, je suis sûre que j'aurais l'impression de le connaître.

Dane baissa la tête et se massa les tempes.

— Donc peut-être que vous avez déjà vu un de ces types… et peut-être que non.

— C'est ça, oui.

— Merci quand même d'avoir essayé de m'aider, Katia.

Il s'apprêtait à couper la communication quand la danseuse reprit :

— J'ai dit qu'ils avaient tous un air connu mais… l'un d'entre eux… Il vient au club depuis plusieurs mois.

Dane sentit son cœur s'emballer.

— Lequel ?

Tandis qu'elle lui donnait une description, ses mains se crispèrent sur le volant.

— Kelsey ?

Cindy fit irruption dans la chambre alors que le cri de Kelsey se mourait sur ses lèvres.

— Que se passe-t-il ?

Haletante, Kelsey ne répondit pas tout de suite. Avait-elle rêvé ou avait-elle réellement vu un visage derrière la fenêtre ? Maintenant, un gros lézard était posé sur la vitre, à l'endroit où elle avait cru distinguer l'ombre d'une tête. Un très gros lézard.

— Ca-mé-lé-on, articula-t-elle enfin en tâchant de reprendre son souffle.

— Quoi ?

— Il y a… un énorme lézard… un caméléon… sur la fenêtre.

— Et c'est pour ça que tu pousses de tels hurlements ? Tu connais les caméléons depuis ton enfance, Kelsey.

Elle sentait encore ses genoux se dérober sous elle. Son imagination lui jouait-elle des tours ?

— Larry n'est pas encore revenu ? s'enquit-elle. Comment es-tu entrée dans l'appartement ?

— Il ne va pas tarder. J'ai frappé, mais comme tu ne répondais pas, j'ai ouvert avec ma clé... Ecoute, je crois que tu prends l'absence de Sheila trop à cœur. Tu devrais peut-être rentrer à Miami. On ne sait jamais.

— On ne sait jamais quoi ?

— Kelsey, est-ce que tu as fait quelque chose à quelqu'un ? avança Cindy, un peu hésitante. Ces harpons qui te frôlent... Et maintenant, tu vois des gens derrière la fenêtre. Si ça continue, je vais plus m'inquiéter pour toi que pour Sheila.

Kelsey la dévisagea avec reproche.

— Il m'a semblé qu'il y avait quelqu'un derrière la maison.

— Il t'a semblé...

— Je vais aller vérifier. Je trouverai peut-être des empreintes.

— Tu crois que c'était un voyeur ?

— Possible. Ou pire.

— Attendons les garçons, suggéra Cindy.

— Tu as raison. L'union fait la force.

— Et tu ferais mieux de t'habiller. Tu pensais passer la soirée en culotte et soutif ? Les mecs apprécieraient, pas de doute.

Gênée, Kelsey attrapa un jean et un petit haut en laine, qu'elle enfila rapidement. Puis elle alla à la fenêtre et tira les rideaux. A son approche, le caméléon détala.

Elle ferma les yeux. Si seulement ses jambes pouvaient cesser de flageoler… Il n'y avait personne dehors. Quand il avait détecté du mouvement, le lézard avait déguerpi. Il ne serait pas resté sur la vitre si quelqu'un s'était posté devant.

— Eh, oh ! Kelsey ? Cindy ?

— C'est Jorge ! s'écria Cindy, guillerette. Il va venir regarder dehors avec nous.

Elle éleva la voix :

— Eh, Jorge ! On est là, dans la chambre !

— Comment est-il entré ? demanda Kelsey.

— J'ai dû laisser la porte ouverte.

Devant son regard réprobateur, Cindy se défendit :

— Tu criais comme un putois, j'ai fait au plus vite. J'ai cru que tu avais un problème.

— Merci. C'est rassurant de savoir que tu es là, prête à voler à mon secours.

— En cas d'attaque de lézard, tu peux compter sur moi.

— Eh… ?

Jorge se tenait sur le seuil de la pièce. En jean foncé et chemise de coton bleu marine, les cheveux fraîchement lavés et peignés en arrière, nimbé d'un agréable parfum d'après-rasage, il était à la fois séduisant et rassurant. Sa carrure en imposerait aux créatures maléfiques.

— Ça va, vous deux ?

— Kelsey pense qu'il y avait un mec qui la matait derrière la fenêtre.

— Ou un gros lézard, admit Kelsey à contrecœur.

— Méfie-toi des lézards, lui conseilla Jorge. Ils sont partout. Pire que Big Brother.

— On va peut-être finir par s'apercevoir que les lézards sont des aliens qui attendent depuis des années le moment de conquérir la planète, murmura Cindy.

— Vous voulez que j'aille jeter un œil dehors ?

— Allons-y tous les trois, suggéra Kelsey en faisant coulisser la baie vitrée qui donnait sur l'arrière du duplex.

— Je vais voir par là, déclara Jorge. Vous deux, allez regarder devant. Si quelqu'un essaye de prendre la poudre d'escampette, on ne pourra pas le louper.

Il sortit sur le patio. Kelsey et Cindy se dirigèrent vers la porte d'entrée, sur le pas de laquelle elles retrouvèrent Nate et Larry.

— J'ai croisé Nate en chemin, expliqua Larry. Il tombait bien ; j'ai beau être un athlète, je ne pouvais pas porter seul les pizzas et les boissons.

Il s'interrompit et considéra les filles en fronçant les sourcils.

— Mais vous ne veniez pas à notre rencontre pour nous aider, apparemment...

— On va inspecter la cour, déclara Cindy.

— On part à la chasse aux lézards mortels.

— Aux lézards mortels ? répéta Larry. Vous avez vu un alligator ?

— Non, juste un gros caméléon.

Kelsey prit les boîtes de pizzas des mains de Larry et les emporta dans la cuisine en courant presque. Cindy la suivit avec les sodas et les bières. Puis elles rejoignirent Nate et Larry auprès du portail aménagé dans la palissade qui délimitait la propriété. Ils contournèrent le duplex en fouillant le sol du regard.

Rien d'anormal.

— Pas d'empreintes ? demanda Cindy.

— Des empreintes de lézard ? railla Larry.

— Des empreintes de semelles, idiot.

— Je n'en vois pas, répondit Nate.

Jorge, qui se tenait à environ deux mètres de la baie vitrée, maugréa :

— Eh bien, maintenant, il y en a des dizaines.

— Qu'est-ce qu'on cherche au juste ? s'enquit Larry. Un lézard ou un humain ?

— Des signes indiquant que quelqu'un était là, murmura Cindy.

— Il m'a semblé entrevoir une silhouette, précisa Kelsey. Mais ce n'était peut-être qu'une ombre.

— Elle a vu un lézard, ça c'est sûr. Je l'ai vu aussi.

— Allons faire un tour derrière les arbres, proposa Larry.

Ils s'éparpillèrent aux quatre coins du patio.

— La piscine est belle, ce soir, remarqua Jorge.

— Un petit plongeon ?

— On n'a pas nos maillots de bain, lui rappela Nate.

— On peut se baigner à poil.

— Ou en sous-vêtements, compléta Cindy. Kelsey a mis ses plus beaux dessous.

L'intéressée lui décocha un vague sourire. Si quelqu'un l'avait épiée, songeait-elle, il s'était forcément éclipsé par le portail. Ou alors, l'intrus était en excellente condition physique et avait escaladé la palissade au fond du jardin.

— Tiens, il y a une voiture qui arrive, constata Cindy.

— Rentrons, décida Kelsey. C'est probablement Dane.

— Il est donc venu, grommela Nate.

Cindy le regarda avec un air indulgent.

— Ne lui parlons pas de cet incident. Il est sur les nerfs, en ce moment.

— Tu as raison, renchérit Kelsey. Ne lui disons rien.

Comme Jorge fronçait les sourcils, elle expliqua :

— Il passerait le terrain au peigne fin.

— Et il nous accuserait tous d'avoir voulu te mater, marmonna Nate.

— Chuuut, fit Cindy.

Dane descendit de sa jeep et franchit le portail ouvert.

— Qu'est-ce que vous faites tous dehors ? demanda-t-il.

— On respirait un peu d'air frais, répondit Cindy. La nuit est magnifique.

— Vous ne seriez pas mieux dans le patio ?

— Ouais, si, mais on cherchait un caméléon. Kelsey en a vu un énorme, tout à l'heure, sur la fenêtre de sa chambre.

— Bon, les pizzas vont refroidir, déclara Kelsey.

Dane ne posa pas plus de questions. Il observait Jorge d'une façon curieuse.

— On pourrait manger sur la terrasse, suggéra Cindy.

— Bonne idée, approuva Kelsey.

Tandis que les autres se dirigeaient vers le devant de la maison, elle passa par la baie vitrée de la chambre.

— Entrez par là !

— On va salir ta chambre, répondit Jorge.

— Ce n'est pas grave. Venez.

— On fait comme on veut ! aboya Dane.

Tous se figèrent et le considérèrent avec stupeur.

— Et puis merde ! dit-il. Jorge, il faut que je te parle.

Le visage bronzé de Jorge devint livide.

— Ah…

— Allons faire un tour en voiture, proposa Dane, plus calmement.

— Si tu veux.

— Vous avez le temps, protesta Cindy. Vous allez bien manger un bout de pizza ?

— Plus tard, répliqua Jorge.

Les deux hommes montèrent dans la jeep, sous les yeux ébahis du reste du groupe.

— Je savais que Dane gâcherait la soirée, bougonna Nate.

— Vous ne croyez pas… que Dane pense… que Jorge a quelque chose à voir dans la disparition de Sheila ? demanda Cindy.

— Bien sûr que non ! assura Larry, quoique d'un ton peu convaincant.

Ils demeurèrent dans la cour, silencieux.

— Bon…, dit Nate au bout d'un moment.

— Et puis zut ! Il est l'heure de dîner, après tout, décréta Kelsey en levant les mains au ciel.

Dans la cuisine, ils se passèrent poliment des assiettes en carton et des verres en plastique, sans échanger une parole.

— Et si on allait s'asseoir au bord de la piscine ? Il fait plus frais à l'extérieur.

— C'est vrai.

Quelques minutes plus tard, ils étaient installés dans le patio.

— La dépression est toujours au-dessus des Bahamas, déclara Larry.

— Hannah, c'est ça ?

— Ouais, ils l'ont baptisée Hannah. Selon les bulletins météorologiques, elle va se diriger vers les Carolines. J'espère qu'ils ne se trompent pas. Depuis Andrew, les Keys sont évacuées au moindre souffle de vent.

— C'est normal. Les îles sont dangereuses quand il y a de grosses tempêtes.

— Ouais, mais ces évacuations… Quelle horreur ! Les touristes mettent des mois à revenir.

— Moi, les touristes ne me manquent pas, remarqua Cindy. Si je déteste les évacuations, c'est parce que tous les fast-foods sont fermés et qu'on n'a plus d'électricité, donc plus de clim.

— Le duplex est en hauteur. Il faudrait une tornade pour nous faire partir.

— Rien n'est vraiment haut, ici, répliqua Larry.

— Ce que je voulais dire, c'est que nous ne sommes pas directement en bordure de mer. Et la circulation, quand ils évacuent... Je ne vous en parle même pas. C'est monstrueux.

— Si la tempête est au-dessus des Bahamas, elle va probablement remonter vers le nord, observa Kelsey. Nous ne risquons pas grand-chose.

Les pizzas étaient bonnes et elle avait faim, mais elle était préoccupée. Par la vision qu'elle avait eue. Et par l'expression de culpabilité qui s'était peinte sur les traits de Jorge quand Dane lui avait dit qu'il souhaitait lui parler.

Il y avait de la tension dans l'air, et ils étaient là tous les quatre, à bavarder de la pluie et du beau temps.

— Je donnerais ma part de pizza pour savoir à quoi tu penses, lui lança Larry.

— Tu perdrais au change.

— Elle pense que nous devrions tous nous mettre à poil et sauter dans la piscine, avança Nate.

Elle secoua la tête en souriant.

— Bon, alors elle se demande pourquoi notre ami de la Gestapo a mis le grappin sur Jorge. Je me trompe ?

— Non.

— Aucun d'entre nous ne soupçonne...

Cindy ne termina pas sa phrase.

— On devrait appeler Dane, intervint Larry. Lui dire qu'on est un groupe soudé et qu'on ne doit pas se faire de cachotteries.

Kelsey le dévisagea.

— Tu n'es pas d'accord ? lui demanda-t-il.

— Si. Je vais chercher mon portable à l'intérieur.

Elle posa son assiette en carton, se leva et rentra dans l'appartement. Ayant récupéré son téléphone, elle composa le numéro de Dane et revint dans le patio. Plusieurs sonneries résonnèrent avant qu'elle obtienne la ligne.

— Dane, tu as embarqué Jorge sans rien nous dire, lâcha-t-elle sèchement. Tu nous dois des explications.

Sur quoi, elle fronça les sourcils et coupa la communication.

— Qu'est-ce qu'il a dit ? s'enquit Nate.

— Rien, répondit-elle en soupirant.

— Comment ça ?

— Rien. J'ai engueulé sa messagerie.

— Il ne répond pas ?

— Non.

Frustrée, elle se laissa tomber sur une chaise longue. Tout le monde se taisait.

— Eh bien..., commença Larry pour rompre le silence.

Tous les regards se tournèrent vers lui.

— Oui ? insista Cindy.

— Un bain de minuit, ça ne vous tente pas ?

Cindy poussa un grognement. Le silence retomba.

— Merde, bougonna Larry en bâillant. Ça commence à devenir chiant. On est tous crevés, on n'a pas dormi depuis des lustres et voilà que...

Il s'interrompit soudain, l'air tendu.

— Voilà que quoi ? répéta Kelsey.

— Je crois que j'ai entendu un bruit.

Tous bondirent sur leurs pieds et coururent jusqu'à l'arrière de la maison.

— Merde ! J'aurais juré… Vous n'avez pas vu une tache de couleur… du tissu, quelqu'un ?

— Qui sortait par le portail ? Ben, qu'est-ce qu'on attend ? Allons voir.

Nate se précipitait déjà vers la palissade, Larry sur ses talons.

Kelsey se tourna vers Cindy. D'un accord tacite, elles leur emboîtèrent le pas.

Dane ne prononça pas un mot avant d'avoir atteint la voie express. Il savait exactement où il se dirigeait, et visiblement, Jorge le savait aussi.

— On va à la marina ? s'enquit ce dernier.

Maintenant qu'il était en tête à tête avec Dane, il semblait avoir retrouvé sa contenance.

— C'est un bon endroit pour parler.

— De mes activités nocturnes ?

— Et d'autre chose.

— Je ne pensais pas…

Jorge laissa sa phrase en suspens.

— Tu ne pensais pas quoi ? Que tu te ferais pincer ?

— Je ne pensais pas que tu… Que tu t'en mêlerais.

— Alors que Dieu sait combien de femmes ont été assassinées et que Sheila a disparu ?

Dane était tellement interloqué par l'attitude de Jorge qu'il faillit manquer l'embranchement. La jeep bifurqua sur le parking dans un crissement de pneus. Il tira le frein à main.

Jorge le considérait, une expression incrédule sur le visage.

— Je n'ai assassiné personne. De quoi parles-tu ?

— Des strip teaseuses qui ont été étranglées avec une cravate.

Il secoua la tête en fronçant les sourcils.

— J'ai commis des fautes, mais pas des meurtres.

Dane garda un instant le silence.

— Quelqu'un t'a vu jeter quelque chose à la mer, Jorge, lâcha-t-il enfin. J'aimerais savoir quoi.

Jorge ne répondit pas.

— Je n'ai jamais tué personne, répéta-t-il enfin.

— L'une des collègues de Cherie Masden soutient qu'elle t'a vu dans la boîte où elle travaille, déclara Dane en surveillant le rétroviseur. Plusieurs fois. Elle est pratiquement sûre que tu étais au club la nuit où Cherie a disparu. Elle est prête à témoigner devant le tribunal.

Jorge éclata de rire avant de se cacher le visage dans les mains.

— Laquelle des danseuses t'a donné ce renseignement ?

— Peu importe.

— Dis-moi comment elle s'appelle.

Il balaya les alentours du regard, puis se tourna vers Dane.

— Tu me prends pour un assassin et tu n'as pas peur de rester seul avec moi ?

— Non.

— Pourquoi ?

— Parce que tu es mon ami.

— Tu ne penses pas que je risque de t'agresser ?

— Non. Je suis armé.

— J'aurais dû m'en douter. Et si ça se trouve, tu prêches le faux pour savoir le vrai.

— Des témoins t'ont vu balancer un paquet à la mer. Tu vas m'expliquer toi-même de quoi il s'agissait, tu veux bien ?

Jorge hésita et détourna le regard avant de le reporter sur lui.

— O.K., je pratique des activités illégales. Mais je ne suis pas un meurtrier.

— Continue.

— Tu as dit que tu avais parlé à une strip teaseuse. Ce n'est pas une fille du nom de Marisa Martinez ?

Dane fronça les sourcils en l'étudiant.

— Non. Pourquoi ?

— Je lui ai rendu un service.

— Quel genre de service ?

Jorge marqua une nouvelle pause.

— Je peux te montrer. Mais… il faut que je puisse te faire confiance.

Dane secoua la tête.

— Jorge, si tu fais des choses contraires à la loi…

— Contraires à la loi mais pas mauvaises.

— Très bien. Si tu arrives à me convaincre que tu ne fais rien de mal, je ne te causerai pas d'ennuis. Mais si tu trafiques de la drogue…

— Je ne trafique pas. Ça, c'est le business d'Izzy. Je pense que je saurai te convaincre de fermer les yeux sur mes activités.

— Je te donne ta chance.

— Je la prends.

— Je t'écoute.

— Conduis, je vais t'indiquer le chemin.

Dane le considéra avec méfiance.

— Tu es armé, je ne le suis pas, remarqua Jorge. Tu peux me fouiller si tu veux. Roule.

Dane le regarda, puis mit le contact. Une minute plus tard, ils étaient à nouveau sur la voie express.

Kelsey et Cindy rejoignirent Nate et Larry sur le trottoir, au bord de la petite route qui menait à l'US1.

— Alors, vous avez vu quelque chose ? s'enquit Kelsey, hors d'haleine.

— Il me semble que quelqu'un s'est enfui par là, répondit Larry.

— Pas seulement quelqu'un, ajouta Nate.

— Quoi ? Qui ?

— Je… je ne sais pas, bredouilla Larry. Je ne peux pas l'affirmer, mais je crois que…

— Quoi ? explosa Kelsey.

— Un camion. Un vieux camion tout pourri.

— Le camion de Latham, précisa Nate.

— Vous pensez que c'est Andy Latham qui matait Kelsey par la fenêtre de sa chambre ? s'écria Cindy. Et qu'il se serait planqué en attendant de pouvoir se sauver ?

— C'est possible. Il en serait capable.

— Mais c'est à Nate qu'il en veut…

— Il nous déteste tous autant que nous sommes, murmura Cindy en regardant Kelsey. Ce n'est peut-être pas le lézard qui t'a fait peur. Nous devrions appeler la police.

— Absolument, approuva Nate. La nuit dernière, il est venu me castagner, et maintenant, il nous épie. Ouais, je vais téléphoner à Gary Hansen.

— On ne pourra rien prouver, objecta Kelsey. On ne l'a pas vu.

— On peut quand même signaler l'incident.

Elle hocha la tête. Il avait raison.

Ils rentrèrent tous dans l'appartement. Et Nate appela le bureau du shérif.

Dane bifurqua prudemment dans une petite rue, sans toutefois éprouver de réelle appréhension. Il était armé, Jorge ne l'était pas. Et au corps à corps, il ne doutait pas d'avoir le dessus.

La ruelle était déserte. Jorge avait probablement choisi ce lieu pour sa tranquillité. Apparemment, quelles que soient ses activités, elles étaient répréhensibles. Pas étonnant, donc, qu'il n'ait pas eu envie de tout déballer sur le parking de la marina.

— Continue jusqu'au bout de la rue, ordonna-t-il.

Sous ses directives, Dane s'engagea dans une petite cour proprette. Une Chevrolet bien entretenue était garée dans un coin, devant une maison de taille modeste. La façade avait été fraîchement repeinte à la chaux, et des pots de fleurs ornaient les rebords des fenêtres.

L'endroit n'avait rien d'un repaire de truands.

Jorge descendit de la voiture, suivi de Dane.

Lorsqu'il frappa à la porte, une voix féminine répondit, méfiante. Le battant ne s'ouvrit pas.

Jorge se présenta alors dans un espagnol rapide. Dane connaissait la langue, mais son ami s'exprimait trop vite pour qu'il comprenne tout. En tout cas, Jorge ne prévenait pas la femme d'un quelconque danger. Au contraire, il lui assurait qu'il n'y avait pas de problème.

La porte s'entrebâilla.

Ils pénétrèrent dans un petit salon au mobilier disparate mais impeccablement dépoussiéré et ciré. Une couverture en patchwork recouvrait un vieux canapé. Sous le tapis, le carrelage brillait.

La femme qui les accueillit était jeune, entre vingt et trente ans, d'une beauté exotique — de grands yeux marron, le teint mat, de longs cheveux noirs, un visage fin, une taille de guêpe. Elle jeta un bref coup d'œil à Dane, puis interrogea Jorge du regard.

— *Marisa, este hombre es un amigo mio*[1], déclara ce dernier. Dane Whitelaw.

— *Hola*[2], fit-elle gravement en lui tendant la main.

— Dane, Marisa travaille au club.

— Enchanté.

— Elle a demandé la nationalité américaine.

— Très bien, répondit Dane, quoique un peu perdu.

Apparemment, la femme comprenait l'anglais. Elle lui adressa un sourire.

— Appelle Jose, demanda doucement Jorge.

1. *Marisa, este hombre es un amigo mio* : Marisa, cet homme est mon ami (N. de l'E.)

2. *Hola* : Bonjour (N de l'E.)

Une lueur d'angoisse s'alluma dans le regard de Marisa.

— Il n'y a pas de problème. Appelle Jose, s'il te plaît.

Elle le considéra. Il était clair qu'elle avait peur, mais qu'elle avait confiance en lui.

— Jose ! lança-t-elle en se dirigeant vers un couloir étroit qui devait mener aux chambres. Viens, Jose !

Un garçonnet de cinq ou six ans arriva en trottinant et se campa devant la femme. Elle lui passa un bras protecteur autour des épaules. L'enfant dévisageait les deux hommes avec les mêmes grands yeux sombres que sa mère. Il sourit à Jorge mais scruta Dane avec méfiance.

Jorge se tourna vers Dane.

— Voilà pourquoi je fréquente le club de strip-tease. Pour Marisa. Elle a quitté Cuba il y a plusieurs années, sur un radeau de fortune. Elle a dû se séparer de son mari pour aller jusqu'en Amérique. Jose était avec son père. Leur embarcation prenait l'eau, ils ont été obligés de faire demi-tour. Pendant des années, Marisa a essayé de faire venir son fils aux Etats-Unis par des moyens légaux. En vain. Le père de Jose est décédé l'an passé. Le petit s'est retrouvé tout seul avec sa grand-mère, mais elle est très âgée, elle ne pouvait pas s'occuper de lui. Marisa m'a demandé de l'aider.

— Alors tu gagnes ta vie en faisant entrer clandestinement des réfugiés cubains dans le pays ?

Il se raidit et lui décocha un regard glacial.

— Je ne prends pas d'argent. Il y a des passeurs qui extorquent jusqu'à leur dernier centime à des gens désespérés. Pas moi. Si je les aide, c'est parce que j'aime mes compatriotes, parce que j'ai émigré moi-même aux Etats-Unis et que j'aime mon nouveau pays. Je les aide parce qu'on m'a aidé.

Dane garda le silence. Le garçonnet avait la tête levée vers lui. Il lui ébouriffa les cheveux.

— Qu'est-ce que tu as jeté à la mer ? demanda-t-il à Jorge.

— Un jour, j'ai perdu un passager. Un vieillard. Il voulait toucher les côtes d'une terre libre avant de mourir. Il n'y est pas arrivé. Je... J'ai dû me débarrasser de son corps.

Dane sourit à Marisa et à son fils. Puis il se dirigea vers la porte. Jorge le suivit.

— Tu ne peux pas me dénoncer, insista-t-il. Tu n'as pas le droit de faire expulser Jose.

Dane s'immobilisa.

— Pour qui me prends-tu, Jorge ? Je ne parlerai du gamin à personne.

— Je t'ai dit toute la vérité. Chaque fois que je transporte un immigré clandestin, j'ai peur. Très peur. Mais c'est mon devoir, envers moi-même et envers Dieu. Je ne ferais jamais de mal à une femme, je te le jure.

— Je te crois.

— Que vas-tu faire, maintenant ?

— Retournons au duplex manger un bout de pizza.

Jorge étudia son visage et hocha la tête.

— Les pizzas... C'est vrai, j'avais oublié. Elles seront froides, tant pis.

— On pourra en commander une autre.

— Tu n'imagines pas ce que peut être un monde sans fast-foods et sans pizzas…

— J'ai connu beaucoup d'endroits sans fast-foods ni pizzas, rétorqua Dane sèchement. Allons-y.

Ils regagnèrent la jeep en silence.

— Tu es absolument certain que tu n'étais pas près de l'épave, cet après-midi ? lâcha Dane quand ils furent sur l'autoroute.

Jorge se tourna vers lui.

— Dane, si j'avais vu quelque chose, j'aurais été le premier à le dire.

— O.K. Donc toi, Nate, Larry et Cindy ne vous êtes perdus de vue à aucun moment ?

— Non.

— Tu es toujours resté avec eux ?

— Oui. Enfin, presque… On n'était pas quand même collés les uns aux autres.

Jorge s'agita soudain sur son siège.

— C'est Izzy qui t'a parlé de mes activités ?

— Oui.

— Tu devrais l'interroger sur les siennes, répliqua-t-il alors avec colère, le regard fixé sur le pare-brise.

— Pourquoi ? Tu sais des choses que j'ignore ?

Jorge secoua la tête de frustration.

— J'aimerais bien.

Ils arrivaient devant le duplex.

— Eh, regarde ! La voiture du shérif ! Gary Hansen et son adjoint. Qu'est-ce qu'ils font là ?

Dane se gara rapidement devant la maison. Il avait à peine coupé le contact qu'il bondit hors de la jeep et se précipita vers le porche, le cœur battant la chamade.

— Bonsoir, Dane ! lança Gary Hansen.

— Que s'est-il passé ? demanda Dane d'une voix menaçante.

— Ces messieurs dames pensent qu'ils ont eu une visite indésirable.

— Une visite indésirable ?

Son regard était rivé sur Kelsey. Apparemment, le reste de la bande était retourné à l'intérieur.

— Il m'a d'abord semblé apercevoir quelqu'un derrière le duplex, expliqua-t-elle. Et puis, pendant que nous mangions les pizzas au bord de la piscine, Nate a cru voir quelque chose. Nous avons tous couru jusqu'au portail. Nate et Larry pensent avoir vu un camion, le camion d'Andy Latham.

Dane regarda le shérif, qui répondit à sa question avant qu'il l'ait posée.

— Dane, je te l'ai dit, ce n'est pas moi qui établis les lois. Latham n'a fait que coller un pain à Nate.

— Il faut le mettre hors d'état de nuire.

— J'ai envoyé un message à toutes les patrouilles. Nous pouvons l'appréhender pour infraction ou quelque chose dans ce goût-là. Mais si tu veux que je l'enferme, il faut que tu me donnes un motif valable.

— Amène-le au poste, répliqua Dane en se passant les doigts dans les cheveux. Et je te trouverai une raison de l'écrouer.

— J’espère. Le commissariat n’est pas un hôtel.

Gary se dirigea vers sa voiture. Dane observait Kelsey qui soutint son regard.

— Emballe quelques affaires.

— Hein ? Pourquoi ?

— Tu viens chez moi.

Elle fronça les sourcils.

— Dane, Larry est avec moi, et nous avons Cindy juste à côté.

— S’il te plaît, insista-t-il en serrant les dents pour ne pas s’emporter. Viens chez moi.

Elle le considéra avec méfiance. La nuit précédente, elle avait fait l’amour avec lui, et à présent, elle ne savait plus si elle pouvait se fier à lui.

Non...

Si. Elle avait confiance en lui. Ni plus ni moins qu’en n’importe qui.

— Kelsey, je t’en supplie...

— Viens avec moi à l’intérieur.

Ce n’est qu’alors qu’elle s’aperçut de la présence de Jorge. Elle s’immobilisa.

— Ça va, vous deux ? s’enquit-elle.

— Ça va, répondit Dane sèchement.

— Vous allez nous raconter ce que vous êtes partis faire ?

— Non, répondirent-ils à l’unisson.

— Et tu veux que j’aille dormir chez toi..

Jorge lui posa une main sur le bras.

— Tu peux y aller, assura-t-il.

— J'ai ta bénédiction ? demanda-t-elle avec un demi-sourire.

Il acquiesça de la tête en clignant de l'œil.

— Bien, capitula-t-elle. Vous deux, allez vous expliquer auprès des autres et manger une part de pizza. Il y a de la bière et des sodas dans le réfrigérateur.

Puis elle se tourna vers Dane. Comme à son habitude, ses yeux noirs ne trahissaient aucune émotion. Elle poussa un soupir. Elle éprouvait un étrange malaise. Qu'elle soit réelle ou imaginaire, cette apparition derrière la fenêtre l'avait effrayée. Oui, elle serait mieux avec Dane.

— Moi, je vais prendre des affaires pour la nuit, conclut-elle.

15.

En traversant l'appartement, Kelsey entendit Nate, Larry et Cindy parler d'Andy Latham. Ils se demandaient ce qui le poussait à croire que l'un d'eux s'amusait à apporter du poisson pourri dans sa cour.

Elle les rejoignit dans le salon, où ils grignotaient des biscuits tout en buvant du café.

— Tu penses que Gary Hansen va faire quelque chose ? s'enquit Larry en s'étirant les bras et la nuque.

— Oui, il va essayer de l'arrêter. Il le placera probablement en garde à vue pendant vingt-quatre heures, mais il ne pourra pas l'enfermer plus longtemps, à moins que nous ne lui apportions de bonnes raisons. Au fait, Jorge et Dane sont de retour.

Information inutile. Jorge et Dane apparurent sur le seuil de la pièce.

— Vous avez mangé toutes les pizzas ? s'enquit Jorge.

— Non, on vous en a laissé. Elles sont dans le réfrigérateur, indiqua Cindy. Vous voulez que je les réchauffe ?

— On va se débrouiller.

— Vous êtes allés vous battre en duel ? demanda Nate.

Kelsey s'éclipsa dans sa chambre, dont elle ferma la porte derrière elle. La conversation ne l'intéressait pas. D'autant que Jorge et Dane semblaient décidés à garder leurs petits secrets.

Elle se rassit en face de la commode et commença à séparer les documents de Sheila en deux piles : d'un côté, ceux qu'elle avait déjà examinés ; de l'autre, ceux qu'elle n'avait pas encore regardés.

Un croquis d'enfant retint son attention. Le nom de Sheila était griffonné au bas de la feuille. Elle avait dû réaliser ce dessin quand elle était à l'école primaire. Le trait était maladroit. Les personnages n'avaient pour membres guère plus que des bâtons.

Pourtant, malgré le coup de crayon simpliste, la scène était étrangement réaliste. Elle dépeignait un homme et une fillette. L'homme tenait la petite fille enlacée. Non pas par les épaules ou par la taille. Plus bas. Son sourire n'était représenté que par une barre de couleur, mais il reflétait une méchanceté certaine. Quant au visage de la fillette, il exprimait la frayeur.

Kelsey se mordit la lèvre. Ce dessin suffirait-il à prouver qu'Andy Latham avait abusé de sa belle-fille ? Sans le témoignage de Sheila, elle doutait qu'un croquis et un journal intime suffisent à convaincre la cour d'incarcérer Latham.

Elle rangea le cahier de Sheila et les documents découverts au fond du tiroir dans un sac en toile, puis après avoir emballé quelques effets personnels, elle retourna dans le salon.

Larry était en train de porter un biscuit à ses lèvres. Il suspendit son geste à mi-chemin.

— Qu'est-ce que tu fais avec ce sac ? demanda-t-il avec étonnement.

Dane était assis dans le fauteuil près du canapé, une grande tasse de café entre les mains.

— Kelsey va passer la nuit avec moi à Hurricane Bay, répondit-il en regardant Kelsey par-dessus le bord de sa tasse.

— Ah bon.

Tous les regards étaient braqués sur elle.

— Il n'aura pas fallu longtemps, murmura Larry.

— Nous savions tous depuis longtemps qu'il y avait… quelque chose entre eux, commenta Cindy.

— Trois jours… Ils ont été rapides.

— Trois jours, répéta Nate en écho.

— Trois jours… et combien d'années ? intervint Jorge.

— Je crois que je ne m'étais jamais aperçu que Kelsey et Dane se connaissaient si bien, déclara Larry. Sheila est au courant ?

— Au courant de quoi ? répliqua Kelsey. Que je vais dormir à Hurricane Bay parce que je flippe à cause de ce qui se passe ici ?

Elle était incapable de dissimuler son agacement. Ses amis se comportaient comme des parents un peu trop prompts au jugement.

— Au courant de… toi et Dane, fit Larry avec un soupir.

— Il n'y a pas de « moi et Dane ». Je vais dormir à Hurricane Bay, point barre.

— Parce qu'il pense que l'un d'entre nous a essayé de te tuer ! s'emporta Nate. Et tu penses la même chose que lui !

— Pas du tout ! Je me suis sentie épiée, tout à l'heure, et Andy Latham me fout les jetons. Voilà pourquoi je n'ai pas envie de rester ici.

— Je suis là, tu sais, remarqua Larry.

— Et moi aussi, ajouta Cindy. Juste de l'autre côté du mur.

— Tu aurais pu venir chez moi, observa Nate en la regardant dans les yeux.

Jorge se radossa à son siège avec l'air de celui qui ne veut pas s'en mêler.

— Elle a toujours été amoureuse de lui, poursuivit Nate sans quitter Kelsey du regard, un sourire chagriné aux lèvres.

En poussant un grognement, elle laissa tomber son sac à ses pieds.

— Vous pourriez m'épargner vos commentaires. Dane a été le premier à me proposer de venir passer la nuit chez lui, donc ce soir, je dormirai à Hurricane Bay. Et demain, je verrai ce que je ferai.

Larry se tourna vers Nate.

— Il a fait partie de l'armée. Et il est détective privé.

— Il a un gros flingue, railla Nate.

— Larry, si tu tiens à tout prix à prendre quelqu'un sous ton aile, je peux dormir dans le lit de Kelsey, proposa Cindy.

— Dans le lit de Sheila, corrigea Kelsey.

Le silence s'abattit sur le salon. Personne ne suggéra que Sheila pouvait revenir d'un moment à l'autre. Ce qui signifiait que tous partageaient maintenant le même pressentiment...

— Je veux bien, Cindy, répondit Larry. Tu es capable de soulever le double de ton poids. Je me sentirai en sécurité avec toi.

Jorge froissa son assiette en carton entre ses mains.

— Bon, moi, je vais dormir dans mon lit. Je vous souhaite à tous une bonne nuit.

Il hocha la tête en direction du groupe, puis se tourna vers Dane, qui revenait juste de la cuisine et lui fit un clin d'œil. Une nouvelle complicité semblait être née entre eux, songea Kelsey, intriguée. Elle était à la fois contente qu'aucune querelle n'ait éclaté entre eux et furieuse d'être tenue à l'écart de leur secret.

Nate se leva à son tour.

— Moi aussi, je m'en vais.

— Nous n'allons pas tarder non plus, déclara-t-elle. Je suis crevée.

— Oh oui. J'imagine que tu vas t'écrouler de sommeil !

Elle le regarda en fronçant les sourcils.

— Tu as déjà oublié que nous n'avons pas fermé l'œil de la nuit, hier ? Il a fallu que nous revenions ici d'urgence parce que Latham t'avait frappé.

— Je t'en remercie, railla-t-il en se dirigeant vers la porte. Eh, Larry, faites attention, ici. Tirez bien tous les verrous.

— On fera le tour des portes et des fenêtres, promit Cindy.

— Ouais, dit Larry. Quoique nous pourrions tous aller à Hurricane Bay. On ne risquerait rien, là-bas.

— Sauf qu'on n'est pas invités, répliqua Jorge. Allez, bonne nuit, tout le monde.

Sur quoi, il se dirigea vers l'entrée. Les autres le suivirent dehors.

— Bonne nuit, fit Kelsey. Cindy, Nate a raison. Vérifiez que toutes les portes sont bien fermées.

— Je m'en charge.

Sans un au revoir, Nate regarda Kelsey et Dane monter dans la jeep. Cindy et Larry agitèrent la main tandis que la voiture s'éloignait. Nate les imita sans enthousiasme.

Quand ils se retrouvèrent seuls, Cindy se tourna vers les deux hommes.

— Ce n'est pas vraiment une surprise.

— Tu veux dire, que Kelsey aille passer la nuit avec Dane ? demanda Larry.

— Evidemment. Nate, depuis des années, tu n'arrêtes pas de me répéter qu'il y a quelque chose entre eux.

— Ouais…

— Alors pourquoi ne sont-ils pas ensemble pour de bon ? s'enquit Larry.

— Qui sait ? Peut-être que Kelsey aurait eu l'impression de trahir Sheila.

Il émit un grognement sarcastique.

— Trahir Sheila… Elle est bien bonne, celle-là.

— Pauvre Larry.

Elle lui posa une main sur le bras.

— Je sais qu'elle t'a fait souffrir, mais… mais je crois qu'elle était… qu'elle est si perturbée que nous ne pouvons pas lui en vouloir.

Elle se tut, hésitante. Elle semblait sur le point de faire une confession.

— Je… je peux te dire…

— Quoi ?

— Laisse tomber. Allons jeter un œil chez moi et nous reviendrons dormir ici.

— Tu penses que quelqu'un s'est introduit dans ton appartement ?

— Je n'en sais rien, mais je préfère qu'on aille voir. Avec toutes ces histoires, je ne me sens pas rassurée.

— Comme tu voudras.

— Allons-y, ça ne peut pas faire de mal, décida Nate. Je crois que je vais rester ici avec vous. Je dormirai sur le canapé. Tu te sentiras plus en sécurité, Cindy ?

— Ce n'est pas parce que je porte des costards que je n'ai pas de couilles, grommela Larry.

Elle éclata de rire.

— Personne ne doute de ta virilité.

— C'est vrai, Larry. Si je reste, c'est aussi parce que je n'ai pas très envie de prendre la route tout seul. Dane a installé des caméras de surveillance au bar, mais… ça fait des siècles que nous n'avons pas fermé les portes à clé. Larry, tu as pour mission de me protéger, moi aussi.

— Cool ! Bon, pour commencer, allons faire un saut chez Cindy.

Après avoir verrouillé toutes les portes de l'appartement de Sheila, ils se rendirent dans l'autre partie du duplex.

— Cindy, tu veux qu'on t'attende dans le salon ? proposa Larry.

— Non, je préfère que vous ne me quittiez pas d'une semelle.

Comme un seul homme, ils inspectèrent chaque pièce, chaque placard, vérifièrent que toutes les issues sur l'extérieur étaient fermées. Par précaution, ils calèrent des manches à balai contre les baies vitrées donnant sur le jardin, c'est-à-dire dans la chambre, le salon et la salle à manger.

— Satisfaite ? demanda Larry.

— Oui.

— Donc on peut retourner de l'autre côté.

Dans l'appartement de Sheila, ils prirent les mêmes mesures, en accordant un soin tout particulier à la chambre de Sheila où Cindy passerait la nuit.

— Je crois que je suis en train de péter un câble, commença Nate en regardant par la fenêtre avant de tirer les rideaux. On est tous devenus dingues. Kelsey ne sait pas si elle a vu une tête ou un lézard ; je crois avoir vu une silhouette mais je n'en suis pas sûr ; nous avons peut-être vu le camion de Latham, mais peut-être pas.

— C'est la fatigue liée à la nervosité.

— Ouais, peut-être... Je vais me coucher, et vous ?

— Je suis lessivée, répondit Cindy, mais je ne sais pas si j'arriverai à m'endormir. Je n'aurais pas dû boire autant de café. Je suis à bout de nerfs.

— Je connais le remède, déclara Nate.

— C'est quoi ?

— Une dernière bière.

— Bonne idée, commenta Larry. On en profitera pour se remémorer les souvenirs du bon vieux temps.

— Une seule, alors, décréta Cindy. Si je bois trop, Dieu sait ce que je serais capable de vous raconter.

— Des trucs scabreux ?

— Des trucs obscènes et scandaleux.

— Je vais chercher des bières, proposa Nate.

— J'aimerais que tu me racontes ce que tu es parti faire avec Jorge, lança Kelsey. Lorsque tu es arrivé, on avait l'impression que tu allais lui sauter à la gorge. Et quand vous êtes revenus, vous sembliez être les meilleurs amis du monde.

— Jorge m'a donné quelques explications, c'est tout, répondit Dane en s'engageant sur la route privée de Hurricane Bay. Je ne t'en dirai pas plus. Pour l'instant, personne n'est encore lavé de tout soupçon.

— Lavé de tout soupçon ? Dane, je fais peut-être des conneries en m'acharnant à retrouver Sheila, mais toi, je crois que tu deviens parano.

— As-tu oublié que quelqu'un t'a visé avec un harpon, aujourd'hui ?

Elle changea de position afin de lui faire face.

— Il y avait des tas de bateaux autour du nôtre ; tu n'as même pas pu lire tous les noms. Soyons objectifs : il s'agissait très certainement d'un touriste inconscient. Si ce n'est pas le cas, Andy Latham est la seule personne dont nous puissions douter.

— Je n'ai pas pris la peine de déchiffrer les noms de tous les bateaux parce que j'étais trop pressé de te rejoindre, mais il me semble bien avoir aperçu celui de Latham, ce vieux rafiot bouffé par la rouille.

Il se tut un instant.

— Latham n'est pas clair, c'est sûr, admit-il après quelques secondes. Mais son implication éventuelle n'explique pas tous les incidents qui se sont produits dernièrement. Je ne crois pas qu'il soit suffisamment futé pour te traquer sous l'eau avec une arbalète, et parvenir à si bien se cacher.

— Si c'est lui qui a étranglé les strip teaseuses, il a démontré qu'il était plus intelligent qu'on ne le pensait. Quand les corps ont refait surface, il n'était plus possible de relever le moindre indice.

— C'est vrai.

— S'il y avait réellement quelqu'un qui rôdait autour du duplex, ce soir, poursuivit-elle, ça ne pouvait être que lui. Nate est presque sûr d'avoir entrevu son camion.

Dane gara la jeep devant la maison et coupa le moteur. Il se tourna vers elle.

— O.K., Latham est notre suspect numéro un. Maintenant, il nous faut des preuves. Ou tout au moins un lien entre lui et les victimes.

— Si nous retrouvons Sheila et qu'elle a été...

Elle s'interrompit, la gorge trop nouée pour aller plus loin.

— Oui, *si* nous la retrouvons. Donne-moi ton sac.

Il s'empara de son petit sac en toile et descendit de la voiture. Kelsey le suivit jusqu'à la porte de derrière. Il donna un tour de clé dans chacune des deux serrures.

— Tu crains qu'il se passe quelque chose ici ? demanda-t-elle.

— Je crains qu'il se passe quelque chose tout court.

Une fois à l'intérieur, il prit soin de tirer les verrous. Kelsey s'était immobilisée dans le hall d'entrée.

— Ne te gêne pas, lâcha-t-il en passant devant elle.

— C'est drôle, mais je me sens comme chez moi, ici.

— Sans doute parce que la maison n'a pas beaucoup changé.

— Mais nous, nous avons changé.

— Peut-être. Peut-être pas. Tu veux boire quelque chose ? Tu as faim ? Tu dois être morte de fatigue. Pour ma part, je suis exténué.

— Je le suis aussi. Ne t'inquiète pas pour moi, je sais où se trouve la cuisine.

Elle hésita avant de demander :

— Où veux-tu que je dorme ?

— Dans ma chambre.

Elle vit un sourire peiné se dessiner sur ses lèvres.

— J'ai l'impression que tu ne me fais toujours pas confiance, ajouta-t-il.

Elle lui prit son sac des mains.

— Je n'ai pas encore eu l'occasion d'inspecter ta chambre, remarqua-t-elle en se dirigeant vers l'escalier. Tu me laisses monter là-haut sans supervision ?

— J'ai quelques coups de téléphone à passer.

— A qui ?

— Je te promets de tout t'expliquer quand nous aurons tiré cette histoire au clair. Ça te va ?

— Il faudra bien. Je doute d'être capable de t'arracher des aveux.

Le pied sur une marche de l'escalier, elle le dévisagea en silence.

— Oui ?

— Si tu mets trop longtemps, tu risques de me trouver endormie.

Il sourit.

— J'y penserai.

Sur quoi, elle gravit les marches sans se retourner.

Au duplex, ils en étaient à leur troisième bière quand Nate rappela à Cindy qu'elle leur avait laissé espérer des révélations.

— Allez, Cindy ! J'ai raconté mes expériences les plus désastreuses. La fois où j'ai ramené un superbe mannequin dans mon lit et que je me suis endormi parce que j'avais trop picolé. Et mon mariage qui n'a même pas duré un mois. La honte… Et puis Larry nous a avoué qu'il s'était coincé la bite dans sa braguette lors de son premier rendez-vous avec cette assistante artistique. A toi, maintenant, Cindy. Des histoires de filles, ça nous changera. Au moins, tu n'as pas de problèmes de panne, toi.

— Non…

— Allez ! insista Larry. Je te signale qu'on a rangé notre machisme au placard pour toi. Pour que tu nous parles.

— Bien, commença à dire Cindy en les regardant tour à tour. Je… J'ai eu une aventure avec une femme.

— Waouh ! s'exclama Nate.

— Je n'y ai gagné que de l'humiliation.

— Raconte !

— Avec qui ? Si c'est avec Kelsey, elle m'a menti.

Cindy secoua la tête.

— Non, pas avec Kelsey. Et puis, Nate, arrête de penser que ton mariage a été un échec parce que tu n'étais pas un bon amant. Il me semble que nous connaissons tous, maintenant, les motifs de l'attitude de Kelsey.

— Parce qu'elle désirait un mec mieux que moi.

— Un mec différent, Nate. C'est tout : différent.

— Allez, allez, assez parlé de Nate, intervint Larry. On la connaît, cette fille avec laquelle tu as couché ?

— Oh oui.

— Qui est-ce ? s'enquit Nate, intrigué.

— Je sais, répondit Larry. C'est Sheila.

— Sheila ? Comment a-t-elle eu le temps de te caser dans son planning, avec tous les hommes qu'elle se tape ?

Cindy sourit.

— On était là, un soir, à boire du vin. On a commencé à parler de mecs. Comme aujourd'hui, je me suis mise à lui raconter mes expériences les plus cauchemardesques.

Je venais juste de plaquer ce grossiste en T-shirts. Pendant toute la période où j'avais bossé avec lui, il s'était montré adorable. Et puis un jour, il m'a invitée à dîner. A peine sortis du restau, il a voulu m'emmener dans sa chambre d'hôtel…

— Revenons à nos moutons. Que s'est-il passé entre toi et Sheila ?

— Elle a vidé son sac et m'a conseillé d'agir comme elle, d'extorquer le maximum aux mecs, parce qu'au fond, ils ne méritaient pas mieux.

— J'ai toujours été gentil avec elle ! s'indigna Larry.

— D'après elle, tu l'aimais trop.

— C'est possible.

— Bon, on s'éloigne du sujet qui nous intéresse, les reprit Nate.

— Je ne me rappelle même pas comment ça a démarré. Je crois qu'on a dû en arriver à la conclusion que les hommes étaient tous des salauds. A l'exception des homos. Manque de bol, les gays ne sont pas pour nous. Sheila a décrété que c'était pour cette raison que beaucoup de femmes se tournaient vers les femmes. Parce qu'elles étaient plus sensibles que les mecs. Ensuite, je n'ai rien compris, elle s'est levée et elle est venue me masser les épaules. Elle a dit que j'avais besoin d'un bon bain chaud. Nous nous sommes retrouvées toutes les deux dans la baignoire qui débordait de mousse, avec une nouvelle bouteille de vin à portée de main. Quand je suis sortie de l'eau, elle a tenu à me sécher. Et elle… J'étais bourrée, elle a effleuré des points sensibles, et… Bref…

— O.K., on a capté, l'aida Nate d'une voix rauque.

— Voilà, on a couché ensemble. Je me suis réveillée avec une gueule de bois monstre, terriblement gênée. Sheila s'est moquée de moi, elle m'a dit de ne pas m'affoler, qu'elle n'avait pas l'intention de se maquer avec moi, que je n'avais été qu'une expérience. Elle voulait se prouver qu'elle pouvait séduire n'importe qui, homme ou femme. J'étais folle de rage — et horriblement mal à l'aise. Je crois que je ne lui ai pas adressé la parole de plusieurs jours. Mais elle était tellement blasée… Au bout d'une semaine, c'était comme s'il ne s'était rien passé.

— Une semaine, c'est un record pour elle. Elle oublie ses conquêtes masculines beaucoup plus rapidement.

— A part Dane, remarqua Larry.

— Elle a toujours eu une drôle de relation avec Dane, observa Cindy. Elle est très attachée à lui, mais chaque fois qu'il tente de se rapprocher d'elle, elle le repousse.

— Elle sait qu'elle ne correspond pas à son idéal féminin. Elle sait peut-être aussi qu'il est depuis longtemps attiré par Kelsey. Et puis, bien sûr, elle n'ignorait pas qu'il était fou amoureux de cette femme de St. Augustine.

Nate observa un instant de silence avant de reprendre :

— Donc tu as fini au lit avec Sheila parce que l'alcool vous avait délié la langue. Toutes les conditions sont réunies ; tu fais couler un bain ?

Cindy éclata de rire.

Cindy se glissa enfin dans le lit de Sheila. Ses paupières étaient lourdes. Elle avait passé une bonne soirée à discuter avec les garçons, mais elle savait que le lendemain matin, elle se mordrait les doigts de s'être couchée si tard.

Elle aimait son métier, ses boutiques, les gens qu'elle côtoyait, acheter, vendre. Toutefois, le travail demeurait une contrainte. Nate avait la chance de pouvoir aller au bar aux horaires qui lui convenaient ; quant à Larry, il était en vacances et ce, même s'il avait l'intention de bosser sur son ordinateur portable. Elle serait la seule à devoir se lever d'ici à quelques heures.

Tant pis. Elle avait bien rigolé. C'était chouette d'avoir retrouvé toute la bande. Elle voyait Nate souvent, ainsi que Dane, depuis qu'il était revenu sur l'île. Mais Kelsey lui avait manqué. Et Jorge était si agréable.

Elle se blottit sous les couvertures. La climatisation faisait des miracles. La journée, la chaleur ne la dérangeait pas, mais la nuit, elle adorait ramener la couette sous son menton pour se protéger du souffle glacial de l'air conditionné.

Elle habitait à Key Largo parce qu'elle n'avait aucune envie de vivre ailleurs. Un jour, elle serait probablement aussi ridée qu'un pruneau, en dépit de la crème solaire qu'elle s'appliquait quotidiennement depuis son plus jeune âge. Mais elle ne pouvait pas se passer du soleil et de la mer. Les îles étaient paradisiaques. Les fonds sous-marins, les gens qui vivaient là, la nourriture, les cocktails… Et maintenant, elle avait retrouvé ses amis de toujours.

Elle tapota son oreiller et se cala dans une position confortable, en se disant qu'il fallait absolument qu'elle s'endorme.

Et peu à peu, elle sombra dans le sommeil. Quand quelque chose la tira brusquement des limbes. Sur le coup, les yeux grands ouverts dans le noir, tendue comme un ressort, elle ne sut pas ce qui l'avait réveillée.

Puis elle perçut un bruissement. A l'extérieur.

Elle tourna la tête vers la fenêtre. Naturellement, elle avait tiré les rideaux avant de se mettre au lit. Avait-elle réellement entendu un bruit ? Ou n'était-ce pas plutôt une hallucination auditive due à la fatigue ?

Allons, Larry était dans l'autre chambre, et Nate dormait dans le salon. Elle ne risquait rien, se rassura-t-elle.

Elle se décontracta et referma les yeux. Mais ses paupières se soulevèrent aussitôt.

Il y avait quelqu'un dehors. Quelqu'un qui tripotait le loquet de la baie vitrée.

— Allô ? *Hola* ?

— Jorge, c'est Dane.

— Dane ? demanda son ami, surpris.

— Excuse-moi, tu dormais ?

— Ouais, mais ce n'est pas grave. Pourquoi m'appelles-tu ?

— J'aimerais revoir ton amie.

— Pourquoi ? s'enquit Jorge avec suspicion. Tu as dit que tu ne...

— Loin de moi l'idée de renvoyer le gosse à Cuba. Mais il faut que je parle à Marisa. J'ai filé des photos à Katia. C'est elle qui m'a appris que tu fréquentais le club. Pour les autres, elle n'est pas sûre d'elle. Elle pense les avoir tous déjà vus. Logique, avec tous les hommes qui défilent dans la boîte. Marisa pourrait peut-être m'aider.

— A l'heure qu'il est, elle doit être au lit.

— Je m'en doute, mais je voudrais la voir dès demain matin.

— O.K.

— Tu avais prévu de sortir en mer, demain ?

— Je peux me faire remplacer par l'un de mes capitaines, répliqua Jorge non, sans une certaine fierté. Enfin, pas pour tout…

— Rendez-vous à la station-service près de chez moi à 9 heures. Ce n'est pas trop tôt ?

— Non, pas pour toi.

S'étant mis d'accord, ils raccrochèrent.

Dane consulta la pendule. Il n'y avait plus grand-chose qu'il puisse faire avant le lever du jour. Pas par téléphone. Il se leva et monta au premier étage.

Cindy poussa un hurlement à réveiller les morts. Sautant à bas du lit, elle se précipita hors de la chambre et fonça droit dans Nate.

— Qu'est-ce qu'il y a ? s'écria-t-il, les cheveux hérissés sur la tête, vêtu seulement d'un boxer en soie bleue.

— Derrière !

Larry sortit de sa chambre, un drap enroulé autour de la taille.

— Il y a quelqu'un derrière la baie vitrée, expliqua-t-elle plus calmement.

— Tu en es sûre ? Tu ne t'es pas fait un film ?

— J'ai entendu du bruit !

Larry pénétra dans la chambre et se dirigea vers la fenêtre.

— Je vais jeter un coup d'œil devant, déclara Nate. Cette fois, j'espère qu'on arrivera à le choper.

Sans se soucier de sa tenue légère, il quitta l'appartement par la porte d'entrée et disparut dans la nuit.

Cindy rejoignit Larry dans la chambre. Il tira les rideaux. Le patio était désert.

— Je vais voir ce que fait Nate, décida-t-elle.

— Moi aussi.

Elle se dirigea vers la porte, Larry sur ses talons. Il jura dans son dos.

— Merde !

Elle se retourna. Les pieds emmêlés dans son drap, il était à quatre pattes sur le carrelage dans le plus simple appareil. Elle détourna vivement le regard, mais ne put s'empêcher de pouffer. Larry ressemblait à un gamin posant pour une photo qui ferait de lui à l'âge adulte la risée de ses copains.

— Relève-toi, ordonna-t-elle en sortant à toute vitesse pour rattraper Nate.

Elle l'appela à mi-voix. Pas de réponse.

— Nate ? répéta-t-elle en haussant la voix.

Toujours pas de réponse.

D'un pas rapide, elle contourna la maison. Puis elle se mit à courir vers le patio.

C'est alors qu'une violente douleur à la tête la fit vaciller. Etourdie, elle cligna des paupières en se demandant ce qui lui arrivait. Elle essaya de poser un pied devant l'autre. Et s'affala de tout son long.

*
* *

Voyant que Dane tardait à monter, Kelsey avait allumé la télévision. Calée contre les coussins, elle zappait de chaîne en chaîne. Le lit de Dane était confortable. Large, quatre oreillers à la tête, douillet. Le matelas n'était ni trop dur ni trop mou, et les oreillers avaient exactement la consistance qu'elle aimait. Les draps sentaient le frais. La chambre, en revanche, manquait un peu de rangement. Le sol était jonché de magazines de pêche et de catalogues d'articles de surveillance. Une bibliothèque se dressait en face du lit, garnie d'un assortiment de titres des plus éclectiques : des classiques en édition de poche, des manuels militaires, des ouvrages sur la flore et la faune des îles, de nombreux documents sur les Everglades, des romans policiers.

Toute de bois et de rotin, la pièce avait un caractère masculin. Pourtant, Kelsey s'y sentait merveilleusement bien.

« Tu n'es pas chez toi, ma fille, se sermonna-t-elle. Attention, ne t'attache pas trop à cette maison… »

Elle n'avait rompu avec le rythme effréné de l'univers de la publicité que depuis quelques jours, mais déjà, elle avait l'impression de n'avoir jamais quitté Key Largo. Au fond, elle avait conscience que sa place se trouvait sur l'île. Elle serait volontiers restée chez Dane à tout jamais, tout en sachant que ce n'était pas possible. Dane ne voudrait sûrement pas d'elle à demeure. Il souffrait encore du drame qu'il avait vécu à St. Augustine. D'ailleurs, ce n'était pas lui qui était venu à elle ; elle l'avait provoqué. Elle devait absolument juguler ses émotions.

Malgré elle, cependant, elle ne pensait qu'à lui. Que faisait-il, en bas ? Elle l'avait prévenu qu'elle risquait de s'endormir rapidement. Mais elle avait aussi insisté pour qu'il fasse tout son possible afin de retrouver Sheila, et elle était sûre que c'était à cela qu'il s'employait en ce moment.

Puisqu'il ne semblait pas pressé de la rejoindre, elle descendit du lit et attrapa son sac en toile, d'où elle sortit le dessin découvert dans la commode. Sheila n'était pas une artiste, mais en dépit de son manque de talent, une ambiance malsaine se dégageait indiscutablement de son croquis.

Kelsey passa encore en revue les documents appartenant à son amie, puis elle ouvrit le journal. Un journal intime était censé permettre une expression totalement libre. Or Sheila n'avait consigné dans le sien que des propos sans profondeur.

Kelsey tourna les pages, dans l'espoir de tomber sur des lignes révélatrices de la vraie vie et de la personnalité de son amie. Sheila ne parlait que des autres. Nate était un « adorable couillon ». Larry l'avait aimée à la folie, et elle regrettait de n'avoir pas été capable de le supporter. Il lui téléphonait souvent, juste pour s'assurer qu'elle n'avait besoin de rien. Quand il s'agissait de s'éclater, Izzy décrochait la palme. Elle appréciait la compagnie de Jorge, mais il lui manquait ce petit côté dangereux et excitant — et surtout, contrairement à Izzy, il ne la considérait pas comme son égale. Si seulement Izzy ne réprouvait pas le fait qu'elle aime traîner dans les bars et allumer des étrangers…

Le mot « peur » n'apparaissait dans ses écrits qu'en référence à Dane. Elle avait peur et elle voulait parler à Dane, disait-elle.

Toutefois, Dane avait raison. Si c'était lui qui l'effrayait, elle s'en serait confiée à quelqu'un d'autre.

Exaspérée, Kelsey posa le cahier à côté d'elle.

— Sheila, bon sang, qu'est-ce que tu fabriques ? prononça-t-elle à voix haute.

Elle ramassa la liasse de documents. Et découvrit en la feuilletant un autre dessin qui lui avait échappé, une esquisse d'adulte réalisée à la hâte, représentant encore un homme et une fille. Ou une femme. L'homme tenait la jeune femme à la gorge.

— Qu'as-tu trouvé ?

La voix de Dane la fit sursauter. Il se tenait sur le seuil de la chambre.

— Un dessin de Sheila, répondit-elle.

Il s'approcha du lit et lui prit la feuille des mains afin de l'examiner. Lui, qui ne montrait jamais ses émotions, parut s'attrister.

— Tu crois que c'est Andy Latham ? demanda-t-il.

Elle haussa les épaules.

— Va savoir. Sheila n'est pas douée pour le dessin.

Les yeux de Dane se posèrent sur le cahier recouvert de papier cadeau.

— C'est son journal ?

— Oui.

— Intéressant ?

— Elle parle de tout et de rien, sauf d'elle-même.

— Il faudra que je le lise.

— Si tu veux. Tu trouveras peut-être quelque chose entre les lignes. Tu es plus perspicace que moi.

— Mais pas ce soir. Je suis trop fatigué.

Elle leva les yeux vers lui.

— J'imagine que tu es à bout.

— Oh, il y a fatigue et fatigue.

— Ah ?

— Je suis trop épuisé pour lire, mais…

Il posa le journal sur la table de chevet et rassembla les documents qu'elle avait éparpillés sur le lit. Puis il s'assit près d'elle.

— Tu as des épaules superbes, remarqua-t-il.

— Merci.

— Le fait qu'elles soient dénudées signifie-t-il que tu es nue sous le drap ?

— Tu es détective. Devine.

— Hmm, mon petit doigt me dit que tu es nue.

Se levant, il appuya sur l'interrupteur et éteignit la télévision. Les rideaux étaient ouverts. La lune apportait une douce clarté dans la pièce.

Il se déshabilla et écarta le drap du corps de Kelsey.

— Mon petit doigt est fiable, remarqua-t-il.

— Ton sixième sens m'épate.

— Vous me flattez, madame.

Elle rit tandis qu'il se glissait auprès d'elle. Dieu que son corps chaud et ferme était agréable contre le sien…

— Tu veux que je t'épate vraiment ?

— Volontiers, répondit-elle en l'enlaçant, sa fatigue soudain oubliée.

Il plaqua ses lèvres sur les siennes. Son baiser, charnel, était prometteur. Elle entrouvrit les jambes contre les siennes. Leurs bouches en fusion, il pénétra doucement en elle, la portant presque instantanément au bord de l'extase. Elle aurait voulu savourer ce moment, mais les mouvements de Dane l'entraînaient au septième ciel.

Il se retira à l'instant où l'orgasme allait s'emparer d'elle. Leurs lèvres se séparèrent. Penchant la tête, il lui embrassa les épaules, puis le cou, les seins.

Elle n'en pouvait plus. Se pressant contre lui, elle s'installa sur lui. Il y avait tant de choses en lui qu'elle désirait explorer, goûter, chérir. Elle se frotta le visage contre son torse, puis parcourut son ventre de délicats baisers, descendit jusqu'à ses hanches.

Il avait des jambes musclées et un ventre plat. Il entretenait sa forme.

Quand elle prit son sexe dans sa bouche, elle l'entendit pousser un gémissement de plaisir.

Mais il roula sur le côté avec un grognement et se remit à lui caresser le ventre, les cuisses. Et l'intérieur des cuisses.

Le corps secoué de frissons, elle lui empoigna les cheveux et le fit venir en elle. La jouissance lui arracha un cri.

Heureusement qu'ils étaient sur une île privée, songea-t-elle tandis qu'ils reprenaient leur souffle, collés l'un à l'autre, luisants de sueur.

— Tu as aimé ? lui chuchota-t-il au creux de l'oreille.

Elle lui passa la main dans les cheveux. Dans la pénombre, elle ne distinguait pas ses traits.

— Tu as été merveilleux.

— Merci. Je ne suis pas toujours aussi performant, tu sais.

— Non ?

Il se souleva sur un coude.

— C'est toi qui me fais accomplir des miracles.

— Avec toi, je donne le meilleur de moi-même.

Elle se pelotonna contre lui et sombra rapidement dans un sommeil serein.

Quand elle se réveilla, Dane était déjà debout, habillé, prêt à sortir. Ses yeux tombèrent sur le revolver posé près d'elle dans le lit.

— C'est un 38 mm spécial. Tu sais t'en servir ? demanda-t-il.

— Je… oui. Je n'ai pas touché une arme à feu depuis des années, mais… j'allais souvent faire du tir avec Joe.

— Très bien. Je serai de retour d'ici à une heure environ. Je ferme la porte à clé, mais garde ça avec toi tout le temps, même sous la douche.

Il lui déposa un baiser sur le front.

— Où vas-tu ?

— Voir une strip teaseuse.

— Vraiment ?

— Vraiment, oui. Je n'en aurai pas pour longtemps.

Elle ne posa pas plus de questions. Dane quitta la chambre, et elle l'entendit dévaler l'escalier à la hâte.

Elle demeura allongée sur le lit, le regard rivé sur le revolver. Il y avait longtemps qu'elle n'avait pas tiré, mais oui, elle saurait s'en servir.

Elle referma les yeux, et sursauta quand la sonnerie du téléphone retentit. Elle décrocha automatiquement, en se demandant si elle aurait dû.

— Allô ?

— Kelsey ?

— Oui.

C'était Nate. Il avait une drôle de voix.

— Qu'est-ce qu'il y a ? Que se passe-t-il ?

— Tu ne dors pas ? J'arrive.

— Nate, que se passe-t-il ?

— Premièrement, Cindy est à l'hôpital.

— Mon Dieu, qu'est-ce qu'elle a ?

— Et deuxièmement, on a retrouvé un autre corps.

Il hésita une fraction de seconde avant d'ajouter :

— La police pense qu'il s'agit de Sheila.

16.

A ces mots, Kelsey sentit un frisson la glacer jusqu'à la moelle.

Quand les militaires avaient annoncé à ses parents que Joe avait été tué au cours d'un exercice, elle avait été saisie d'une angoisse sans pareille, mais qui n'avait rien de commun avec cette sensation de froid qu'elle éprouvait à présent.

Joe était mort en accomplissant ce qu'il pensait être son devoir envers sa patrie. Sheila avait été assassinée. Elle avait non seulement enduré la douleur physique mais les affres de la terreur.

Et son meurtrier courait toujours…

— Kelsey ?

— Qui vous a prévenus ?

— Un policier a téléphoné ce matin pour nous demander de venir identifier le corps. Ils n'arrivaient pas à joindre Latham, alors ils ont essayé d'appeler Larry. Où est Dane ?

— Il est parti, je ne sais pas exactement où.

— Bon, je viens te chercher. Dane est en relation avec Gary Hansen et les flics de Miami ; ils vont sûrement le prévenir. Habille-toi. Je suis là dans cinq minutes.

— D'accord.

Sous le choc de la nouvelle, elle avait presque oublié la première information.

— Attends ! cria-t-elle dans le combiné. Qu'est-il arrivé à Cindy ? Tu m'as dit qu'elle était à l'hôpital. C'est grave ?

— Elle a cru entendre quelqu'un gratter à la baie vitrée de la chambre, hier soir. Je suis allé voir dehors pendant qu'elle sortait dans le patio avec Larry. Elle a dû se cogner la tête contre la bâche anti-tempête. Elle s'est assommée. Elle n'est pas blessée, mais le médecin des urgences a estimé qu'il était plus prudent de la garder en observation.

Il marqua un temps d'hésitation avant de poursuivre :

— Nous devons aller la chercher cet après-midi. Je ne lui ai pas encore dit que... qu'on pense avoir retrouvé Sheila. On a jugé qu'il valait mieux attendre qu'elle soit sortie de l'hôpital. Prépare-toi, d'accord ?

— O.K.

Elle raccrocha et sauta à bas du lit. Si elle s'occupait l'esprit à s'habiller, elle ne penserait pas à Sheila.

Faux.

Elle ne pouvait penser à autre chose.

Son mauvais pressentiment était donc fondé.

Les larmes lui brûlaient les yeux. Elle passa rapidement sous la douche, puis enfila des vêtements, oubliant de se brosser les cheveux.

Sans même un regard pour le revolver que Dane avait laissé dans le lit, elle descendit au rez-de-chaussée, en se demandant si Nate était arrivé pendant qu'elle était dans la salle de bains. Elle colla son œil contre le judas de la porte d'entrée. Personne.

Elle alla ensuite regarder par la porte grillagée qui donnait sur l'arrière de la maison. Nate était là, sur la petite plage, immobile, les mains enfoncées dans les poches, les épaules affaissées, les yeux baissés vers le sable.

Elle ouvrit le battant et se précipita vers lui.

— Nate ?

Il se tourna vers elle. Le soleil jetait un drôle de reflet sur son visage.

— Tu es là, murmura-t-il en posant les mains sur ses épaules.

Ses yeux étaient secs. Il l'attira contre lui et la serra à lui broyer le buste.

— Kelsey...

On l'avait retrouvée.

Dane avait reçu un coup de téléphone de Gary Hansen juste avant d'arriver à la station-service. Le corps de Sheila avait été découvert dans le golfe par deux gamins qui pêchaient autour des innombrables îlots formés par la mangrove. Le cadavre était enchevêtré dans des racines. Des enquêteurs étaient restés sur place, afin d'inspecter le lieu.

En raison de l'état du corps — et de la cravate nouée autour de son cou —, on l'avait conduit à la morgue de Miami pour l'autopsier. Hector Hernandez avait prié Dane de le rejoindre à la chambre mortuaire, craignant que Larry ne soit pas capable d'identifier la dépouille.

Dane s'arrêta à la station-service afin d'annoncer la triste nouvelle à Jorge. Il lui remit également une photo d'Andy Latham, en lui demandant de la montrer à Marisa Puis il fila à Miami.

A l'accueil de l'Institut médico-légal, on l'orienta vers « la cellule cinq ».

Quand il pénétra dans la salle, Hector, un bloc-notes à la main, s'entretenait avec le Dr Alfred Gray, auquel il fit un signe pour lui indiquer qu'il pouvait continuer à parler devant Dane.

Sheila était restée dans l'eau une dizaine de jours, ce qui signifiait qu'elle avait été tuée peu après avoir disparu.

— Dane, tu es le dernier à l'avoir vue, n'est-ce pas ? s'enquit Hector.

— Le dernier à le reconnaître.

Dane avait déjà vu des cadavres. Des personnes mortes dans leur sommeil ou des suites d'une longue maladie. Des tués par balle ou par arme blanche. Des corps mutilés dans des explosions. Des victimes de guerre.

Mais il n'avait jamais vu un cadavre aussi horrible que celui de Sheila. Grignoté par les crabes, son beau visage était méconnaissable. Les poissons lui avaient dévoré les doigts et s'étaient attaqué à sa chair en de nombreux endroits. Sans parler des conséquences de l'étranglement. La strangulation n'était pas une belle mort.

En dépit des ravages de l'eau, les motifs de la cravate étaient encore visibles. Sa cravate.

— C'est bien Sheila Warren ? s'enquit Hector.

Dane acquiesça de la tête, sans pouvoir détacher les yeux du corps. Hector l'étudiait gravement. Il sentait son regard peser sur lui.

— Nous avons essayé d'appeler son beau-père. Il est introuvable. Son bateau n'est pas au mouillage et son véhicule n'a été repéré nulle part.

Dane releva la tête.

— Je l'ai cherché moi aussi. Son bateau et son camion ont disparu depuis hier.

Le médecin légiste couvrit le visage de Sheila.

— Où puis-je m'isoler un instant avec Dane ? lui demanda Hector.

— Dans mon bureau. Au fond du couloir.

Dane le suivit. La porte du bureau du légiste n'était pas fermée à clé. Hector poussa le battant.

Une atmosphère étrange régnait dans la pièce. Un squelette, fait d'ossements humains, pendait sur un support métallique. Le crâne posé sur la table de travail était en revanche une excellente réplique en plastique. Des photos étaient éparpillées sur le bureau. Des photos de cadavres.

Hector prit place dans le fauteuil du médecin et invita Dane à s'asseoir sur la chaise en face de lui.

— Il y a quelques jours, commença-t-il, alors qu'il n'y avait pas de raisons de s'inquiéter pour Sheila Warren, tu es venu me demander des renseignements au sujet de l'étrangleur. Comment savais-tu qu'elle était tombée entre ses mains ?

— Ce n'était pas difficile, répondit Dane, les muscles tendus comme des cordes de piano. Ces derniers temps, on retrouve les femmes disparues dans les canaux.

— Tu es à la recherche d'Andy Latham. Puis-je savoir pour quel motif ?

— Ce type est un pervers. Sheila le détestait.

Dane regardait Hector, mais c'était le visage de Sheila qu'il voyait. Son visage si fin...

D'où la beauté s'était retirée à tout jamais.

Sheila qui lui avait demandé de l'aide.

Dane avait la nausée, lui qui n'avait jamais vomi devant la mort.

Il connaissait Sheila depuis toujours, il avait grandi avec elle, il avait fait l'amour avec elle, et maintenant, elle était morte... Assassinée... Etendue sur la table de dissection.

Elle ne souffrait plus. Il était trop tard pour l'aider.

On frappa à la porte. Le Dr Gray poussa le battant mais demeura sur le seuil.

— Hector, nous allons commencer l'autopsie. Je te communique mon rapport dès que nous aurons terminé.

– Merci.

La porte se referma. Hector reporta son attention sur Dane, qui s'aperçut que ses paumes étaient moites.

— Bon, je t'écoute, Dane.

— Allons-y ! lança Larry qui se tenait sur la jetée.

Nate relâcha Kelsey et la regarda dans les yeux en secouant misérablement la tête.

— Je ne voulais pas... Je pensais juste... Oh, mon Dieu, Kels, je t'ai fait mal... Excuse-moi, je... Je...

— Allons-y, fit-elle en rejoignant Larry, dont les yeux étaient rouges et enflés. Ce… Ce n'est peut-être pas elle.

Ses deux compagnons ne répondirent pas. Ils se dirigèrent vers la voiture de Nate. Kelsey avait conscience qu'en leur for intérieur, tous trois savaient que c'était le corps de Sheila qui gisait à la morgue.

Nate eut du mal à introduire sa clé dans la serrure de la portière.

— Tu arriveras à conduire ? demanda-t-elle.

— Ça va aller.

Larry monta à l'arrière tandis qu'elle s'installait à côté de Nate.

Ils firent le trajet jusqu'à Miami dans un silence total.

— Kelsey Cunningham, une vieille amie à moi et à Sheila, est arrivée sur l'île il y a quelques jours.

— Je sais qui est Kelsey Cunningham, observa Hector.

— Kelsey s'est tout de suite alarmée. Elle ne croyait pas que Sheila se serait absentée sans la prévenir. Elles avaient prévu de passer une semaine ensemble. Kelsey est venue me trouver afin de me demander si je savais où était Sheila. Elle est ensuite allée voir Latham — ce que j'ai appris par une autre de nos amies. Je suis allé la rejoindre, non parce que je savais quoi que ce soit, mais parce qu'Andy Latham, comme je te l'ai dit, est un type potentiellement dangereux. Nous pensons — nous, c'est-à-dire les amis de Sheila —, nous pensons qu'il a abusé d'elle quand elle était enfant. Et puis Latham s'est pointé chez moi alors que nous étions en train de faire un barcecue. Il a déversé un seau de poissons pourris devant la maison. Il nous accusait — il *m'*accusait — d'avoir apporté ces poissons crevés dans sa cour.

— A juste titre ?

— Bien sûr que non. Hector, pour qui me prends-tu ?

— Continue.

— Hier soir, Kelsey a cru voir quelqu'un derrière la fenêtre de sa chambre. Elle dort chez Sheila. Ils ont appelé Gary Hansen, qui s'est déplacé avec une équipe.

— Es-tu sûr qu'il s'agissait de Latham ?

— Larry, l'ex-mari de Sheila, et Nate Curry, qui étaient au duplex, pensent avoir vu le camion de Latham.

— Ils *pensent* ?

Dane leva les mains au plafond.

— Je n'y étais pas, Hector. Je te rapporte ce qu'ils m'ont raconté. Toujours est-il qu'ils ont jugé utile de prévenir Gary Hansen.

— Et ?

— Quand Gary est arrivé, ils avaient piétiné tout le terrain.

— Quelqu'un a-t-il relevé des empreintes ?

— Non, mais...

— Mais ?

— L'étrangleur porte des gants, si tu veux mon avis. Des gants de plongée, ou de pêcheur. Il doit les porter quasiment en permanence. Il est malin.

— Autre chose ?

— Oui.

— Quoi ?

— Hier, Larry, Nate, Cindy et Kelsey sont partis en mer. Quand j'ai appris que Latham avait été libéré sous caution, j'ai décidé de les rejoindre. Ils faisaient de la pêche sous-marine. J'ai trouvé Kelsey sous l'eau. Deux harpons l'ont effleurée.

— Qui les a tirés ? Latham ?

— Je n'ai vu personne.

— Qu'est-ce que tu as fait ?

— J'ai évidemment appelé les gardes-côtes.

Hector se renversa contre le dossier de son fauteuil.

— Tu es détective privé, et tu n'as pas été fichu de découvrir qui visait ton amie ?

— J'ai replongé, mais Kelsey ne voulait pas retourner sans moi au bateau. Je suis rapidement remonté à la surface parce que j'avais peur qu'il lui arrive quelque chose.

— Tu penses que Latham était en mer ?

Dane haussa les épaules. Hector se pencha vers lui.

— Réfléchissons. Si Latham est l'étrangleur et qu'il a tué sa belle-fille, une fois le meurtre accompli, pourquoi serait-il revenu rôder autour du duplex ?

Dane poussa un soupir exaspéré en répondant :

— Pour éliminer Kelsey.

Il se raidit soudain.

— Elle est chez moi, en ce moment. Toute seule. Et personne ne sait où est Latham.

Hector secoua la tête.

— Elle n'est pas seule.

— Mais…

La porte s'ouvrit à nouveau, et un homme — visiblement un agent en civil — pénétra dans le bureau.

— L'ex-mari et les amis sont là ? s'enquit Hector.

Le type hocha la tête.

— Le médecin légiste vient de leur montrer les photos du corps. Ils ont corroboré l'identification. Ils attendent à la réception.

L'ex-mari et les amis…

— Très bien. Je vais leur parler. Viens avec moi, Dane.

Ils se levèrent et quittèrent le bureau.

— Tu n'as pas l'intention de prendre des vacances ou de t'absenter, n'est-ce pas ?

— Tu veux savoir si je vais quitter l'île ? C'est hors de question. Mais j'espère que tu ne vas pas perdre ton temps avec moi. Il faut retrouver Latham.

— Nous nous y employons. Et je suppose que toi aussi.

— Oui.

— Il va me falloir plus de preuves, si je veux que le procureur ouvre une commission. Tu ne peux pas sentir Andy Latham, sa belle-fille le déteste, il a balancé du poisson pourri dans ta propriété, et certaines personnes *pensent* l'avoir vu… C'est bien beau, tout ça, mais ce n'est pas très consistant.

— Il se peut qu'il fréquente le club de strip-tease où travaillait l'une des filles qui a été assassinée.

Hector s'immobilisa et se tourna vers lui.

— D'où tiens-tu cette information ?

— L'une des danseuses croit l'avoir vu.

Il le dévisagea.

— J'ai passé des jours et des jours dans cette boîte de strip-tease en vain.

— Tu n'avais rien à donner aux filles, remarqua Dane. Je leur ai montré des photos. Et tu sais comme moi que les femmes qui se prostituent pour arrondir leurs fins de mois ne sont pas très enclines à raconter leur vie à la police.

Ils s'étaient arrêtés dans le couloir et se regardaient dans les yeux. Le téléphone portable de Dane rompit le silence. Il l'ignora, interrogeant Hector du regard.

— Réponds.

Dane s'exécuta.

— Marisa est catégorique : elle a déjà vu Andy Latham au club.

C'était Jorge, surexcité.

Hector ne quittait pas Dane des yeux. Sans doute avait-il entendu.

— Merci, Jorge.

— Qu'est-ce que tu vas faire maintenant ?

Dane grimaça.

— Marisa devra peut-être témoigner.

— Devant la cour ? demanda Jorge avec inquiétude.

— Elle est en règle ?

— Oui.

— Alors elle n'aura aucun ennui.

— J'espère.

Sur quoi, Jorge raccrocha. Ses derniers mots donnaient l'impression qu'il se sentait trahi. Dane regrettait de ne pouvoir le rappeler pour le rassurer.

— Tu as entendu ?

Hector acquiesça d'un hochement de tête.

— Gary Hansen a ordonné à toutes les patrouilles de rechercher Latham, hier soir.

Il leva un sourcil.

— Très bien, mais il va falloir modifier les consignes, déclara-t-il. Latham est désormais recherché pour suspicion de meurtre.

Mettant un terme à leur conversation, ils poursuivirent leur chemin jusqu'à la réception. Larry, Nate et Kelsey étaient là.

— C'est Sheila, balbutia Larry, le visage exsangue. Oh, mon Dieu, c'est vraiment Sheila. J'espérais... la connaissant... Je me raccrochais à l'idée qu'elle allait revenir et nous engueuler parce que nous nous étions inquiétés pour elle. Je pensais qu'elle était à Paris, ou à Rome ou... à Tampa, merde. Mais c'est elle...

Il fondit en larmes et se cacha le visage dans les mains. Kelsey lui passa un bras autour des épaules.

Hector se posta face à lui, avec une expression à la fois ferme et sympathique. Inspecteur de longue date à la section criminelle, il avait l'habitude des situations délicates.

— Je vous remercie d'être venu. Vous êtes la personne la plus proche de la victime que nous ayons pu joindre. Je suis désolé de ce qui vous est arrivé. Sachez que nous allons tout mettre en œuvre pour retrouver l'assassin.

Larry hocha la tête. Visiblement, il s'efforçait de reprendre le dessus.

— Vous avez encore besoin de nous ? s'enquit Nate.

— Non, vous pouvez partir. Si j'ai des questions à vous poser, je sais où vous trouver.

— Nous avons tous des téléphones portables.

Hector se tourna vers Dane.

— Nous l'arrêterons, promit-il.

— Retrouvez Latham.

— Nous l'attraperons.

Sur ces mots, il se dirigea vers la salle d'autopsie.

— Allons-y, déclara Nate.

— Il faut que je boive quelque chose, murmura Larry.

— On doit d'abord aller chercher Cindy et lui annoncer la nouvelle. Ensuite, on ira au Sea Shanty, tous ensemble.

— Kelsey, tu viens avec moi, décréta Dane.

Elle regarda les deux autres d'un air soucieux.

— Viens avec moi, répéta-t-il.

— Va avez lui, acquiesça Nate. Larry et moi, on va chercher Cindy. On se retrouve tous au Sea Shanty.

— D'accord.

Dehors, le ciel s'était assombri.

— On dirait que le temps se dégrade, constata Nate sur le parking.

Tandis qu'ils se séparaient, il commença à pleuvoir, mais personne ne parut s'en préoccuper.

— Ils ont l'air de deux chiots abandonnés, remarqua Kelsey à propos de Larry et de Nate.

— Et toi… ça va ? s'enquit Dane.

Elle le considéra tristement.

— Non, mais je vais essayer de tenir le coup. Je suis furieuse contre moi.

— Chacun ses regrets.

« Aide-moi, Dane… »

Il s'installa au volant de sa jeep et démarra. Des larmes coulaient le long des joues de Kelsey. Elle les essuya rageusement.

— Il y a des gens qui vont dire qu'elle l'avait bien cherché. Des gens qui ignorent quelle enfance terrible elle a eue. Des gens qui ne comprennent pas qu'elle essayait de s'évader.

— Oui, fit-il doucement.

Elle se tourna brusquement vers lui.

— Mon Dieu ! Tu ne sais pas…

La voiture manqua faire une embardée.

— Quoi donc ?

— Pour Cindy.

— Qu'est-ce qu'elle a ?

— Ils vont la chercher à l'hôpital. La nuit dernière, ils ont cru entendre quelqu'un dehors. Ils sont sortis en courant. Cindy est rentrée dans l'auvent anti-tempête et elle est tombée dans les pommes.

— Ils ont cru entendre quelqu'un…

— D'après ce que j'ai compris, Nate est parti d'un côté, Larry et Cindy de l'autre…

— Ils auraient dû rester à l'intérieur et appeler Gary Hansen, la coupa Dane, consterné. La police aurait peut-être été plus habile.

— Tu penses qu'il y avait vraiment quelqu'un ? Alors que les flics étaient déjà passés au duplex ?

— Je ne pense pas qu'il y avait *quelqu'un*. Je pense que c'était Andy Latham.

— Mais si c'était Andy... Sheila est morte.

— Hector m'a fait la même remarque.

— Alors... ?

— Bon sang, Kelsey, tu ne comprends pas ? Tu es en danger.

— Pourquoi moi ?

— Qui sait ? Parce que tu étais l'amie de Sheila. Parce que tu soupçonnais Latham. Parce qu'il est fou. Peut-être qu'il croit que Sheila t'a dit quelque chose... Je n'en sais rien.

Il se tourna vers elle et ajouta :

— Je n'en sais rien, mais à partir de maintenant, tu ne me quittes plus, d'accord ?

Elle avait le regard fixé sur le pare-brise, visiblement terrorisée. Pas étonnant, après avoir vu les photos de Sheila...

— Kelsey ?

— Oui, bien sûr, je reste avec toi.

— Nous allons faire un petit détour. Ça ne nous prendra que quelques minutes.

Elle le regarda enfin. Il sortit son téléphone portable de sa poche et le lui tendit.

— Appelle Jorge. Dis-lui de nous attendre à la station-service. Il faut que je voie Marisa.

Elle obéit en fronçant les sourcils.

Jorge était bouleversé, mais il comprit l'urgence de la situation.

Tous les trois se rendirent chez Marisa, à la périphérie de la ville, et Kelsey fit la connaissance de la jeune strip-teaseuse latino, étrangement timide, incroyablement douce, mais brave malgré sa peur des autorités. Lorsque Dane lui expliqua qu'il était impératif qu'elle prenne contact avec Hector Hernandez pour lui dire qu'elle avait vu Andy Latham au club, elle accepta sans hésitation.

Une fois que Dane eut terminé son récit, elle se leva et déclara à Jorge qu'elle désirait se rendre sur-le-champ au commissariat. Par chance, elle avait le temps, ne travaillant que tard dans la soirée ; une de ses amies s'occuperait de Jose en son absence.

Kelsey ne saisissait pas tout.

— Dane, pourquoi a-t-elle peur de la police ? lui demanda-t-elle à mi-voix.

— Elle a fait venir son fils de Cuba clandestinement. Il n'a pas de papiers.

— Mais… c'est son fils ! Ils ne peuvent pas le lui arracher. Et le père ? Il est resté à Cuba ?

— Son père est mort.

Comme il évitait son regard, elle devina qu'il ne voulait pas trahir une confidence. Et soudain, elle comprit. C'était Jorge Marti qui avait fait entrer le gamin dans le pays.

— Oh, murmura-t-elle.

Elle ne demanderait pas à Dane de divulguer son secret. Une vague de chaleur l'envahit. Elle était fière de Jorge. Le monde était horrible ; Sheila avait connu une mort atroce, mais il y avait encore sur terre des êtres humains capables de bonté.

— Les autres doivent déjà être au Sea Shanty, remarqua Dane. On leur dira qu'on s'est arrêtés pour prendre de l'essence.

— D'accord.

Effectivement, les autres étaient déjà au Sea Shanty quand ils arrivèrent. Cindy se jeta au cou de Kelsey, puis embrassa Dane. Kelsey lui demanda des nouvelles de sa tête. Mais Cindy se moquait bien de sa blessure. Comme tout le monde, elle accusait le choc du meurtre de Sheila.

En s'asseyant à la table, Kelsey nota qu'elle en était à sa deuxième bière.

— Tu viens de recevoir un coup sur le crâne. Tu ne crois pas que tu ferais mieux de ne pas boire autant ?

— Je ne sais pas boire autrement, répliqua la jeune femme en s'efforçant de garder son calme.

— Cindy…

— Je n'ai pas pris les médicaments qu'ils m'ont prescrits. Je préfère m'abrutir à la bière.

— Mais si tu as une commotion…

— Je suis en pleine forme. J'allais déjà bien hier soir, mais ils ont tenu à me garder en observation. Ils m'ont observée, voilà, c'est fait. Je vais bien. Je n'ai même plus de bosse.

— Tu es sûre que tu t'es cognée à l'auvent ?

— Je courais pieds nus comme une cinglée.

Cindy s'interrompit, et un sourire joua sur ses lèvres.

— Si tu nous avais vus, Kelsey... On était grotesques. Nate dans son magnifique boxer bleu ; Larry à poil qui trimbalait un drap. On speedait comme des fous. On voulait absolument attraper cet enfoiré. Larry s'est empêtré dans son drap, il s'est cassé la figure. Il était trop mignon...

Elle jeta un regard affectueux à Larry, assis à côté d'elle.

— Tu as des fesses à croquer, commenta-t-elle, histoire de le dérider. Et moi qui courais comme une dératée... Je ne regardais pas où j'allais.

— Tu n'as pas vu le store ? s'enquit Kelsey.

— Si je l'avais vu, je ne me le serais pas pris en pleine tronche.

Dane se pencha vers Cindy.

— Je crois que Kelsey essaye de savoir si c'est vraiment l'auvent qui t'a assommée.

— Que veux-tu que ce soit ?

Il se tourna vers Nate et Larry. Nate haussa les épaules.

— Je l'ai trouvée sous la banne.

— J'ai mis du temps à me relever, expliqua Larry en émergeant de son brouillard. Nate s'occupait déjà de Cindy. Oui, elle était sous le store.

— La serrure a-t-elle été crochetée ? s'enquit Dane.

Les deux hommes se regardèrent.

— Je n'en sais rien, admit Nate.

— Vous n'avez pas appelé Gary Hansen ?

— Nous avons appelé une ambulance. Cindy était dans le cirage. Nous nous faisions du souci. On a préféré l'accompagner à l'hôpital.

— Et quand vous êtes revenus ?

— Nous nous sommes endormis comme des masses. Jusqu'à ce que le téléphone nous réveille...

Dane se pencha en avant. Il était furieux que les autres n'aient pas pensé à alerter la police.

— Vous n'avez toujours pas demandé aux flics de venir jeter un coup d'œil ?

— Merde ! explosa Larry. Sheila est morte !

— Assassinée, ajouta Nate en contemplant sa chope de bière.

— Je veillerai à ce que le meurtrier soit arrêté, promit Dane, les dents serrées.

— Arrêtez ! protesta Kelsey en s'interposant entre eux. Appelle les flics, Dane. Gary enverra peut-être l'un de ses hommes surveiller le duplex.

— Ouais, j'y vais.

— Attends une minute, l'arrêta Cindy. Il faut qu'on porte un toast à Sheila. Nous devons lui dire que nous l'aimons, quels que soient les péchés qu'elle ait commis.

— Tu as raison, approuva Larry. Nous l'aimions tous, et c'est important de se savoir aimé.

Nate saisit le pichet de bière qui trônait sur la table et remplit des chopes pour Kelsey et Dane. Tous levèrent solennellement leur verre.

— A Sheila, dit Kelsey.

— Qu'elle repose en paix, ajouta Nate.

— Prions pour son âme, murmura Cindy.

— Amen, fit Dane.

Sur quoi, il se leva et se dirigea vers le téléphone. Cindy le suivit des yeux.

— Au moins…

— Quoi ?

— Au moins, Dane… se rend utile. Il va aider la police à coincer l'assassin de Sheila… Latham, si c'est vraiment Latham. Alors que nous… nous, on est assis là et on ne peut rien faire, à part penser à elle.

Kelsey se retourna vers la fenêtre. Dehors, l'averse avait cessé mais le ciel était encore gris. D'un gris sinistre.

— Quel temps de chien, commenta Nate comme s'il lisait dans ses pensées.

Il leva son verre vers les cieux.

— Tu vois, Sheila, même la nature sait que tu es partie, et elle pleure.

Puis il baissa son verre et le considéra fixement.

— On l'aura, ce salaud, murmura-t-il. Compte sur nous, Sheila, on l'aura.

Dane revint et reprit sa place. Il but une gorgée de bière, reposa sa chope sur la table et parcourut l'assemblée du regard.

— Qu'est-ce qu'il y a ? s'enquit Cindy.

Il sourit tristement en secouant la tête.

— Je ne sais pas. Excusez-moi.

Se relevant, il traversa le restaurant et se dirigea vers le parking.

— Qu'est-ce que tu fais ? lui demanda Kelsey quand il revint quelques minutes plus tard.

— Rien. Je suis parano. J'avais cru voir quelqu'un.

— C'est possible, répliqua Nate en désignant les touristes qui allaient et venaient dans le bar. Nous sommes dans un lieu public, Dane.

— Ouais, je sais, mais j'ai eu une drôle d'impression.

— Tu as vu quelque chose ? l'interrogea Cindy, anxieuse.

— Non. Ce n'était qu'une impression.

— On a tous des hallucinations, murmura Larry en haussant les épaules. C'est normal, avec un assassin en liberté.

17.

A 19 heures, après avoir dîné, ils restèrent autour de la table, silencieux. Dane avait appelé Gary Hansen à plusieurs reprises, en vain. Andy Latham demeurait introuvable. L'inspecteur Hector Hernandez avait téléphoné au Sea Shanty : il regrettait d'avoir à troubler un moment si douloureux par des formalités, mais il allait devoir interroger tout le monde. L'affaire avait pris de l'importance, car Sheila n'était plus désormais une simple disparue mais la victime d'un meurtre.

C'était Dane qui lui avait répondu. Tandis qu'il s'entretenait avec lui, Kelsey avait vu ses traits se décomposer. Sans doute appréhendait-il l'interrogatoire. Il était le dernier à avoir vu Sheila ; on allait certainement lui poser plus de questions qu'aux autres.

Cindy et Larry avaient beaucoup bu, contrairement au reste du groupe. Aussi, quand ils décidèrent tacitement de partir, Nate proposa-t-il de conduire.

Cindy, Larry et lui tenaient à passer la nuit au duplex. Gary Hansen y avait posté un de ses hommes. Tous espéraient que le rôdeur reviendrait et se ferait coincer. Dane et Kelsey, quant à eux, avaient prévu de retourner à Hurricane Bay.

Le groupe se sépara en s'embrassant.

Le ciel était sombre et menaçant lorsque Dane et Kelsey arrivèrent à Hurricane Bay. Il ne pleuvait pas, mais ils quittèrent la jeep sous un vent cinglant. Dane se dirigea vers la maison, puis il rebroussa chemin sous l'œil perplexe de Kelsey. Elle le suivit jusqu'à la petite plage.

— Je n'ai pas été à la hauteur de ce qu'elle attendait de moi, lâcha-t-il, amer.

— Nous avions tous nos problèmes, répliqua-t-elle, en proie aux mêmes remords. Et de toute façon, nous n'aurions rien pu faire pour Sheila ; elle était si indépendante…

Il hocha la tête et finit par se décider à regagner la maison, Kelsey sur ses talons. A l'intérieur, il verrouilla toutes les portes à double tour.

— Je vais prendre de l'aspirine. Tu en veux ?

— Non, un bain me suffira. Ensuite, j'irai me coucher, si ça ne t'ennuie pas.

— Je vais passer un coup de fil au duplex, histoire de m'assurer qu'il y a bien un policier qui monte la garde. Et puis j'appellerai Jorge pour lui demander si Marisa est allée au commissariat.

Elle hocha la tête et s'engagea dans l'escalier.

Dans la salle de bains, pendant que la baignoire se remplissait, elle fouilla dans les affaires de toilette de Dane à la recherche de perles de bain. Il n'en avait pas. Elle versa du gel douche dans la baignoire et s'allongea dans la mousse.

Malgré la chaleur apaisante de l'eau, la photo du cadavre de Sheila surgissait dans son esprit dès qu'elle fermait les yeux. Les employés de la morgue avaient sûrement pris le soin de réaliser un cliché le moins choquant possible, mais certains détails étaient impossibles à cacher. La cravate, notamment, encore au cou de Sheila. Les enquêteurs de l'identité judiciaire n'avaient pas dû terminer leurs analyses.

Kelsey frissonna. Outre l'horreur de la mort, quelque chose dans cette photo la troublait. Elle y avait pensé tout l'après-midi, sans parvenir à définir ce qui la chiffonnait.

Dane frappa doucement à la porte.

— Je peux prendre le journal de Sheila pour le lire en bas ?

— Bien sûr.

— Ça va ?

— Oui.

Elle garda un instant le silence puis ajouta :

— Au moins, nous sommes fixés, maintenant.

Il ne répondit pas tout de suite.

— Oui, nous sommes fixés, répéta-t-il enfin avant de s'éloigner.

Elle se cala de nouveau la tête contre le rebord de la baignoire et demeura immobile, à écouter les pulsations de ses veines.

Quand l'eau fut froide, elle sortit de la baignoire et enfila des sous-vêtements, puis un T-shirt appartenant à Dane, qui lui tombait à mi-cuisses.

Ainsi vêtue, elle s'étendit sur le lit et ferma les paupières. L'image de Sheila ne la quittait pas.

Elle se redressa contre les oreillers. Dane avait emporté le journal intime mais pas la pile de papiers découverte dans la commode. Elle s'en empara et la feuilleta une fois de plus. Quelque chose lui avait peut-être échappé.

Elle s'arrêta sur le croquis réalisé par Sheila à l'âge adulte. Puis le compara avec son dessin d'enfant. La jeune femme n'avait aucun talent. Elle n'avait jamais manifesté le moindre intérêt pour l'art. La preuve : quand Kelsey lui demandait de l'attendre pour crayonner un paysage, elle piaffait d'impatience.

Pourtant, le personnage féminin qui apparaissait dans les deux scènes représentait indubitablement Sheila, avec son grain de beauté sur la joue gauche. L'homme, en revanche, ne semblait pas être le même. Sur le deuxième dessin, il paraissait plus massif. Non pas plus gros, mais plus musclé.

En se penchant en avant de façon à examiner les dessins de plus près, Kelsey fit malencontreusement tomber la liasse de documents au sol.

Ronchonnant, elle descendit du lit et s'agenouilla par terre pour rassembler les feuilles éparses. Certaines avaient glissé sous le sommier. Elle était en train de les ramasser quand elle constata que l'une des lattes du plancher bougeait.

Elle songea tout d'abord à en informer Dane, afin qu'il procède aux réparations nécessaires, puis par curiosité, elle appuya sur la latte, qui se souleva. Dane devait ranger là des papiers importants. Ou des trésors personnels. Ou…

« Ne t'occupe pas de ce qui te ne regarde pas », se morigéna-t-elle.

Mais elle ne put résister à la tentation d'ôter la latte branlante.

Aussitôt, un étau de terreur et de stupéfaction lui broya la poitrine.

Sur un instantané Polaroid en couleurs, les yeux grands ouverts de Sheila la dévisageaient. Ses lèvres étaient bleues, son visage cadavérique.

Son corps gisait sur la plage privée de Dane. Dans un angle de la photo, on reconnaissait la jetée de Hurricane Bay.

Dane avait tué Sheila.

C'est alors que Kelsey comprit ce qui l'avait frappée sur les clichés qu'on lui avait montrés à l'Institut médico-légal.

Les lambeaux de tissu autour du cou de Sheila. La cravate. Cette cravate appartenait à Dane. Elle-même la lui avait offerte pour Noël des années auparavant. Une cravate qu'elle avait peinte à la main. Presque identique à celle de Joe. Ornées de créatures marines qui se fondaient dans des volutes bleues et grises, ces cravates étaient uniques. L'eau et la boue avaient certes délavé les couleurs et camouflé les motifs, mais elle ne pouvait plus se méprendre.

Sheila avait été étranglée avec la cravate de Dane. Sur la plage de Hurricane Bay.

L'horreur et la frayeur formaient une boule dans sa gorge, mais elle s'exhorta à ne pas céder à la panique.

Elle devait partir d'ici.

Elle se remémora sa première conversation avec Dane, le jour où elle était arrivée à Key Largo. Comment avait-elle pu être aussi naïve ? D'abord, il avait essayé à tout prix de la renvoyer à Miami. Ensuite, tout indiquait que c'était lui qui avait assassiné Sheila : la jeune femme avait quitté le Sea Shanty avec lui ; elle avait couché avec lui avant de disparaître dans la nature ; sa boucle d'oreille était restée chez lui.

Et Kelsey, crédule, avait gobé tout ce qu'il lui avait raconté. Ce n'étaient pas des suspects qu'il cherchait dans les clubs de strip-tease. Et s'il s'évertuait à traquer Latham, ce n'était que pour lui faire porter le chapeau de ses propres meurtres.

Elle se releva et se tourna vers le lit. Le 38 mm spécial n'était plus là.

Elle décrocha le combiné du téléphone, puis le reposa sur son socle aussi délicatement que possible, malgré les tremblements qui agitaient ses doigts. Dane était en communication.

Elle parcourut la pièce du regard. Il était détective privé, il devait posséder une autre arme. Elle regarda sous le lit, ouvrit plusieurs tiroirs. Paniqua en s'apercevant qu'elle n'avait pas remis la photo sous la latte. Sans parvenir à maîtriser ses tremblements, elle remit tout en place.

Aucune arme nulle part. Dane allait remonter dans la chambre d'une minute à l'autre.

Elle serait incapable de lui cacher le fait qu'elle savait qui il était. Un assassin. Un assassin pervers qui conservait les photos de ses victimes en guise de trophée.

Elle s'approcha de la porte. Dane devait être dans la salle à manger, assis devant la table qui lui tenait lieu de bureau. Il faudrait donc qu'elle sorte par-devant afin qu'il ne la remarque pas.

Elle n'avait pas le temps de se changer, mais elle devait au moins se chausser. Elle n'avait emporté que des sandales. Tant pis, c'était mieux que rien. Elle ne pouvait pas marcher pieds nus sur les cailloux et les débris de coquillages.

Son sac à main était en bas. Elle l'avait laissé sur la table de la salle à manger. Merde… Elle aurait besoin de son téléphone portable…

Que faire ? S'enfuir, s'enfuir au plus vite.

Elle sortit de la chambre et avança jusqu'à l'escalier. Au moins, Dane n'était pas sur les marches. Elle commença à descendre à pas de loup, en priant pour ne pas faire craquer le bois.

Au pied de l'escalier, elle s'immobilisa. Puis traversa précautionneusement le couloir. Avec un peu de chance, Dane serait dans la cuisine et elle pourrait prendre son sac à main.

Elle jeta un coup d'œil dans la salle à manger. Dane était assis devant son bureau. Le téléphone contre l'oreille, il pianotait nerveusement sur la table.

Le sac à main n'était qu'à quelques centimètres de sa main. Avec le téléphone portable juste à côté.

Se mordant la lèvre, Kelsey se dirigea vers la porte d'entrée, dont elle tourna les verrous aussi silencieusement que possible. Pourtant, elle eut l'impression de produire un claquement de cymbales, même si elle savait qu'elle était seule à l'entendre. Le sang battant à ses oreilles, elle tira la porte et la referma doucement derrière elle.

Pourvu que Dane ne s'aperçoive pas de son absence avant longtemps…

Dane entendit Gary Hansen soupirer à l'autre bout de la ligne.

— Non, nous n'avons toujours pas arrêté Andy Latham, lui apprit le shérif avec patience. Tous mes hommes sont à sa recherche et nous avons appelé les effectifs de Collier County en renfort. J'ai également demandé un coup de main à Jesse Crane : son équipe ratisse les Everglades. Tous les flics de l'Etat sont mobilisés, Dane. Il y a des agents dans les aéroports, dans les gares, dans les terminaux de bus et sur les autoroutes. Un barrage a été mis en place sur l'US1 : Latham ne peut pas gagner le continent — à moins qu'il n'y soit déjà. Dans ce cas, il ne peut pas revenir. Pas en voiture, en tout cas. Et à pied, ça fait un bout de chemin. Dane, s'il te plaît, cesse de me téléphoner toutes les demi-heures. Quand j'aurai du nouveau, je te préviendrai. Si tu es trop anxieux, espace tes appels d'au moins une heure.

— Quelqu'un monte la garde au duplex ?

— Oui, je te le jure sur la tombe de ma mère, sur la tombe de mon père… sur la tombe de tous mes ancêtres ! Je suis responsable de la sécurité des habitants de l'île. Tu veux me rendre fou ou quoi ?

Dane se passa les doigts dans les cheveux.

— Excuse-moi, Gary. Je… je suis sûr que Latham n'est pas loin, qu'il nous voit mais que nous ne le voyons pas.

— Tu es chez toi, n'est-ce pas ?

— Ouais.

— Tu as tout bouclé ?

— Oui.

— Tu as un flingue ?

— Sur moi, ouais.

— Kelsey est avec toi et le duplex est surveillé. Bon sang, Dane, va te coucher ! Essaye de dormir. On va le retrouver.

— D'accord.

Dane raccrocha.

Le journal de Sheila était posé devant lui. Ce cahier qui lui avait révélé tant de choses qu'il ne désirait pas savoir. Mais qui demeurait muet quant aux sujets importants.

Il se leva. Que faisait-il là à tourner en rond alors que Kelsey était en haut, dévastée ? Elle tenait bravement le coup mais devait avoir besoin de réconfort. Si l'heure n'était pas à la passion torride, ils pouvaient au moins se soutenir mutuellement.

Il gravit l'escalier et poussa doucement la porte de la chambre.

La pièce était vide.

— Kelsey ? lança-t-il en se dirigeant vers la salle de bains.

Vide également.

— Kelsey ? appela-t-il encore en revenant dans la chambre.

N'obtenant toujours pas de réponse, il redescendit à la hâte et fit le tour de la maison en criant son prénom. Kelsey n'était nulle part. Il remonta et s'arrêta sur le seuil de la chambre.

Les documents de Sheila étaient éparpillés sur le plancher. Autour de la latte branlante.

Il poussa un grognement, conscient d'avoir commis une grossière erreur. Kelsey avait découvert la photo.

Bon sang, mais pourquoi ne lui avait-il pas tout avoué depuis le début ?

Il dévala l'escalier. Son sac à main était toujours dans la salle à manger. Croyant qu'il était un redoutable criminel, Kelsey s'était enfuie sans même se munir d'un téléphone.

Il se rua sur la porte de derrière. Laquelle était verrouillée de l'intérieur.

En revanche, celle de devant avait été ouverte et refermée.

— Kelsey ! hurla-t-il en sortant sous la pluie.

Pas de réponse.

Evidemment, même si elle l'entendait, elle ne répondrait pas à ses appels, puisqu'elle le prenait pour un dangereux psychopathe.

Il fallait la retrouver. Pas seulement pour lui dire la vérité, mais parce qu'il avait à nouveau cette drôle d'impression. Le sentiment d'être observé.

Les flics n'avaient pas encore mis la main sur Latham. Ce qui signifiait qu'il était toujours libre de ses mouvements.

Et Kelsey était seule, quelque part dans la nuit.

Kelsey courait le long de la route privée de Hurricane Bay. Elle n'avait certes pas la condition physique de Cindy, mais la peur lui donnait des ailes. Elle regardait sans cesse derrière elle, redoutant de ne pas entendre Dane s'il s'était lancé à ses trousses.

Jusqu'à présent, elle n'était pas poursuivie.

Il avait recommencé à pleuvoir. Le vent courbait les arbres. Des gravillons frappaient ses mollets, et les trombes d'eau qui s'abattaient sur elle lui meurtrissaient la peau. Plusieurs fois, elle manqua trébucher sur des racines. Les battements sous son crâne s'étaient amplifiés.

Soudain, elle entendit son prénom résonner au loin.

Dane s'était aperçu de son absence. Il savait qu'elle savait.

Elle redoubla de vitesse, maudissant les rafales qui la ralentissaient, jurant contre l'averse qui devenait de plus en plus violente.

Si elle manquait l'embranchement de la route qui rejoignait Key Largo, elle serait obligée de quitter Hurricane Bay à la nage. Elle en était capable, mais il faisait si noir, et sous cette pluie battante…

Entrevoyant soudain deux faisceaux de lueur jaune, elle cligna des paupières pour tenter de percer le rideau de pluie. La jeep de Dane était garée devant la maison quand elle était partie. Ce ne pouvait être lui, la voiture venant de Key Largo.

Sans ralentir sa course, elle agita les bras en signe de détresse.

Le véhicule s'arrêta. Eblouie par la lumière des phares, Kelsey se protégea les yeux et s'approcha du conducteur.

Elle se figea net en distinguant le visage d'Andy Latham. Puis elle se rappela qu'elle n'avait rien à craindre de lui, puisque c'était Dane qui avait assassiné Sheila.

— Monsieur Latham ! s'exclama-t-elle.

— Eh, petite, qu'est-ce que tu fais là ? Tu es mignonne dans ton T-shirt mouillé. Pourquoi perds-tu ton temps à bosser dans la pub alors que tu pourrais gagner de l'or avec un corps comme le tien ? Où cours-tu donc comme ça ?

— Il faut que je me sauve d'ici.

Malgré la situation, Andy Latham lui donnait la chair de poule. Il tombait des cordes, et elle devait crier pour couvrir le vacarme de l'averse.

— Monte, ma belle.

— Vous pourrez me laisser sur la voie express.

Elle n'avait pas très envie de monter avec lui, mais il était trop tard pour reculer.

Latham descendit de son camion et la prit par le bras.

Il portait des gants.

Il n'était pas épais mais il avait de la force, ainsi qu'elle put le constater. Plus qu'il ne l'accompagna, il la traîna jusqu'à la portière du côté passager.

— En fait, je crois que je vais continuer à pied, déclara-t-elle.

— Avec ce temps ? Il n'en est pas question, Kelsey.

Il avait prononcé son prénom dans un sifflement.

— Ne vous inquiétez pas pour moi. Je vais marcher.

— Sous cet orage ?

— J'aime la pluie. Je ne veux pas vous obliger à faire un détour. Ne vous inquiétez pas pour moi.

— Monte.

Tout en la tenant d'une main, il ouvrit la portière. Elle essaya de se dégager, mais il avait une poigne étonnamment puissante. Elle lui agrippa la main pour tenter de se libérer et poussa un hurlement en voyant du sang jaillir sous ses ongles.

Latham se pencha en avant de façon à retirer quelque chose de son camion. Comme elle cherchait à voir ce qu'il faisait, une masse s'abattit sur son crâne.

Dane monta dans sa jeep. Kelsey ne pouvait quitter Hurricane Bay que par la route. Il la rattraperait plus vite en voiture.

Le nez collé au pare-brise, pleins phares allumés, il appuya sur l'accélérateur et s'engagea sur la voie privée qui reliait Hurricane Bay à Key Largo en scrutant les bas-côtés.

Nulle trace de Kelsey, mais…

Il coupa le contact et descendit de voiture. Sur le bord opposé de la route, la végétation avait été écrasée. En dépit des larges flaques boueuses, des traces de pneus étaient imprimées dans le sol. Un gros véhicule s'était garé dans les taillis.

Un camion.

Le camion de Latham.

Latham était passé par là. Kelsey aussi était passée par là. Comme savait-il qu'elle s'enfuirait ?

Il l'ignorait, évidemment, mais il les avait épiés.

Il avait dû se tapir quelque part aux abords du Sea Shanty, les voir prendre la direction de Hurricane Bay, les suivre jusque là-bas et attendre. La pluie avait peut-être réveillé ses pulsions meurtrières.

Comment avait-il fait pour échapper à la police ?

Peu importait. Il s'était débrouillé pour mettre la main sur Kelsey.

Dane regagna sa jeep en courant afin de se munir de sa lampe torche. Il allait devoir continuer à pied. En voiture, il lui serait impossible de suivre les traces de pneus.

Kelsey sentait un roulis. Elle était couchée sur une surface molle et… malodorante.

Sa tête lui faisait terriblement mal, mais elle s'abstint d'y porter la main, redoutant d'être observée. Prudemment, elle souleva ses paupières et ravala un cri de panique.

Elle était sur un bateau — un bateau de pêche. Etendue sur une couchette qui occupait presque tout l'espace d'une cabine exiguë et donnant une impression de claustrophobie.

Percevant du mouvement au-dessus d'elle, elle serra les dents et s'efforça de deviner si Latham avait déjà pris le large.

Non, ils ne pouvaient pas se trouver en plein océan. Avec ce vent violent, le tangage aurait été plus important.

Elle ne devait pas le laisser gagner la haute mer. Elle essaya de se lever, mais un vertige l'obligea à se rasseoir.

Elle regarda autour d'elle. Sur la paroi de la cabine, des cravates étaient accrochées à un porte-manteau.

Des cravates en soie, en coton, en lin, des cravates unies, des cravates à motifs… dont l'une imprimée de personnages de dessin animé.

Une vague de terreur s'empara d'elle. C'était donc lui, l'étrangleur… Andy Latham. Mais alors, pourquoi cette photo sous le plancher de Dane ?

Ce n'était pas le moment de se poser des questions. Dans l'immédiat, il fallait qu'elle recouvre suffisamment de forces pour sauter du bateau et rallier un lieu sûr.

Elle se déplaça lentement jusqu'au bout de la couchette et s'appuya contre le mur afin de se redresser. Une petite cuisine et un salon jouxtaient le coin couchage.

Chancelante, elle porta une main à son crâne et constata qu'elle saignait.

La cabine se mit à tourner autour d'elle, mais un instinct de survie l'empêcha de s'évanouir.

Sur le pont, elle entendit Latham jurer et remonter l'ancre. Où pouvaient-ils être ? Luttant contre la nausée et le vertige, elle se mordit la lèvre inférieure et se dirigea en titubant vers les quelques marches qui menaient au pont.

Latham, debout sous la pluie battante, lui tournait le dos.

Elle se précipita à bâbord, enjamba le bastingage et plongea dans la mer glaciale, d'un noir d'encre.

Elle refit surface et regarda autour d'elle. Les arbres enchevêtrés de la mangrove. Une vieille jetée délabrée. Au-delà, un chemin envahi par les broussailles. Ils étaient tout près de Key Largo, non loin de la route privée de Hurricane Bay, qui devait être inondée…

Elle se mit à nager. Si elle parvenait à gagner le rivage…

Brusquement, une main se referma autour de sa cheville et l'attira vers le fond. Elle avala de l'eau mais battit des pieds comme une furie.

Latham la tenait fermement. Elle ne mourrait pas étranglée. Il allait la noyer.

Des doigts gantés lui empoignèrent les cheveux et lui élevèrent la tête au-dessus de la surface. Elle gonfla ses poumons d'air. Latham nageait vigoureusement en la traînant derrière lui. Avec l'énergie du désespoir, elle tenta de lui échapper. Avec son coude, il la frappa à la mâchoire.

Sa tête s'enfonça de nouveau sous l'eau et des étoiles dansèrent devant ses yeux.

Il la hissa par-dessus la proue. Tandis qu'il remontait lui-même sur le bateau, elle se releva et fonça vers le bastingage. Il parvint à la saisir par la taille. Elle enfonça ses ongles dans sa chair. Ignorant ses coups de griffes et ses hurlements, il la poussa dans l'escalier de la cabine, la jeta sur la couchette et s'empara d'une cravate.

Elle se redressa en criant. D'une main, il la maintint contre le matelas.

— Kelsey… gentille petite Kelsey. J'adore les préliminaires, mais avec toi, je vais être obligé de remettre le plaisir à plus tard. Tu ne sentiras rien. Tu me souriras, tu m'aimeras. Malheureusement, tu ne pourras pas me chuchoter des mots doux à l'oreille…

Dans un effort désespéré, elle projeta ses deux poings contre sa figure. Latham perdit l'équilibre et tomba à la renverse, devant la porte. Elle essaya de le contourner. Pas assez vite. La cravate aux motifs de dessin animé s'enroula comme un lasso autour de son cou et la ramena en arrière.

Les yeux rivés sur les traces de pneus, Dane courait sous la pluie. La route privée de Hurricane Bay n'était sans doute pas praticable jusqu'à Key Largo, mais il était résolu à les poursuivre tant que le chemin de terre n'était pas submergé. De toute façon, Latham ne pouvait pas être très loin. L'orage n'avait pas encore effacé les sillons creusés dans la boue par les roues de son camion.

Les ornières bifurquèrent soudain sur la droite, vers une piste que plus personne n'empruntait depuis longtemps. Le véhicule qui était passé là avait écarté la végétation. Sa trace était facile à suivre.

Tout à coup, Dane se rappela la maison en ruine qui se trouvait au bout de ce chemin, de son ponton à moitié effondré. Le terrain appartenait aujourd'hui à l'Etat, mais rien n'empêchait d'y amarrer une embarcation.

Le cœur battant, il pria pour que le bateau n'ait pas déjà pris le large.

D'un geste rageur, il repoussa les derniers branchages.

Pas de bateau.

Pourvu qu'il ne soit pas trop tard…

Dane courut jusqu'au rivage. En apercevant le navire, il se jeta à l'eau sans hésiter.

La cravate autour du cou, Kelsey cognait des pieds et des poings, griffait comme un chat enragé.

Au moins, on retrouverait des traces du sang et de la peau de Latham sous ses ongles. A condition que l'on découvre son corps avant que les poissons ne l'aient réduit à néant…

Non…

Elle s'accrocha à la bande de tissu qui se resserrait autour de sa gorge. Latham la plaqua contre le lit.

— Ah, t'es pas comme Sheila, toi, hein ? Il paraît qu'elle est morte, cette petite garce. Ça lui pendait au nez. Une salope-née, celle-ci. Comme sa mère. Une vicieuse, sa mère. Elle me laissait faire n'importe quoi à sa fille. Remarque, la gamine avait rien contre. Telle mère, telle fille. Les chiens font pas des chats. Tu sais pas ce que c'est, toi, hein, de s'amuser ?

Il avait le souffle court. Ses paroles étaient entrecoupées de halètements.

— Tu peux pas répondre ? T'arrives plus à respirer ? Tu t'étouffes ? Hmm, j'aime ça. J'aime ce regard dans tes yeux.

Kelsey lui décocha un coup de pied. Elle manquait d'air, la tête lui tournait, mais il lui restait encore un peu d'énergie pour se battre. Latham lâcha prise. Elle inspira désespérément.

Aussitôt, il rattrapa les deux extrémités de la cravate et serra de plus en plus fort.

Elle se battrait jusqu'au bout.

Autour d'elle, il faisait de plus en plus sombre. Elle faiblissait…

Soudain, une masse énorme et ruisselante s'abattit sur la couchette. L'étau formé par la cravate se relâcha. Kelsey avala de l'air à grandes goulées et fut prise d'une quinte de toux. Devant elle, des corps s'agitaient et s'empoignaient. Reculant, elle s'aplatit contre la paroi de la cabine. L'esprit confus, elle ne comprenait pas ce qui se passait.

Et puis Latham fut projeté en arrière. La cravate était maintenant autour de son cou.

Kelsey rampa jusqu'au pied du lit et en descendit en se tenant au mur. Dane était là. Il était venu la sauver. Il tenait la cravate.

A force de se débattre, Latham parvint à se libérer et se précipita vers les marches. Dane bondit sur lui et réussit à atteindre la cravate.

Le premier entraînant le second, ils montèrent sur le pont. Kelsey les suivit en titubant.

Le bateau tanguait sur la mer démontée. Une vague immense déferla sur le pont et balaya les deux hommes par-dessus bord. Le cri de Kelsey se fondit dans un éclat de tonnerre. Un éclair illumina le ciel.

Elle se pencha par-dessus le bastingage. La mer était noire, insondable.

— Dane !

Le vent emporta sa voix.

Une tête apparut à la surface, puis une main…

Celle de Dane ? Ou de Latham ?

Se cramponnant à la rambarde, elle tendit le bras. Des doigts s'accrochèrent aux siens.

Elle tira de toutes ses forces. Un corps émergea, puis deux mains se posèrent sur la coque. Elle les attrapa. Dane se hissa par-dessus le bastingage. Ensemble, ils s'effondrèrent sur le pont.

18.

Le corps d'Andy Latham s'échoua sur le rivage trois jours plus tard. Kelsey était sortie de l'hôpital depuis vingt-quatre heures.

Réuni au Sea Shanty, le groupe célébrait son rétablissement.

Pendant l'alitement de Kelsey, Dane avait passé la majeure partie de son temps avec la police, si bien que tout le monde l'assaillait de questions, afin de comprendre le fin mot de l'histoire.

— Mon Dieu... J'en suis encore toute retournée, lâcha Cindy. Donc Latham a commencé par abuser de sa belle-fille, et puis au fil des ans, il est devenu un tueur en série ?

— Malheureusement, il nous manquera toujours des pièces du puzzle, répondit Dane. J'avoue que quand je suis monté sur son bateau, j'avais envie de l'égorger. Bien sûr, je ne l'aurais pas tué si ma propre vie n'avait pas été menacée.

— Ce type méritait la mort, commenta Nate. Tu n'avais aucune raison de l'épargner.

— Sauf qu'il aurait répondu à nos questions s'il était toujours de ce monde. Personne ne sait exactement quand il a viré meurtrier. Il n'est pas exclu qu'il ait fait plus de victimes que nous ne le pensons. Des filles flottent peut-être encore dans les canaux et les marais. Nous ne saurons jamais. Il y a tant de femmes portées disparues. Des familles qui ne pourront jamais faire leur deuil. Il a probablement commencé par imposer des sévices à Sheila, et puis quand elle s'est émancipée, ça a été l'escalade. Il n'avait plus de femme, plus d'enfant, alors il s'est mis à fréquenter les boîtes de strip-tease et à traîner dans les rues à la chasse aux prostituées. Hector Hernandez pense qu'il est responsable de plusieurs viols qui n'ont jamais été élucidés. Ensuite, lorsqu'il s'est lassé des agressions sexuelles, il est passé à la vitesse supérieure.

— Quand je pense qu'il nous surveillait, murmura Cindy. Si ça se trouve, c'est lui qui m'a assommée, l'autre soir, et il s'est enfui en se rendant compte que Nate et Larry étaient là.

— C'est possible. Mais peut-être que tu t'es vraiment cognée contre le store anti-tempête.

— Comment savais-tu que c'était lui l'étrangleur, alors que la police ne le soupçonnait même pas ?

— Je savais que c'était quelqu'un qui me connaissait, répondit-il en regardant Kelsey, assise en face de lui.

— Il a essayé de piéger Dane, expliqua celle-ci en rougissant. Avant de tuer Sheila, il s'est introduit chez lui afin de lui voler une cravate. Ensuite, il a attendu qu'elle lui rende visite puis reparte pour l'étrangler. Le lendemain, pendant que Dane n'était pas là, il a amené le corps sur la plage de Hurricane Bay et l'a pris en photo.

— Il a glissé le Polaroid sous ma porte et m'a laissé mariner. Il savait que je n'oserais pas apporter la photo à la police. Je me serais fait arrêter, et je ne pouvais pas me permettre de croupir derrière les barreaux en sachant que l'assassin était en liberté.

— Waouh, dit Larry. Alors tu savais depuis le début qu'elle était morte ?

— Oui, désolé, mais je ne pouvais me fier à personne.

— La police a vu cette photo, maintenant ? s'enquit Nate.

— J'en ai parlé à Hector Hernandez. Le problème… c'est que la photo s'est volatilisée.

Kelsey se racla la gorge.

— Voilà pourquoi j'ai fini sur le bateau de Latham. J'ai découvert le Polaroid sous le plancher de Dane. Il l'avait caché. Je l'ai trouvé par hasard, et je suis presque sûre de l'avoir remis à sa place. Mais bon, j'étais tellement paniquée… Il se peut que je l'aie emporté avec moi et perdu dans ma fuite. Peu importe. L'essentiel, c'est que Latham ne puisse plus tuer personne.

— C'est vrai, approuva Dane. Dieu merci.

— Et toi, Kelsey, comment vas-tu ? demanda Larry anxieusement.

— Je me porte comme un charme.

Les hématomes de son cou ne s'étaient pas encore estompés, mais elle était heureuse d'être vivante.

Plus heureuse et plus vivante qu'elle ne l'avait été depuis des années. Elle avait retrouvé son île natale, et Dane contribuait largement à sa nouvelle joie de vivre.

— Nous n'oublierons jamais Sheila…

— Notre seul réconfort, c'est que…

Nate s'interrompit, le temps de trouver les mots justes.

— Sheila était malheureuse, depuis des années. Elle a trouvé la paix. Elle ne savait plus quel sens donner à sa vie. Latham l'a tuée à petit feu.

— Nous allons essayer de faire quelque chose pour elle, déclara Kelsey. Son avocat m'a appelée aujourd'hui et m'a appris que j'étais sa légataire. Selon le testament de sa mère, Latham n'avait le droit de puiser dans ses biens que tant que Sheila était en vie. Au décès de Sheila, cet argent me revenait. J'en ai discuté avec Dane : nous pensons faire une donation à un organisme de Miami qui s'occupe des femmes et des enfants maltraités. Le meilleur hommage que nous puissions rendre à Sheila est d'aider à ce qu'aucun enfant ne connaisse le calvaire qu'elle a vécu.

— Bravo ! C'est une excellente idée.

Nate plissa le front.

— C'est bizarre, quand même…

— Quoi donc ? demanda Larry.

— Que Latham ait tué Sheila, alors qu'elle était sa poule aux œufs d'or.

— J'y ai pensé, répliqua Dane. C'est peut-être pour cette raison qu'il en avait après Kelsey.

— Qui aurait cru que Latham était aussi malin et calculateur ? observa Cindy.

Larry haussa les épaules et se tourna vers Kelsey.

— Je parie que tu as décidé que tu avais besoin de prolonger tes vacances ?

— J'ai envoyé ma démission, Larry, lui apprit-elle avec un sourire mélancolique.

— Quoi ?

Il interrogea tour à tour Dane et elle du regard.

— Je vais rester quelque temps à Key Largo pour me consacrer à la peinture, précisa-t-elle.

— A la peinture, tu es sûre ? plaisanta Nate.

Tous éclatèrent de rire.

— Sérieusement, depuis que je suis directrice artistique, je ne pratique plus aucune activité artistique. C'est un comble.

— Je suppose que tu ne vas pas rester au duplex, avança Cindy. Je me trompe ?

— Elle va s'installer avec moi à Hurricane Bay, répondit Dane.

— Félicitations, fit Nate en levant son verre. Je suis content pour vous, sincèrement. Vous en aurez mis, du temps, avant d'admettre que vous vous aimez.

— Merci, Nate.

— J'espère qu'on sera tous invités au mariage, lança Cindy. Enfin, si vous envisagez de vous marier…

— Bien sûr que vous serez tous de la fête.

— Dane ne va pas t'enlever sur son grand cheval blanc pour t'emmener vivre une merveilleuse idylle dans un château loin de tout ?

Kelsey secoua la tête en souriant. Elle avait perdu sa meilleure amie, elle-même avait frôlé la mort, et pourtant, elle flottait sur un petit nuage de bonheur. Finalement,

Sheila lui avait rendu service. Elle l'avait ramenée chez elle. Et à Dane.

Elle regarda Dane, puis Nate.

— En fait, nous prévoyons d'aller rendre visite à mes parents, pour leur annoncer la nouvelle. Ensuite, nous reviendrons nous marier ici. Et devinez quoi ? Ma mère est enceinte.

— Ça alors ! s'exclama Cindy. Ta mère attend un bébé ?

— Ouais, je vais bientôt avoir un petit frère.

— Ça alors…

— C'est génial, remarqua Nate.

— Portons un toast. A la vie.

— Et à l'amitié, ajouta Nate.

Ils dînèrent ensemble, en compagnie de Jorge et Marisa, qui avait abandonné son job de strip teaseuse pour travailler sur le *Free as the Sea*, en tant que cuisinière.

Sûr qu'il y avait quelque chose entre eux…

Il était tard quand Kelsey regagna Hurricane Bay avec Dane. Comme à son habitude, il verrouilla précautionneusement les portes.

— Tu veux que je te fasse couler un bain ? proposa-t-il. Tu as besoin d'une compresse froide pour ton cou ?

Depuis qu'elle était sortie de l'hôpital, il était aux petits soins pour elle.

— Je n'ai besoin de rien d'autre que de toi, répondit-elle en souriant.

— Kelsey, il est tard, tu es fatiguée. Il faut que tu dormes.

— Il faut que je fasse l'amour.

Il la dévisagea longuement.

— Méfie-toi. Tu sais que je suis un homme facile.

— Et une bête de sexe.

— Exactement. Alors fais attention à ce que tu me demandes.

Elle jeta ses bras autour de son cou et posa ses lèvres contre les siennes.

— Je te veux, Dane, tout entier.

La nuit était bien avancée quand elle s'aperçut qu'il était toujours éveillé, les yeux fixés sur le plafond.

— Qu'y a-t-il ?

— Quelque chose me turlupine.

— Quoi ?

— Ce que Nate a dit, tout à l'heure. Il a raison : c'est curieux que Latham ait tué Sheila alors qu'elle lui rapportait de l'argent.

— C'est vrai… Tu sais, je ne me souviens pas bien, parce que je venais de recevoir un coup sur la tête et que je ne pensais qu'à essayer de m'échapper, mais quand Latham m'a parlé de Sheila, j'ai eu l'impression que ce n'était pas lui qui l'avait assassinée.

Dane bascula sur le côté et s'appuya sur un coude.

— Tu veux bien préciser ?

— C'est un interrogatoire ? plaisanta-t-elle. Je ne me rappelle pas ses paroles exactes. Je crois qu'il a dit qu'il avait appris qu'elle était morte, qu'elle l'avait bien mérité.

Il roula sur le dos et se remit à contempler le plafond. Elle se tourna vers lui.

— Dane, l'étrangleur, c'était lui. Nous le savons, la police le sait, c'est un fait établi. Peut-être que dans son esprit tordu, il refusait d'admettre qu'il avait tué sa belle-fille. Peut-être même qu'il n'avait pas l'intention de la tuer.

— S'il ne voulait pas la tuer, pourquoi m'aurait-il volé ma cravate ? Et puis, il y a autre chose...

— Quoi ?

— Les poissons.

— Les poissons ?

— Ces poissons pourris qu'il est venu jeter ici le jour du barbecue, en nous accusant de les avoir apportés dans sa cour. Ces poissons venaient forcément de quelque part.

— Nous sommes dans les Keys. Ils pouvaient venir de n'importe où.

— Oui, mais on dirait que quelqu'un a élaboré ce scénario pour que Latham croie que c'était nous, ou moi, qui avions déversé ces poissons crevés devant chez lui. Je dirais même plus : quelqu'un s'est arrangé pour que Latham se comporte de telle façon que nos soupçons se portent sur lui.

— C'étaient peut-être des poissons qu'il avait pêchés lui-même, qu'il a oubliés dans un coin et qu'il a laissés pourrir. Il en était peut-être arrivé à un stade où la psychose prenait le pas sur la réalité.

— Toujours est-il que ça m'empêche de dormir, grommela-t-il. Je vais descendre, tu seras plus tranquille.

— Ne me laisse pas toute seule. Moi non plus, je n'ai pas sommeil.

Elle sourit en ajoutant :

— Mais je connais un excellent moyen de se relaxer.

— Deux fois, Kelsey ? Tu crois vraiment que c'est raisonnable, dans ton état ?

— C'est ce qu'il y a de meilleur…

Il l'enlaça tendrement.

Le lendemain matin, quand Dane descendit, Kelsey avait préparé le café et regardait par la fenêtre en savourant les premiers rayons du soleil.

— J'adore Hurricane Bay.

— Génial ! répliqua Dane en lui passant les bras autour de la taille. Tu m'épouses pour mon île ?

Elle éclata de rire.

— Si j'aime tant Hurricane Bay, c'est parce que c'est une extension de toi.

Leur conversation fut interrompue par la sonnerie du téléphone. Dane décrocha. C'était Jesse. Que pouvait-il bien lui vouloir de si bon matin ?

— Salut, Jesse.

— Dane, il faut qu'on se voie. Allons prendre un café quelque part.

— Tu sais que, pour toi, je suis toujours disponible, mais je sors à peine du lit… Tu ne veux pas plutôt passer chez moi ?

— Il faut que je te voie en tête à tête, insista Jesse d'un ton ferme. Je t'attends au bar en bas de l'île.

Dane fronça les sourcils. Jesse avait apparemment de bonnes raisons de vouloir lui parler seul à seul.

— O.K., acquiesça-t-il avant de raccrocher.

— Qui c'était ? s'enquit Kelsey.

— Jesse. Il veut me voir.

— Il va venir ici ? Chouette, il y a une éternité que je ne l'ai pas vu.

— Non, il m'attend dans un bar. Je n'en aurai pas pour longtemps.

— Je ne suis pas handicapée, Dane, riposta-t-elle en souriant. J'ai quelques bleus et une cicatrice sur le crâne, mais je n'ai pas besoin d'un garde-malade en permanence. Je peux rester seule un moment. Prends ton temps.

— Je ferai au plus vite.

Il avait eu tellement peur de la perdre…

Elle le suivit jusque sur le perron.

— Tu sais où se trouve le revolver ? Sous le lit, de mon côté.

— Je sais, assura-t-elle.

Il lui déposa un baiser sur la joue et s'éloigna.

Une tasse de café à la main, Kelsey sortit s'asseoir sur la jetée. Elle aimait cet endroit, balancer ses pieds dans l'eau, comme quand elle était enfant.

Son regard se porta sur la plage et elle se mordit la lèvre. Le souvenir du corps de Sheila gisant ici la hanterait pendant longtemps, mais ne ternirait pas son amour pour Hurricane Bay. Le lieu n'était pas responsable du sort de Sheila. C'était un homme qui avait accompli cet acte barbare.

Elle retourna dans la maison pour aller chercher le journal intime et les documents que Sheila cachait dans sa commode. Elle n'avait pas voulu ajouter aux tourments de Dane, mais certains détails l'intriguaient, elle aussi.

De retour sur la jetée, elle feuilleta le cahier et s'arrêta sur des pages qu'elle avait sautées.

« Shopping avec Cindy. Mini. Je l'ai appelée "Mini". Elle est montée sur ses grands chevaux. Mini. Son surnom quand nous étions gamines. Je lui ai dit que ce n'était pas méchant. Les mecs m'appelaient bien "Loloche", moi. En public qui plus est. Elle n'est pas fâchée.

» Je me demande si Kels m'en voudrait si je l'appelais "Gros Cul" aujourd'hui. Je crois que c'est moi qui avais inventé ce surnom. Sûrement pour faire la paire avec Loloche.

» Côté surnoms, Dane était mieux loti : l'Homme… Ça lui allait bien. »

Le texte du jour s'arrêtait là.

Quelques pages plus loin, Sheila reprenait le sujet :

« Encore une journée au bar. J'ai appelé Nate "Bouche en cœur". Il a rigolé et m'a demandé si j'avais des nouvelles de Web. Bien sûr que oui.

» Il m'aime comme un fou. Ma cruauté ne semble pas le toucher. »

— Il t'aimait comme un fou, Sheila, c'est vrai, acquiesça Kelsey en hochant la tête. Si seulement tu avais pu lui rendre son amour.

Elle examina à nouveau les deux dessins. Sur le second, l'homme n'était pas Andy Latham, elle en était persuadée, et ce détail la travaillait. Ce personnage masculin ne représentait pas non plus Dane puisqu'il était brun. Elle retourna la feuille et l'étudia sous tous ses angles. Sheila avait tracé un liseré tout autour de la page. Une bordure qui, tout bien considéré, ressemblait fort à des lettres étirées.

Kelsey était tellement absorbée dans l'examen du croquis qu'elle n'entendit pas les pas s'approcher. En voyant une ombre se profiler au-dessus d'elle, elle sursauta et lâcha le journal.

Quand Dane arriva au bar, Jesse était déjà attablé dans un box. A peine se fut-il installé en face de lui que la serveuse vint lui servir un café. Elle connaissait ses habitudes.

— Merci, Sally.

Il haussa un sourcil.

— Je suppose que c'est important.

— Oui. Le dossier de Sheila va être rouvert.

— Quoi ? Pour quelle raison ?

— Souviens-toi, je t'ai dit que certains éléments à propos des victimes de l'étrangleur avaient été maintenus secrets ? Les corps portaient comme une signature.

— Oui, fit Dane en plissant le front.

— Il manquait le troisième orteil du pied gauche des deux strip teaseuses.

— Et Sheila avait tous ses orteils ?

Jesse acquiesça de la tête.

— Je voulais te prévenir que tu es bon pour un nouvel interrogatoire. J'ai préféré qu'on se voie ici... au cas où ta ligne téléphonique serait sur écoute.

Dane fut parcouru d'un frisson et se leva d'un bond.

— Je te laisse, Jesse. Kelsey est seule.

*
**

— Salut, lança Larry. Je suis venu te dire au revoir. Je rentre à Miami. Je ne peux pas me permettre de rester flemmarder ici, moi.

— Oh, Larry !

Kelsey se leva pour l'embrasser, puis elle recula d'un pas pour l'admirer. Il était en costume, chemise et cravate de soie.

— Tu vas me manquer, déclara-t-elle en lissant sa chemise parfaitement repassée. Je vais regretter de ne plus travailler avec toi. Mais tu reviendras nous voir souvent, n'est-ce pas ?

— Qu'est-ce que tu lisais ?

— Le journal de Sheila. Et je regardais des dessins qu'elle a faits. J'essayais… Je ne sais pas… J'essayais de trouver la clé.

— La clé de quoi ?

— Du mystère qu'a évoqué Nate, hier. C'est vrai que c'est curieux que Latham ait tué Sheila alors qu'elle était pour lui une source de revenus.

— Il était cinglé.

— Et comment expliquer cette histoire de poissons ?

— Quelle histoire de poissons ?

— Les poissons crevés que Latham est venu balancer ici, tu te souviens ?

— Il était complètement dingue, je te dis.

— Certes. Nous n'aurons jamais de réponses à certaines questions.

— Tu as trouvé quelque chose d'intéressant dans le journal ? Ou dans ses papiers ?

— Non.

Elle éclata soudain de rire avant de poursuivre :

— J'étais plongée dans de bons souvenirs. Sheila nous appelle par nos vieux surnoms, dans son journal. Tu te souviens ? Moi, j'étais Gros Cul. Et toi, Web, le diminutif de Week-end Boy. J'espère que tu resteras Web, celui qui vient nous voir tous les week-ends.

Il regardait fixement le journal.

— Tu veux du café ?

— Volontiers. Où est Dane ? Il me semble avoir croisé sa voiture sur la voie express.

— Il est parti voir Jesse.

— Ouais, je veux bien une tasse de café, s'il te plaît.

Elle se dirigea vers la maison, suivie de Larry. Dans la cuisine, elle posa le journal et les papiers sur le comptoir.

— Tu sais, commença-t-elle en remplissant deux tasses, il y a quelque chose qui me tracasse. Quand Latham a essayé de m'étrangler, il parlait comme si ce n'était pas lui qui avait tué Sheila. Et puis, crois-tu qu'il aurait été suffisamment rusé pour penser à prendre cette photo ? Pour voler une cravate et tout planifier afin que les indices accusent Dane ?

Elle leva les yeux vers Larry. Il était pâle.

— Ça va ? lui demanda-t-elle.

— Oui, oui.

Elle posa une tasse de café devant lui, sur le comptoir, et passa ses doigts sur le dessin, le retournant afin de mieux examiner l'étrange bordure.

— Elle a écrit quelque chose, on dirait.

— Qu'est-ce que c'est que ça ?

— Un dessin de Sheila, qui représente un homme en train d'essayer de faire du mal à une femme. Tu sais, elle avait dit à Dane qu'elle avait peur... Tu transpires à grosses gouttes, Larry. Tu es sûr que tout va bien ?

— Il fait un peu chaud. J'étouffe, dans ce costume.

Elle se détourna pour aller chercher du sucre et du lait. Quand elle revint près de Larry, il était en train de desserrer sa cravate.

— Déboutonne le col de ta chemise, lui conseilla-t-elle.

Elle se figea. De l'endroit où elle se tenait, le liseré du dessin lui apparaissait soudain avec plus de clarté. Sur le bord inférieur de la page, elle distinguait à présent un W, démesurément étiré. Elle tourna la feuille. Sur le côté, Sheila avait calligraphié un E, difficilement reconnaissable tant la lettre était déformée.

— Regarde, Larry. Sheila a écrit quelque chose autour du dessin.

Elle tourna encore la page. La dernière lettre était un B. WEB. Week-end Boy. Le surnom de Larry.

Saisie d'un frisson, elle leva les yeux. Non seulement Larry était blême, mais il avait changé d'expression. Il avait ôté sa cravate. Et la nouait.

Elle laissa échapper la bouteille de lait.

Il la dévisagea en secouant la tête.

— Je ne voulais pas en arriver là, Kelsey, sincèrement.

— Larry… Non !

Pourquoi diable Sheila ne lui avait-elle pas dit clairement qu'elle avait peur de Larry ? Parce que Kelsey travaillait avec lui, parce qu'elle avait un jour pris son parti.

Si seulement elle avait eu l'occasion de passer un peu de temps seule avec elle, Sheila lui aurait tout expliqué.

— Je sais que tu sais, Kels. Je suis venu fouiller ici. J'ai lu le journal. Sheila n'y avait rien noté qui puisse me compromettre. J'ai vu aussi ses dessins. Je pensais qu'elle les avait faits quand elle était gosse. Je n'avais pas déchiffré mon surnom. Tu es tenace, Kelsey. J'aurais dû me douter que tu mènerais l'enquête jusqu'au bout. Même sans ce dessin, tu aurais fini par découvrir le véritable coupable. J'ai bien fait de passer te dire au revoir.

— Dane aussi est perspicace. Il en arrivera aux mêmes conclusions.

Il secoua la tête.

— Non, la police l'arrêtera avant. Tu penses bien que je vais détruire cette pièce à conviction, et alors, tout désignera Dane comme l'assassin. Elle a couché avec lui juste avant de disparaître. Je savais qu'elle était chez lui. J'ai passé la nuit à l'attendre sur la route. Je savais aussi à quel moment Dane s'absenterait afin de me permettre d'amener le cadavre sur sa plage et de le prendre en photo. Maintenant que les flics sont au courant de l'existence de cette photo, il ne me reste plus qu'à me débrouiller pour qu'ils la trouvent.

— Larry… pourquoi ? lâcha-t-elle dans un souffle.

— Seigneur, Kels, comment peux-tu poser des questions aussi idiotes ? Je l'aimais, et elle me traitait comme de la merde. Elle m'humiliait. J'étais le seul mec avec qui elle refusait de baiser. Et Dane... L'Homme... Alors que je n'ai jamais été que Web, toute ma putain de vie. Je n'en pouvais plus. Je n'avais plus qu'une solution, la tuer. Alors je l'ai tuée. Et j'ai fait en sorte que l'on croie qu'elle avait été victime de l'étrangleur. Oui, c'était bien Latham qui étranglait les strip teaseuses. Je m'en doutais, il était fou à lier. Et je savais que si je prenais Sheila en photo sur la propriété de Dane, il ferait tout pour retrouver l'assassin. Je savais que je pouvais compter sur lui. Je ne me suis pas trompé, il est effectivement parti bille en tête à la poursuite du tueur, et il l'a trouvé. La seule chose à laquelle je n'ai pas pensé, c'est que Latham te parlerait. Evidemment, je n'étais pas non plus au courant des dispositions testamentaires de la mère de Sheila. Elle ne me disait jamais rien. Tu ne peux pas imaginer à quel point je la haïssais.

— Tu ne vas pas me tuer ?

— Je suis désolé, Kels, sincèrement. Dane m'a fait chier toute ma vie, mais je n'avais pas vraiment l'intention de le faire payer. Tant pis. Je n'ai pas le choix. Vu le tour qu'a pris la situation, il va devoir s'expliquer de deux meurtres.

Elle secoua la tête.

— Réfléchis, Larry. Si tu plaides un coup de folie passagère, si tu expliques aux jurés que c'était un crime passionnel, la cour se montrera indulgente. Mais si tu me tues... Ne fais pas cette connerie. Tu ne t'en sortiras pas aussi facilement que tu le crois. Dane va revenir d'une minute à l'autre.

Elle essayait de s'exprimer calmement, de raisonner avec logique, de trouver une échappatoire tout en tentant de dissuader Larry de la tuer. Mais intérieurement, elle était transie.

Non !

Elle jeta un regard vers lui, puis vers la porte de derrière.

— Tu n'as pas de gants, lui fit-elle remarquer.

Dane allait revenir.

A moins que Jesse n'ait beaucoup de choses à lui dire.

Dans tous les cas, elle ne laisserait pas Larry la tuer.

— Non, je n'ai pas de gants. Franchement, je n'avais pas envie de te tuer, Kelsey. Cette fois, j'emporterai l'arme du crime.

— Il y aura les traces de pneus de ta voiture devant la maison.

— Et alors ? Je suis venu te dire au revoir. Je t'ai trouvée morte. J'ai tout de suite appelé le 911.

Elle n'en revenait pas. Dire qu'elle avait travaillé avec lui pendant des années. Elle avait pris sa défense lorsqu'il avait divorcé de Sheila. Elle avait dormi seule au duplex avec lui…

Il s'avança vers elle.

Elle était terrifiée. Mais elle n'était pas prête à mourir. Elle s'était déjà battue une fois pour sauver sa peau. S'il le fallait, elle recommencerait, avec autant d'acharnement.

— Kels..., chuchota-t-il. Je vais tâcher de ne pas te faire souffrir.

Elle recula vers le comptoir. Il la suivit.

Tendant la main derrière elle, elle attrapa la cafetière et, d'un mouvement, la lui abattit sur le crâne. Il hurla de douleur quand les éclats de verre et le liquide brûlant se répandirent sur son visage.

Kelsey le poussa de toutes ses forces et détala en courant.

Dane allait entrer dans la maison quand elle se précipita dans ses bras.

Talonnée de près par Larry.

Dane écarta Kelsey pour lui faire face. A sa grande surprise, Larry s'immobilisa et le dévisagea. Ses vêtements étaient maculés de café, et sa tempe barrée d'une entaille sanguinolente.

— Alors c'est toi qui as tué Sheila, murmura Dane.

— Non, c'est toi qui l'as tuée. C'est ce que tout le monde croira.

Sans le quitter des yeux, il sortit son téléphone portable de sa poche. Larry exhiba un petit pistolet de la sienne.

— Ne fais pas ça, lui conseilla-t-il. Moi aussi, je sais me servir d'une arme à feu, Dane. Regarde ce petit bijou. Minuscule. Un flingue de minette, qui se range aisément dans le plus petit des sacs à main. Mais si je tire de près, Dane... Tu n'as plus affaire à Latham, maintenant. Je ne suis pas fou, moi. Je sais ce que je fais. Range ce portable ou je te bute.

Dane hésita, puis baissa son téléphone.

— Si tu me descends, tu te feras arrêter.

— Allons plus loin.

Dane croisa le regard de Kelsey, qui saisit aussitôt son message silencieux : ils devaient tout faire pour gagner du temps.

— Bien. Allons plus loin si tu le souhaites. Ma plage semble convenir à tes meurtres.

— Ne fais pas le malin. Si tu m'y obliges, je te tue sur-le-champ. J'ai bien capté ton manège. Chaque seconde t'apporte un rayon d'espoir, n'est-ce pas ?

— Chaque seconde compte aussi pour toi puisqu'il faut que tu trouves le moyen de nous tuer sans laisser d'indices. Mais tu as déjà commis une erreur, Larry. Ton revolver est couvert d'empreintes. Les flics ne sont pas si cons.

— Je peux effacer les empreintes.

— La balle suffit à retrouver le propriétaire de l'arme du crime.

— Ne sois pas ridicule. J'ai acheté ce flingue à Izzy Garcia. Il peut appartenir à n'importe qui. Allons plus loin.

— Viens, Kelsey, fit Dane en la poussant devant lui.

Larry les suivit. Nerveusement.

— Tu as toujours été jaloux de ma plage. De ma propriété. De ma maison. Et bien sûr, de mon amitié avec Sheila.

— Va te faire foutre, siffla Larry en se rapprochant d'eux.

Dane bondit alors en arrière et le déséquilibra. Faisant

volte-face, il l'empoigna par le bras, puis lui tordit le poignet. Larry lâcha son revolver.

Mais le coup était déjà parti. Dane ressentit une vive douleur à la jambe. Espérant que l'artère fémorale n'avait pas été touchée, il s'abattit de tout son poids sur Larry et entendit un os craquer. Un os de Larry, qui continuait à se débattre, la main tendue vers le pistolet.

Vive comme l'éclair, Kelsey plongea sur l'arme et la braqua sur lui.

— Si tu bouges, tu es un homme mort ! Non, je te ferai d'abord sauter les rotules. Pour Sheila. Mais fais-moi confiance, je n'hésiterai pas à tirer.

Dane avait conscience qu'il perdait du sang. Beaucoup de sang.

— Le 911, Kelsey. Appelle le 911, vite, parvint-il à articuler.

Dans un ultime effort pour ne pas perdre connaissance, il entendit une sirène, puis des pas précipités.

Jesse. Jesse l'avait suivi jusqu'à Hurricane Bay.

— Je m'occupe de Larry, Kelsey, déclara ce dernier. Appelle une ambulance, dépêche-toi.

Quelques instants plus tard, à travers un voile de brouillard, Dane distingua une ambulance, puis un hélicoptère.

On l'emmena d'urgence au centre de traumatologie du Jackson Memorial, à Miami, où on le transféra sur un lit roulant. Des poches de sang étaient accrochées aux montants, et les infirmiers le faisaient rouler à la hâte dans le couloir.

Kelsey marchait à son côté. Il l'entendait lui murmurer :

— Ne meurs pas, Dane. Je t'aime. J'ai besoin de toi. Oh, Dane, nous avons commis beaucoup d'erreurs, tous les deux. Mais tu ne m'as jamais trahie, tu ne m'as jamais laissée tomber. Tiens bon, Dane, ne m'abandonne pas, pas maintenant…

Malgré les sédatifs qui anéantissaient ce qui lui restait de conscience, il parvint à soulever les paupières.

— Je ne te laisserai jamais tomber, Kelsey, je te le promets.

Puis il ferma les yeux et disparut derrière les battants de la salle d'opération.

Épilogue

Le mariage fut célébré à Hurricane Bay, en novembre. M. Cunningham avait accordé la main de sa fille à Dane avec la plus grande joie.

L'été touchait à sa fin mais les journées étaient encore douces et les nuits délicieusement rafraîchies par une légère brise.

Le marié boitait encore.

La mariée resplendissait.

Nate et Cindy étaient témoins.

Kelsey virevoltait d'un invité à l'autre et s'empressait auprès de sa mère et de son nouveau petit frère.

Joshua Michael Cunningham était un gros poupon d'un mois, mignon comme un cœur. Sa mère semblait si épanouie que l'on aurait aisément pu la prendre pour la jeune mariée.

La fête fut une véritable réussite. Il était plus de minuit quand les convives commencèrent à se disperser.

Des invités, seuls les parents de Kelsey dormaient sur place, à Hurricane Bay, avec leur nouveau-né. Ils se retirèrent dans la chambre principale, que Dane et Kelsey avaient tenu à leur laisser. Eux rejoignirent la chambre d'enfant de Dane, au rez-de-chaussée.

Tandis que Kelsey se débarrassait de ses nombreux voiles, il lui passa un bras autour de la taille.

— Il y a quelque chose qui me chiffonne, déclara-t-il.

— Quoi donc ?

— Tes parents sont là, et nous ne partons que demain en voyage de noces.

— C'est notre lune de miel, ce soir.

— Justement. Je n'aime pas devoir être silencieux.

Elle éclata de rire.

— Cette nuit sera la plus belle d'entre toutes.

— Si tu en as décidé ainsi, je vais tâcher d'être un bon amant.

— Oh ?

— Il y a un beau bateau amarré juste là.

Elle sourit.

— Je savais que tu ne me décevrais pas, murmura-t-elle.

— Tant que je vivrai, je m'efforcerai de ne jamais te décevoir.

Elle se hissa sur la pointe des pieds pour l'embrasser et chuchota sa réponse à son oreille.

Main dans la main, ils se dirigèrent vers la jetée qu'ils atteignirent en courant.

La nuit était calme à Hurricane Bay. Sur les flots scintillants, le vieux bateau se balançait sous la lune.

DANS LA MÊME COLLECTION
Par ordre alphabétique d'auteur

BARBARA BRETTON	*Le lien brisé*
WINSLOW ELLIOT	*L'innocence du mal*
TESS GERRITSEN	*Présumée coupable*
HEATHER GRAHAM	*L'invitation*
HEATHER GRAHAM	*L'ennemi sans visage*
HEATHER GRAHAM	*Le complot*
GINNA GRAY	*Le voile du secret*
KATHRYN HARVEY	*La clé du passé*
CHRISTIANE HEGGAN	*Miami Confidential*
GWEN HUNTER	*Faux diagnostic*
GWEN HUNTER	*Virus*
PENNY JORDAN	*De mémoire de femme*
PENNY JORDAN	*La femme bafouée*
R.J. KAISER	*Qui a tué Jane Doe ?*
ALEX KAVA	*Sang Froid*
ALEX KAVA	*Le Collectionneur*
ALEX KAVA	*Les âmes piégées*
RACHEL LEE	*Neige de sang*
MEG O'BRIEN	*Le piège*
MEG O'BRIEN	*En lettres de sang*
EMILIE RICHARDS	*Le refuge irlandais*
EMILIE RICHARDS	*Mémoires de Louisiane*
EMILIE RICHARDS	*Le testament des Gerritsen*
EMILIE RICHARDS	*L'héritage des Robeson*

.../...

DANS LA MÊME COLLECTION
Par ordre alphabétique d'auteur

NORA ROBERTS	*Le cercle brisé*
NORA ROBERTS	*Possession*
NORA ROBERTS	*Et vos péchés seront pardonnés*
NORA ROBERTS	*Tabous*
NORA ROBERTS	*Coupable innocence*
NORA ROBERTS	*Maléfice*
NORA ROBERTS	*Enquêtes à Denver*
FRANCIS ROE	*L'engrenage*
FRANCIS ROE	*Soins intensifs*
JOANN ROSS	*La femme de l'ombre*
ERICA SPINDLER	*Rapt*
ERICA SPINDLER	*Black Rose*
ERICA SPINDLER	*Le venin*
ERICA SPINDLER	*La griffe du mal*
ERICA SPINDLER	*Trahison*
CHARLOTTE VALE ALLEN	*L'enfance volée*

7 NOUVEAUTÉS À PARAÎTRE EN JUILLET 2005

MIRA

Cet ouvrage a été composé et mis en pages
par les **Éditions Harlequin**

imprimé sur CAMERON par

BUSSIÈRE
GROUPE CPI

à Saint-Amand-Montrond (Cher)
en avril 2005

Imprimé en France
Dépôt légal : mai 2005
N° d'édition : 11307 — N° dimpression : 051003/1